T’aurais pas dû revenir, p’tit !

Alain Denis

T'aurais pas dû revenir, p'tit !

Roman

LE LYS BLEU
ÉDITIONS

ISBN : 979-10-422-1219-3

Du même auteur

Béton Armé, Actes Graphiques, septembre 2015
Sang de Bœuf, Actes Graphiques, mai 2016
Meurtre à Tréfilerie, Actes Graphiques, novembre 2016
Le Pharaon de Montarcher, Actes Graphiques, août 2017
Les disparus de l'Ardèche, Éditions de La Morelle mai 2019
*Explosion au gymnas*e, Éditions de La Morelle, février 2020
Sous le signe de la vengeance, Le Lys Bleu Éditions, mars 2020
Guet-Apens à Châteaucreux, Actes Graphiques, mai 2021
Ainsi va la vie ! Recueil de nouvelles et poèmes, avril 2023.

Avant-propos

Mon précédent roman « Guet-Apens à Châteaucreux » est paru en mai 2021 et m'a valu d'être sélectionné à la Fête du Livre de Saint-Étienne au mois d'octobre de la même année. En fait, j'en avais commencé l'écriture bien plus tôt. Mais le confinement était survenu. Durant cette période de désœuvrement, j'ai peu écrit et seulement des textes courts. Vous en retrouverez certains dans le recueil « Ainsi va la vie ! » publié cette année 2023.

Puis l'envie m'est revenue d'un texte plus long, avec une histoire développée, un nouveau roman naissait. Le fruit de ce travail est arrivé à terme, vous l'avez entre les mains. Il s'agit, après « Sous le signe de la Vengeance », de mon deuxième roman publié aux Lys Bleu Éditions et j'en suis très heureux.

J'ai voulu m'astreindre à ce que l'action se déroule dans une unité de lieu, comme dans une tragédie classique, même s'il y a de petites escapades au-delà. Je vous dois de préciser pourquoi j'ai donné ce nom au village dans lequel se déroule une grande partie des actions. J'habite en Touraine, à Montrichard Val de Cher depuis juillet 2018 après avoir vécu en région Rhône-Alpes et particulièrement à Saint-Étienne. J'ai voulu donner à mes personnages une scène qui réunit ces deux lieux que j'aime particulièrement. Il existe près de Saint-Étienne un village appelé Saint-Héand. En précisant « sur-Cher » le nouveau théâtre des énigmes auxquelles est confronté le commissaire Hervé Poitevin est situé sur les rives du Cher entre Montlouis et Saint-Martin-le-Beau. Le village imaginaire de Saint-Héand-sur-Cher est ainsi né.

J'espère que, en vous promenant à la suite de mes personnages dans les rues de ce village, vous retrouverez néanmoins certains endroits familiers ou du moins connus. Comme dans tous mes romans, mes personnages pour être fictifs, n'en sont pas moins vêtus de vérité et que vous retrouverez ainsi le réalisme reconnu à mon écriture.

Comme d'habitude en fin de roman, j'ai placé la liste des personnages ainsi que des cartes et photos de différents lieux jouant un rôle dans cette histoire policière.

I
Promenade le long du Cher

31 août 2021

J'arrive trempé en haut de l'escalier. Pour une fois, ce n'est pas de sueur ! Je n'ai pas pu échapper aux gouttes de l'orage. Depuis le début de l'après-midi de gros nuages noirs s'étaient accumulés au-dessus du village. Ce n'était pas la première fois depuis le début de l'été. Mais chaque jour, ils allaient crever plus loin. Aujourd'hui, la pluie s'est abattue violente, cinglante et rafraîchissante. Elle ne suffirait néanmoins pas à reverdir prés et champs jaunis par la canicule. Même en courant, je n'avais pu échapper au rideau liquide qui s'était abattu sur la bourgade ensommeillée. Un tour de clé, un grincement de porte et me voilà chez moi ! Me voici dans mon perchoir, dans mon poste d'observation en haut de la vieille tour carrée, vestige de l'ancien château fort. Boire goulûment un verre d'eau calme un peu ma respiration. Dire qu'il a fallu attendre la fin du mois d'août pour retrouver un peu d'humidité. Mais l'essentiel pour moi n'est pas là, je n'ai pas de jardin à entretenir.

Et encore, je n'ai rencontré la pluie qu'en arrivant au village. J'ai eu de la chance ! Tout s'était déroulé comme je le prévoyais en début d'après-midi et, depuis, elle avait dû effacer les traces de sang sur le rocher en contrebas, sur les rives du grand parc de Bléré au bord du Cher. Le chat de Jules Pérez aura une sépulture bien humide ! Nathan tu es bien naïf ! D'accord, l'empoisonnement de ton chien a bouleversé ta famille et en particulier toi qui adorais ce labrador.

Mais enfin, Nathan, écraser la tête d'un chat et l'éventrer, c'est vraiment de la sauvagerie ! Je suis persuadé que tu ne l'aurais pas fait si tes parents n'avaient pas dit, sûrement devant toi, que le coupable était Jules. Tu es vraiment un nigaud, un gobe-mouche, t'es pas finaud c'est vrai, mais là t'as été bête comme tes pieds. C'était facile de se venger d'un pauvre hère qui squatte une caravane dans le camping de Saint-Héand-sur-Cher ! Il faudra que je m'occupe plus sérieusement de toi Nathan, et aussi de ta famille. Mais je n'aimerais pas jouer au flic dès mon retour !

Ah ! Saint-Héand ! Mon village natal où je suis de retour après onze années d'absence ! Tiens pour fêter ça, je me verse un doigt de whisky ! Onze ans déjà et pourtant le village a très peu changé. Certes, en haut de la côte, une halle des sports avec une salle de spectacle moderne, une bibliothèque et une maison de santé ont poussé ces dernières années. J'ai même aperçu quelques bâtiments industriels. C'est nouveau ça ! Il faudra que je me renseigne. Par ailleurs, la D976 creuse encore son sillon entre les maisons que j'ai toujours connues. Les commerces eux-mêmes n'ont pas changé. Bien sûr la brasserie « Les trois cors » n'existe plus. Un kébab a pris sa place. Il m'a été facile de déterminer à l'avance où je voulais m'installer lorsque j'ai été nommé au commissariat de Tours. Cela ne fait même pas un mois que j'ai pris mes fonctions. C'est que je l'ai attendue, cette mutation ! Je l'ai fabriquée pour ainsi dire, et j'ai réussi au-delà de toute espérance ! Et tout se passe bien, le commissaire Poitevin m'a bien accueilli. Il a l'air plutôt sympa et laisse prendre des initiatives à sa brigade. « Bienvenue chez nous, lieutenant Gonthier » a-t-il dit en me présentant. « Je crois qu'il serait plus juste de vous souhaiter un bon retour chez vous puisque vous êtes originaire de Saint-Héand-sur-Cher. » avait-il ajouté. Il adjoint en permanence « sur-Cher » au cas où on l'ignorerait et où on pourrait confondre ! C'est comme Sainte-Maure, pas besoin de rajouter en Touraine. Pour moi, il n'y a qu'un Sainte-Maure ! Forcément ici en Touraine ! D'accord, je sais qu'il y a un Saint-Héand vers Saint-Étienne. Poitevin en parle quand il évoque son séjour là-bas. Mais ce n'est pas une raison, ici il n'y a qu'un Saint-Héand ! Le mien, où j'ai passé mon enfance et ma jeunesse ! Poitevin avait lu avec application ce qui est mentionné sur mon CV ! Ainsi sans le savoir il a prononcé des conneries ! Je n'ai rien rectifié bien évidemment. Dans la brigade, l'ambiance est bonne, plutôt décontractée, tout le monde ou presque, s'appelle par son prénom, on me donne du Stéphane par-ci, du Stéphane par-là, voire même du Steph ! Ce n'est pas pour me déplaire et ça facilite mon intégration. Je ne fais pas d'éclat, je me noie dans la masse.

Bon, je ne vais pas m'occuper de cette histoire du chat de Jules Pérez étripé par Nathan Millet cet après-midi. Un sourire me traverse l'esprit, pour ainsi dire, j'ai d'autres chats à fouetter ! Et ce sont des choses bien plus importantes !

Il reste un dernier carton de mon déménagement qui n'a pas encore été ouvert, je sais ce qu'il contient. C'est le moment de retrouver tous les objets, toutes les lettres et tous les documents que j'ai lus et relus durant ces onze dernières années en me jurant de revenir un jour à Saint-Héand–sur-Cher. Si le pâtissier, Adam Millet, se doutait de ce qu'il y a dedans ! Sacré Adam ! Tu ne serais pas le seul à t'inquiéter ! Le pharmacien, le boulanger, le garagiste et bien d'autres personnes trembleraient en me reconnaissant. La liste est longue. Mais voilà, personne ne peut me reconnaître ! Et dire qu'Hervé Poitevin m'a demandé si j'étais marié ou si j'avais une copine ! Alors Adam qu'est-ce que j'ai répondu d'après toi ? Sois tranquille, je n'ai rien dit, j'ai répondu non, tout simplement non. Et vois-tu Adam, il n'a même pas fait de remarques sur mon service en Guyane et les promotions acquises avant que je ne sois nommé au commissariat de Rennes. Aucune question. Tout est comme il faut, comme prévu. Je suis persuadé que bien peu de gens viendront visiter mon appartement. Aussi tu vois, Adam, je vais accrocher au mur cette grande photo que tu connais bien parce que tu as eu la même chez tes parents qui étaient déjà pâtissiers. À Saint-Héand-sur-Cher, on est pâtissier de père en fils ! Nous aussi nous sommes tout souriants sur cette image, c'était, pour ainsi dire, le bon temps !

Quand j'aurai fini de vider le carton, j'irai faire une balade le long du Cher, une sorte de pèlerinage, parce qu'il faut que je réfléchisse calmement. Je vais répartir son contenu dans différentes cachettes de l'appartement connues de moi seul. Je les exhiberai à bon escient à qui de droit et le moment venu.

****

Je descends au pas de course les soixante-sept marches de l'escalier qui mène à mon nid. Un escalier en colimaçon dont l'étage du bas est en pierre de tuffeau et date du XIIe siècle. C'est que j'habite une demeure classée aux monuments historiques ! Excusez du peu ! L'imposant champ de foire n'a plus les platanes de ma tendre enfance. On minéralise tout dans les villes et les villages alors qu'il faudrait planter des arbres pour faire face au réchauffement climatique. On marche sur la tête ! C'est une vaste place qui sert pour le marché du vendredi matin. La pluie a été forte mais brève. Le goudron est déjà sec. Je longe le bâtiment renaissance qu'occupe la mairie, puis la banque au niveau de laquelle je traverse la D976. La circulation est très faible. De l'autre côté, me voici face à la pâtisserie. Un coup d'œil me renseigne sur la qualité des gâteaux. Pas mal du tout ! De toute façon, il faudra que je vienne les goûter. Monsieur Adam Millet m'en voudrait si je ne le faisais pas ! Hein mon ami Adam, mon très cher ami ! J'ai déjà quelque chose à régler avec Nathan, ton fils. On verra ce détail plus tard. Je passe en l'ignorant devant la pharmacie Ouvrard. Ambre est-elle restée aussi belle que je l'ai connue ? Je ne m'attarde pas non plus à la devanture du boulanger. Je tourne en main droite pour rejoindre le bord du Cher par le petit chemin herbeux situé entre le magasin de Gabriel Guignard et un magasin de vélos, vente et location de cycles. Ce magasin n'existait pas quand j'ai quitté le village. Il faudra que je fasse connaissance avec ce nouveau commerçant, monsieur Ethan Takessian. Sûrement d'origine arménienne. Ce n'est peut-être pas autant le hasard que ça.

Me voilà au bord du Cher. Avec la chaleur de l'été, des semaines de canicule, il est à un niveau extrêmement bas. Le sable et les algues se disputent son lit. Les plages de Bléré et de Montrichard ont même dû être fermées quelque temps. Je marche sur l'ancien chemin de halage qui permettait autrefois aux chevaux de tracter les gabarres ou autres toues cabanées[1]*, anciens bateaux qui descendaient le Cher ou la Loire jusqu'à Nantes. Il longe le Cher devant les jardins situés derrière la pharmacie, la pâtisserie, le garage et le supermarché. Malgré les arrosages, nocturnes et clandestins compte tenu de l'arrêté d'interdiction de la préfecture, les potagers sont en mauvais état. Les plants de tomates, ceux de courgettes et tous les autres sont peu développés et de nombreuses feuilles sont déjà jaunies. Sans m'en apercevoir, je suis déjà rendu à la maison éclusière de Saint-Héand. Cela fait bien longtemps qu'elle ne répond plus à sa fonction. Elle a été transformée pour accueillir deux gîtes. Je descends vers le quai. Je m'assois, sors mon paquet de tabac à rouler. Décidément, je serai un éternel fumeur maladroit et ma cigarette est tordue comme d'habitude. Elle ressemblerait même plutôt à un pétard ! La flamme de mon briquet se propage au bout de la cigarette à la vitesse d'une fusée au décollage à Kourou et il s'en faut de peu que ma moustache ne prenne feu ! Et ça, il ne le faut surtout pas ! Cacher mes cicatrices, c'est absolument impératif ! Pas seulement pour des raisons de beauté. Je tire de grandes bouffées en contemplant l'ondulation de la rivière indiquant l'emplacement du barrage à aiguilles. Le débit de l'eau a été si faible cet été que le barrage n'a pas été mis en place. Les aiguilles de châtaignier sont entassées à côté de moi. Le saule pleureur a perdu de nombreuses feuilles qui se mêlent jaunes et brunes sur les algues du bord. Cette année, les peintres amateurs ne pourront pas le croquer devant le miroir du barrage. Derrière la maison éclusière, j'aperçois deux voitures dont l'une est immatriculée en Angleterre. Les touristes sont encore présents. Je me lève, jette mon*

---

[1] Une toue ou toue cabanée est un type de bac servant de bateau de pêche fluvial traditionnel de la Loire, avec ou sans cabane.

mégot dans la rivière et l'accompagne des yeux dans sa descente vers Tours.

Une haie bocagère longe désormais le chemin. Je suis seul. La pluie a fait fuir les piétons et les cyclistes qui suivent les pistes du « Cher à vélo ». Je passe devant le camping. Il y a encore quelques caravanes mais bien peu de tentes. Dans ce camping comme dans beaucoup d'autres, l'espace est occupé par de nombreux mobil-homes. Une voiture est garée devant certains. Presque au bout du camping, dans un coin abandonné, entourée d'un capharnaüm invraisemblable, je trouve la caravane de Jules Pérez. C'est un inventaire à la Prévert ! Vieux outils, ferrailles en tous genres à moitié rouillées, roues de vélos sans pneus, de vieux moteurs qui avaient dû appartenir à des groupes électrogènes, un grand nombre de cannes à pêche dont il manque parfois les scions, des sacs poubelles à moitié pleins et sous un auvent miteux, une vieille table de camping contre laquelle est appuyé un vélo dont les sacoches pendent lamentablement. Cela correspond à ce que j'avais appris. Jules se déplace à vélo et pêche dans le Cher. Cette année il n'a pas dû ramener beaucoup de poissons ! Jules semble être absent. Peut-être cherche-t-il son chat ? J'en souris subrepticement mais tristement ! Mon pauvre Jules, ta vie n'a jamais été vraiment florissante, mais là maintenant, c'est la désolation !

Il est temps de faire demi-tour car les magasins vont bientôt fermer. J'ai envie d'une gourmandise pour ce soir ! La sonnette de la porte de la pâtisserie a fait venir une dame derrière la banque. Je la reconnais. Pas elle. Normal. C'était une fille venant de Villefrault, une Perreux. À l'époque, elle tournait autour du bel Adam Millet. Lui ne la considérait pas. Mais elle a réussi à lui mettre le grappin dessus ! Bravo Nathalie ! Ça n'a pas dû être simple pour toi. Mais, te voilà casée avec l'homme que tu convoitais !

— Bonjour, je voudrais deux éclairs au chocolat s'il vous plaît.

Un seul ne me satisferait pas ce soir ! J'hésite, pas longtemps, je pousse la porte voisine de la pharmacie. Sur la vitre, il est marqué : Ambre Ouvrard, docteure en pharmacie. Ambre est là. Elle est belle, toujours aussi belle avec un peu plus de maturité. Ambre, tu étais la plus belle des concurrentes. Je reconnais bien aussi ta voix veloutée. J'espère que tu ne reconnaîtras pas la mienne !

— Bonjour monsieur, que puis-je pour vous ?

— Je voudrais... du paracétamol, une boîte s'il vous plaît. Du mille.

Il fallait bien que je demande quelque chose. Demander une boîte de condoms aurait trop attiré son attention ! Je rigole de ma blague en traversant le champ de foire à pas lents. Je passe à côté d'un groupe de personnes en pleine discussion. Une dame d'un âge certain arrête son bavardage pour m'interpeler.

— Bonjour monsieur. Alors vous vous y faites à votre nouvel appartement ? Avez-vous pris vos marques à Saint-Héand ?

La vieille qui vient de m'apostropher a des cheveux à reflets bleutés. Le shampoing déjaunissant y est pour quelque chose. Le rinçage a été insuffisant ! Elle a le visage mangé par les rides mais de jolis yeux bleus pétillants.

— Oui merci madame. Tout va bien.

— Et, si ce n'est pas indiscret de vous le demander, vous travaillez où ?

— À Tours, je réponds tout en continuant à marcher.

— Voilà pourquoi on ne vous voit pas souvent ici.

— En effet. Bonne soirée madame.

— À vous aussi monsieur.

J'accélère le pas. Je n'ai pas envie de discuter, de trop en dire. Me voici vite chez moi, juste un peu essoufflé. Je vais immédiatement à la fenêtre. Je domine le champ de foire. Le groupe de personnes en discussion dirige ses pas vers la pâtisserie. Je les vois discuter plusieurs minutes avec Nathalie Millet. Il y a fort à parier que je suis au centre des paroles échangées ! Ça jacasse, ça palabre, ça colporte et ça suppute ! Saint-Héand réveille-toi ! Le moment est venu de songer à ton passé ! Je vais m'y employer. Lentement mais sûrement.

II
Le feu au camping

5 septembre 2021. Au commissariat de Tours et au camping de Saint-Héand-sur-Cher

Le commissaire Poitevin donnait ses ordres. Il frappait dans ses mains, se tournait à droite à gauche afin attirer l'attention de toute son équipe. Le chat, dénommé Stock puisqu'il avait été trouvé dans la salle où sont stockées les archives du commissariat, en était effrayé et courut se cacher entre deux photocopieuses dont il apprécia de suite la douce chaleur des lampes.

— Stoppez ce que vous faites s'il vous plaît. Écoutez-moi ! Un incendie dans le camping de Saint-Héand-sur-Cher a eu lieu tôt ce matin alors que le jour n'était pas encore levé. Ce sont les pompiers qui nous ont appelés. Il y a un corps calciné à l'intérieur d'une caravane. On envoie la scientifique, préparez-vous. Vous maintenez une bonne zone de sécurité. Vous interrogez les habitants. Ceux qui ont été réveillés par le bruit mais aussi les autres. Tiens Stéphane, puisque tu viens d'arriver tu m'accompagnes, tu dois mieux connaître les lieux que moi puisque tu y habites. En chemin, tu me diras si toi de ton côté tu as entendu quelque chose.

Tu parles si j'ai été réveillé ! Juste vers trois heures. Cela ne faisait pas très longtemps que je dormais. En fait, tout le patelin a été réveillé en sursaut par la sirène des camions de pompiers. J'ai battu le record pour m'habiller et j'ai couru. J'ai traversé le Cher sur le pont à arches multiples qui servait de ligne de démarcation pendant la guerre. Je me suis caché dans les fourrés de la rive gauche. Personne n'a pu me voir. J'ai pigé tout de suite que le feu avait pris dans la caravane de Jules Pérez. Avec la sécheresse, il s'est vite étendu à la haie de séparation du camping, plusieurs arbres se sont même enflammés et les pompiers ont mis beaucoup de temps pour le maîtriser. Mais je n'informerai pas de suite mes collègues de l'histoire du chat. Le jour se levait quand j'ai regagné mon véhicule. Et me voilà de retour à Saint-Héand dans la voiture du commissaire gyrophare allumé, sirène hurlante. Il faut bien impressionner les braves gens !

Une atmosphère ouatée régnait sur le camping. Une fumée blanche à reflets bleus planait et se confondait avec le gris clair du ciel. Les pompiers achevaient d'enrouler leurs tuyaux et les premiers véhicules quittaient les lieux. Ils avaient puisé l'eau directement dans le mince filet de la rivière. De la caravane, il ne restait qu'une ossature noircie qui se dressait tel un candélabre. L'aluminium de la coque, le polystyrène de l'isolation, le bois des meubles, tout avait intégralement brûlé ou fondu. Au grand soulagement de la gardienne du camping le feu avait pu être circonscrit et seul trois érables tendaient des bras d'ébène vers le ciel. Le capitaine Igor Podgorski et ses hommes de la Scientifique avaient commencé à investiguer les vestiges. Igor était un grand échalas plutôt maigre et nerveux contrastant avec la lenteur des gestes méticuleux avec lesquels il accomplissait ses tâches souvent pénibles.

— Dans les caravanes, il suffit parfois d'une mauvaise manipulation du gaz pour provoquer un incendie, fit remarquer la capitaine Murielle Daulincourt.

— Comme dans de nombreux accidents domestiques, renchérit le lieutenant Olivier Jousset dont les doigts étaient entrelacés avec ceux de Murielle.

Cela faisait déjà quelques années que les deux policiers avaient décidé de vivre ensemble même s'ils n'évoquaient jamais ni mariage ni Pacs. Physiquement, ils semblaient bizarrement assortis, elle plutôt petite, potelée, châtain clair au bras d'un grand gaillard solidement charpenté, de près d'un quintal fait de muscles ou presque. Olivier était un ancien du GIPN[2] qu'il avait dû abandonner suite à un accident de moto. Seul l'amour de Murielle avait réussi à le sortir de la dépression dans laquelle il s'effondrait suite à ce drame. Murielle était une policière exemplaire, une capitaine dévouée et perspicace en qui Poitevin avait toute confiance.

— Je ne crois pas que ce soit le cas ici d'après ce qu'Igor m'a laissé entendre au téléphone, formula Poitevin.

— Commissaire nous avons trouvé le cadavre. Le mieux serait que vous veniez voir, intervint justement Igor Podgorski.

Le sol était détrempé. Les pompiers avaient déversé une grande quantité d'eau et leurs camions avaient laissé des traces profondes. La boue arrivait presque en haut des petites bottes qu'Hervé avait enfilées à la hâte. Son métier l'avait amené à voir beaucoup de cadavres, mais il n'avait jamais pu se faire à ce spectacle particulièrement horrible. Hervé avait une forte répulsion pour les cadavres carbonisés depuis sa première grande enquête en Ardèche[3]. Et dire que ce squelette noir était il y a quelques heures encore une personne qui mangeait, buvait, riait, respirait, pensait, en un mot vivait.

— Venez voir, je voudrais vous montrer quelque chose, insista Igor.

Devant la caravane, à la place de l'auvent, le capitaine de la scientifique désigna des morceaux de métal noirs en forme de cercles tordus et éclatés comme des fleurs macabres.

— Ce sont des restes de bouteilles de propane. Cinq au total.

— Eh bien, il y avait la réserve pour passer l'hiver, dit Poitevin. Ça a dû faire un joyeux feu d'artifice !

— Le problème c'est que les bouteilles de propane n'explosent pas.

— Ah bon ? fit Hervé surpris.

---

[2] GIPN : Groupe d'Intervention de la Police Nationale. Depuis 2019 le GIPN a été dissous et a intégré les antennes du RAID (Recherche Assistance Intervention Dissuasion)

[3] Voir « Les disparus de l'Ardèche », éditions de La Morelle, juin 2019.

— Le propane ne brûle qu'au contact de l'oxygène. En cas de surchauffe, dans un incendie par exemple, la pression interne augmente et la soupape de sécurité s'ouvre. Cela fait comme un chalumeau.

— Alors le gaz prend feu comme une torchère mais n'explose pas. Ce n'est pas le cas ici puisque les bouteilles ont éclaté.

— Le propane n'explose que s'il s'échappe dans une pièce fermée et qu'alors il se produit une étincelle, affirma Igor.

— Ce qui aura peut-être été le cas ici sous l'auvent fermé pour la nuit.

— Fort possible. Je crois en effet que c'est ainsi que ça s'est passé.

— Auquel cas ça serait bien un homicide, absolument pas un accident, conclut le commissaire. Qu'en penses-tu Steph ?

— Il se passe quand même de drôles de choses dans ces villages si calmes, répondit Stéphane Gonthier.

Tu as raison commissaire Poitevin ! Ces bouteilles n'étaient pas là quand je me suis promené hier au soir ! Il s'agit bien d'un meurtre ! Décidément Jules, tu auras eu une mort atroce. Encore pire que ton chat.

Le capitaine Podgorski pestait contre les pompiers. Les quantités d'eau qu'ils avaient déversées avaient noyé beaucoup de traces qui auraient pu être exploitées.

Le commissaire comptait sur ce que les campeurs pouvaient raconter. Enquête traditionnelle de voisinage immédiat. Sans exception ils insistèrent sur la soudaineté et la force de l'explosion entendue. Les flammes étaient déjà très hautes et la chaleur insoutenable quand ils sont sortis de leur mobile-home ou de leur caravane. C'était bien une explosion et vraisemblablement volontaire. La capitaine Daulincourt interrogea la gardienne du camping, madame Rosa Cabral. Elle était toute retournée par les événements et n'arrêtait pas de pleurer. Elle leur apprit que Jules Pérez habitait cette caravane depuis plus de huit ans. Mais il n'en était pas le propriétaire.

— À qui appartient-elle donc ?

— Des gens de Villefrault au-dessus de La Croix-de-Touraine. À la limite du Loir-et-Cher, pas loin d'ici. Je retrouverais peut-être les documents si mes prédécesseurs les ont laissés dans la maison, indiqua la gardienne avec un vestige d'accent portugais qui chuintait les « s ».

— Il payait son emplacement ?

— Non ! Il est dans un coin qui ne gêne personne. Il aidait à faire certains travaux.

— Quels travaux ?

— Les toilettes, les sanitaires, tondre la pelouse, ramasser les feuilles et tailler les haies en automne, entretenir le camping. Jules était très serviable.

— Il avait des ennemis ? Des gens lui en voulaient ?

— Non ! Oh non ! Mãe de Deus ! Il était si gentil. Sans problème. Personne ne s'est jamais plaint de Jules, finit-elle par dire en se laissant submerger par un sanglot plus fort que les autres.

Rosa avait peut-être une relation avec Jules ? Murielle laissa madame Cabral reprendre ses esprits avant de continuer à lui poser des questions :

— Savez-vous s'il utilisait du gaz ?

— Il faisait souvent du barbecue.

— Au gaz ?

— Non, au bois. Il y faisait griller ses poissons.

— Pas de gaz ?

— Le gaz c'était pour l'intérieur de la caravane. Il avait un petit réchaud ainsi qu'un chauffage pour les nuits d'hiver.

— Il avait beaucoup de bouteilles ?

— De bouteilles ? fit Rosa étonnée. Il ne buvait pas !

— Des bouteilles de gaz, de propane.

— Ah ! De gaz. Une seule lui suffisait.

— Cette nuit, avez-vous entendu une voiture pénétrer dans le camping ?

— Non, aucune. D'ailleurs à partir de 22 heures le camping est fermé. De plus j'ai le sommeil très léger. Je n'ai entendu aucun bruit.

— Pourtant cette nuit, Jules avait cinq bouteilles sous son auvent ! D'ordinaire il n'en avait qu'une vers le timon de la caravane. Les autres ont donc été apportées. Ça renforce l'hypothèse criminelle. Si ce n'est pas lui qui les a apportées, qui l'a fait, comment et pourquoi ? intervint Poitevin.

Madame Cabral regagna l'accueil du camping. Elle s'abandonna à ses émotions à l'abri des regards. Jules, son Jules, avait quitté son lit vers minuit. Il s'en était allé vers la mort, la plus horrible des morts. Il lui avait dit « Je t'aime » en la quittant. Elle but de grands verres d'eau pour se calmer un peu et entreprit de fouiller les tiroirs avec des mains fébriles.

Au bout d'une heure, elle trouva un vieux papier crasseux d'une assurance de la caravane. Elle appartenait bien à des gens de Villefrault, monsieur et madame Perreux. Elle ne les avait jamais rencontrés. Elle ignorait tout de ces gens-là. Elle sortit pour en informer l'aimable capitaine qui l'avait interrogée. Alors qu'elle cherchait Murielle du regard, elle tomba nez à nez avec le lieutenant Stéphane Gonthier à qui elle confia le document. Le téléphone avait sonné lui demandant de fermer le camping, ordre du maire, et de passer le plus rapidement possible à la Mairie. « C'est pour m'annoncer la fermeture définitive du camping cette fois sûrement. Le projet a été lancé de longue date et l'incendie de ce jour est un bon prétexte pour me mettre dehors », songea-t-elle. « Mais que vais-je devenir ? ».

Perreux, tiens donc ! Les parents de la pâtissière ! C'est un nom peu répandu dans la région. Voilà des revenants ! Ils étaient de riches viticulteurs ! Ils le sont toujours assurément. Dans leurs vignobles, ils exploitaient sans vergogne des travailleurs pauvres, souvent des étrangers. Ils avaient eu maille à partir avec la police au sujet d'un Arménien peu de temps avant mon départ pour la Guyane. L'affaire avait été vite étouffée à l'époque. Bon je vais néanmoins donner ce tuyau au commissaire, ça lui fera du grain à moudre. Je dois avoir conservé des documents là-dessus.

Il fallut la journée complète pour transporter délicatement et respectueusement le corps calciné à l'institut médico-légal de Tours, pour recueillir des fragments d'objets divers à analyser, des morceaux de fer, des paquets de boues, quelques restants de tissus, de toiles, des bouts de bois à demi-consumés. Un ensemble de choses hétéroclites qu'il faudra regarder de près au microscope, avec les méthodes les plus sophistiquées, pour espérer les faire parler. Le long et parfois fastidieux travail des spécialistes de la scientifique. À commencer par l'horrible moment de l'autopsie.

Parallèlement il faudra recueillir d'autres témoignages des habitants de Saint-Héand. En faire la synthèse en espérant faire revivre les dernières heures de Jules Pérez et suggérer une explication à ce drame.

Ce n'est qu'après tout ce travail méticuleux qu'il sera possible d'envisager de se lancer sur la piste du ou des assassins. Telle était la méthode de base du commissaire Poitevin. À partir de là on pourrait imaginer des scénarios différents.

****

6 septembre

Le lendemain le commissaire Poitevin fut appelé par le médecin légiste. Ils étaient devenus amis rapidement après la nomination d'Hervé au commissariat de la rue Marceau, il y a plus de cinq années maintenant. Julien Gérard possédait outre de réelles compétences professionnelles, un caractère chaleureux et joyeux qui n'était pas sans rappeler son collègue stéphanois Frédéric Lussan et son célèbre accent du Sud-ouest. Le légiste avait un timbre légèrement éraillé qui convenait parfaitement au jazz, négro spirituals et gospel. Il faisait d'ailleurs partie d'une chorale et Poitevin avait eu l'occasion d'assister à un récital en la cathédrale Saint-Gatien de Tours. À croire que la fréquentation des morts poussait ces toubibs à être joviaux et facétieux ! Par compensation peut-être ?!

— Tu sais Hervé, je n'aime pas beaucoup ce genre de cadavre. Sur eux il est difficile de trouver des choses qui permettent de retracer leur histoire, ne serait-ce qu'un petit morceau de leur vie. L'abomination de leur mort horrible les rend muets.

— Je comprends Julien. Mais je suis sûr que même celui-ci n'a pas résisté à ton… ton charme !

— Je préfère nettement charmer la gent féminine, tu le sais bien ! Je n'ai pas pu découvrir grand-chose. Ton mort, Jules, appelons-le Jules puisque c'est son prénom, ça fait comme s'il existait encore un petit peu.

— Oui, parle-moi de Jules, vas-y.

— Jules devait avoir entre trente-cinq et quarante-cinq ans, autour de la quarantaine, peut-être un peu moins. Constitution légère mais robuste quand même. La chaleur terrible a attaqué l'intérieur des os.

— Dis-moi d'abord s'il était mort avant de cramer ou pas. Sinon c'est l'horreur maximale.

— Je suis bien d'accord avec toi. J'ai eu bien peu de viscères corrects à examiner. Néanmoins je vais te décevoir. Il était vivant. Il a brûlé vivant, Hervé. Inhumain. Totalement inhumain. J'espère que tu le coinceras, le salaud qui a osé faire ça !

— Ou les salauds Julien. Oui. Je le promets. Comment es-tu sûr de ça ?

— J'ai trouvé dans ce qui a dû être son intestin et son estomac, des traces de zopiclone. Ses viscères étaient un peu protégés puisque Jules s'était mis dans la position d'un fœtus. Position qu'il a sûrement prise par réflexe pour s'endormir, se protéger des flammes et de la douleur indicible de sa mort. Vainement d'ailleurs. J'ai l'estomac qui se tord en te racontant ça Hervé. C'est horrible !

— Des traces de quoi tu as dit ?

— La molécule s'appelle zopiclone. On en trouve dans un somnifère comme l'Imovane.

— Beaucoup de gens utilisent ce médoc, non ?

— Bien sûr, mais pas à cette dose Hervé. Pour que j'aie réussi à retrouver cette molécule après le feu, je te jure que Jules ne risquait pas de se réveiller de sitôt.

— Son assassin l'a endormi avec ce médoc. Puis après, il a fait exploser la bombe au propane que constituait l'auvent.

— Oui, sans aucun doute. Je continue mon travail, mais je voulais t'avertir de ça tout de suite. Alors comment te sens-tu toi ?

— Aussi mal que toi, effondré devant une telle cruauté. Et très en colère.

— C'est sûr ! mais je veux parler de toi Hervé. J'ai entendu dire que ton épaule refaisait des siennes, insista Julien Gérard. Et ça m'inquiète. Isabelle aussi est préoccupée.

— Oui, je sais. Mais faut pas s'affoler. C'est normal ce qui se passe parfois. Cette épaule a reçu une balle[4].

— Tout est bien ressoudé mais... mais, rappelle-toi, tu as voulu jouer au plus fort et t'as repris le travail beaucoup trop tôt sans te reposer, sans laisser ton épaule au repos.

— C'est vrai, t'as raison…

— T'as pas été raisonnable, toi ! Tu devrais consulter pour faire des radios afin de voir où en est ton épaule. Plutôt même une IRM[5].

— Oui, t'as encore raison Julien, mais tu sais que le boulot n'attend pas, on a une enquête bien délicate à mener pour trouver les assassins de Jules.

— Oui, bien sûr. Bon, montre-moi, lève un peu le bras contre ton oreille, tout simplement… hé ! bras tendu s'il te plaît… encore plus tendu, allez...

Voyant Hervé grimacer en tentant le mouvement, Julien Gérard intervint.

— Tu vois que ça ne va pas Hervé. De l'arthrose s'est sûrement mise sur la blessure. Et c'est pour ça que les mouvements de cette épaule sont limités !

---

[4] Lire « Sous le signe de la vengeance », édition Le Lys Bleu, mai 2021.

[5] IRM : Imagerie par Résonnance Magnétique

— Ben oui, sûrement. Je ne rajeunis pas non plus ! Que veux-tu, j'ai pris un pruneau quand on tentait de sauver Léa Foucault. Tu te souviens la jeune fille sourde ? Tiens, je te signale que Léa continue à venir voir Isabelle de temps en temps. Isa l'aime beaucoup.

— Tu ne peux pas faire un effort pour déléguer certaines choses et ne pas soumettre ton épaule à un travail incessant ?

— Certes, certes, mais tu me connais !

— T'as reçu des renforts ces derniers temps non ?

— Oui et ça fait du bien, un nouveau capitaine…

— Jacques-Antoine Vernier n'est-ce pas ? Zahiya Sassi ne s'entend pas vraiment bien avec lui.

— Tu peux le dire. Il lui fait souvent des remarques désobligeantes et il refuse de travailler en équipe avec elle. Ça ne me simplifie pas la vie.

— Un nouveau major aussi. Et lui, tu l'aimes bien.

— Ah oui, parfaitement intégré, disponible, serviable. Bassembo Diakhoumpa surnommé Basse

— D'origine sénégalaise il paraît.

— Oui, ses parents étaient des Darmanko.[6]

— Et enfin une autre recrue, un lieutenant originaire d'ici, de Touraine, de Saint-Héand même. Dis donc, ça fait trois de plus ! C'est pas mal !

— Oui, Stéphane Gonthier. Et bien pour le moment c'est parfait. Il bosse énormément, toujours volontaire. Il sait se rendre indispensable. Il a trouvé à loger à Saint-Héand. Dans l'affaire concernant Jules, il m'aide beaucoup. Un charmant garçon !

— Tu dois être content !

— Oui la brigade s'est un peu étoffée. C'est un peu plus positif en termes d'effectifs. Ce qui est rare en ce qui concerne la Police Judiciaire si on regarde la politique du ministre de l'Intérieur plus favorable aux polices répressives.

---

[6] Les Maures Darmanko font partie de la grande communauté des Maures répartis entre le Maroc, le Sahara, l'Algérie, la Mauritanie, le Sénégal, le Mali et le Niger. C'est au Sénégal qu'ils sont les plus nombreux appelés Naar en langue wolof.

— Il faut toujours voir le bon côté des choses Hervé. Allez, je retourne discuter avec le pauvre Jules !

— Bon courage Julien ! On ira boire un coup après. Tu l'auras bien mérité.

****

Lors de la dernière réunion de la journée, le commissaire Poitevin informa la brigade de la découverte faite par le docteur Gérard. Tout le monde fut horrifié en réalisant ce qui s'était passé au camping de Saint-Héand-sur-Cher. Des images insoutenables défilaient devant les yeux de chacun et chacune.

— Nous avons affaire à un criminel, à moins qu'ils ne soient plusieurs, très précautionneux. La préméditation ne fait pas de doute. C'est bien un assassinat. Il a endormi sa victime, a amené cinq bouteilles de propane et a fait écouler le gaz sous l'auvent. Puis, sans se brûler il a fait exploser la bombe ainsi constituée. On ne sait pas exactement comment il a mis le feu. Mais son modus opératoire est tel que je viens de le décrire, on peut en être assuré.

— Putain le salaud, souffla le lieutenant Kimbu Amandah.

— Première série de questions : où a-t-il acheté ces cinq bouteilles ? Comment les a-t-il transportées jusqu'au camping, avec qui éventuellement ? Combien étaient-ils ? Peut-être que les investigations d'Igor nous ouvrirons des pistes.

— Igor m'a laissé entendre qu'il analysait très minutieusement le chemin de halage vers la maison du barrage à aiguilles. Le transport pourrait avoir été effectué par voie d'eau, intervint la major Zahiya Sassi.

— Zahiya, tu suis de près les découvertes d'Igor. Ok ? Maintenant la victime Jules Pérez. Un peu l'homme à tout faire du camping. En échange de quoi il ne payait pas son emplacement. Il faut creuser la personnalité de Jules, ce qu'il faisait hors du camping, d'où il vient, retrouver tous les renseignements sur son identité, sa vie avant le camping, etc. N'hésitez pas à interroger les habitants de Saint-Héand.

La gardienne du camping Rosa Cabral a fini par avouer à Murielle qu'elle avait une liaison avec Jules. Que ce dernier l'avait quitté vers minuit. On pourra affiner l'horaire et préciser la chronologie des évènements.

— Ils se sont déroulés entre minuit et cinq heures, heures de l'explosion, dit le lieutenant Olivier Jousset.

— Cinq heures treize exactement comme en ont témoigné tous les campeurs. Soyons précis Olivier, quand on le peut bien sûr. D'autres renseignements ont été recueillis par Stéphane Gonthier. Débuts prometteurs Steph. C'est bien ! La caravane appartient à une famille de Villefrault. Les Perreux. Steph, tu cherches le lien, s'il existe, entre Jules et ces gens-là. Je compte sur vous tous demain. Bonne soirée et bonne nuit.

Merci Hervé de ces compliments ! Mon ego est flatté. Mais la gardienne est tombée par hasard sur moi en sortant de sa loge, elle cherchait en fait après Mumu, la belle Murielle Daulincourt. Je n'ai eu aucun effort à fournir pour obtenir ces renseignements. Mais c'est gentil de me remercier. Quant à ce que tu cherches sur les Perreux, moi je n'ai pas besoin d'investigation. J'en sais déjà long sur une période un peu plus ancienne mais qui peut fournir des explications pour cette enquête. Je consulte mes docs, je filtre les infos et bientôt je t'en dirai plus. Compte sur moi, commissaire !

Sale journée pour Hervé et ses collègues. Isabelle Dumas le trouva triste quand il rentra chez eux. Elle ne le questionna pas, le laissant réfléchir, surmonter ce qu'il avait vu. Elle ne lui proposa que de se détendre. À la télé, une série policière, mais oui policière, fit l'affaire. Ce n'est pas souvent qu'il regardait un tel téléfilm. Les conditions et les énigmes présentées, le déroulé de l'enquête sont parfois tellement loin de la réalité du terrain et l'intrigue est fréquemment insipide. Mais ce soir les facéties de Corinne Masiero alias capitaine Marleau, le firent sourire et l'entraînèrent loin de ses pensées lugubres. « Youyou commissaire ! Allez Tchô ! Bonne nuit ! ».

III
Des ouvriers viticoles

6 septembre

Le commissaire Poitevin laissa la parole au lieutenant Gonthier pour qu'il donne les informations concernant Jules Pérez.

C'est bien ce que je souhaitais. Je viens de lui dire que j'ai bossé une partie de la nuit. Ce qui est faux. J'ai juste relu mes anciennes notes. Ils sont tous devant moi, là, buvant mes paroles et cherchant à en déduire une idée qui ouvrirait sur une piste pour trouver le meurtrier. Chacun aimerait briller, être le premier à dire quelque chose d'intelligent, de surprenant. Mais non, ne vous faites pas d'illusion. Aujourd'hui, comme hier, ce que vous trouverez si rapidement, sera une fausse piste ! Je parle calmement, pour les impressionner. Vous avez fait une bonne recrue commissaire ! Vous ne savez pas à quel point !

— Jules Pérez. Trente-cinq ans. Il est né le 6 mars 1986 à Doué-la-Fontaine. Sa mère Sabrina Bras née le 14 février 1962 à Saint-Héand-sur-Cher. Son père Pablo Pérez né le 5 octobre 1949 à Sant-Feliu de Llobregat à côté de Barcelone. Il est venu en France en 1970 fuyant le franquisme. Ils se sont mariés en 1984 à la mairie de Saint-Héand-sur-Cher. Le couple après avoir habité à Doué, a déménagé pour Saint-Héand en 1994 car madame Perez née Bras, a été embauché comme vendeuse à la boulangerie du bourg. Son père a travaillé tout le temps chez un vigneron des coteaux du Layon. Il est décédé en 2004. Jules a perdu sa mère il y a dix ans, en 2011, une maladie, un cancer.

— Continue Stéphane, intima Hervé.

— À l'âge de seize ans Jules a aidé son père chez le même vigneron. Il y a acquis de bonnes connaissances et un bon savoir-faire pour la culture de la vigne.

— Il est toujours resté chez ce vigneron ? demanda la capitaine Murielle Daulincourt.

— Attends, j'y arrive, reprit Stéphane. Il en est parti en 2005, un an après le décès de son père, il avait dix-neuf ans. Il a été embauché de suite chez Charlotte et Gabin Perreux viticulteurs à Villefrault et y travaillait encore il y a dix ans. Il a arrêté son travail chez Perreux en 2011. C'est à ce moment-là qu'il a rencontré Rose, enfin Rosa, Rosa Cabral et s'est installé au camping de Saint-Héand-sur-Cher après avoir revendu la maison familiale.

— Il a quitté le viticulteur de Villefrault l'année même du décès de sa mère, fit remarquer la major Sassi.

— Et alors, tu sous-entends quoi avec cette remarque ? demanda agressivement le nouveau capitaine Jacques-Antoine Vernier.

— Avec la vente de la maison, il avait sûrement un petit pécule, s'empressa d'ajouter le lieutenant Olivier Jousset.

— A-t-il quitté les Perreux de lui-même ? demanda Poitevin. Je me pose la question parce que je suppose qu'il avait un certain train de vie, logé nourri, chez les Perreux, c'est ça ?

— Oui, logé nourri, comme le sont souvent les ouvriers agricoles, continua imperturbable Stéphane.

— Et au camping, chez Rosa, il n'a plus le même niveau de vie ! Il en était à ce point amoureux qu'il a tout lâché ? Ça cache quelque chose ça ? intervint Hervé.

— Vous avez raison commissaire ! Il s'est passé quelque chose entre Jules et les Perreux. Un désaccord important. À ce moment, Jules était ami avec un autre travailleur de chez Perreux, un dénommé Achod Hagopian.

— Un Arménien ! Il ne manquait plus que ça, maugréa Jacques-Antoine Vernier.

— Et alors, qu'est-ce qui s'est passé ? insista d'une voix forte Hervé afin d'écarter la remarque déplacée du nouveau capitaine.

— Hagopian ne supportait pas le mépris et les conditions de travail imposées par Perreux. Il a pris la tête d'une sorte de révolte. Il s'en est plaint à la gendarmerie. À Blois. On peut retrouver les documents d'il y a dix ans. Par internet je les ai consultés hier au soir et même une partie de la nuit.

— Bravo, beau travail Steph !

— Bravo le nouveau ! s'écria en riant Mélanie Charmoy, la jeune brigadière qui semblait trouver Stéphane très à son goût !

— Une nuit de 2011, fin septembre, Achod Hagopian a disparu. Il y a eu des battues. On ne l'a jamais retrouvé. Néanmoins Perreux a été mis en examen pour mauvais traitements sur ses employés. Mais au moment du procès, tout le monde s'est dégonflé !

— Sauf Jules Pérez, fit Hervé.

— Tout à fait. *Perspicace le commissaire !* C'est pour cela qu'il a quitté Villefrault. Il a été remercié par Gabin Perreux, mis à la porte quoi. Dès 2011. Le procès a eu lieu trois ans plus tard. Perreux a été blanchi.

— Bon, merci pour ce travail Stéphane. L'année 2011 contient beaucoup de rebondissements concernant la famille Pérez ! On va voir les Perreux à Villefrault. Allez, en route !

Qu'est-ce que je disais ? Ils foncent de suite d'un bloc tel un taureau apercevant la muleta rouge. Avec ce que j'ai dit, c'est normal. Mais je vais y aller aussi. Ça m'intéresse bigrement en fait de retrouver ce Gabin Perreux. Et puis, il y a l'accident de Taline Hagopian dont je n'ai pas parlé dont le chauffard n'a jamais été identifié. Il y en a des questions en suspens sur plusieurs faits et drames qui se sont déroulés il y a dix années. J'ai des papiers sur ce qui s'est passé à Bléré. En attendant, je vais à Villefrault. Dans la voiture de qui ? Ah Mélanie me fait signe. Non ! Je cours. Me voilà calé derrière Poitevin. Allez, en piste, on appuie sur le champignon mon commissaire préféré ! Sirène, gyrophare, la route est grande ouverte !

****

Gabin Perreux était un vieil homme alerte ayant dépassé largement la soixantaine, le visage anguleux très volontaire, la calvitie déjà très développée lui conférait une tête de catcheur. Chemise à carreaux dont quelques boutons manquaient sur un ventre plutôt proéminent. Short de jean bleu avec un large ceinturon de cuir brun. Petites chaussettes de coton noir dans des sandales. Plutôt une tenue d'été très négligée. Un peu disparate, pas très élégante, même ici en milieu rural. Mais le temps était encore clément et le souvenir des grandes chaleurs, encore vif. Il restait vissé à son fauteuil.

Charlotte, sa femme, avait accueilli les policiers. Vêtue de noir de la tête au pied, châle noir d'où s'échappaient des touffes de cheveux gris, robe de laine noire et même les galoches noires dans lesquels ses pieds nus paraissaient noirs. Elle restait désormais assise en retrait, derrière son mari. Une simple chaise pour elle.

Gabin Perreux n'attendit pas une seconde qu'Hervé Poitevin lui pose la moindre question.

— Vous n'avez rien d'autre à foutre ? Hein ! Elle est belle la police de nos jours ! L'affaire a été jugée. Classée sans suite. S-A-N-S-S-U-I-T-E, dit-il en épelant les lettres. Tu sais ce que ça veut dire ? Alors sortez de là. Foutez le camp vite, nom de Dieu !

— Calmez-vous, qu'est qui vous prend ? répondit enfin Hervé Poitevin en le fixant dans les yeux. Nous ne venons pas pour une histoire ancienne. On vient vous interroger parce que c'est la procédure de poser des questions à tous les gens qui ont connu une victime. Jules Pérez a bien été ouvrier viticole chez vous pendant plusieurs années ?

— Et qu'est-ce que vous voulez savoir sur Jules Pérez ? Pas revu depuis des années.

— Il est mort dans sa caravane incendiée au camping de Saint-Héand-sur-Cher.

— Oui. Je sais. Je l'ai vu sur la NR[7]. Je sais lire, prends-moi pas pour un con. Je ne te connais pas. Tu viens de Blois ?

— De Tours.

— Ah de Tours ! Voilà pourquoi je n'avais jamais encore vu ta tête par ici.

— Quand avez-vous vu Jules Pérez pour la dernière fois ?

— Je ne sors plus d'ici. Jules lui, il reste là-bas à Saint-Héand avec sa poule, la Rosa, une « portoche », dit-il en imitant l'accent portugais de façon méprisante. Alors, comment voulez-vous qu'on se rencontre ? Ça fait des lustres que je ne l'ai pas vu. Je n'ai rien à dire. C'est une mort pas belle. C'est tout ce que je dis. Mais personne ne le pleurera sauf peut-être la pute portugaise. Voilà. L'entretien est fini. Dehors.

— Il est parti de chez vous quand ? Pourquoi ?

— Arrêtez de me prendre pour une oie blanche. Vous le savez ! Vous êtes de vraies véroles de flics. Tous pareils. Hypocrites. Vous le savez que je l'ai foutu dehors. Il voulait partir. Et bien qu'il parte ! Voilà ce qui s'est passé.

— Ce n'est pas plutôt parce qu'il a été le seul de vos ouvriers viticoles à oser venir témoigner contre vous, en faveur d'un autre de vos employés, un dénommé Achod Hagopian ? insista Poitevin.

— Salaud, hurla Gabin Perreux.

— Soyez poli ! Sinon je vous arrête pour injures à représentant de l'ordre public dans l'exercice de ses fonctions, clama le commissaire.

— Ok, ok, mes excuses.

— Alors dites-nous la vérité monsieur Perreux.

— Le Jules, c'était un bon petit gars au début. Je l'avais embauché à la demande de sa mère. Il travaillait bien, très bien même. Mais c'est cet Hagopian qui l'a retourné contre moi. Quel enfant de salaud ce

[7] La NR : La Nouvelle République est un quotidien régional français basé à Tours, en Indre-et-Loire. Le journal est diffusé dans la région Centre-Val de Loire et dans deux départements du nord de la Nouvelle-Aquitaine.

mec ! Alors le Jules s'est mis à mentir ! À inventer des saloperies sur moi. Il disait que je traitais mal mes ouvriers, que je les cognais... enfin du grand n'importe quoi. Tous les autres témoignages ont été en ma faveur. Je suis dur au boulot mais juste et humain. J'ai rien à me reprocher. Allez, ça suffit ! Partez maintenant.

— Vous n'avez rien à nous dire sur l'incendie du camping ? C'était pourtant bien votre caravane ?

— Oui. C'est vous dire que je ne suis pas méchant ni rancunier. Je la lui ai laissée. Sans contrepartie. Voilà. Vous voyez. Je sais être généreux.

— Au fait vous avez un 4x4 ? intervint Stéphane Gonthier de façon surprenante.

— Qui t'es toi ? Pourquoi cette question ?

— Répondez s'il vous plaît, insista Hervé.

— Oui, j'ai toujours eu un 4x4. C'est nécessaire compte tenu de mon boulot et des chemins de traverse dans les champs et les vignes.

— Celui-ci, ça fait combien de temps que vous l'avez ?

— Sept, huit ans, que sais-je... à peu près.

— Sept, huit ans ? Pas plus ?

— Je ne sais plus ! Ce n'est pas important nom de Dieu !

— Sait-on jamais ? fit mystérieusement Stéphane.

— Dernière question, reprit Stéphane Gonthier qui ne tint pas compte de l'étonnement qui se lisait dans les yeux de son commissaire. Combien d'enfants avez-vous ?

— Là encore je ne vois pas le rapport avec votre enquête, s'insurgea le patriarche d'une voix courroucée.

— Répondez-moi. C'est nous qui jugerons de l'importance de la question, reprit Poitevin.

— Euh... Trois. Deux fils et une fille. Vous voulez peut-être savoir ce qu'ils font ? Comme si vous ne le saviez pas déjà.

— Exactement. Vous devancez ma question !

— Ma fille est pâtissière à Saint-Héand-sur-Cher. Elle est mariée et...

— Oui, je connais, l'interrompit Stéphane. J'habite Saint-Héand. Elle a épousé le pâtissier Adam Millet. C'est bien elle qui avait un chien, un beau labrador ?

— Ah oui, vous logez là-bas. Oui c'est ça. Z'êtes bien renseigné ! Et son chien à qui elle tenait beaucoup a été empoisonné. Et une nouvelle fois la gendarmerie a été incapable de trouver le coupable. Alors les flics de tout poil, moi je n'ai pas confiance, vous comprenez !

— Et vos fils ?

— L'un a repris le domaine. Je l'ai formé. Ça va bien. C'est un bosseur. Théo sait élever de beaux vins. Théo est un grand vigneron, un grand viticulteur. Voilà, vous êtes contents ? Foutez-moi le camp !

— Et votre autre fils ?

— En quoi ça vous intéresse ?

— Répondez ! C'est la dernière question.

— Il est… heu, un peu... comment dire, attardé. De naissance presque. Ça arrive dans les meilleures familles. Vous n'allez pas nous le reprocher, nom de Dieu ! Ça a été notre croix à la Charlotte et à moi !

— Il fait quoi dans la vie ?

— Pas grand-chose. Martin aide un peu son frère dans les vignes ou reste ici à ne rien foutre. Voilà. Satisfaits ? Ce n'est pas une enquête que vous menez, mais une inquisition ! Nous on n'a rien à voir avec la mort de Jules Pérez dans l'incendie au camping de Saint-Héand. Je répète que je ne voyais plus depuis longtemps ce sale menteur. Ne revenez plus ici. Ce n'est pas bien de remuer les souvenirs du passé.

Les policiers quittèrent le domaine Perreux sans avoir pu prendre le père en défaut. Aucun début de relation possible entre l'incendie et lui. Mais les soupçons n'en étaient pas effacés pour autant. Ils croisèrent, en quittant la cour de la ferme, un grand bonhomme en pull sur un bleu de travail maculé de boue qui regarda Stéphane avec une lourde insistance. Il ne salua pas les policiers et ne posa aucune question. Il s'agissait de Théo.

— Dis-moi Stéphane, pourquoi as-tu posé ces dernières questions sur le 4x4 et sur ses enfants ? Comment savais-tu ça ? demanda Hervé en regagnant son véhicule.

— J'avais potassé le dossier. Et sait-on jamais, ça aurait pu le déstabiliser ! répondit le lieutenant Gonthier. *Il ne faudrait pas que j'en dise trop quand même, ça paraîtrait surprenant ! Faut que je sois plus vigilant !*

— Beau travail en tout cas. Continue ainsi.

Je savais bien que tu serais étonné commissaire ! Mais t'es sympa, tu m'as laissé faire. Tu es fidèle à ta réputation de favoriser la prise d'initiative. Ça me plaît bien. Quant au pourquoi, j'ai ma petite idée. Le passé révèlera des choses sordides. J'en suis persuadé. Et qui pourraient avoir un lien avec cet incendie. Et tu ne sais pas tout. Tu ignores beaucoup de choses sur moi. Un jour peut-être je serais dans l'obligation de t'en parler. Mais ce jour n'est pas encore arrivé !

En arrivant au commissariat Hervé posa encore une question à Stéphane.

— Au fait, qu'est-ce que c'est cette histoire de chien empoisonné ? Est-ce que ça peut avoir un rapport avec l'assassinat de Jules Pérez ?

— Tout le village est au courant que le labrador de Nathalie Millet, fille Perreux, a été empoisonné. Tous les saint-héandais savent qu'elle y tenait comme à la prunelle de ses yeux ! Et tous les habitants ou presque soupçonnent Jules Pérez d'en être l'auteur. C'est commode de trouver une tête de Turc, Espagnole en l'occurrence, qu'on dit d'origine étrangère alors qu'il est né en France !

— Tu penses alors à une vengeance ?

— Bôf, pas nécessairement, il faut continuer à faire des investigations.

— Ça serait disproportionné non ?

— Si on tient compte que Jules avait témoigné contre Gabin Perreux il y a trois ans et qu'il est malaimé de tout le monde ou presque de Saint-Héand à La Croix-en-Touraine, il y a des tas de gens qui ne pleurent pas son décès. Pensez, il a osé s'opposer au plus grand viticulteur de la région ! On est toujours avec une vengeance bien plus redoutable sur cette piste-là mais ancienne cette fois. Est-ce la bonne ? Pour ma part je retourne me documenter sur l'ouvrier arménien Achod Hagopian dont on ignore ce qu'il est devenu. L'enquête de la gendarmerie de l'époque a classé sans suite cette disparition après de nombreuses investigations infructueuses. Je vous tiens au courant.

Hervé Poitevin songea que Stéphane Gonthier était vraiment une bonne recrue pour la brigade.

La précision de ses informations, sa faculté d'être toujours au bon moment là où il faut, son aptitude à troubler celui qui est interrogé, tout ceci est un peu impressionnant. Voilà sûrement un gars qui a pas mal roulé sa bosse et acquis de l'expérience. Mais il est vraiment très rapide pour obtenir les éléments de connaissances utiles concernant les personnages de l'enquête. Il dit qu'il utilise internet. Ok, c'est parfait. Faudra néanmoins que je lui demande quelques explications.

****

Stéphane Gonthier fit un bref aller-retour à Blois dont la gendarmerie s'était occupée de l'affaire de la disparition d'Achod Hagopian dix ans auparavant. Juste pour revoir les comptes rendus de gendarmerie, les documents de justice puisqu'il y avait eu un procès rapide. Il en profita pour consulter ce qu'avaient écrit les journaux de l'époque, la Nouvelle République, la NR, et la Renaissance du Loir-et-Cher. Juste pour se rafraîchir la mémoire, se remémorer la chronologie des évènements. Lorsque ceux-ci s'étaient déroulés il était encore en Guyane. Il avait néanmoins pris connaissance de ces évènements quand il était au commissariat de Rennes, on en parlait encore du procès bâclé de Gabin Perreux, il avait un ami Jérôme Taillandier, jeune retraité de la gendarmerie de Blois qui l'avait informé de façon détaillée. Il lui redemanda son compte-rendu en fin d'après-midi pour le transmettre à ses collègues en fin de journée. Il put ainsi, une nouvelle fois, apporter à la PJ de la rue Marceau une information synthétique et précise.

— Les parents Hagopian étaient arrivés en France il y a quarante-cinq ans. En même temps mais séparément. Ils fuyaient leur pays pour raisons politiques et ont bénéficié au début du statut de réfugiés, précisa Stéphane.

— C'était une époque où la France était accueillante, pas comme maintenant, fit remarquer Zahyia Sassi.

— Encore heureux que les choses aient changé ! déclara péremptoirement Jacques-Antoine Vernier avec un haussement d'épaules.

Poitevin lui jeta un regard réprobateur. Stéphane continua sa narration.

— Ils ont très vite trouvé du travail comme ouvriers agricoles dans une exploitation de maraîchers à Noizay, près de Vouvray. Ils travaillaient dur. Ils se sont mariés en 1980 à la mairie de Saint-Héand-sur-Cher. Achod est né en 1986. En 1995, ses parents se sont séparés. On en ignore les raisons. Achod avait neuf ans. Il s'est débrouillé un peu tout seul, son père, Aliskan, continuant à travailler chez le maraîcher pour un maigre salaire qui lui avait permis quand même d'offrir à son fils une petite maison correcte, pas grande mais solide, avec un petit jardin, à Saint-Héand, parce qu'ils aimaient bien ce village. Le père et le fils s'y sont établis quand Achod avait douze ans. C'est à l'automne 2002 qu'Achod rejoignit son père chez le maraîcher de Noizay. Trois ans plus tard, Aliskan Hagopian décédait, mort d'épuisement au travail d'après ce qu'affirmait son fils. La mère d'Achod, Taline, pendant toutes ces années, avait vécu en faisant des ménages. Elle habitait à Athée-sur-Cher. En 2011, elle roulait en scooter près de Bléré à la nuit tombée. Elle a été fauchée par un chauffard qui a pris la fuite et n'a jamais été retrouvé.

— Eh bien, une enquête en suspens, remarqua le lieutenant David Aubry, un « Cold Case ». Lilly Rush tu peux venir nous aider ?

David Aubry était un des lieutenants dans lequel Poitevin avait le plus confiance, qui l'avait accompagné au lac de Vassivières lors de l'expédition durant laquelle le commissaire avait reçu une balle dans l'épaule[8]. Comment ne pas avoir confiance dans ce géant, cet athlète de près de 120 kilos qui pratiquait le judo où il était ceinture noire ? Un vrai Teddy Riner dans la PJ de Tours, aimé de tous et surnommé « Nounours » ou plus rapidement « Nours », compte tenu non seulement de son aspect physique mais aussi de sa gentillesse.

Je me souviens que c'est à cette époque que j'ai fait la connaissance d'Achod. C'était un gentil garçon, athlétique, téméraire mais parfois un peu triste. Il paraissait plus mûr que les autres de la bande. Il s'intéressait aux sorts des gens, leur façon de vivre, voire carrément à la politique. Il disait que les patrons étaient des salauds. Il citait celui qui avait exploité, c'était son terme favori, son père à Noizay. Il l'avait vu vieillir plus vite que son âge et rentrer chaque jour de plus en plus fatigué de journées de travail harassantes commencées très tôt les matins. Dans la bande il s'était particulièrement lié d'amitié avec Jules, Jules Pérez. Ils avaient le même âge à quelques mois près. Achod voulait fuir Noizay. C'est Jules qui lui a suggéré de venir comme ouvrier viticole chez Perreux. Il était ainsi plus proche de Saint-Héand et avait donc volontiers accepté et accomplissait le trajet à vélo. Un vieux vélo qu'il fallait souvent réparer chez un garagiste. Je me souviens qu'il se plaignait du traitement dur qu'on lui infligeait aussi au milieu des vignes, des conditions de travail qu'il jugeait inhumaines sous le soleil accablant. Mais, Poitevin, je garde ça pour moi !

— Il devait avoir vingt ans quand il a été embauché chez les Perreux. Il se plaignait des conditions de travail. Il en discutait avec les autres ouvriers agricoles.

— Un meneur ? s'enquit le lieutenant David Aubry.

— On peut dire comme ça. Il a réussi à en convaincre. Et il y a eu une sorte de rébellion à la fin de l'été il y a juste dix ans.

— Dont il a pris la tête alors ?

---

[8] Voir « Sous le signe de la vengeance », même auteur, Le lys Bleu Éditions, 2020.

— Oui. Avec Jules Pérez justement. Et le document que je suis allé chercher à Blois indique ce qui s'est passé après.

— Remets-nous néanmoins rapidement la chronologie des évènements en place s'il te plaît, demanda le commissaire.

— Le père Perreux a menacé de virer tous les récalcitrants. Au troisième jour de grève, Achod a fait venir les gendarmes et les services sociaux qui ont entendu les témoignages des ouvriers. Gabin Perreux bien que connaissant plusieurs gendarmes n'a pas pu échapper au dépôt de plainte. Il était furieux. Il a menacé de mort tous les ouvriers qui avaient manifesté. Il les a licenciés purement et simplement. Achod et Jules ont fait partie de la charrette. Début novembre, Achod n'est plus présent nulle part. Certains disent l'avoir vu prendre le train à Blois. La gendarmerie s'est mise à sa recherche. En vain. L'enquête n'a rien donné. Adulte disparu. Point à la ligne. Plus rien à dire. Le père Perreux, le patriarche, a été convoqué au tribunal en 2014. Jules Pérez a été le seul qui a eu le courage de témoigner. Sa parole contre celle de Gabin Perreux n'a pas pesé bien lourd. L'affaire, au niveau justice, a été classée sans suite faute de preuves. Mais ça, vous le saviez déjà.

— Et concernant Achod Hagopian. Tu as trouvé des renseignements sur la façon dont l'enquête a été menée ? demanda Hervé.

— La gendarmerie a mené l'enquête, fouillé tous les recoins du domaine Perreux au grand scandale du père et de ses enfants. Il n'a pas été retrouvé. L'affaire a été là aussi abandonnée. Nours avait raison c'est un « Cold Case » comme on dit dans la série télévisée américaine.

— Tu as pu voir les documents de la gendarmerie sur la recherche d'Achod ?

— Oui, bien sûr !

— Et alors ? Ton avis ? Tout a-t-il été fait correctement pour le retrouver ?

— Toutes les choses classiques dans le cas d'une disparition jugée inquiétante ont été réalisées. Police des frontières également par exemple. Pour savoir si tout a été fait selon les règles et de façon approfondie, il faudrait tout reprendre et refaire complètement l'enquête sur tous les terrains.

— Ça demanderait beaucoup de temps. De toutes façons on ne sait pas s'il y a un lien avec l'incendie dans lequel Jules Pérez a péri. Bonne docu Steph. Bonne synthèse. C'est bien.

J'ai dit ce que vous, commissaire Poitevin, aviez à entendre. Mais j'ai revu dans mon fameux carton certains documents, certains lieux inexplorés. Un jour j'irai. Et alors peut-être qu'un lien apparaîtra !

****

— Est-ce que tu penses que la jalousie, au sujet d'un chien, peut pousser quelqu'un au point de commettre un crime ? demanda Hervé.

— Tu sais la jalousie se définit autour de son objet, lui répondit Isabelle Dumas.

— Mais enfin ce n'est qu'un chien Isa ! D'accord une belle bête, un labrador, mais quand même !

— Que ce soit un chien de race ou un bâtard, là n'est pas le problème. C'est la relation qu'avait son maître ou sa maîtresse avec lui qu'il faut connaître. C'était plutôt le chien d'elle et de son fils d'après ce que tu dis. Et pour ce faire, il faut connaître le psychisme de la pâtissière. La relation pouvait être teintée de pouvoir ! Ou d'une substitution d'objet amoureux ! Il y a beaucoup d'hypothèses formulables dans ce cas de figure.

— De pouvoir ? Est-ce un pouvoir d'avoir un chien ?

— Ça peut l'être aux yeux de celui qui le possède, l'affuble de toutes les beautés et vertus animales mais aussi parfois humaines. Du coup, empoisonner un chien devient un acte aussi atroce que d'empoisonner un être humain.

— La psychologie m'étonnera toujours mon amour !

C'est ainsi que, dans leur maison de Montlouis-sur-Loire, rue du Saule Michaud, Isabelle Dumas parlait ce soir-là avec son compagnon, le commissaire Hervé Poitevin, des démêlés professionnels au sujet desquels ce dernier n'avait indiqué que quelques informations, sans importance véritablement stratégique, juste des généralités. Hervé aimait discourir avec Isabelle des problèmes psychologiques des personnes qu'il rencontrait. Il reconnaissait ainsi toute la compétence professionnelle de sa compagne. Et puis c'était un moment de détente, de partage amoureux, tous les deux assis côte à côte sur le canapé, le bras d'Hervé enlaçant les épaules d'Isabelle. Souvent une bouteille de vin était posée sur la table basse avec deux verres. Ce soir il s'agissait d'un excellent Menetou-Salon de chez Clément.

Cela faisait huit jours que Camille, la fille d'Hervé, était repartie à Saint-Étienne chez sa mère. Elle avait passé trois semaines au mois d'août à Montlouis avec eux. Ils avaient profité des vacances d'Hervé pour aller une semaine au bord de l'océan près du golfe du Morbihan. Cela avait été un très agréable séjour de profiter de l'eau et des vagues, de déguster des huitres iodées, de se gaver de poissons frais, de déguster les crustacés et coquillages le tout accompagné de quelques boissons peu mais néanmoins alcoolisées dont le cidre était la moins gorgée d'ivresse. Hervé avait pris conscience que Camille devenait une très belle jeune fille presque une jeune femme. Il se réjouissait de voir la complicité qui s'était installée entre sa fille et Isabelle. Camille allait cette année poursuivre des études en faculté des Sciences. Elle manifestait un penchant pour les mathématiques qui rendait son père très fier.

****

Pendant ce temps, Stéphane Gonthier, sortait de la boulangerie Guignard où il avait acheté une baguette. Un homme sur le trottoir le salua.

— Bonjour. Je vous vois partir le matin, rentrer le soir. Je vous ai vu cet après-midi. Vous étiez dans une voiture de police qui passait ici à toute vitesse. Vous êtes policier ?

Bon, me voilà découvert ! De toutes façons je ne pouvais pas cacher ma profession éternellement ! Et je le reconnais. J'espère qu'il n'en est pas de même pour lui. Il n'y a rien à craindre, j'en suis persuadé.

— Je suis lieutenant de police judiciaire à Tours. Je viens d'y être nommé.

— N'ayez crainte. Je ne vais pas le divulguer dans le village. Aux gens de le découvrir par eux-mêmes ou de faire comme moi, vous le demander. Je me présente. Daniel Sian. Je suis écrivain. Je n'habite pas loin. La grande maison qui conduit aux troglodytes.

— Enchanté. Et vous écrivez quel genre de littérature ?

— Des policiers.

— Des policiers ?

— Oui, oui, des polars, des romans policiers. Venez boire un verre à la maison. Je suis seul. Je ne vous retiendrai pas longtemps ! Allez venez, nous allons faire plus ample connaissance ! Vous voudrez bien m'aider peut-être à donner encore plus de réalisme à mes personnages ?

J'en ai lu de tes romans Daniel. Quand j'étais à l'hôpital j'en ai emprunté à la bibliothèque ! Ça passait le temps. Je connais cette grande maison de pierres de tuffeau adossée au coteau où habite Daniel Sian. Quand j'étais gamin, elle était occupée par un couple de vétérinaires Marc et Lucile Sian. Il doit être un de leurs proches, un de leurs parents. Je me souviens bien d'eux. Je me rappelle que Daniel y venait de temps en temps et même assez souvent les dernières années. Avec les copains on aimait bien regarder les chiens ou les chats amenés pour des soins. Certains devaient être gardés quelques jours suite à une opération. Il y avait même un chenil, attenant à la bâtisse. On allait exciter les clébards derrière les grillages. On se sentait puissants à l'abri du fil de fer ! Dès qu'on entendait une porte s'ouvrir, on déguerpissait par la petite porte vermoulue qui conduisait aux troglodytes. On savait parcourir le dédale de leurs allées. Le réseau est assez grand. Je crois que je saurais y retourner et m'y repérer tant je l'ai parcouru autrefois. Peut-être même sans emporter de lampe ! Du moins pour les premières cavités. De toute façon j'en ai retracé le plan. Il est chez moi. Il pourrait bien m'être utile un jour.

L'intérieur de la maison de Daniel Sian était cossu, bien meublé. Moderne et confortable. Le salon séjour était clair et je me laissais couler dans l'accueillant fauteuil en cuir que Daniel m'indiquait. C'est Daniel qui parla de lui le premier. Il avait hérité de cette maison au décès de son frère qui était vétérinaire. Ce dernier, Marc, et son épouse Lucile ont été tués dans un accident de voiture cinq ans auparavant sur une route en Angleterre. Une erreur de côté de circulation. Erreur fatale. Sans enfant.

— J'en avais assez de la vie parisienne, du stress et des relations mondaines que le succès de mes romans avait entraînés. J'en perdais jusqu'à l'inspiration et le goût de l'écriture.

— Et ici, au calme du village, vous l'avez retrouvé ! Vous vous inspirez de faits divers ? questionna Stéphane.

— Parfois. D'une façon générale, la vie réelle est ma muse. J'aime les gens, les gens simples. J'aime relater leurs vies. J'aime peindre la société. Peindre avec des mots. Vous comprenez ?

— Oui. Mais pourquoi des polars ?

— Des glaçons dans votre whisky ?

— Non, pas dans un si bon single !

— À l'écossaise alors ! Comme moi ! Santé ! Tchin ! Pourquoi des polars vous me demandez ? J'invente des meurtres tout en peignant une partie de la société que je veux explorer. Je ne suis pour autant pas un expert en sociologie. Je ne veux pas écrire un texte scientifique sur la vie et les mœurs de mes compatriotes ! Alors le polar me permet sous couvert de l'inventivité, celle des personnages, des lieux et du décor, d'esquisser des psychologies de personnes qui sont vraies pour le lecteur tout particulièrement, pour que leurs agissements soient semblables aux actions réelles que l'on peut constater tous les jours dans le milieu que j'ai choisi d'explorer, de questionner. J'emmène ainsi mon lecteur à se poser également des questions sur notre société, ses problèmes.

— Oui mais quand même vous racontez des crimes, vous ne les vivez pas ! J'ai apprécié deux ou trois de vos romans car ils procurent de vrais moments de détente mais, si je me souviens bien du « Pharaon de Montarcher », ils donnent aussi à réfléchir en l'occurrence sur les sectes et leurs terribles manipulations.

— Merci, c'est un beau compliment que vous me faites ! Faire aussi un peu réfléchir sur certains aspects, sur certains mondes de notre société comme celui des sectes dans le roman que vous citez, c'est effectivement un des buts des histoires que j'écris. Car il s'agit bien d'histoires, de contes, de contes policiers parce qu'il y est question de crimes commis par des hommes sur d'autres hommes, ils expliquent aussi de façon réelle les comportements, les psychologies, les façons d'être, de se conduire et d'agir de ceux qui vivent dans ces mondes.

— Mais les assassinats que vous racontez, comme dans tous les polars que j'ai pu lire, de Georges Simenon à Harlan Coben en passant par Eric Yung, il y a une mise à distance qui permet au lecteur de ne pas se plonger physiquement dans l'horreur d'un crime. Contrairement à nous, policiers dont c'est le métier.

— Tout à fait d'accord !

— Nous, on est sur le terrain. On voit, on touche, on respire le sang. On voit, on touche les chairs mortes, ensanglantées ou calcinées comme en ce moment, on voit, on touche le malheur des gens, on le partage, on pénètre dans des endroits tellement sordides parfois qu'ils sont indescriptibles. Et puis il y a les odeurs, du sang, de la mort, des chairs carbonisées. Les mots ne suffisent pas. Pas plus les photos ni les images. Il faut être présent, physiquement, émotionnellement. C'est dans notre ressenti qu'il y a la vérité d'un crime. Pas dans les films, pas dans la littérature.

— Et heureusement pour mes lecteurs !

— Vous avez raison. Sinon cela ne procurerait pas le plaisir de lire.

— Et lire n'est pas un crime !

L'atmosphère était détendue, agréable, un deuxième verre en accentua le charme.

— Au fait, étiez-vous déjà venu ici du temps de votre frère ? interrogea Stéphane bien qu'il connût la réponse à cette question.

— Oui, à maintes occasions. J'y ai toujours séjourné avec beaucoup de plaisir. J'ai toujours aimé cette maison. J'ai toujours trouvé qu'il s'agissait d'un bel endroit, dans une belle région. Le lieu idéal pour me ressourcer ! Voilà pourquoi je vis ici maintenant. Et croyez-moi j'ai retrouvé le plaisir d'écrire !

— Tant mieux. C'est bien pour vous et pour vos lecteurs.

— Vous êtes marié ?

Hein quoi ? Non mais ? C'est qu'il me prendrait au dépourvu avec ses questions le romancier !

— Non, célibataire. La vie de policier n'est guère compatible avec une vie de couple. Vous n'êtes pas d'accord ?

— Je n'ai pas d'avis pertinent sur la question. C'est vrai que dans la littérature, les policiers ont souvent des problèmes avec leurs compagnes ou ex-compagnes. Adamsberg chez Vargas ne sait plus où il en est dans sa relation amoureuse. De même l'inspecteur Bodenstein chez Nele Neuhaus. Mes confrères ont bien dû se renseigner. Mais j'espère qu'il y a tout de même des exceptions.

— Et vous-même, qu'en est-il ? Marié ?

— Non pas marié, mais je vis avec une compagne adorable Carine, Carine Chavalier et pas Chevalier. J'ai été marié. Divorcé donc. Mais ma compagne ne travaille pas dans la région, c'est la raison pour laquelle elle n'est pas là. Elle a demandé sa mutation pour Tours. Elle espère l'obtenir à la rentrée prochaine.

— La rentrée ? Elle est dans l'enseignement ?

— Oui, tout à fait. Pour le moment elle est encore en poste à l'université de Birmingham en Écosse. Elle y enseigne la philosophie. C'est grâce à elle que j'ai ces excellents whiskies !

— Elle ne peut venir qu'aux vacances alors.

— C'est cela même. Je vous la ferai connaître aux vacances de Toussaint. Vous l'apprécierez j'en suis convaincu.

— J'en suis tout aussi persuadé.

Il ne veut quand même pas me mettre sa femme dans les bras !

— Je vous propose de goûter à un autre whisky. Très particulier celui-ci. Tourbé. Un Islay. Il ne plaît pas à tout le monde. Seuls les Écossais pouvaient l'inventer ! Un goût fumé avec des notes fruitées, d'agrumes et de miel, à la fois souple et puissant.

— Je veux bien essayer, merci. Et actuellement qu'écrivez-vous ? demanda Stéphane qui se sentait très détendu, plus du tout sur ses gardes comme pendant les premiers instants de cette rencontre.

— J'écris actuellement un roman en m'appuyant sur des évènements qui sont arrivés à un de mes amis. Une partie de sa famille l'a rejeté en inventant des prétextes fallacieux et ignobles qui l'ont énormément blessé. Après son divorce, certains de ses petits-enfants, totalement sous la coupe de son ex-femme, n'ont plus voulu le voir ni lui parler d'un seul coup sans explication autre qu'un mensonge grave inventé de toute pièce dont il ne lui a pas été possible de se défendre. Jour après jour, il porte sans cesse cette blessure profonde, plus lourde que la croix biblique.

— Vous empruntez ainsi des morceaux d'histoires réellement vécues.

— Tout à fait. L'actualité est un réservoir aussi profond que le tonneau des danaïdes ! Parfois ça se passe à mon insu.

— C'est bizarre ce que vous dites. Et comment ça ?

— Je décris des évènements et mes relecteurs me disent parfois que ça leur rappelle un drame qui a eu effectivement lieu et dont je connaissais en fait l'existence. Mais je ne m'en étais pas aperçu ! Par exemple dans le Pharaon, quand j'ai situé et décrit la bastide où est réfugiée la secte des « Guérisseurs Vertueux » à Chateauneuf-de-Gadagne, je n'avais pas pris conscience que je m'inspirais malgré moi, à mon insu, de la secte de l'aumisme du « Mandarom » de Castellane avec son gourou Gilbert Bourdin. Ce sont mes relecteurs qui me l'ont révélé.

— Et qu'est-ce qui est le plus… délicat, le plus difficile pour vous ?

— Dans ce que j'écris actuellement c'est d'inventer un drame justifiant une enquête policière dans une histoire familiale qui n'a provoqué aucune mort violente. Mais j'ai déjà des idées.

— J'en suis sûr !

— Je situe les actions de mes personnages dans un village imaginaire. Il faut remonter dans le passé pour trouver les germes qui expliquent les comportements actuels de mes personnages.

— Ça me paraît prometteur. Une enquête sur le passé ?

— Oui en quelque sorte. Mais qui a des prolongements dans l'actualité !

Décidément je devrais demander à cet écrivain de me raconter en détail l'histoire sur laquelle il travaille. Ça se rapproche peut-être de ce que je vis. Je repasserai le voir un autre soir.

J'ai pu vérifier à nouveau que le whisky réchauffe les corps et les âmes ! Daniel Sian ne sait pas seulement écrire, il sait parler et il parle beaucoup, ce n'est rien de le dire, et il sait recevoir. Je n'ai pas pu et pas voulu contrôler le temps passé. J'ai bien fait de décliner son offre de dîner avec lui. C'était sympa de sa part. Il est très amical, très empathique. Trop ? Est-ce que ça cache quelque chose ? On verra. Il est tard quand je me retrouve dans mon nid d'aigle en haut du champ de foire. Le repas a vite été expédié. Une quiche industrielle réchauffée au micro-ondes. J'aurais mieux mangé avec Daniel. Faut que je songe à cet écrivain. Il a fréquenté cette maison par le passé. Il a sûrement vu plusieurs fois la bande s'engouffrer dans les troglos. Il les a épiés vraisemblablement. Qu'a-t-il alors repéré réellement ? Il m'a l'air d'être un très bon observateur. Si ça se trouve, il pourra se révéler utile mais il faut que je reste secret à ses yeux. Voilà encore des pensées tumultueuses qui m'empêchent de m'endormir rapidement ce soir. Heureusement que la dose de whisky que j'ai dégustée joue bien son rôle de somnifère !

IV
Les pâtissiers dans le pétrin

7 septembre

Tout le monde semblait d'accord. Les pâtissiers, les Millet, accusaient Jules Pérez d'avoir empoisonné leur labrador. Auraient-ils voulu se venger ? Même si un tel crime est disproportionné, il semble normal d'y songer. Et puis pour commencer, les policiers n'avaient pas d'alternative à proposer.

Le commissaire Poitevin fit venir au commissariat le couple de pâtissiers de Saint-Héand-sur-Cher. Au fond de lui il était convaincu qu'il n'y avait pas un rapport étroit entre l'empoisonnement de leur labrador et l'incendie de la caravane de Jules Pérez. Mais sait-on jamais ? Hervé avait décidé de bluffer. Le couple apparut très surpris de cette convocation. L'appréhension se devinait aisément dans leurs yeux qui s'agitaient sans cesse et leurs mains dont les doigts s'entrelaçaient nerveusement.

Directement, Hervé avait fait part de ses soupçons à Adam. Ce dernier admettait que s'il était possible que Jules Pérez ait été l'empoisonneur de leur chien, il pensait même que c'était la vérité, pour autant il affirmait haut et fort que lui et sa famille n'avaient aucune raison de se venger en brûlant la caravane. Il n'en démordait pas. « On n'aimait pas beaucoup Pérez c'est sûr. Mais on n'est pas des barbares ! » répétait-il.

— Bon. Ok. Reprenons depuis le commencement s'il vous plaît. Quand avez-vous su, ou bien été convaincu que l'auteur de l'empoisonnement de votre chien était ou pouvait être Jules Pérez ?

— Je vous l'ai déjà dit. C'est ma femme qui m'a répété ce qui se disait dans le village, ce que les clients racontaient.

— Et ça vous a suffi pour être persuadé qu'il était le coupable ?

— Mais non, pas du tout ! Du moins pour moi. Ce sont des racontars. Une rumeur. Elle circule. Mais elle peut contenir du vrai. Comme toute rumeur, non ? répondit Adam Millet d'une voix fébrile.

— Pas forcément. Quelles personnes ont affirmé ça à votre femme ? Ça s'est passé dans votre magasin ?

— Oui, des clients.

— Donc vous n'affirmez pas que Jules Pérez est celui qui a empoisonné votre chien.

— Je n'affirme pas. Seulement, c'est sacrément possible.

— Et c'est votre femme qui vous a rapporté les rumeurs.

— Oui, en quelque sorte. Mais elle a des doutes elle aussi. Pensez bien, il n'y a pas de preuves !

— Vous n'avez donc pas voulu vous venger de Jules Pérez.

— Non, impossible. Enfin, nul ne peut se venger de la mort d'un chien en tuant une personne ! Pensez donc ! Ça serait horrible !

— Votre fils Nathan aimait bien ce chien aussi, non ? questionna alors Hervé.

— Vous n'allez pas commencer avec Nathan ! Oui, il aimait énormément ce chien et Ikélo le lui rendait bien. Jamais vu un chien aussi tendre avec quelqu'un. Il supportait tout de notre fils.

— Ikélo c'est le nom du labrador ?

— Oui. C'était une année en « i » quand on l'a pris.

— Comment Nathan a réagi à l'empoisonnement d'Ikélo ?

— Il a pleuré toutes les larmes de son corps. Il était inconsolable. Il a passé une journée et même une nuit dans le jardin près de la niche vide. Il est resté prostré longtemps. De désespoir. C'est compréhensible mais pas répréhensible ! Je ne comprends pas pourquoi vous nous avez fait venir. C'est horrible la façon dont Jules Pérez a été tué, mais nous n'y sommes pour rien !

— N'aurait-il pas eu envie de se venger ?

— Qui ? Nathan ? Impossible, je le redis ! Nathan est, comment dire, simple d'esprit peut-être, mais tout le monde vous le dira, il n'est pas méchant !

— Possédez-vous un bateau, monsieur Millet ? demanda tout à coup Hervé.

— Pourquoi cette question ?

— Répondez je vous prie !

— Oui. Une petite barque.

— Vous vous en servez souvent ?

— Euh… non. L'été on va parfois sur le Cher, quand il y a assez d'eau ou que les barrages font une retenue. Pour se promener. Ou pour pêcher. Nathan et moi. Ou bien avec un ami. Mais c'est une petite barque.

— À moteur ?

— Vous n'y pensez pas ! À rames. On navigue à la force des bras !

— Connaissez-vous des ennemis à Jules Pérez ?

— Hein ? Pourquoi encore cette question ?

— Répondez, je vous prie.

— Je ne m'occupe pas de ce Jules Pérez. Un marginal. Il vit sa vie. J'ai la mienne qui n'a rien à voir avec la sienne.

— Mais il a eu des problèmes avec votre beau-père.

— Ah, vous savez ça aussi ! C'est vieux. Et je ne vois pas ce que ça vient faire dans votre enquête.

— Racontez-nous ça quand même. Question de mieux cerner le personnage de Jules Pérez, insista le commissaire.

Adam Millet donna une version des problèmes rencontrés par Jules chez le viticulteur Perreux de Villefrault près de La Croix-en-Touraine très en faveur de son beau-père. Un bon viticulteur, dur au travail mais bon patron. Il n'avait été victime que de médisances. Il avait d'ailleurs été blanchi lors de son procès. C'en était la preuve irréfutable.

— Cet arménien était un sale type. Ça a soulagé tout le monde qu'il s'en aille ! clama Adam Millet en référence à Achod Hagopian.

— Pérez a témoigné au procès de Gabin Perreux.

— C'était vraiment un con aussi. Un mauvais gars. Paix à son âme. C'est tout ce que j'ai à dire.

Adam Millet était très énervé quand il quitta la salle d'interrogatoire. Très énervé, inquiet et très en colère.

****

De leur côté les lieutenants David Aubry et Stéphane Gonthier interrogeaient Nathalie Millet. Elle était visiblement tendue et inquiète. Ses yeux allaient rapidement de gauche à droite. Elle gardait ses lèvres pincées. Aussi après avoir échangé un clin d'œil avec son collègue, Stéphane porta de suite l'estocade.

— Madame Millet vous affirmez que c'est Jules Pérez qui a empoisonné votre labrador.

Nathalie sursauta, mais aucun son ne sortit du rond que faisait sa bouche.

— Je répète. Madame Millet vous affirmez que c'est Jules Pérez qui a empoisonné votre labrador. C'est bien ça ? Sur quoi vous basez-vous ?

Nathalie finit par prononcer quelques mots.

— Mais… mais non… j'sais pas, enfin…

— Enfin quoi, madame Millet. Tout le monde sait que vous n'aimiez pas Jules Pérez.

Nathalie eut presque un haut-le-cœur. David allait reprendre le questionnement mais Stéphane fut plus prompt.

— Vous étiez comme beaucoup de gens du bourg. Vous ne l'aimiez pas parce qu'il avait osé être le seul témoin contre votre père lors du procès. C'est exact, non ?

Nathalie hésita. Baissa la tête encore un peu plus et murmura faiblement.

— Oui. Mais il n'y a pas que moi. Personne ne l'aimait. Ce n'était pas juste, ce n'était pas honnête ce qu'il avait dit au procès. Tout le monde le sait que c'était un sale type et qu'il avait menti. Il avait dit que des bobards ! D'ailleurs mon père a été blanchi des accusations, non ?

— Vous le haïssiez. Donc de suite, vous avez pensé que c'était lui qui avait tué votre chien. C'est cela ? insista David ne permettant pas à madame Millet de poursuivre pour glorifier son père.

— Euh… ben… On ne l'aimait pas mais il ne nous aimait pas non plus c'était évident.

— Ben voyons. C'est parce qu'il ne vous aimait pas qu'il a tué votre chien. Vous l'aviez depuis combien de temps ce chien ?

— Euh… Quatre ans. Oui ça fait quatre ans.

— Pérez a attendu quatre ans avant de commettre son forfait. Et comme ça, il y a huit jours, il a décidé de tuer votre chien. Pourquoi si tardivement à votre avis ?

Nathalie ne sut répondre. Elle se sentait coincée dans une nasse dont elle ne percevait aucune issue et dont elle ne comprenait pas pourquoi elle se refermait sur elle.

— Vous avez quoi comme preuve, intervint David d'une voix calme.

La pâtissière redressa la tête et regarda David.

— Vous voyez que ce n'est pas comme ça que ça s'est passé. C'est seulement des gens qui l'ont dit. Voilà. Nous on a fait qu'y penser. C'est tout.

— Vous avouez que vous y avez pensé, s'exclama Stéphane.

— De quels gens s'agit-il madame Millet, reprit David.

— De mes clients. Voilà. Presque tous ont pensé qu'il s'agissait du Jules.

— Qui avez-vous vu les jours qui ont suivi l'empoisonnement de votre chien ? intervint Stéphane toujours avec une voix autoritaire. Des gens de votre famille par exemple ?

Nathalie sembla à nouveau déstabilisée par l'intervention brutale du policier. Sur la défensive, elle se tourna vers Stéphane d'une voix peureuse demanda :

— Pourquoi ? Qu'est-ce que…

— Répondez madame Millet. Quelles personnes de votre famille vous ont rendu visite le jour où votre chien a été tué, juste après ?

— M'en souviens pas…

— Faites un effort !

— Ben, oui, mon frère. Y... y vient souvent…, bafouilla-t-elle.

— Lequel ?

— …

— Lequel de vos frères ?

— Théo.

— C'est lui qui vous a convaincu que c'était Jules Pérez qui avait empoisonné votre labrador ?

— Heu…

— Répondez s'il vous plaît.

— Euh… Il en a parlé comme ça, en l'air.

— Vous aimez bien votre frère ?

— Ben oui.

— Vous suivez souvent ses conseils ?

— Heu…

— Quand exactement est-il venu vous voir ? Vous vous en souvenez ?

— Le jour de l'empoisonnement, il est venu consoler Nathan. L'après-midi.

— Au fait, madame, est-ce que d'après vous, votre fils aurait pu tenter de venger son chien ? demanda alors David Aubry.

Nathalie se redressa l'air courroucé, indignée.

— Enfin, Nathan est ce qu'il est, d'accord, mais c'est un gentil. C'est horrible ce que vous sous-entendez ! répondit-elle.

Les policiers virent des larmes perler au coin de ses yeux.

— Il se trouve madame Millet que l'après-midi du 31 août, soit le lendemain de l'empoisonnement, j'ai vu votre fils, s'empressa de dire Stéphane Gonthier.

Nathalie leva la tête, les yeux agrandis, interrogatifs.

— Pas à Saint-Héand. Il part souvent à vélo ? reprit le policier.

— Euh… oui, c'est ce qu'il préfère. Il est très prudent. Et où l'avez-vous aperçu ?

— Est-ce que vous savez que Jules Pérez possédait un chat ?

Nathalie était complètement désarçonnée par la série de questions sans logique apparente que lui lançait ce flic. Dès le début elle avait reconnu le client qui était venu acheter des éclairs au chocolat quelques jours auparavant. Elle n'imaginait pas que ce put être un flic. Et un flic têtu et brutal avec ça.

— Euh... bouh… là-bas dans le camping, oui je crois qu'il avait un chat, c'est ce qui se disait. C'était peut-être celui de Pérez, j'sais pas. Qu'est-ce que ce chat vient faire dans votre enquête ?

— J'ai vu Nathan l'après-midi du 31 août madame Millet. À Bléré, pas loin de Saint-Héand donc. Il était vers le parc François Mitterrand. Il était au bord du Cher. Il se lavait les mains dans le courant de la rivière. Elles étaient pleines de sang. Il avait étripé un chat. Il l'a jeté dans le Cher. C'était le chat de Jules Pérez. La gardienne du camping Rosa Cabral me l'a confirmé, déclara Stéphane Gonthier.

Nathalie porta sa main devant la bouche. Elle n'était pas la seule à être médusée. David tentait de garder malgré tout un air détendu et entendu comme si ce fait était déjà connu de lui.

— Vous voyez madame Millet qu'il faut ouvrir les yeux sur la réalité. Pérez ne peut plus porter plainte au sujet de son chat. Donc affaire classée pour Nathan. Tant mieux pour lui. Je n'ai pas d'autre question pour le moment. Bon retour à Saint-Héand, déclara finalement Stéphane Gonthier.

David laissa partir Nathalie Millet puis regarda Stéphane dans les yeux.

— Mais, comment tu sais tout ça ? T'en n'as pas encore parlé à Hervé. Et puis t'as des méthodes d'interrogatoires assez énergiques, plutôt musclées. Je n'aurais pas osé. Et même je te dirai que je ne les apprécie pas trop. Mais tu l'as bien déstabilisée. Allez, on va faire la synthèse sur ces interrogatoires avec Hervé.

— Tu crois que ça va remuer ? demanda Stéphane d'une voix faussement naïve.

Pas mécontent de cet interrogatoire. La miss Millet née Perreux, cette chère Nathalie, a dû avoir peur ! Ils vont ruminer elle et son mari. Et dire que je vais les revoir chaque fois que j'irai chercher un dessert. C'est peut-être le moment de franchir une étape, de bousculer les choses. Et cette enquête peut m'y aider. Alea jacta est.

****

Dans la voiture qui les ramenait vers Saint-Héand-sur-Cher, les époux Millet restèrent silencieux un grand moment. Adam crispait les mains sur le volant et passait les vitesses avec rudesse. C'est lui qui brisa le silence.

— As-tu parlé de la venue de Théo le jour de l'empoisonnement d'Ikélo ?

Nathalie restait muette, les yeux dans le vague. Ses doigts blanchis serrant la poignée de la portière. Adam Millet lâcha le volant et le martela à coups de poing violents.

— T'es vraiment une conne ! Nom de Dieu, tu ne pouvais pas la fermer. Maintenant tu vas voir qu'ils vont aller fourrer leur nez là-haut chez ton frère. Mais qu'est-ce que t'es conne !

La voiture fit une embardée. L'automobiliste venant en sens inverse leur fit un jeu de phares et le klaxon hurla. Adam redressa au dernier moment.

— Conne. Espèce de conne, répéta-t-il en donnant cette fois des coups de poing dans l'épaule gauche de son épouse.

Des gouttes salées silencieuses quittaient lentement les yeux de cette dernière. Nathalie savait ce qui l'attendait. Elle serrait encore plus fort ses poings et se mordait les lèvres jusqu'au sang.

— Je n'aurais jamais dû t'épouser. Mais qu'est-ce que j'ai fait au Bon Dieu. Et qu'est-ce que tu m'as fait ? Un taré. Un fils taré. J'ai un fils dingo, grâce à toi. Ça vient de ta famille. Tu ne perds rien pour attendre. Tu vas voir à la maison ! Tu vas dérouiller. Et je parie que t'as parlé de Nathan ! Hein ? Dis-moi si t'as parlé de Nathan ?

Devant le silence larmoyant de sa femme, il reprit :

— Mais oui, t'as parlé du corniaud, du bredin ! Ma parole ! Et qu'est-ce que tu as dit ? T'as parlé du chat ? Hein ? T'as parlé du chat ? Hein, dis-moi que tu n'as pas fait ça ?

— C'est eux qui en ont parlé. Ils ont vu Nathan à Bléré, murmura Nathalie. Et le flic qui m'a interrogée est client chez nous. Il habite Saint-Héand en haut du champ de foire, dans l'ancienne tour. Ce n'est pas moi qui en ai parlé, je le jure !

Stupéfait Adam Millet stoppa net ses injures et invectives. Il était stupéfait. Il ne dit plus un mot. D'ailleurs il rentrait la voiture dans la cour intérieure de la maison. Ils étaient arrivés chez eux.

Il hurla :

— Nathan ! Nathan ! Viens-là ! J'ai quelque chose à te demander ! Nathan !

V
La romance de Nathalie et Adam

7 septembre après-midi.

Nathalie était restée enfin seule. Adam venait de sortir pour, avait-il proclamé, se calmer. Sûrement au Café du Centre. Nathan jouait dans la cour. Il la parcourait en cercle, sans s'arrêter, sans trêve, sans répit. Les bras mus en cadence comme un militaire de la garde du mausolée de Lénine sur la place Rouge. Il psalmodiait sans interruption la même litanie d'une voix sourde « Ikélo, oh, oh ! Viens, mon chien ! ». Nathalie était assise dans la salle d'eau. Elle se tenait voûtée sur le tabouret face au lavabo. Elle cachait son visage dans ses mains. Elle ne voulait pas le voir dans le miroir. Son visage, du moins ce qu'il en restait. Il fallait attendre un peu qu'elle reprenne une apparence un peu plus humaine. Elle soupira, se leva en grimaçant et entreprit de se dévêtir. Aïe, lever les bras faisait très mal, les épaules avaient servi de punching-ball plus que de raison. Mais il y avait bien d'autres régions de son corps couvertes d'ecchymoses. Les poings avaient cogné dur, mais la ceinture aussi. Elle avait toujours été un peu rondelette. Et la graisse conserve les hématomes. Lentement elle se glissa dans la douche et leva la tête vers le pommeau d'où jaillissait l'eau tiède et apaisante. Elle se mêlait à ses larmes qui continuaient de couler sans qu'elle ne puisse les arrêter. Mais comment en était-il arrivé à ce point de méchanceté, de cruauté ? Comment avait-elle pu se tromper sur l'homme dont elle était tombée follement amoureuse autrefois ?

Elle était mignonne, avait du charme. Qu'en restait-il aujourd'hui ? Elle faisait pourtant tous les efforts qu'elle pouvait pour se maquiller.

Pas trop, pas outrancièrement du tout. Juste un peu. Ce qu'il fallait pour mettre en évidence ses beaux yeux bleus et aussi cacher les traces de coups. Ses tenues étaient à la mode, claires et joyeuses. Elles portaient toujours des dessous affriolants. Il ne les voyait même pas. Il n'en avait pas été toujours ainsi ! Où était passé le temps où il lui enlevait sa petite culotte pour lui faire l'amour n'importe où, dans un parc sur un banc, dans une entrée de maison, dans la voiture stationnée sur le parking de la gare. Elle savait le rendre fou d'elle, de son corps. Elle en avait déployé des attraits pour le séduire ! Sous l'eau bienfaisante qui inondait son visage, un maigre sourire se dessinait à ces souvenirs.

C'est qu'Adam était beau. Le plus beau de la bande ! Ah ! La bande qu'ils avaient baptisée les « Troglos de Touraine » et dont le cri de ralliement était « Montrésor c'est nous ! ». Si Samuel Guyot en avait été le chef proclamé, le vrai chef, le caïd c'était Adam car il en était le véritable animateur. Il était un merveilleux conteur. Adam connaissait par cœur la vie tumultueuse et cruelle de Foulques Nerra, comte d'Anjou. Il y faisait souvent référence, s'appuyant sur le fait que ce dernier avait fait construire le château de Montrichard proche de Saint-Héand. Oui, Adam était beau. Il en imposait. Et il avait beaucoup de prestance et de succès auprès des filles. Elles regardaient béatement Adam évoquer l'histoire médiévale dont il était féru. Il savait faire vivre les personnages dont il évoquait les amours tumultueuses et les guerres sanguinaires. Il prenait un malin plaisir à insister sur les détails barbares et cruels dont regorgeait cette période. Pour narrer l'histoire, Adam prenait une voix rauque, chaude et attirante qui subjuguait Nathalie. Il faisait apparaître ses personnages préférés, les comtes et autres dominants qu'il faisait déclamer debout et hautain avec une voix de stentor et parlait des traîtres sottovoce le dos voûté et le regard fuyant. Un vrai bon comédien captivant son auditoire !

Nathalie en était de suite tombée amoureuse. Un coup de foudre comme une évidence, qui vous secoue de la tête aux pieds et envahit vos jours et vos nuits. Elle se souvenait avoir rêvé de lui la nuit et se réveiller en sursaut croyant qu'Adam était allongé contre elle ! Et

Adam n'avait d'yeux que pour les autres filles du groupe. Aurélie, la fille du docteur Barre-Chaudière. Une petite délurée celle-là qui est devenue la gérante du Café du Centre. Nathalie était persuadée qu'elle était une des maîtresses de son mari. En fait à cette époque, Adam semblait surtout attiré par les filles Ouvrard, les jumelles du pharmacien. Émilie et plus particulièrement Ambre. C'est vrai qu'elles étaient très belles. Vraiment très belles. Et sûrement intelligentes. Ambre était devenue pharmacienne et avait succédé à son père. Et Adam qui se promenait en tenant par la main Ambre et une autre fille, une de chaque côté. Nathalie était jalouse, terriblement jalouse ! Elle se souvenait qu'elle en pleurait souvent. Charlotte, sa maman, la prenait dans ses bras pour la consoler. En vain. Était-il possible d'aimer autant ? D'en devenir malade. Nathalie en avait perdu l'appétit. Le docteur Barre-Chaudière avait conseillé des vitamines et même mis ses parents en garde sur les risques de dépression. L'eau tiède presque chaude de la douche calmait un peu ses douleurs tant physiques que morales. Elle resta longtemps sous cette averse affectueuse qui pansait ses douleurs. Les paroles de la chanson « Chagrin d'amour dure toute le vie… » traversèrent son esprit. Et si sa vie s'arrêtait ? Si elle la stoppait ? Les larmes redoublèrent. Non ! Nathalie se mit à penser à Nathan. Elle ne pouvait pas le laisser seul. Ah ! Nathan qui lui avait apporté d'abord le bonheur qu'elle souhaitait quand elle avait avoué être enceinte et qu'Adam avait accepté le mariage. Mais aussi plus tard l'enfer qu'elle vivait aujourd'hui.

Nathalie avait essayé d'attirer l'attention d'Adam. Un peu plus de rouge aux lèvres, une échancrure de corsage plus profonde, un effet de robe qu'elle soulevait plus haut que ses rivales. Il lui a même semblé maintes fois qu'il l'avait regardée intensément. Plusieurs fois un clin d'œil l'avait fait espérer. Et puis vint l'année des dix-huit ans de Nathalie. Ce souvenir l'émut à nouveau. À chaque fois il la faisait fondre. Elle ne put retenir un sourire sous les larmes. La fête entre copains avait été bien arrosée. Et coïncidence favorable, Émilie et Ambre n'étaient pas présentes. Nathalie avait sauté sur l'occasion.

Elle avait amené un grand nombre de bouteilles de vins Perreux. Et Adam avait aussi apporté du vin. Du Montlouis de ses parents. Il était rapidement devenu saoul. Elle aussi ! Les autres s'étaient endormis depuis déjà quelque temps quand elle a repris ses esprits et l'initiative. Elle a entraîné Adam dans la loge des vignes désaffectée. C'est là, sur le sol en terre battue qu'elle s'est donnée pour la première fois à un homme, à Adam.

Les jours suivants elle se pendait au cou d'Adam et jubilait de voir les mines déconfites d'Aurélie et surtout d'Ambre qui était sans aucun doute la plus amourachée. Émilie ne semblait pas affectée. Elle avait trouvé le refuge des bras de Samuel, Samuel Guyot. Et Nathalie et Adam se retrouvèrent souvent, aussi souvent que possible à explorer les plaisirs charnels que leurs corps réclamaient sans vergogne.

Nathalie sortit lentement de la douche et enfila en grimaçant son peignoir. Elle s'assit pendant que la suite de ses souvenirs lui revenait en mémoire. Deux mois après cette fête, Nathalie n'avait pas retrouvé ses règles menstruelles. Elle se confia à ses parents. Charlotte, sa maman concocta un mélange d'herbes. Elle tenait cette recette pour « faire passer les enfants » de sa grand-mère maternelle. Nathalie s'en souvenait encore très exactement. Charlotte avait mélangé la pulpe d'une coloquinte avec celle d'un agave acheté au marché. Elle y avait ajouté du laurier rose, de la poudre de ciguë et d'aloès très amer. Elle avait ajouté, pour le goût, avait-elle dit, un peu de poudre d'absinthe. Le breuvage obtenu après décoction était d'une amertume effroyable. Nathalie l'avait bu en se pinçant le nez, les pieds trempant dans une bassine remplie d'un liquide nauséabond contenant de la moutarde. Bien évidemment rien n'avait marché. Dans les pays où l'avortement reste interdit, il paraît qu'on continue à leurrer les femmes en leur faisant croire à l'efficacité de la potion. « Le petiot est bien accroché » avait déclaré Charlotte. Et toute la famille Perreux avait décidé de demander à Adam de marier leur fille, en quelque sorte de réparer sa faute. Théo avait même été jusqu'à l'intimider au cas où il se serait montré récalcitrant : « Je te casse la gueule si tu dis non ! ». Mais Adam ne souhaitait pas du tout refuser et était même très content !

C'est vrai, et Nathalie en était encore tout émue aujourd'hui. Son amour, son Adam, son mari avait été tendre, gentil, affectueux, prévenant durant les mois qui suivirent leur mariage à la mairie puis à l'église de Saint-Héand-sur-Cher. Tous les synonymes d'amoureux pouvaient être énumérés ! Des mois de bonheur absolu ! Son ventre s'arrondissait. Adam apprenait son métier auprès de son père. Il serait pâtissier comme lui. C'est un beau métier et ça rapportait bien. Il faut beaucoup travailler mais ils vivraient à leur aise. Nathan était un beau bébé joufflu comme on le dit de tout nouveau-né. Les deux amoureux étaient émerveillés de leur création. Nathan avait des tétées goulues et grandissait vite. Son développement était régulier et suivi sans anicroche par le docteur Barre-Chaudière. Son développement physique était normal. Mais au bout de deux ans, Nathan ne parlait toujours pas. Quelques borborygmes indistincts sortaient en bavant de sa bouche. Nathan fut hospitalisé, testé et le constat fit apparaître un retard mental assez élevé. Nathalie soupira. L'effroi qui l'avait saisi ce jour-là la reprenait et la faisait à nouveau trembler.

Dès lors, Nathalie s'attacha avec patience à faire apprendre à Nathan à parler, manger, s'habiller, ne pas avoir peur des autres, jouer avec eux. Un apprentissage long, lent et épuisant.

Elle entendit appeler au rez-de-chaussée.

— Maman ! Ikélo ! Houhou ! Maman !

— Oui, j'arrive Nathan. Attends-moi quelques instants.

Elle s'habilla rapidement. Elle se regarda dans le miroir, lut la peur dans son regard. Elle attrapa un masque, un de ces masques que la pandémie de la covid-19 avait rendu obligatoires quelque temps après que le gouvernement les eût jugés inutiles pour dissimuler leur absence dans les réserves nationales. Il cacherait les ecchymoses de ses pommettes. Ça n'inquiéterait pas les clients. Un coup de sèche-cheveux, elle serait présentable, encore belle, suffisamment pour paraître heureuse alors qu'elle n'était que souffrance et malheur au fond d'elle-même.

Elle se surprit à ne pas faire trop de reproches à Adam. S'occuper convenablement de Nathan exigeait du temps et de la patience. Adam avait déjà assez de fatigue accumulée par son travail. Mais de là à la délaisser comme il l'avait fait, chaque jour un peu plus et puis en arriver à la battre, des gifles de plus en plus violentes, puis des coups avec les poings, puis des coups avec la ceinture sur son dos nu et même sur sa poitrine. Dans les moments de folies d'Adam, elle craignait même pour sa vie. Heureusement, Adam se montrait plus clément envers Nathan. Il était vrai qu'il le côtoyait très rarement. Aujourd'hui, elle sentait bien qu'elle ne pouvait plus endurer l'insupportable. Elle en avait assez d'être tabassée sans se rebeller, sans demander de l'aide, du soutien, de la protection. Appeler au secours. Montrer ses bleus au corps et à l'âme. Mais à qui ? Ses parents ? Son frère Martin ? Non, ce dernier était aussi un peu attardé comme l'affirmait son père, un peu comme Nathan. Ses clients ? Non ça ne se fait pas ! Elle avait menti déjà de nombreuses fois en disant qu'elle était tombée dans l'escalier pour leur dissimuler qu'Adam lui avait cassé des côtes. Quelle honte ça serait dans le village que d'avouer son martyr ! Appeler son frère Théo ? Oui, ce ne serait pas la première fois qu'elle lui demandait de l'aide. Il était au courant de ses problèmes mais il devait être loin de s'imaginer le niveau de violence qu'ils avaient pris. Nathalie avait honte. La honte d'être une femme battue. Appeler le 3919[9] ? Elle avait vu les messages à la télé, à la radio. Se réfugier chez les gendarmes ? Mais Adam les connaissait tous. Ils ne la croiraient pas. Elle hésitait mais cette fois il fallait qu'elle lançât un S.O.S à quelqu'un. Il le fallait obligatoirement. Trop, c'était trop cette fois.

Nathan l'attendait sagement assis au salon avec un grand sourire.

— Maman. Ikélo !

— Oui Nathan, Ikélo est parti, il est parti au paradis des chiens…

— Oui maman. Ikélo. Vengé ! Je l'ai vengé maman. Tu sais. Je l'ai fait !

---

[9] Violence Femmes Info constitue le numéro national de référence pour les femmes victimes de violences (conjugales, sexuelles, psychologiques, mariages forcés, mutilations sexuelles, harcèlement...). Il propose une écoute, il informe et il oriente vers des dispositifs d'accompagnement et de prise en charge

— Vengé ? Qu'est-ce que tu veux dire par là, Nathan ? demanda Nathalie qui frémit à l'idée d'entendre la confirmation de ce que le flic lui avait envoyé au visage il y a quelques heures.

— Oui. J'ai tué le chat du Jules. J'l'ai tripé. J'ai vengé Ikélo.

— Oui Nathan, oui mon chéri, murmura Nathalie en prenant Nathan dans ses bras et le berçant comme un petit enfant.

VI
Envois anonymes

7 septembre l'après-midi.

Au commissariat, la synthèse des interrogatoires avait été débattue. En tenant compte de tous les éléments déterminants produits par le légiste et la Scientifique la conclusion s'imposait. Le ménage Millet était bien au centre des investigations à poursuivre. Mais il était aussi évident qu'Adam Millet avait pu participer au transfert de bouteilles de propane sous l'auvent de Jules Pérez. Sa barque pouvait en être le moyen le plus discret et silencieux. Mais, il ne pouvait vraisemblablement l'avoir fait seul. Qui avait été son ou ses complices alors ?

— Ou bien de qui a-t-il été le complice, ajouta la lieutenante Murielle Daulincourt.

Ce qui était une remarque fort judicieuse. Il fallait voir le frère de Nathalie Millet. Théo, un des fils Perreux. Il était venu chez elle le jour même de l'empoisonnement de leur labrador. Une coïncidence troublante. À nouveau les Perreux. Et puis comment l'explosion a-t-elle été provoquée ? Pas de trace de mèche consumée dans la boue entourant la caravane.

— Pour quel motif tuer Pérez qui était là depuis plusieurs années ? demanda Hervé Poitevin dont tout le monde connaissait la volonté quasi obsessionnelle de comprendre les mobiles d'un meurtre.

L'équipe devait retourner à Saint-Héand-sur-Cher avec la scientifique. La terre avait un peu séché. Peut-être que certaines marques seraient redevenues visibles. Perquisition chez les Millet. Analyse minutieuse de la barque d'Adam Millet. Trouver dans quel magasin de la région on peut acheter du propane. Poitevin demanda à tout le monde de faire preuve d'initiative, de se montrer curieux, d'interroger le maximum de saint-héandais. Ce sont tous des gens qui devaient être plus ou moins régulièrement des clients de la pâtisserie. Peut-être auraient-ils remarqué quelque chose, même futile et anodin, qui pourrait être utile, agir comme un révélateur ? Le crime était trop horrible pour rester impuni.

Hervé Poitevin se sentait stimulé par cette enquête. Pendant les confinements dus à la Covid une grande partie, presque l'essentiel du travail de la brigade avait été composé de ces crimes odieux nommés féminicides dont le nombre s'était accru compte tenu des circonstances. Écœuré par tant d'inhumanité et de sauvagerie, Hervé s'était renfermé sur lui-même à l'image des investigations qui étaient restées semblables d'un cas à l'autre. Pendant cette période il avait demandé des renforts à sa hiérarchie tant le manque de moyens dont la brigade avait souffert avait été flagrant. Moyens humains certes, mais aussi matériels si on songeait à la vétusté des voitures mises à disposition, à la désuétude des ordinateurs et autres imprimantes de la rue Marceau, sans parler des locaux qui auraient mérité bien plus qu'un rafraîchissement. Il s'était souvent heurté à une fin de non-recevoir. Il avait senti que la PJ n'appartenait pas aux priorités définies dans le projet de réforme de la police proposé par le ministre de l'Intérieur.

Avec cette nouvelle enquête, coïncidence heureuse, quelques renforts venaient d'arriver. La nature même des investigations à conduire, les difficultés qui paraissaient élevées pour résoudre l'énigme, tout ceci concourait à ce qu'Hervé se sente motivé et mobilisé à agir efficacement en retrouvant ses habitudes de fin limier, pugnace et habile. Il retrouvait l'envie, la volonté et le plaisir qui l'avait amené à entrer dans la police il y avait déjà bien longtemps.

Stéphane proposa d'aller d'abord à Blois où existait un entrepôt spécialisé dans la fourniture de gaz aux entreprises.

****

D'abord, cet entrepôt me paraît être une bonne piste. Et puis comme cela, je ne serai pas encore sur le terrain même de Saint-Héand. Je suis sûr que ma présence en tant que flic s'est répandue dans le village et que tout le monde se méfie de moi depuis l'interrogatoire de Nathalie Millet. Mes collègues sauront mieux les faire parler hors de ma présence. Et puis Jérôme Taillandier, mon ami gendarme retraité de Blois m'a envoyé un Sms me disant qu'il avait quelque chose d'important à me donner. J'avais rencontré Jérôme lors de ma sortie de l'hôpital. J'avais su qu'il s'était occupé de l'ancienne enquête concernant Achod Hagopian. J'ai de suite sympathisé avec lui dans l'espoir d'obtenir des informations utiles. Le moment me semble venu d'en apprendre plus. Je ne veux pas encore en parler au commissaire avant de savoir de quoi il retourne.

Chou blanc à l'entrepôt. Rien de semblable n'a été vendu, rien n'a disparu, rien ne s'est produit de suspect ou seulement bizarre entre le 30 août et le 5 septembre. Il y a d'autres entrepôts ou magasins à visiter dans la région, même si ça va être coton de tomber sur le bon. Les bouteilles ont peut-être une autre origine d'ailleurs.

— Salut Jérôme ! Assieds-toi. Que prends-tu ?

— Heu. Salut Stéphane. Oui, comme toi. Un demi. Il fait à nouveau très chaud. On n'en finira pas cette année avec la sécheresse et ce n'est pas la pluie d'il y a quelques jours qui a étanché suffisamment la soif des jardins. Cette année, la récolte va être maigre. Les courgettes ne grandissent pas. On dirait plutôt des cornichons !

Jérôme Taillandier avec sa moustache bien taillée aurait pu tourner dans un film de gendarmes. Il avait eu à conduire l'enquête sur la disparition de l'ouvrier viticole Achod Hagopian. À l'époque, bien que gendarmerie et police aient coopéré, les indices trouvés avaient été bien maigres. On l'avait vu monter dans une voiture pas loin de Saint-Aignan. « On » est un mauvais sujet dans une enquête ! Comment avait-il pu se rendre là-bas ? Mystère ? Le père Perreux avait participé aux recherches avec son fils Théo. En vain. Personne n'avait acheté de billet de train au nom d'Hagopian. Le temps passant, la justice était déjà mobilisée sur la plainte contre Gabin Pereux pour mauvais traitement envers ses ouvriers et non-respect du Code du travail. Alors… Jérôme reconnaissait qu'il était proche de la retraite et n'avait plus manifesté l'énergie et le dynamisme suffisant pour fouiller méticuleusement tous les recoins. Et tout le monde, directement ou indirectement concerné, s'était satisfait de cette conclusion tant elle allait dans l'ordre des choses établies. Achod était parti de son plein gré. Une disparition d'adulte. Pas d'enlèvement. Affaire classée sans suite.

C'est après le deuxième demi que Jérôme amena la discussion sur cette enquête, la dernière qu'il eut à conduire en activité.

— Tu sais que la principale conséquence de la disparition d'Hagopian a eu lieu au procès de Gabin Perreux. Achod en était le principal accusateur. Lui disparut, il ne restait que Jules Pérez.

— Oui, c'est ce que je sais. Et le tribunal a conclu à un non-lieu. La parole de Jules Pérez ne faisait pas le poids devant celle d'un riche viticulteur de renom. C'est ça ?

— Tout à fait. Il n'y avait aucune preuve matérielle étayant les accusations qu'avait portées Hagopian et pourtant confirmées par Pérez. Tous les autres ouvriers ont au contraire proclamé les louanges de Gabin Perreux. Le vieux leur avait sûrement fait du chantage.

— Et alors, que voulais-tu me montrer ? demanda Stéphane impatient de couper l'exposé de faits déjà connus.

Jérôme sortit son portefeuille de la poche intérieure de sa veste, l'ouvrit et en exhiba un petit objet plat que Stéphane reconnut de suite. Une carte SD. De celle qu'on emploie dans les appareils photo numériques. Jérôme Taillandier soupira fortement.

— Tu vas me mépriser. Ce n'est pas beau ce que j'ai fait. Ce n'est pas beau ce que je fais maintenant non plus d'une certaine façon.

— Y a quoi dans cette carte ?

Jérôme Taillandier baissa la tête.

— Tu vas me maudire. T'es devenu un flic, un vrai, un bon à ce qui se dit ici et ce qui se disait déjà à Rennes. Tu vas me maudire, gamin. J'ai reçu ça dans ma boîte aux lettres, de façon anonyme, dans une enveloppe kraft. Je l'ai reçu six mois avant l'ouverture du procès. Six mois. À cette date-là. Tout était déjà ficelé tu sais. Perreux avait fait intervenir ses appuis.

— Quels appuis ?

— La filière viticole représente un poids important dans l'agriculture régionale. Et tu sais comme moi que l'agriculture ici est la principale activité. Alors… tu comprends. Et puis les politiques aussi sont intervenus, discrètement certes mais ils se sont manifestés quand même, maires, député et même sénateur.

— Ils ont tous fait pression ? C'est ça ?

— Ben, ils ont fait comprendre qu'il fallait laisser tomber et que ça serait très mauvais pour la santé économique du département que Perreux soit condamné.

— Ouais. Du lobbying. Et la justice là-dedans ?

— Que veux-tu qu'elle décide ? Il n'y avait aucune preuve tangible dans l'accusation.

— Si Jérôme, il y en avait. Ce qu'il y a dans cette carte. C'est une preuve accablante ou je me trompe ? Et qu'as-tu fait ? Tu l'as escamotée, c'est ça que tu as fait ? Tu l'as gardée par-devers toi ! Tu ne l'as pas versée au dossier ! Comme ça toi, en cas de coup dur, ça te fait une arme de chantage auprès du clan Perreux, nom de Dieu, Jérôme ! Dis-moi que je me trompe ! Toi qui étais mon ami.

— C'est exactement ça Stéphane hélas. J'ai honte. Mais écoute-moi. J'ai eu des remords. Ça me rongeait. J'en dormais plus.

— Tu ne veux pas que je te plaigne, non, par hasard ! Alors qu'est-ce que tes remords t'ont poussé à faire ?

— J'ai fait parvenir anonymement…

— Quel courage !

— … heu, une copie du contenu de la carte au juge d'instruction qui avait été chargé de l'affaire.

— Quand ?

— Là, c'est tout récent. Ces jours-ci. Fin août.

— Ce sont des remords sacrément tardifs. C'est incroyable ! Tu m'avais tout raconté en détail lors de nos premières rencontres, sauf ta forfaiture bien sûr ! Pourquoi tu m'en parles aujourd'hui ?

— Attends Stéphane. Cette carte SD a fait l'effet d'une bombe, tu l'imagines facilement. Le juge a sollicité la police pour reprendre les investigations. Plusieurs personnes sont les futures cibles des enquêteurs. Dans quelques jours les journaux vont en parler. L'affaire Perreux est rouverte. Gaston et ses fils, mais aussi son gendre Millet et bien d'autres vont être réentendus au vu de ces photos et vidéos même si elles sont parfois de mauvaise qualité. Ça va faire du bruit dans les chaumières !

— Ce n'est pas l'affaire dont je m'occupe, Jérôme. Tu le sais. Mais tu viens de citer des gens qui m'intéressent. Alors je vais voir. Merci quand même. T'as toujours tes sources à la gendarmerie ?

— Ben oui. C'est par eux que j'ai su tout le ramdam qui se prépare et qui est encore secret.

— En fin de compte merci Jérôme d'avoir pensé à moi. N'empêche que t'es un sacré ripou. T'es un ripou ! Ciao Jérôme. Pour ta peine je te laisse les consos !

Stéphane n'avait pas fait dix pas qu'il rebroussa chemin et revint vers la table.

— Ton gendarme source qui te raconte tout, c'est aussi un ripou ? Alors il ne t'aurait pas mis dans la confidence de certaines choses ?

— J'vois pas ce que tu veux dire.

— De son côté, ce ripou n'aurait pas déjà alerté quelques personnes bien placées afin qu'elles puissent se préparer à affronter les interrogatoires ? Tu vois ce dont je veux parler.

— Si. Tu vois juste. Thomas, c'est ma source, Thomas Monnery, on bossait ensemble avant, il a déjà prévenu Théo Perreux. Ils ont toujours été très copains. Il me l'a confié.

— Comment il s'y est pris ? Lettre anonyme ?

— Avec une lettre… heu…

— Anonyme ? Il lui a envoyé une lettre quoi, une lettre à son nom, une lettre signée. C'est risqué pour un poulet.

— Non, non ! Anonyme oui, mais pas complètement. Heu… D'après ce que j'ai compris, il a envoyé une lettre d'avertissement comme si c'était un autre qui l'avait écrite. Tu vois ?

— Et qui alors ?

— Ah ça je ne sais pas ! C'est tout ce que Thomas a bien voulu me dire.

****

On parle décidément beaucoup de lettres anonymes aujourd'hui. Envoi anonyme de la carte SD. Ce con de Jérôme n'a pas gardé l'enveloppe. Trop tard pour repérer des empreintes. On ne saura jamais qui lui a fait ce cadeau. Lettre faussement anonyme envoyée par ce vicieux de Thomas au nom d'une autre personne pour alerter le clan Perreux de la reprise du dossier. C'est machiavélique ! Qui est celui ou celle qui a adressé sans le savoir, à son insu et pas de son plein gré, une lettre d'information à Théo Perreux ? Ça devient du grand n'importe quoi cette histoire de procès de Gabin Perreux ! Mais, j'en suis intimement convaincu, j'ai intérêt à suivre cette affaire d'assez près. Le dossier va être rouvert. Ça peut devenir intéressant. Ça peut m'éclairer et être utile pour moi et pas seulement. Pour l'enquête actuelle aussi.

Maintenant j'ai hâte de voir ce qu'il y a dans cette carte SD. Je roule vite en revenant de Blois. L'orage menace. Je monte mes escaliers quatre à quatre. Vite vite, je me jette un whisky et démarre mon MacBook. J'insère la SD dans le hub adéquat, je clique. Peu d'éléments en fait. Quelques photos et trois petites vidéos. Je les ouvre les unes après les autres. Je les regarde. Elles sont sombres car les scènes ont été prises à la tombée de la nuit. Mais Photoshop est là pour les éclaircir. Mon cœur bat de plus en plus vite, de plus en plus fort. Incroyable ! Mais qui a pris les photos ? Qui a réussi à filmer de telles séquences ? Une bombe, oui tout à fait, Jérôme avait raison. Et pas n'importe quelle bombe ! Pas un obus de 14-18. Une bombe thermonucléaire !

Je les visionne une nouvelle fois, puis encore une autre. Je les repasse un nombre incalculable de fois. Pour être sûr que je ne rêve pas. Je suis terrifié. Je me verse verre après verre comme pour me donner un peu d'assurance, de réconfort, machinalement sans m'en rendre compte. L'heure avance. Il fait nuit. Le tonnerre gronde à l'extérieur. Je m'allonge sur le lit et tente de mettre mes idées au clair, de faire le point sur ce que je viens de voir. Le gang Perreux en action. Oui un gang avec Théo et son père Gabin et d'autres gens que je connais bien.

J'ai reconnu le lieu. La vigne vers Bléré, le long de la départementale 976, une vigne de sauvignon, une vigne qui doit appartenir aux Perreux sans nul doute, en contre-bas des Clémendières si mes souvenirs sont exacts. Une vigne avec une loge, une des plus belles de la région qui possède encore la cheminée de son four à pain. Le son des vidéos est très mauvais mais le sens des paroles enregistrées ne prête à aucune équivoque. J'ai sous les yeux les preuves de l'assassinat d'Achod Hagopian. Rien que ça. Le pauvre ouvrier agricole est mort sous les coups du père et du fils Perreux et des autres. Je suis horrifié. Et cette voix, celle de celui qui filme, qui est-ce ? Je n'arrive pas à savoir de qui il s'agit. Qui est cet homme, car la voix est masculine et c'est la seule vraiment clairement audible, qui excite les Perreux et les incite à tuer, il prononce ce terme, « ce salaud d'immigré » ? Qui est-ce ? Je me repasserai la vidéo jusqu'à ce que je l'identifie. Du moins j'espère que ma mémoire auditive trouvera à qui appartient cette voix off.

Les photos montrent bien d'autres personnages. Des complices c'est le moins qu'on puisse affirmer. On y voit, spectateurs exaltés de la mise à mort, des gens bien connus de Saint-Héand-sur-Cher. Le boulanger Guignard et ce cher Adam Millet qui balancent leurs poings sur Achod dont le visage est couvert de sang, les yeux exorbités, la bouche béante, le torse dénudé, lacéré par ce qui est sans aucun doute des coups de couteau.

L'avant-dernière photo est un plan plus large. On distingue des arrières de véhicules sur un chemin qui conduit aux Clémendières. Il y a là le 4x4 de Gabin Perreux. Je savais bien que ma question était intéressante lors de son interrogatoire avant-hier. Et puis un autre, plus caché, dont on ne voit pas la plaque d'immatriculation. Cela ressemble à une 4008, un SUV Peugeot que l'on croise rarement. Qui possédait une telle voiture à Saint-Héand à ce moment-là ? Il faut que je fasse un effort de mémoire.

La dernière photo montrait Gabriel, Adam et Théo transportant une masse enveloppée d'une couverture, qui pourrait bien être le corps d'Achod Hagapian, vers le coffre de cette voiture. Mais qui possédait une telle voiture ? La question m'obsède.

Cette carte SD est une énorme bombe, une machine infernale ! Faut-il que j'en parle à Poitevin dès demain matin, ou bien vaut-il mieux attendre la réouverture officielle de l'enquête sur Gabin Perreux ? Jérôme m'a affirmé qu'elle était prévue dans les jours prochains. Je ne vais pas pouvoir dormir cette nuit. J'entends le crépitement de la pluie sur le toit et les fenêtres. Ce n'est pourtant pas ce bruit qui me tient éveillé. Je tente d'analyser, de résumer ce que je viens de voir, de retrouver un peu de calme pour ordonner mes pensées. Mais j'ai beau faire, elles échappent à mon contrôle, elles s'échappent même de ces révélations et m'entraînent vers une autre énigme qui me touche de très près. Je ne vais vraiment pas pouvoir dormir cette nuit.

VII
Orage sur Saint-Héand-sur-Cher

8 septembre

Le tonnerre avait grondé juste à la fin de la nuit. Des rafales de vent du Nord s'étaient mises à hurler. Les nuages denses et sombres qui s'étaient accumulés jusqu'alors déversèrent des trombes d'eau. Une eau lourde, serrée, abondante. La pluie martelait les volets et les vitres. Les gens avaient été sortis de leurs lits douillets. Les rares qui devaient partir de chez eux pour aller travailler étaient trempés jusqu'aux os en quelques secondes avant de s'engouffrer dans leur voiture et mettre les essuie-glaces au maximum de leur vitesse. Chacun appréhendait l'arrivée de la grêle. Elle accentuerait la catastrophe dans les vignobles. Le vent et la pluie conjuguaient leurs effets pour gifler les arbres et leur arracher les feuilles les plus fragiles. Les éclairs se succédaient découpant les toitures et le vieux donjon sur un fond noir d'encre. Sur les coteaux menant au plateau voisin, le ruissellement avait arraché des blocs de rochers calcaires qui roulaient au milieu d'un torrent de boue qui dévalait les pentes et s'écoulait sur les routes en certains endroits. Une vision d'apocalypse !

Toute la journée, la pluie fut continue. Les éclairs et le tonnerre étaient allés se faire entendre plus loin. Les prés regorgeant d'eau se remplissaient de petites flaques, de petites mares. Le sol argileux trop sec depuis longtemps ne pouvait plus rien absorber. Tous les animaux, les oiseaux en particulier avaient cherché refuge sous les frondaisons les plus feuillues, dans la forêt. Certains n'y étaient pas parvenus et leurs cadavres reposaient sur le sol détrempé des sous-bois.

Mieux valait rester cloîtré. L'équipe de Poitevin avait suffisamment de travail de relecture, d'analyse pour ne pas risquer un déplacement sur des routes submergées et coupées d'arbres abattus par la foudre ou le vent. Une journée bien triste durant laquelle les lumières des bureaux ne furent jamais éteintes.

L'équipe se focalisait sur le couple Millet. La veille au soir, Murielle était retournée à Saint-Héand avec Olivier. Elle avait de suite constaté que Nathalie portait les traces de nombreux coups. Alors qu'elle l'interrogeait pour savoir qui était l'odieux coupable, pour s'assurer qu'il s'agissait bien d'Adam Millet, son mari, ce dernier revint du Café du Centre. Il était ivre. Complètement noir. Ils avaient réagi énergiquement et décidé de les ramener à Tours. Nathalie serait ainsi sous protection policière. Quant à Adam il fut placé en garde à vue dans une cellule de dégrisement. La major Zahiya Sassi fut chargée de s'occuper de Nathan qui ne pouvait être laissé seul à Saint-Héand. Nathan passa la nuit dans un foyer de l'enfance maltraitée. L'équipe d'Igor Podgorski avait consacré tout son temps sur les documents, ordinateurs, portables réquisitionnés au domicile professionnel des pâtissiers. Ils étaient encore au travail en fin d'après-midi. Rien ne paraissait pouvoir fournir les bonnes clés à l'énigme de l'assassinat de Jules Pérez.

Le portable de Nathan ne contenait que des échanges téléphoniques. Il ne pouvait recevoir de Sms. Ce n'était pas un smartphone. Nathan ne communiquait exclusivement qu'avec sa mère.

Le smartphone de celle-ci était aussi peu utilisé. Beaucoup d'échanges en correspondance avec son fils. C'est manifestement elle qui l'appelait le plus souvent. Néanmoins il y avait quelques échanges avec son frère Théo. Les policiers notèrent deux appels dans la journée du 30 août quand le labrador a été empoisonné. Deux autres appels le 4 septembre au soir.

Celui d'Adam était plus fourni. Des appels vers Aurélie, la gérante du Café du Centre. Nombreux. Mais aussi beaucoup de conversations avec son beau-frère Théo. Ça, c'était plus important. Il y avait des échanges qui avaient eu lieu le 29, le 30 et le 31 août et aussi les 3,4 et 5 septembre. D'autres aussi avec d'autres personnes dont les policiers dressèrent la liste. Ce qu'ils notèrent c'est qu'Adam Millet n'avait appelé ni sa femme, ni son fils et n'avait non plus pas été appelé par eux.

Toute la journée Stéphane Gonthier avait erré dans le commissariat comme une âme en peine, ne sachant vraiment pas se fixer sur une tâche précise. Il allait de l'un à l'autre de ses coéquipiers tentant de leur prêter main forte.

****

Hervé s'était couché tard. Il avait parlé longuement avec Isabelle de l'horreur que lui inspiraient les turpitudes vécues par Nathalie Millet, battue par son mari exactement après leurs interrogatoires.

— Je devine bien sûr des motifs à rester silencieuse mais pourquoi Nathalie Millet ne dénonce-t-elle pas son mari. Elle continue à nier que c'est lui qui l'a tabassée aujourd'hui. C'est nier l'évidence !

— Oui, tu as raison c'est du déni. Et c'est là bien une marque de ces atrocités conjugales et du syndrome de la femme battue.

— On parle beaucoup de ce syndrome. Mon amour, tu peux m'en dire plus ?

— Si tu veux. Mais tu as déjà trouvé un comportement similaire dans tes enquêtes il n'y a pas si longtemps. Parfois ce déni, en le couvrant en quelque sorte, pousse le mari, le concubin, le compagnon à commettre l'irréparable. Tu as vu ça lors des féminicides que tu as dû instruire. D'abord il faut être convaincu que ce qui s'est produit tantôt n'est pas exceptionnel. Le syndrome post-traumatique lié aux violences faites aux femmes, aux hommes battus aussi ça existe mais c'est plus rare, se manifeste comme résultante de la violence subie sur une longue période. Nathalie Millet doit être souvent battue par son mari. Hier c'était une fois encore, une fois de plus, une fois parmi une quantité importante.

— Oui, je devine bien. On verra ce que révèle l'enquête de voisinage à ce sujet.

— Tu sais, les gens n'ont peut-être rien vu, ou rien voulu voir. Madame Millet s'habille avec des manches longues, des robes longues. Regarde hier, elle portait un masque comme du temps de la pandémie. Elle tenait à le conserver. Elle cache sous son maquillage des traces de coups afin que personne ne puisse les voir ni même les soupçonner. Il s'agit d'une attitude courante des femmes battues.

— Mais pourquoi subir ce cauchemar aussi souvent ?

— Les coups d'hier ressemblaient pour elle aux précédents. Les scènes sont récurrentes. Elle les revit toujours identiques, pour elle il n'y a pas lieu d'en parler d'une plutôt que d'une autre. Renseigne-toi. Madame Millet doit peu participer aux activités de la ville, aux activités sociales j'entends, aux associations par exemple. Elle évite de parler de peur d'être amenée à évoquer justement ce qu'elle supporte. Elle se maintient dans un isolement social qu'elle envisage comme une protection.

— Est-ce qu'elle réalise qu'une fois ça peut être encore pire. Il peut la tuer. Le féminicide, elle en a entendu parler quand même ! C'est effroyable. Rappelle-toi l'augmentation de crimes qui s'était particulièrement produite lors du confinement au printemps et également à l'automne.

— Bien sûr qu'elle doit avoir peur. Bien sûr qu'elle a pensé qu'elle peut en mourir. Bien sûr. Mais elle pense d'abord, avant tout, que c'est elle qui provoque la violence de son mari.

— Comment ?

— Par sa conduite, ce qu'elle fait ou ne fait pas, ce qu'elle dit ou ne dit pas, ce qu'elle est ou n'est pas. Regarde, Nathan est un enfant attardé. Et si son mari l'accuse, dit que c'est de sa faute à elle. Tu comprends ? Elle est prisonnière dans une nasse qui se referme sur elle.

— Oui, je vois. Et comme mère elle veut protéger son enfant, même s'il est attardé, elle l'aime. C'est le fruit de ses entrailles comme on le dit dans les églises.

— Oui mais de la Saint-Vierge, pas d'une femme ! Continue.

— Alors elle craint pour lui, elle craint que son mari reporte sa haine contre Nathan, qu'il commette des représailles contre Nathan.

— C'est une Perreux. Le clan Perreux devrait la protéger quand même. Ils font la loi dans certains domaines socio-économiques et ils laissent leur fille subir ça. Horreur !

— Ils ne le savent peut-être pas. J'en suis persuadée. Elle ne leur en a jamais parlé. Elle a trop honte. Ce qu'elle ne peut pas, ne veut pas, faire autre chose que subir n'est pas digne d'une Perreux ! Dans ce milieu, la place des femmes est mineure. Regarde l'épouse dont tu m'as parlé. De noire vêtue, insignifiante, comme si ce qui se passait autour d'elle ne la regardait pas. Nathalie en est héritière également. Elle a trop peur qu'Adam élabore des représailles contre sa famille.

— Jusque-là ?

— Oui, jusque-là. C'est possible.

Tous deux se turent un moment. Le temps de remettre une bûche dans l'insert qu'Isabelle, un peu frileuse, avait allumé. La première flambée de l'année ! Le temps de boire une tisane pour elle, un Earl Grey pour lui toujours avec un nuage de lait. C'est Isabelle Dumas qui reprit la conversation.

— Madame Millet a besoin d'aide psychologique. Pour mettre à plat, dire ce qu'elle a subi pour en prendre conscience, puis petit à petit se reconstruire.

— Toi ?

— Oh, pas si vite. Il faut qu'elle consulte son généraliste d'abord, puis… Enfin oui, je sais m'occuper de tels cas. J'en ai hélas déjà eu l'occasion. Même parmi les familles de policiers lorsque j'étais psy de la maison poulaga.

— Est-ce que tu sais aussi t'occuper d'ados qui sont des attardés mentaux et qui vivent dans un ménage qui se déchire, qui ont peut-être même assisté à des scènes, qui ont peut-être vu leur père battre leur mère ?

— Toi je te vois venir avec tes gros sabots ! Tu veux parler de Nathan Millet ?

— Oui bien sûr !

— Je ne suis plus, je te le rappelle, psy dans la police. Alors je ne prends pas le boulot des collègues.

— D'abord il n'est pas sûr qu'on trouve une psy disponible et qui puisse s'en occuper régulièrement et fréquemment. Tu peux faire quelque chose comme tu l'as fait pour Léa Foucault la jeune sourde prise dans le tourbillon de l'assassinat du PDG de la société des Tissus Dupuy[10] ? Hein chérie ? Tu t'en souviens.

Isabelle but lentement la dernière gorgée de sa menthe-réglisse. Elle sourit.

— Tu as vu l'heure ? La pluie me paraît encore assez forte. On entend à nouveau le tonnerre. Il vaudra mieux ne pas dormir dehors ce soir. On va se coucher ? Je suppose que tu vas te lever aux aurores demain. Ton enquête piétine quant au meurtre du pauvre Jules Pérez. Allez zou ! Tu y verras plus clair demain.

****

Stéphane avait rejoint Saint-Héand peu avant vingt heures. Il gara sa 208 devant la grande maison de l'écrivain. Parler d'autre chose, se changer les idées, c'était ce dont il avait besoin après être demeuré indécis toute la journée. Daniel Sian l'accueillit avec joie.

— Entrez vite vous mettre au chaud !

Comme la dernière fois, les deux hommes partagèrent un whisky. Le feu dans l'insert de la cheminée en tuffeau grésillait et dispensait une douce quiétude. C'est l'écrivain qui prit la parole le premier pour évoquer les allers-retours de la police vers la pâtisserie Millet. Stéphane ne révèlera pas grand-chose du travail de la police sinon que

---

[10] Voir « Sous le signe de la vengeance », février 2021, Éditions Le Lys Bleu.

le couple Millet semblait au commissaire Poitevin être au centre de l'enquête sur le meurtre de Jules Pérez.

— Bien sûr, s'exclama Daniel. Millet a une barque. C'est ça qui vous titille le plus, non ? Je me trompe ? Pour transporter les bouteilles de gaz ?

Stéphane resta bouche bée.

— Du moins c'est comme cela que j'écrirai l'histoire ! reprit l'écrivain.

— C'est une vraie possibilité en effet. Vous êtes bien informé pour émettre de telles hypothèses !

— Non, je fais travailler mon imagination simplement. Vous avez analysé la barque pour voir si elle avait servi récemment ?

— Heu, je ne sais pas. Avec le temps aujourd'hui, personne ne s'est déplacé.

— Vous aurez de la chance si elle n'est pas engloutie dans le Cher !

— Tant pis. On se contentera des premiers relevés.

— Vous vous basez totalement sur l'histoire que ce serait ce pauvre Jules qui aurait empoisonné le labrador de Nathan Millet ?

— Un peu en effet. On n'a rien d'autre à se mettre sous la dent. Le gamin a été surpris étripant le chat de Jules Pérez le lendemain au bord du Cher à Bléré.

— Moi je vous questionne de la façon dont je me questionne moi-même quand j'écris. Il faut que je veille à la vraisemblance de mon récit. Je ne suis pas policier. Vous avez d'autres renseignements sûrement. Et vous savez où vous allez. Bon ! Un autre whisky et puis, zut, on se tutoie. Ça te va Stéphane ?

Les deux hommes parlèrent de la pluie, du sale temps de la journée, de la canicule de l'été, des vendanges, du vin de Touraine. À bâton rompu. Comme deux amis.

— Tu sais, Saint-Héand est un curieux village somme toute. Adam est pâtissier. Son père Emmanuel était pâtissier il y a plus de dix ans en arrière. Le fils du boulanger est devenu boulanger. Guignard Gabriel. La pharmacienne a pris la succession de son père. La belle Ambre Ouvrard. Et il y en a d'autres. La toubib est la fille d'un des deux docteurs de l'époque, le docteur Kerprigent d'origine bretonne. Elle s'appelle Manon Kerprigent. Exception pour l'autre docteur, Barre-Chaudière. Sa fille Aurélie n'a pas fait de grandes études. Elle tient le café du Centre. C'est quand même curieux ces filiations et cet immobilisme professionnel. Les enfants des saint-héandais restent saint-héandais et font le même métier ! Ça ne te paraît pas bizarre ? Non ?

— En effet. Tu connais bien les gens du patelin. Tu pourrais me guider si j'ai besoin.

— Si tu veux, sans problème. Sais-tu qu'il y a dix ans, toutes ces personnes ou presque formaient une bande de jeunes adultes et adolescents mélangés. Mon frère avait fort à faire avec certains garnements qui venaient exciter les bêtes du chenil derrière la maison et s'enfuyaient par les troglos. Adam Millet était un beau parleur mais n'était pas le chef. Le chef était un certain Samuel. Ses parents tenaient une brasserie, la brasserie des Trois Cors. On y mangeait très bien. Tiens, Samuel est devenu flic. Tu n'as jamais entendu parler de ce gars-là ? Il est mort en mission. Loin d'ici. En Guyane. Mais bon, assez parlé. À toi.

— De quoi veux-tu que je te parle ? Je t'écoute et apprends beaucoup de choses sur le village dont je suis désormais citoyen. C'est bien. J'apprécie. Tiens, sers-moi un autre doigt de cet Alisker. Je le trouve très à mon goût !

Daniel m'a fait revivre l'existence de la bande ! La bande des « Troglos de Touraine ». Rien que je ne savais certes. Et il m'a parlé de Samuel. « Montrésor c'est nous ! ». À ta santé Samuel ! Daniel peut m'être utile sans aucun doute. Mais il m'inquiète également. Que connaît-il exactement de cette époque ? Faut que je me méfie. Mais ce soir, j'ai un peu trop bu pour réfléchir sérieusement. Et puis après la nuit blanche précédente, je me sens fatigué. Allez, rentre chez toi Stéphane et au pieu !

VIII
Chez la coiffeuse

9 septembre 2021

La nuit avait été enfin calme et le matin la brume d'humidité était déchirée par les rayons du soleil. Le spectacle était magnifique. Des lambeaux de brume et de brouillard mélangés s'envolaient au souffle léger du vent d'ouest. Ils planaient plus denses au-dessus des remous bruns du Cher. Une atmosphère ouatée enveloppait maisons, forêts et champs. Une respiration venue de la terre tremblait sous la caresse timide de la chaleur revenue. Les services de secours qui avaient été vite débordés dans la journée précédente finissaient d'aider les habitants. Ici à mettre une bâche sur une vieille toiture qui s'était autorisée une escapade dans le pré voisin. Là les tronçonneuses des pompiers coupaient quelques troncs d'arbres abattus dont les racines arrachées tendaient leurs bras décharnés de l'autre côté du fossé transformé en ruisseau pour quelques heures encore. Rien que des dégâts matériels. Néanmoins, la mémoire collective se rappellerait de ce début de septembre. La violence de l'orage avait été à la hauteur de la chaleur caniculaire de l'été. Les viticulteurs arpentaient leurs vignes et ne pouvaient que constater les dégâts. Dans les parcelles non encore vendangées, heureusement peu nombreuses, les grappes de raisin mûres à cueillir avaient été massacrées. Sur les ceps tordus, il ne restait même plus de feuilles. Pourtant la récolte s'annonçait belle et prometteuse !

À Tours, Adam Millet comparaissait devant un juge d'instruction qui l'écroua pour maltraitance sur la personne de son épouse. Le juge entendit Nathalie Millet comme témoin. Il fut bien déçu mais peu surpris de constater que madame Millet refusait de raconter toutes les scènes qu'elle avait vécues, les coups qu'elle avait subis. Nathalie repliée sur elle-même continuait à manifester cette honte paralysante dans laquelle maintes femmes battues se réfugiaient. Il fallait laisser du temps au temps.

Nathan par contre s'était montré plus loquace avec Isabelle Dumas, la psychologue compagne d'Hervé, qui l'avait pris en main. Maladroitement, souvent en mimant les scènes plutôt que les parler, il les avait néanmoins racontées en les revivant en quelque sorte. Elles étaient terribles et se déroulaient principalement les soirs dans la maison jouxtant la pâtisserie. Les échanges étaient filmés et Poitevin comme le juge attendait de les voir, l'un pour évaluer la condamnation que méritait son père, l'autre pour estimer si l'enquête concernant la mort de Jules Pérez ouvrait de nouvelles pistes d'investigation. Ce fut le cas lorsque Nathan, de lui-même, parla de son oncle. Son oncle Théo. Théo Perreux. Nathan l'aimait beaucoup. Il venait assez régulièrement chez lui. Il discutait avec sa mère mais aussi avec son père, le plus souvent en aparté. Nathan ne percevait que des éclats de voix. Mais Théo devait avoir une grande influence sur ses parents. Après son départ ils étaient calmés, tranquilles et même affectueux. Avant de partir, Théo venait vers lui. Il avait toujours quelque chose à lui donner. Un petit livre, un petit jouet. C'est « tonton Théo » qui avait amené Ikélo le labrador. Nathan adorait ce chien qui au fil du temps était devenu son compagnon, son vrai et seul ami. Alerté de l'avancée de la discussion entre Isabelle et Nathan, Poitevin proposa qu'on lui soumette quelques questions plus précises.

— Nathan est-ce que tu te souviens du jour où Ikélo est parti ?

— Ouais. Pas parti Ikélo. Ikélo mort. Ikélo enterré.

— Ah, tu sais ça ?

— Ouais. Théo a fait belle tombe pour Ikélo. On ira porter des fleurs, il m'a promis.

— Tu sais où est cette tombe ?

— Ouais. Près de la loge.

— La loge ?

— Ouais la loge.

Après quelques minutes de silence, la psychologue reprit.

— Et ce soir-là, Théo t'a parlé.

— Ouais. Y m'a consolé. Bien avec lui. Moi calmé. Plus pleuré. Nathan plus pleuré.

— T'a-t-il dit quelque chose de particulier ?

— Ouais.

— Que t'a-t-il dit alors ?

Nathan hésita.

— Tu peux me le dire, je ne le répéterai à personne.

Nathan se mit à pleurer doucement. Après quelques minutes il renifla et délivra sa conscience.

— J'ai vengé Ikélo. J'ai tripé le chat du salaud de Jules. Comme Théo m'avait dit. J'ai réussi.

Nathan raconta avec précision comment il était passé par le chemin de halage, avait fait venir le chat en lui donnant des croquettes, l'avait mis dans son panier de pêche. Puis avait poursuivi jusque vers Bléré en bord du Cher, vers l'écluse. Il avait bien regardé autour de lui. Personne. Le couteau de cuisine bien aiguisé avait fait l'affaire. Le chat n'avait pas trop crié. Nathan avait un visage radieux en racontant cette horreur. Comme s'il était fier d'avoir pu accomplir la mission confiée par son oncle.

— C'est toi qui as fait ça ?

— Ouais, c'est moi. Regarde !

Et Nathan souleva le tee-shirt sur son poignet pour montrer des griffures anciennes. Sans nul doute, les traces des griffes du pauvre chat.

— Bien. C'est tout ce que Théo t'a demandé ?

— Ouais. C'est tout ce que je pouvais faire. Et je l'ai fait ! Je l'ai fait, répéta-t-il presque joyeusement.

— C'est tout ce qu'il t'a dit ? insista la psy.

— Pour moi oui.

— Et. ?

— Et que lui il s'occuperait du salaud lui-même.

— Théo t'a dit qu'il s'occuperait de Jules Pérez lui-même. C'est ça ?

La psy fit répéter deux fois cette phrase à Nathan. Puis tenta une question plus policière.

— Tu sais que Jules Pérez a été tué.

— Ouais. Ben fait !

— Tu penses que c'est Théo qui a fait ça ?

— Ouais. Mais chut. Personne doit savoir.

— Tu penses, tu crois ou tu es sûr de ça ?

Pas de réponse. La question était trop compliquée.

— Tu penses donc que c'est Théo qui a tué Jules Pérez. C'est ça ?

— Ouais. Ouais, répondit Nathan aussi naturellement que si on lui avait demandé s'il aimait les bonbons.

****

Stéphane Gonthier commença sa journée en se rendant une nouvelle fois du côté de Villefrault, chez Perreux au-dessus de La Croix-en-Touraine. Poitevin lui avait confié cette mission. Il aurait bien aimé ne pas se retrouver face à ces gens maintenant qu'il avait visionné les photos et les vidéos de la carte SD. Il y fut mal reçu, c'est le moins qu'on pouvait dire ! Gabin était de fort méchante humeur. Il accepta finalement de lui indiquer que Théo était allé sur les coteaux de Bléré voir s'ils pouvaient être vendangés et si la tempête n'avait pas trop détruit de grappes. Une parcelle de Sauvignon blanc plusieurs fois classé médaille d'or au concours agricole des vins de Touraine. C'eut été dommage ! Juste à l'endroit qui fut le théâtre de l'assassinat d'Hagopian ! Stéphane s'y rendit. Ça lui permettrait de confirmer ou d'infirmer ce qu'il en avait déduit.

Théo était seul, appuyé d'une main sur le mur de pierres sèches de la loge. Il fut étonné de cette visite mais ne se montra pas trop vindicatif dans ses réponses. Il était peut-être rassuré. À cet endroit l'orage n'avait pas été aussi violent que sur Saint-Héand. Les vendanges pourraient être effectuées et une quantité moindre certes mais à peu près satisfaisante de vin pourrait être élevée. Il avait d'ailleurs amené une bouteille datant d'il y a deux ans et en offrit un verre au policier. Il restait un fond, Théo avait déjà pas mal bu et il n'était que dix heures du matin.

Stéphane n'était pas un grand connaisseur mais il apprécia les arômes puissants qui s'en dégageaient. Il crut y reconnaître des effluves d'agrumes comme le pamplemousse mais aussi de cassis. Un fruit que Stéphane aimait particulièrement et dont il savait reconnaître la présence. En le buvant, Stéphane fit remarquer qu'il était plutôt sec et qu'en bouche il trouvait un goût de pierre à feu, de silex.

— Pas mal. Si vous voulez changer de métier, devenez œnologue, plaisanta Théo. Vous savez que certains y trouvent des arômes de genêt. Faut connaître. J'ai même entendu du pipi de chat ! Alors là c'est à décourager le client ! Vous avez raison pour le silex. Certaines années mon sauvignon paraît même un peu fumé. Comme le Pouilly du même nom. C'est dire la classe !

Théo était détendu et se mit à parler. Il raconta l'exploitation, ses envies de l'agrandir, de fonder un domaine exportant à l'international. Il voyait grand pour une exploitation familiale au départ. Il faudrait de l'argent, des sous, du pognon, reconnaissait-il.

— Les banques ne sont pas prêteuses. Mais j'ai de l'ambition et j'y arriverai. Croyez-moi.

— Je vous fais confiance !

Théo partit d'un grand éclat de rire.

— Tout le monde pense que je resterai célibataire, s'exclama Théo. Ça va être dur de leur faire accepter qu'Eva ne soit pas de la région.

— Vous avez donc une copine.

— Ouais. Elle s'appelle Eva. Et on a des projets ensemble.

— Eva comment ?

— Ah, vous êtes bien flic. Je n'ai rien à cacher. Elle se nomme Eva Valadon.

— Je parie qu'elle est aussi dans le vin.

— Alors là, on voit votre perspicacité ! Ça se voit que vous êtes flic. Oui, monsieur… heu… monsieur ?

— Gonthier. Stéphane Gonthier.

— Eh bien oui, monsieur Gonthier elle est de Bourgogne, de Davayé exactement. Elle produit aussi du Sauvignon, des Pouilly ! Vous comprenez ?

Oui, Stéphane comprenait que même au vingt et unième siècle certains mariages contenaient des arrangements économiques. Il mit fin à cette discussion à bâtons rompus.

— Monsieur Perreux, je ne suis pas venu pour votre vin, dont je répète que je le trouve très bon.

— M'en doutais bien. Allez, posez-moi vos questions. Je répondrai si je le veux.

— Vous êtes allé chez votre sœur, chez les Millet, plusieurs fois ces derniers jours. Pourquoi ?

— Parce que je les aime bien !

— Le jour où leur labrador a été assassiné, enfin empoisonné. Vous avez téléphoné à Adam Millet. Pour lui dire quoi ?

— Quoi ? Ah oui, m'en souviens. Que je passerai pour le gamin. Le pauvre Nathan. Je l'ai consolé. Il en avait besoin.

— Lui avez-vous parlé du chat de José Pérez ?

— Hein ? À oui, du chat. Non. Pourquoi ?

— Parce que votre neveu a tué le chat le lendemain.

— Ouais, j'ai su. Une petite vengeance de gamin. Faut pas lui en vouloir chef Gonthier. Nathan est fragile. Il réagit comme il peut. Il ne raisonne pas comme nous. Il réagit à l'émotion.

— Ouin je comprends. Bien sûr avec sa déficience mentale. Et vous avez eu des échanges téléphoniques avec votre beau-frère, vous êtes même passé le voir tard le 4 septembre. Le lendemain matin la caravane de Jules Pérez prenait feu.

— Vous insinuez quoi ? Faut pas pousser. Moi je suis gentil, je réponds à vos questions mais pas de sous-entendus. Pas de coups fourrés avec moi. Je peux devenir méchant.

— C’est bien ce qui nous inquiète. Répondez quand même. Qu’avez-vous dit avec votre beau-frère.

— Ah oui. Je voulais lui retenir sa barque pour le week-end suivant, le dimanche matin seulement. C’est mon frangin, Martin, qui veut aller pêcher. Ça fait longtemps que nous n’avons pas mouillé le bouchon comme on dit. Je lui demandais si je pouvais emprunter sa barque la veille au soir pour aller à l’étang du Sudais le lendemain. Ça n’est pas la première fois que je fais ça. Martin préfère l’étang à la rivière.

— Étang du Sudais. C’est où ça ?

— En bordure de la route entre Montrichard et Chaumont dans le Loir-et-Cher.

— Vous n’avez rien remarqué de particulier chez les Millet ce soir-là ?

— Rien du tout. Rien d’anormal si c’est ce que vous voulez dire.

— Et vous, où étiez-vous ce soir-là et aussi la nuit du 4 au 5 septembre, particulièrement à la fin de la nuit, à l’aube du 5 ?

— Vous ne lâchez rien vous. Après avoir bu un coup chez ma sœur, j’suis remonté chez mes parents, j’y ai dormi. Et le lendemain, je me suis levé comme d’habitude vers les six heures et demie. Comme tous les matins.

— Vous habitez toujours chez vos parents ?

— Ben oui ! Et alors ?

— Chez papa et maman, ça ne doit pas être folichon avec votre copine.

Théo n’apprécia pas cette remarque fielleuse.

— Stéphane Gonthier, gronda-t-il, tu vas me faire regretter de t’avoir fait goûter mon nectar. Fous-moi le camp !

****

Gabriel Guignard, le boulanger, avait dormi tout l’après-midi. Le magasin avait été tenu par l’employée. Margot, son épouse, était partie faire une balade en moto comme d’habitude. Il n’avait pas pu fermer l'œil de la nuit. L'orage avait perturbé son travail. Son laboratoire était un peu enterré, un peu comme un sous-sol et l'eau avait fini par y pénétrer par quelques étroits interstices. Il avait passé son temps à éponger et n'avait pas pu faire suffisamment de cuissons tôt le matin. Il avait dû travailler toute la matinée. Il avait été heureux de voir Margot l'aider pour une fois. C'était un geste rare d'autant que ce n'était pas elle qui savait feuilleter la pâte pour réaliser les viennoiseries qui fondaient, outre son sourire, la réputation du magasin. Sa sieste avait été longue. Croissants à la fois moelleux et croustillants en surface, pains aux raisins crémeux et bien garnis, pains au chocolat ou si vous préférez, chocolatines, ils étaient sublimes ! Les saint-héandais en raffolaient. Et les pains complets spéciaux aux noix, noisettes, raisins, figues ou abricots et céréales s'arrachaient eux aussi dès le matin. Il n'en restait que très rarement l'après-midi.

Il avait pris une douche, s'était contemplé dans le miroir. Ses cheveux constituaient une tignasse abondante et indisciplinée. Sa barbe commençait à être visible et anarchique. Le moment était arrivé d'aller chez sa coiffeuse préférée. Il avait pris rendez-vous quatre jours avant. Laurence Launeau était très accommodante avec son boulanger. Elle connaissait la dureté de son labeur et acceptait de le recevoir assez tard en fin d'après-midi. Le rendez-vous avait été fixé pour dix-neuf heures trente.

Lorsque Gabriel arriva, la dernière cliente sortait juste. Il s'assit sans attendre aux bacs à shampoing. Il engagea de suite la conversation comme il le faisait à chaque fois. D'abord reparler de cette période délicate pour le salon où il fallait respecter des mesures sanitaires drastiques pour éviter la contamination par le virus de la covid-19. Tenir compte des distances entre personnes, la distanciation physique qui a été nommée par erreur, volontaire ou pas, distanciation sociale, désinfecter régulièrement, se laver régulièrement et fréquemment les mains, disposer de gel hydro-alcoolique et porter un masque. Pendant que son crâne moussait, Gabriel et Laurence refirent l'historique des masques, du stock détruit par les gouvernements successifs, les mensonges selon lesquels les masques n'étaient pas utiles pour se protéger du virus alors que la vraie raison en était l'absence.

— Vraiment on est gouvernés par des incapables, des irresponsables.

— Tout à fait, renchérissait Laurence. Le ministère des bras cassés. Confinement total. Puis déconfinement puis reconfinement et toujours avec des règles contraignantes et arbitraires. J'ai eu peur de devoir mettre la clé sous la porte. Heureusement Pascal m'a aidé.

— Ah oui.

— Il a toujours assuré malgré les risques. Tant mieux, il n'a rien chopé.

— Il est là Pascal ces jours-ci ? Parce qu'avec son métier de routier il voyage parfois plusieurs jours d'affilée.

— Non, ce matin, il est parti pour l'Andalousie. Le temps de décharger, de recharger, il ne sera de retour que demain soir au plus tôt. Allez vous mettre devant le miroir. Je reviens, je ferme le reste du magasin. Je ne veux plus de client ! Vous sortirez par-derrière. J'éteins un peu les lumières inutiles.

— Bien sûr, il n'y a pas de petites économies !

La coupe des cheveux fut rapide, il n'en restait pas énormément sur la tête de Gabriel. « J'ai trop de soucis » répétait-il à ceux qui lui en faisaient la remarque. « Tu t'arraches les cheveux en voulant réaliser des pâtisseries fines pour rivaliser avec le pâtissier Adam » disait Margot, d'un ton amer.

— Le moment de plaisir suprême est arrivé ! La barbe. À l'ancienne. Allez, laisse-moi faire Gaby. Respire lentement et profondément. Cool. Que du bonheur !

Gabriel ne se le fit pas répéter deux fois. Son corps se détendit et occupa tout le fauteuil, un de ces fauteuils en cuir noir et poignées d'émail, comme chez les barbiers qu'on voyait dans les films américains de série B. Puis vint le plaisir du savon puisé dans un bol en métal patiné et répandu avec la petite brosse douce en poil de blaireau. Ambiance années cinquante assurée. Quand même plus sensuel que la bombe de mousse toute prête qui était sur le rayonnage de sa salle de bains ! Il sentit la caresse du fil du rasoir à l'ancienne que Laurence manipulait avec dextérité. Il était sûr que sa peau en ressortirait aussi douce qu'était la peau de son ventre quand il était bébé et que sa maman y déposait de gros baisers et qu'il riait aux éclats. Les minutes s'écoulaient agréablement, quelque chose hors du temps. Et le summum était à venir. Il le savait et attendait ce délicieux moment final. Laurence essuya le reste de mousse avec une serviette légèrement parfumée. Elle mit dans ses mains des lotions qu'elle appliqua sous forme d'un massage épicurien sur le visage de Gabriel qui y prenait un plaisir presque charnel.

— Alors, Gaby ? On y va. Ferme les yeux. Je te mets la serviette chaude. Tu ne bouges plus pendant dix minutes. Promis je te réveillerai !

Gabriel s'exécuta. Il ferma les yeux. Il était bien, sublimement détendu. Quelle bienheureuse sensation d'avoir le visage couvert de cette serviette noire, légèrement humide et parfumée ! Il soupira et se concentra sur ce plaisir qu'il venait rechercher chaque mois et qui lui faisait oublier quelques instants trop brefs les problèmes qu'il rencontrait dans son couple.

Il entendit un bruit mat à côté de lui. Un bruit de chute. Laurence devait avoir laissé échapper quelque chose de lourd dans la réserve de l'entrée de la cour.

— Tu ne t'es pas fait mal au moins ? demanda-t-il.

Il n'eut pas le temps de soulever la serviette pour voir ce qui s'était passé. Une main lui couvrit le visage en la maintenant fortement appuyée. Elle le brûlait presque. Il voulut crier. Il n'en eut pas le temps. Son cri s'effondra dans un gargouillis sanguinolent sorti de sa gorge béante qu'un couteau aiguisé venait de trancher de l'oreille gauche à l'oreille droite. La lame fut laissée quelques longues minutes dans la plaie pour éviter les giclures trop fortes du sang qui peu à peu imbibait le linge. Gabriel avait toujours songé que le noir de la serviette lui seyait bien.

IX
Saint-Héand coupe-gorge

10 septembre matin

Neuf heures moins dix. Madame Barangeard trottinait aussi vite que lui permettaient ses quatre-vingt-six ans.

— J'ai bien fait de prendre le premier rendez-vous du matin ! Comme ça je n'attends pas, dit-elle à voix haute alors qu'elle était toute seule.

Elle constata que les lumières n'étaient pas comme d'habitude. Du côté des femmes rien n'était éclairé. Et la porte était encore fermée.

— Houhou, Laurence ? Ma petite Laurence, ouvre-moi que je m'assois. Ça me fatigue rien que de traverser. À mon âge !

En boitillant, elle gagna la partie masculine du salon de coiffure. Elle mit ses mains de chaque côté de son visage pour effacer les reflets de lumière et mieux voir l'intérieur. Et elle vit. En une fraction de seconde, elle comprit. Elle s'évanouit de stupeur. Elle tomba à la renverse sur le trottoir. La nuque craqua sous le choc.

On ne meurt pas d'aller chez le coiffeur. Du moins en général. À Saint-Héand-sur-Cher, si. Madame Barangeard était morte sur le coup.

Alertés par un automobiliste qui avait aperçu en passant le corps couché de madame Barangeard, les pompiers venaient d'arriver sur les lieux. Le capitaine Damien Fromiau de Saint-Héand-sur-Cher ne put que constater le décès. Il était neuf heures vingt-deux. Il se releva et jeta un coup d'œil sur la devanture réalisant qu'il était surprenant que la coiffeuse, Laurence Launeau, ne soit pas venue. Il frissonna.

— Ne regardez-pas. Reculez ! hurla-t-il à ses hommes et aux quelques badauds qui venaient aux nouvelles.

Le capitaine en était tout retourné, blanc comme un linge. Ses doigts tremblaient pour faire le 17. C'est la gendarmerie de Bléré qui se déplaça. Le brigadier Pierre Le Coz fut le premier à pénétrer dans le salon par la porte arrière. Le premier corps sur lequel il buta était face contre le carrelage, dans une flaque noirâtre de sang séché. Il vomit. L'odeur était insupportable. Il avança avec précaution jusqu'au fauteuil. Il souleva la serviette où le noir se mélangeait au rouge. Il la décolla des chairs du visage dans un bruit sinistre de déchirement. La gorge s'offrit à lui comme dans un cours d'anatomie pour futur chirurgien ORL. Son estomac se tordit à nouveau, puisa au tréfonds de sa poche stomacale pour rejeter une nouvelle fois de la bile et quelques derniers restes du petit-déjeuner. Il était de la couleur d'un cumulus d'été annonçant un terrible orage quand il rejoignit les pompiers et ses collègues restés sur le trottoir. C'est le capitaine Fromiau qui identifia Laurence Launeau puis Gabriel Guignard. Pierre Le Coz en référa à son supérieur. Ils devaient, avant d'ordonner quoi que ce soit, consulter le parquet et un juge d'instruction. Trois morts dont un meurtre double. Du jamais vu dans ce village si paisible d'ordinaire où néanmoins quelques jours auparavant un crime par le feu s'était déroulé. Mais enfin ! Que se passait-il à Saint-Héand-sur-Cher ? Quatre morts ! Pour une si tranquille petite ville !

Ce qu'il s'y déroulait avait été naturellement jugé gravissime par les autorités d'Indre-et-Loire. Il était dix heures dix quand, sirènes hurlantes, trois véhicules dont deux étaient de police arrivèrent de Tours. Le commissaire Hervé Poitevin en descendit suivi de près par le juge d'instruction tourangeau Antoine Ribes. Cela faisait bien longtemps que les deux hommes formaient une équipe soudée. Ils s'étaient connus alors qu'Hervé n'était que commandant à Montélimar. Là était née entre eux une amitié indéfectible. Antoine appréciait les méthodes pugnaces mises en œuvre par le policier parfois un peu en marge des procédures légales mais d'une efficacité redoutable. Il aimait sa voix souvent tranquille mais parfois volubile et énervée qu'il comparait souvent à celle de Richard Bohringer. Ce qui était loin de déplaire au commissaire qui s'amusait à l'art de l'imitation en disant « le cœur des hommes bat dans l'enquête ! ». Hervé affectionnait le soutien sans faille d'Antoine sur lequel il pouvait s'appuyer. Et les deux hommes ne partageaient pas seulement les scènes de crime, ils savaient passer des moments de bonheur et de joies partagées, de ceux qui restent dans les mémoires et font grandir l'amitié.

Peu de temps après c'est une nuée de journalistes qui envahit le champ de foire et qu'il fallut maintenir à l'écart afin que les scènes de crimes ne soient ni photographiées ni souillées. Policiers et gendarmes avec peine réussirent ensemble cette tâche.

À onze heures le légiste Julien Gérard, le capitaine Igor Podgorski et les membres de la police scientifique eurent quelques difficultés à se frayer un chemin jusqu'au salon de coiffure.

— Eh bien, ça n'arrête pas ! dit Julien en saluant ses amis Hervé et Antoine.

— Oui, on a besoin de tes conclusions rapides !

— Je ferai tout mon possible. Comme d'habitude pour vous servir nobles messieurs !

Mais personne ne sourit à la facétie du légiste. Personne n'avait le cœur à rire devant tant de sauvagerie. Certes il paraissait évident que la pauvre madame Barangeard avait succombé à une crise cardiaque devant le spectacle qu'elle avait aperçu à l'intérieur du salon. Une victime collatérale dirait-on dans ce langage journalistique officiel dénué d'émotion. Il fallait néanmoins vérifier. Son corps fut le premier emporté. Le maire de Saint-Héand avait tenu à être présent sur les lieux.

— Comment est-ce possible ? Vous dites que madame Barangeard a eu une crise cardiaque due à l'effroi qu'elle a ressenti. C'est dramatique. Faut que j'en informe son fils à Paris. Elle n'a plus que lui. Il venait la voir de temps en temps pour un week-end et ça la rendait heureuse de rencontrer ses petits-enfants. Quel malheur !

— Ce sont des collègues de Paris qui vont s'en charger si vous le voulez bien monsieur le maire. Mais ça serait bien que vous lui téléphoniez aussi, mais plus tard.

— Vous êtes obligés de l'emmener…

— Oui. Il faut contrôler qu'il n'y a pas d'autre explication à son décès.

— Et Guignard. Enfin ? Je ne comprends pas. Et Margot, vous l'avez avertie ? Je ne la vois pas, demanda le maire.

— Margot ?

— Oui, la femme de Gabriel Guignard !

Trop obnubilé par l'intensité de la scène de crime, Hervé Poitevin n'avait pas questionné sur les proches des victimes !

— Merci, monsieur le maire. Stéphane, tu connais Margot Guignard ?

— Oui patron c'est elle qui sert parfois à la boulangerie quand la vendeuse n'est pas présente.

— Vas-y vite. C'est curieux qu'elle ne soit pas venue d'autant que Julien fixe le décès des deux victimes du salon entre dix-neuf et vingt et une heures. Elle n'était pas au village hier ?

— Si, si, j'ai pris mon pain en rentrant hier vers dix-sept heures trente environ, certifia le maire.

— Vous l'avez vu ?

— Non, c'est vrai, c'est leur employée qui m'a servi.

La boulangerie était fermée. Stéphane Gonthier fit le tour pour accéder à l'arrière-cour. La porte était ouverte. Personne à l'intérieur. Des pièces vides mais en désordre comme si on les avait quittées précipitamment. Hervé fit sécuriser les lieux et demanda à la scientifique d'Igor Podgorski d'intervenir quand elle en aurait fini avec le salon de coiffure. Il demanda aussi des renforts pour effectuer les enquêtes de voisinage et tous les relevés que nécessitaient des crimes aussi odieux et en si grand nombre.

— Elle est peut-être allée chez elle, fit remarquer le maire.

— Chez elle ? s'enquit Hervé. L'appartement est bien situé à côté de la boulangerie, non ?

— C'est l'appartement professionnel, celui qu'ils utilisent surtout dans la saison touristique lorsqu'il y a beaucoup de monde. Sinon ils ont une propriété à la sortie du village.

— Je ne savais pas.

— Plusieurs commerçants font ça ici. Le pâtissier par exemple, la pharmacienne aussi. Leurs maisons sont situées sur la route de Civray.

Il s'avéra que la maison était inoccupée, vide et rangée sûrement depuis le début de l'été en juillet voire fin juin.

Le champ de foire de Saint-Héand-sur-Cher ne retrouva un peu de tranquillité qu'en fin d'après-midi. Dans le café du Centre comme dans toutes les maisons de la bourgade, les discussions allaient bon train et concernaient toutes les évènements qui venaient de se dérouler. Chacun y allait de son interprétation, de ses hypothèses et supputations. Chacune et chacun était plus qu'à son tour policier au flair aiguisé ou juge à la clairvoyance supra-extraordinaire. Mais toutes et tous auraient bien des difficultés à trouver le sommeil. Le sommeil, pour les policiers, il ne fallait pas y penser ! Il fallait faire le point avec les éléments fiables d'information que Julien Gérard ou Igor Podgorski distilleraient au fur et à mesure de la soirée et de la nuit, puis émettre des hypothèses logiques et cohérentes, trouver la liste sûrement longue des questions pertinentes qu'il faudrait poser et à qui elles s'adresseraient. Le travail habituel de la ruche policière. La brigade la PJ de Tours était prête à ce qui en début d'enquête était par essence principalement, une sorte de combat contre les évidences trop convaincantes, trop ostensives. Il était de la responsabilité d'Hervé de rassembler son équipe, de l'animer, d'organiser le travail, de le hiérarchiser, de ne laisser aucune info dans l'ombre, de pointer les manques, de prévoir la suite à donner. Et ça, il savait bien le faire ! Par contre, il ne rentrerait pas souvent chez lui. Isabelle, bien qu'habituée à de telles périodes, n'arrivait pas complètement à rester sereine en songeant aux risques que son compagnon aurait inéluctablement à prendre.

***

« Saint-Héand-sur-Cher n'est pas un village fréquentable ! » avait été la légère plaisanterie émise par le lieutenant Kimbu Amandah en tout début de réunion vers vingt-deux heures, juste pour détendre l'atmosphère. Elle était tombée à plat. Les esprits étaient trop tendus pour l'apprécier ! Tout le monde était fatigué mais passait outre pour se concentrer sur les évènements. Ceux du jour bien sûr, « Ceux tout frais pondus ! » tenta à nouveau de plaisanter Kimbu qui baissa les yeux devant la réprobation muette de tous ses collègues. Les jeux de mots étaient pour Kimbu, le lieutenant d'origine camerounaise, le moyen de combattre ses propres angoisses, ses inquiétudes. Le chat Stock n'appréciait pas trop ces moments d'agitation de l'équipe. Chat errant, il y avait déjà depuis plusieurs années établi domicile au commissariat de la rue Marceau et y avait été adopté par l'équipe dont chaque membre, à tour de rôle, assurait sa nourriture, un bon sachet de viande ou poisson en sauce par jour et deux poignées de croquettes. Il passait de l'un à l'autre en ronronnant et montait parfois sur les genoux qu'il jugeait les plus confortables.

C'est le capitaine Jacques-Antoine Vernier, toujours impeccable dans son costard gris perle qu'il portait quel que soit le temps dehors, qui fit cesser le brouhaha avec sa voix forte et grave.

— Cette fois ils sont signés. Plus de doute. La méthode est caractéristique, s'écria-t-il.

— De quoi tu parles, interrogea le lieutenant Aubry.

— Des deux crimes chez la coiffeuse. La gorge ouverte d'une oreille à l'autre ! Ça ne t'évoque rien ? Les islamistes enfin ! À côté des attentats retentissants, ils commettent de telles actions individuelles, on le sait bien. Il n'y a aucun doute qu'on est face à ça. On ne s'y attendait peut-être pas ici, en fait ils sont partout !

— Tu vas un peu vite en besogne. Immédiatement tu livres ton diagnostic. Ça ne te gêne pas qu'ils aient eu lieu un soir tard, dans un lieu privé, le salon de coiffure, sans témoin pour crier « Allahou Akbar » et ainsi revendiquer leurs actes et faire leur publicité…. Tu exagères Jacques-Antoine… Tu as le racisme à fleur de peau, rétorqua Aubry.

— Tu vas regretter ces derniers mots, espèce de faux jeton de mes deux, hurla le capitaine en s'approchant du lieutenant. Et ce n'est pas parce que tu es judoka que tu me fais peur !

— Calmez-vous ! hurla le commissaire Poitevin. Calmez-vous !

Il fallut s'y mettre à deux tant Vernier était dans un état d'excitation, le lieutenant Kimbu Amandah et le major Bassembo Diokhoumpa se saisirent du capitaine et l'obligèrent à s'asseoir loin de David. Vernier leur lança dédaigneusement en regardant leurs mains noires :

— Eh, sortez vos sales pattes de moi !

— Vernier tu arrêtes de suite ! Calme-toi ou sors de la salle. C'est inadmissible ! Tu viendras me voir dans mon bureau de suite après la réunion. Je ne peux tolérer ton attitude. Je ne peux pas laisser passer ce que tu viens de faire et de dire. Je te suspendrais immédiatement si je n'avais pas besoin qu'on soit tous sur le pont pour résoudre tous ces meurtres.

Plusieurs minutes furent nécessaires pour que l'équipe retrouve son calme. Imperturbable Vernier remettait de l'ordre dans sa cravate.

— Je suis tout à fait d'accord avec toi David, commença Poitevin qui tentait de maîtriser le désordre de sa respiration, mais nous ne pouvons pas non plus totalement et a priori exclure l'éventualité d'un attentat. Il faut garder ça dans un coin de la tête. Mais pas la peine d'engager des investigations dans cette direction, du moins pour l'instant.

Hervé reprit son souffle avant de poursuivre. Ce qui venait de se passer l'avait profondément affecté. Il ne pensait pas que la police fût à ce point gangrénée par de telles idées racistes. La brigade n'avait pas gagné en sérénité avec la nomination de ce nouveau capitaine débarquant de Nouméa. Il comprenait mieux pourquoi ce capitaine avait été poussé à demander sa mutation pour la métropole.

— Je vais en venir plus précisément aux meurtres du jour. Nous avons déjà sur les bras une affaire concernant Saint-Héand-sur-Cher ! Ne l'oublions pas ! commença le commissaire. Le meurtre atroce, par le feu, de Jules Perez. Et la question qui…

— Tu penses que ce qui s'est passé aujourd'hui est relié à ça ? demanda aussitôt la capitaine Murielle Daulincourt ne laissant pas le commissaire terminer son introduction.

— Il ne faut pas l'exclure d'emblée. Tu n'es pas d'accord Mumu ?

— Bien sûr que si, tu as raison !

— Je reviens sur Jules Pérez. Nous avons un suspect principal en la personne de monsieur Adam Millet le pâtissier. Il accumule des singularités qui constituent comme un lien avec une sorte de vengeance, même si elle paraît disproportionnée, avec le meurtre de son chien. Mais qui a tué ce labrador ? On ne sait pas encore. Plusieurs témoignages semblent faire état de Jules Perez justement. Nathan, le fils Millet s'est déjà vengé en étripant le chat de Jules déjà dans l'après-midi. Stéphane l'a aperçu sans être vraiment témoin de l'éventration de l'animal. Pourquoi le père aurait-il alors voulu accomplir une nouvelle vengeance aussi odieuse ? On n'est sûr de rien, sinon du procédé employé pour mettre le feu avec ces bouteilles de propane. Bouteilles amenées vraisemblablement avec la barque d'Adam Millet, mais par qui, qui au pluriel ? On nage. Il est actuellement placé au dépôt pour voies de fait sur son épouse.

— Un vrai salaud ce type, se permit Zahiya.

— Il nous faut avoir une nouvelle conversation avec Adam Millet, poursuivit Hervé. Mais je suggère qu'on fasse la même chose avec Théo Perreux. Il a affirmé à Stéphane qu'il était chez ses parents. Il faut vérifier ça. Attention, les Perreux feront corps. Ils ne cracheront rien. Faut prendre des voies détournées, interroger un max de gens, recouper leurs propos. Faut rencontrer sa copine. Comment tu as dit Stéphane ? Eva Valadon, c'est ça ?

— Oui tout à fait.

— Elle est de Davayé. Faut demander aux collègues de Bourgogne, Dijon ou Mâcon peut-être… je ne sais. Tu t'en débrouilles Jacques-Antoine ? Qu'ils l'interrogent sur son emploi du temps mais aussi sur celui de Théo les jours importants.

Ainsi Hervé donnait à Vernier un travail de solitaire qui éviterait des frictions comme celle qui venait de se produire.

— Ok patron. Mais j'aurais préféré rencontrer la demoiselle en chair et en os. Voir si elle est affriolante…

— Calme tes ardeurs, on a besoin de tout le monde ici.

— J'aimerais que le coupable soit effectivement Adam Millet. C'est un salaud ! Un vrai salaud ! Il bat sa femme ! Il faut qu'il reste au trou pour éviter un nouveau féminicide ! s'écria subitement Murielle hors d'elle.

— C'est un infect individu, je te l'accorde Mumu. C'est une cause que tu défends très vivement et tu as bien raison. Mais on ne peut actuellement le condamner que pour les coups portés à sa femme, et encore à condition qu'elle maintienne ses dires. Or on sait qu'hélas de nombreuses femmes se rétractent. On n'a rien de tangible sur le meurtre de Jules Pérez. Je voudrais que vous gardiez cette enquête en tête tout en vous occupant des derniers crimes. Voilà pourquoi j'ai commencé à vous parler ainsi. Il y a du boulot ! Analysons finement les renseignements dont nous disposons, en particulier ce qu'ont donné vos entretiens avec les voisins des victimes. Quitte à en faire d'autres. Vous avez mon autorisation pour vous déplacer.

— Et pour les deux meurtres chez la coiffeuse, qu'est-ce qu'on a à se mettre sous la dent maintenant, demanda le lieutenant Aubry.

— On attend les premières conclusions d'Igor et de Julien et on fait le point. Elles ne devraient pas tarder. La nuit sera longue ! Les cafetières sont pleines et j'ai demandé à notre resto voisin « Les gens heureux » de nous livrer un encas pour garder la forme et le moral.

— Bon, on a vraiment gagné le gros lot avec ça ! On va y passer un temps considérable, se permit de remarquer en soupirant le lieutenant Jousset. Je croyais qu'il s'agissait d'une bourgade paisible, un si beau village du val de Cher !

— Ne te plains pas Olivier, t'es là avec ta nana et tu bosses comme elle. Moi faut que je téléphone pour voir à la maison s'ils s'en sortent mon mari et mes gosses, répondit Zahiya en haussant les épaules.

— Bon c'est fini ces mesquineries personnelles, intervint Poitevin. Téléphonez chez vous, prenez vos dispositions pour que tout se passe bien, si vous en avez besoin. Mais votre esprit doit être libre pour penser exclusivement à trois préoccupations : boulot, boulot et encore boulot ! N'oubliez pas qu'on recherche aussi la femme du boulanger Margot Guignard et son fils âgé d'une quinzaine d'années et qui se nomme Bertrand. Les gendarmes du Loir-et-Cher nous aident dans cette recherche. En arrivant, j'ai lancé un avis de recherche. C'est toi Mélanie, qui est chargée de ça, c'est toi qui suis l'affaire, hein ? Préviens-nous dès qu'il y a du nouveau.

— Oui patron. Rien pour l'instant, répondit la brigadière Mélanie Charmoy qui se tenait étroitement serrée contre la chaise sur laquelle était assis Stéphane Gonthier.

****

Le temps passait tranquillement. Bruits de stylos parcourant le papier, cliquetis de claviers d'ordinateurs, conciliabules en duo ou trio étaient pendant les heures qui s'écoulaient lentement, les bruits ténus des salles du commissariat de la rue Marceau.

Vers onze heures trente, Hervé prit l'appel téléphonique du juge Antoine Ribes.

— Salut Antoine, dit Hervé, excuse-moi mais je suis un peu occupé ces derniers temps et du coup je ne t'ai pas appelé.

— T'es tout excusé. Les problèmes s'accumulent sur Saint-Héand, on dirait. Ça va réveiller la bourgade tout ça. Un séisme de forte magnitude. Quatre morts dont trois meurtres et deux disparitions. Ça commence à faire ! Tu es rompu à de tels exercices un peu délicats et tu as connu bien pire lors de l'attentat au gymnase de Saint-Étienne[11].

— Bien sûr, mais là je n'ai pas encore localement une grande antériorité et je sens qu'il s'est passé des choses à Saint-Héand avant que je n'arrive à Tours.

— Décidément mettre en relation les évènements aujourd'hui et ceux d'hier devient une des tes spécialités. Je suis sûr que tu t'en sortiras comme tu as toujours réussi. Mais je t'appelle en fait pour

[11] Voir « Explosion au gymnase », Éditions de La Morelle, mars 2021.

t'informer de deux choses. La proc de Tours veut te voir. Dès demain matin et le plus tôt possible. J'y serai aussi. Elle veut nous voir avant tout communiqué à la presse.

— Classique, se permit Poitevin.

— Oui classiquement classique ! s'amusa Antoine. La deuxième chose c'est qu'elle souhaite que ça soit elle qui fasse la relation avec les journaux. Exclusivement elle. Bon, je te quitte, je te sens impatient, presque joyeux d'aller bosser cette nuit. Alors bonne nuit ! T'as pas honte de laisser Isa seule. Je trouve que tu la délaisses. Bon, je raccroche et je vais l'appeler pour lui tenir compagnie. On médira de toi ! Ciao.

— Sacré gougnafier ! Ciao mec, termina Hervé avec le sourire. Ça faisait toujours du bien de plaisanter un peu. Ça regonfle un peu le moral.

La tâche qui s'annonçait était multiple. Hervé sentait bien qu'elle lui réservait des surprises, pas toutes agréables. Certes, il avait déjà rencontré des situations délicates. Il avait réussi à en venir à bout. Mais pour la première fois une sorte de crainte mêlée de lassitude brouillait ses idées, les mélangeait en un brouillard plutôt dense. Était-ce les effets de l'âge ?

Je ne suis plus très jeune en effet et mon corps un peu meurtri se fait pesant sur mon esprit qu'il rend moins vif, moins clairvoyant. Et puis, je dois bien l'avouer, mon métier s'est durci, devient de plus en plus difficile à effectuer dans des conditions normales, le manque de moyen y est pour beaucoup, la multiplication et la lourdeur toujours croissante des tâches administratives m'éloignent de la conception originelle qui m'avait fait choisir cette voie. J'en ai marre des statistiques que la hiérarchie en fauteuil nous demande sans cesse ! Si je rajoute le manque de compétences que je rencontre parfois maintenant chez les nouveaux qui sont recrutés après des formations réduites et des scores lamentables aux épreuves, le tableau général est déprimant. Et dernièrement, les projets de globalisation des différents corps de police à l'échelle départementale sous la gouvernance effective du seul préfet sonnent le glas de la Police Judiciaire. À mon âge, avec un avenir si sombre, je commence parfois à souhaiter en finir au plus vite, je voudrais que ma retraite soit plus proche. Bon tout ça ce n'est pas gai. Il faut que je cache à tout le monde cette mélancolie qui m'envahit. Sur la communauté urbaine de Tours, il y a déjà son lot de problèmes et d'enquêtes à conduire et voilà qu'un village a priori sans histoire se révèle comme un repaire d'assassins !

****

Peu avant minuit, le capitaine Igor Podgorski vint faire le tout premier bilan des analyses réalisées par son équipe dans le salon de coiffure de Laurence Launeau et dans la maison Guignard. Il avait à peine achevé son compte-rendu que le légiste Julien Gérard appelait en visio. Hervé laissa quelques minutes pour que chacun de ses collègues intègre les nouveaux éléments de connaissance à leurs déductions. Ils n'avaient aucune question particulière à poser pour le moment. Hervé savait qu'il fallait laisser Julien et Igor explorer et exploiter plus en détail, plus précisément le matériel qu'ils avaient en leur possession en première observation.

Dans le salon de coiffure, l'assassin était venu seul. Igor l'affirmait. Une seule empreinte de pied avait été trouvée mais assez brouillée comme dans un dérapage, l'assassin avait-il glissé sur le sang de sa victime ? Il devait connaître l'accès arrière du salon ainsi que la petite pièce où était entreposé tout le matériel de coiffure. La topographie des lieux lui était connue sans nul doute. Il a agi avec une arme blanche à grande lame effilée type poignard maltais ou grand couteau de cuisine bien aiguisé. Chaque fois, l'entaille allait de la carotide gauche par laquelle il avait commencé à enfoncer profondément la lame à celle de droite en faisant tourner la lame tout en la maintenant fortement appuyée. Ce qui prouvait qu'il était droitier. Il avait maintenu Laurence Launeau contre lui en gardant la lame dans la plaie afin que le sang ne jaillisse pas trop et ne l'éclabousse pas non plus. Même s'il avait dû avoir quelques taches sur ses vêtements. Quelques minutes, deux à trois suffisent. Et ça se fait en silence, la victime ne pouvant plus crier ni respirer. Puis il avait dû laisser tomber le corps de Laurence Launeau en l'accompagnant dans sa chute dans la flaque de sang. Il n'avait pas dû marcher dedans à ce moment. Plutôt en repartant selon l'orientation de la trace. Il avait procédé de même avec Gabriel Guignard. La position relax sur le fauteuil a même dû lui simplifier le travail. La serviette éponge noire a contenu encore mieux les éventuels jets de sang. Julien Gérard apporta quelques précisions. Il devait s'agir d'un individu d'assez grande taille d'après la position de l'entaille sur le cou de Laurence. Assez costaud mais rien n'interdisait qu'il soit de sexe féminin. Les deux sont morts vidés de leur sang et privés de respiration. Il fallait être très au courant de l'anatomie de la région du cou et de la place des veines et artères, avoir une lame très affutée mais qui se tient bien en main pour réussir de tels meurtres. Comme avec un scalpel bien que ce n'en fut pas un.

— Ça rappelle les morts violentes des attentats, il ne faut pas le nier, se permit Murielle Daulincourt.

Cette allusion déclencha bien évidemment une remarque de Vernier.

— Qu'est-ce que je disais ! s'écria-t-il. Vous voyez bien, d'une carotide à l'autre. C'est absolument la façon d'agir des islamistes ! Ouvrez les yeux, ne cherchez pas plus loin. On devrait de suite alerter la section anti-terroriste. Ce n'est plus à nous de chercher les coupables. Ils se sont désignés eux-mêmes.

— Ça suffit ! s'exclama Hervé. Vernier, tu te calmes. La méthode employée fait écho à de tels modes d'action c'est indubitable. Tu as raison. On l'a tous remarqué également, cette image barbare a déjà traversé nos esprits. Mais avant de partir tête baissée dans cette direction faut tenir compte de l'environnement. David te l'a déjà expliqué il y a peu. Alors, arrête ! Je veux te voir dans mon bureau tout à l'heure. Ne l'oublie pas.

Igor précisa qu'il n'y avait a priori pas d'empreintes autres que celles de Laurence et de ses clients mais qu'il attendait les résultats des éventuels matches que les ordinateurs tentaient de concrétiser.

— J'ai quelques nouvelles de l'ami de Laurence Launeau, Pascal Thirion, intervint la major Zahiya Sassi. Une voisine amie m'en a parlé. Il est routier. J'ai demandé à la société qui l'emploie où il pouvait se trouver hier au soir.

— Et alors ? demanda Hervé.

— Il est parti le matin même d'Orléans pour l'Andalousie !

— Il a été prévenu ?

— Je ne pense pas. J'ai dit à la société de ne pas le faire. Je me charge de ça demain matin.

— D'accord Zahiya, tu n'oublies pas. Bon pas vraiment beaucoup de révélations fantastiques dans les informations d'Igor et de Julien. Mais quand même des confirmations qui nous donnent des certitudes sur la méthode. Bon ok pour le salon de coiffure. Et dans la maison des Guignard ? Igor ? Qu'avez-vous trouvé ?

— Rien ! Enfin l'intérieur normal d'une maison avec son désordre normal. On étudie toutes les empreintes recueillies. On étudie les ordis. On a trouvé un ordi qui semble être celui de la boulangerie et éventuellement du couple et deux tablettes qui appartiennent au fils.

— Rappelle-nous qui est ce garçon.

— Bertrand quinze ans.

— Oui, sans histoire, un bon gars, c'est ce que les gens m'ont dit, précisa la brigadière Mélanie Charmoy.

— Est-ce que des gens ont vu chez eux Margot et son fils hier en fin d'après-midi, dans les moments où le drame se déroulait ?

— Oui, intervint le lieutenant Olivier Jousset. J'interviewais des gens dans une maison pas loin du collège. La fille a couru quand je partais pour me dire, à condition que je ne le répète pas à ses parents, qu'elle était restée avec Bertrand, c'est son petit ami, jusque vers six heures moins le quart. Et Bertrand devait rentrer chez lui, il avait même un peu de retard.

— Donc la mère et le fils devaient être chez eux un peu avant six heures. C'est à ce moment-là que Gabriel Guignard se faisait assassiner ou tout au moins se dirigeait vers le salon. Sachant que ce dernier fermait à dix-neuf heures, Margot Guignard aurait dû s'inquiéter à partir de dix-neuf heures trente ou vingt heures. Donc la mère et le fils ont disparu pendant ce laps de temps, pendant que le meurtre avait lieu, synthétisa Hervé.

Igor passerait une nuit blanche au travail comme tous les membres de l'équipe. Il décida de retourner à Saint-Héand. Ni le salon de coiffure, ni l'appartement professionnel et ni la maison du boulanger n'avaient fini de livrer leurs secrets. Il saurait bien les faire parler de façon plus précise et plus abondante. La lumière des projecteurs révèle des choses que celle du soleil, moins focalisée, ne permet pas de percevoir.

Quant à Julien Gérard, il continuerait ses tête-à-tête macabres. Si les corps trouvés dans le salon étaient des clients somme toute faciles pour un légiste aguerri, celui de Jules Pérez était bien plus compliqué à faire parler. Mais Julien était un obstiné, un pugnace autant dans le travail que dans l'amitié.

Tous les membres de la brigade s'assoupirent quelques instants peu avant le lever du jour. Le spectacle qu'aurait eu sous les yeux un nouvel arrivant traduisait bien la fatigue extrême de chacun mais pouvait faire sourire tant certaines attitudes des corps étaient grotesques parfois. Murielle et Olivier étaient affalés sur un bureau, en face à face, drôle de tête-à-tête amoureux ! Et Stock, peut-être par mimétisme, pas par fatigue c'était sûr, s'était lui aussi endormi, entre leurs bras qui soutenaient leurs têtes. Zahyia se réveillerait comme le célèbre héros de bande dessinée Gaston Lagaffe, avec les touches du clavier de son ordi imprimées sur sa joue. David et Kimbu avaient préféré s'étendre à même le sol, à même le carrelage. Ils se tenaient enlacés et on aurait pu croire que ce n'était que le froid qui les avait poussés dans cette position affective. Hervé était resté sur sa chaise, complètement renversé en arrière, le nez en l'air et ronflait joyeusement ! Il n'était pas le seul et du commissariat s'échappait une bourdonnante cacophonie qui, de loin, de très loin, pouvait faire penser aux quelques mesures d'un orchestre qui s'accorde pour s'harmoniser une dernière fois avant le spectacle.

Sans qu'ils eussent besoin de la sonnerie d'un réveil tous se redressèrent, s'étirèrent, se livrèrent tous au rite de pandiculation matinale sous des formes diverses et personnelles alors que la ville recommençait à peine à bruisser. Ils formèrent un groupe homogène d'automates disparates auprès de la machine à café. Les bâillements étaient nombreux et sonores. Un petit noir pour bien démarrer cette nouvelle journée. Chacun savait quelle part de travail était la sienne ce matin. Un grand nombre repartait poursuivre les investigations sur les lieux mêmes des crimes.

— Bon, je téléphone chez moi et j'arrive, je vous suis, dit Hervé.

— Ah non ! Tu es attendu chez la proc, lui fit remarquer David Aubry.

— Oh oui ! J'avais oublié ! Ça me rase ces réunions conventionnelles administratives. Bon, alors rendez-vous en fin de matinée. Bon courage à tous ! Allez, David on y va et merci de m'accompagner.

— Je vais avec plaisir voir cette chère procureure dont l'amabilité au premier abord fait penser à celle d'Alice Sapritch dans la folie des Grandeurs ! Allez zou… Hervé, je te suis, ne faisons pas attendre cette dame.

— David, on ne parle pas d'Albane de la Grange d'Arquien avec un tel mépris !

X
Madame la procureure

11 septembre matin

— D'abord et avant toute chose, je préfère mettre les points sur les « i ». Je vous connais trop commissaire avec vos méthodes, certes efficaces, mais désordonnées qui ont une influence, dirais-je, désastreuse sur l'image de la police et des autorités publiques.

Hervé, David et le juge Antoine Ribes, ainsi même que le substitut de la procureure, écoutaient sans aucun mouvement, comme anesthésiés, le discours qu'Albane de la Grange d'Arquien infligeait à son auditoire. Tous connaissaient déjà sa méfiance envers la conception de la police du commissaire Poitevin pour l'avoir entendu à chaque enquête. Elle se déplaçait de droite et de gauche derrière son bureau à grandes enjambées. Elle avait revêtu une robe de saison à la coupe élégante, couleur feuilles automnales et dorées formant un joli camaïeu. À chaque demi-tour son visage regardait le sol, ou ses pieds. Pendant les courtes lignes droites, ses yeux regardaient le plafond décoré. Jamais les gens à qui elle parlait.

Albane de la Grange d'Arquien était une lointaine descendante du marquis Henri-Albert de La Grange d'Arquien, gentilhomme et homme d'église dont la lignée figure parmi les principales familles nobles du Berry. La procureure n'aimait pas du tout être appelée par la totalité de son patronyme, mais pour autant elle refusait qu'on parle seulement d'Albane, ce qui se faisait néanmoins couramment en dehors de sa présence. Elle trouvait que cela faisait trop amiteux et nuisait au sérieux de sa fonction. Elle était une farouche républicaine fière de représenter le ministère public. Elle était également très connue pour ses prises de position en faveur des femmes et ses actions contre les féminicides.

— D'abord personne autre que moi ne dit quoi que ce soit à la presse. Si je ne suis pas disponible, je dirai qui peut parler à ma place et j'indiquerai ce qu'il est séant de dire. De préférence monsieur le substitut ou monsieur le juge.

Voyant son auditoire impassible, elle insista :

— Est-ce bien compris, tout le monde ?

— Oui madame la procureure, répondit Antoine Ribes pendant que les autres se contentaient d'opiner.

— Le dénommé Millet, Adam Millet, torture sa femme. Oui, oui je commence par cet aspect du personnage. Il faut rassembler le maximum de témoignages à charge. Ce salaud, excusez-moi pour ce terme mais en la matière c'est le seul auquel je pense, doit avoir une condamnation sévère. Mettez du monde là-dessus. Interrogez le voisinage, les gens du pays, etc. Madame Millet est presqu'une personnalité publique, elle est pâtissière et voit défiler devant elle tout le canton.

— On l'a fait déjà et on continue, soyez-en assurée, intervint Hervé Poitevin.

— Bien sûr commissaire mais redoublez de vigilance et de perspicacité.

— Promis madame la procureure, dit David qui souhaitait quand même dire quelque chose durant la réunion.

— Je passe au double crime d'hier matin. Je suis d'accord avec vos déductions. L'assassin a tué la coiffeuse pour avoir accès au boulanger Guignard, Gabriel de son prénom. Le crime est horrible. Attention à ce que la population n'y voit pas de suite un attentat islamiste. On n'a pas besoin de ça ici. Par contre, je veux vite une piste, une piste solide. On doit rapidement trouver un ou plusieurs suspects. Une bourgade si calme que Saint-Héand-sur-Cher ne peut être secouée longtemps par des incertitudes. Maintenant, nous devons être assurés que sa femme et son fils ont été enlevés. En douceur, semble-t-il. Mais il s'agit sûrement d'enlèvements. Il faut les retrouver à tout prix et très rapidement. J'espère que l'avis de recherche portera ses fruits. Je compte sur vous commissaire. Sur vous et vos hommes. Si jamais vous souhaitez des renforts, faites-le-moi savoir. Je m'en suis entretenue avec ma collègue de Blois. On doit pouvoir vous dégager des forces supplémentaires. En faisant appel à Orléans s'il le faut.

— Merci madame la procureure, j'allais vous en parler en fin de réunion. Oui, nous avons besoin de renforts, en profita Hervé.

— En fin de réunion, nous en parlerons, d'accord. J'ai laissé en troisième position le premier crime commis à Saint-Héand. C'est que j'ai du nouveau à vous faire connaître. L'enquête qui a été faite lors procès Perreux va être ré-ouverte, en particulier la disparition de l'ouvrier agricole Achod Hagopian. Les journaux vont s'en faire l'écho dès ce soir. De nouvelles pièces montrant que cet ouvrier a été tué, assassiné, ont été déposées au parquet. Anonymement bien sûr. Et le père et le fils Perreux figurent visiblement parmi les auteurs de ce meurtre.

Devant les visages médusés, sourcils relevés qui la questionnaient de manière muette, elle se pencha sur son bureau, saisit une clé USB[12].

— Vous avez de la chance. La discussion fut longue. J'ai dû insister, quémander, implorer pour les obtenir. J'ai montré l'intérêt qu'il y avait que la police soit informée sans que la nouvelle se répande et que les protagonistes soient mis ainsi au courant. L'effet de surprise peut être ainsi de votre côté. À vous de jouer maintenant. Mais ne me décevez pas. Vous avez deux grands crimes à élucider dont l'un a deux victimes et un double enlèvement. Le tout en un minimum de temps. Tenez-moi au courant de vos initiatives. Bon courage ! Travaillez vite et bien. Vous devez être vingt-quatre heures sur vingt-quatre sur ce travail.

****

[12] USB (Universal Serial Bus) est un bus informatique avec une transmission des données en série. Il permet d'effectuer une interface entre différents matériels informatiques.

Huit heures sonnaient à la cathédrale Saint-Gatien et la majorité de la brigade se serait déjà dans la salle de réunion commune de la rue Marceau. Hervé avait demandé la présence de tout le monde dès sa sortie de l'entrevue avec la procureure. Il avait juste eu le temps de découvrir le contenu de la clé USB afin de préparer au mieux ce qu'il devait dire à ses collaborateurs. Il avait convoqué également Igor Podgorski et Julien Gérard pour faire état de leurs dernières découvertes et compléter les éléments d'information.

— Bonjour Hervé. Alors cette entrevue avec la proc, avait demandé Murielle Daulincourt dès son arrivée.

Poitevin n'avait pas répondu, tournant vers la capitaine un visage fermé dont les yeux semblaient ailleurs, traversant son interlocutrice. Tout le monde connaissait bien la signification de cette attitude chez Hervé. Il était dans ses pensées, complètement hors du lieu et du temps, pas angoissé du tout, plutôt calme, de ces calmes silencieux précédant le grondement de tonnerre d'un orage libérateur. D'autres avaient posé la même question que Murielle. Ils avaient obtenu la même réponse, car il ne s'agissait pas de non-réponse. Hervé de cette manière leur disait « Attendez j'y suis presque, je vais vous en parler, laissez-moi me concentrer, laissez-moi garder toute mon énergie ! ». Tout le monde le savait et respectait ces minutes de silence nécessaire aux réunions précédant les grandes batailles. Tout le monde sauf Jacques-Antoine Vernier qui râlait dans son coin « Allez, il commence, je n'ai pas que ça à foutre, moi ! » sous le regard sévère d'Olivier Jousset. Un grand soupir, une forte respiration et Hervé commença.

— Bonjour à toutes et tous. Je réponds à votre inquiétude ô combien légitime ! concernant notre entrevue chez Albane… euh… chez madame la procureure. Tout s'est bien déroulé. Elle nous a promis des renforts venant de Blois et d'Orléans. Certains doivent arriver dans la journée. Elle nous a remis sous forme de clé USB des documents contenus dans une carte SD, déposée anonymement au parquet de Blois et qui remettent en question l'enquête sur laquelle le verdict du procès de Gabin Perreux a été rendu. Et c'est du lourd ! Regardez ces vidéos et ces photos.

Dans la salle un seul les avait déjà visionnées. Stéphane Gonthier.

Parfait. C'est bien. Elle a très bien fait cette Albane. Comme ça je ne commets pas de rétention d'information. Et ça m'a permis d'aller un peu comme précurseur réaliser quelques visites utiles dont je parlerai. Tu vas encore plus m'apprécier, Hervé.

Après le visionnage, un silence lourd s'était abattu dans le commissariat.

— Le doute n'est plus permis. Achod Hagopian, qui était un ami de Jules Pérez, a été assassiné. Le lieu nous est connu, c'est là que Stéphane a rencontré Théo Perreux il y a peu de temps, dans sa vigne au-dessus de Bléré. Et Théo et son père sont les assassins. Avec la complicité de Gabriel Guignard, assassiné au salon de coiffure et d'Adam Millet.

— Voilà une autre bonne raison de coffrer ce saligaud, se permit Murielle.

— Tout à fait. Il n'est pas possible de déterminer la date de l'original de cette vidéo. Les images posent deux problèmes. Le corps d'Achod est transporté dans le véhicule, une 4008 donc facilement repérable car peu ont été vendues. Gabriel Guignard en a possédé une. Où le corps d'Achod a-t-il été emmené ? Il faut retrouver cette bagnole et Igor se chargera de l'analyser. Deuxièmement, qui prend la vidéo ? Il est vraisemblablement le commanditaire du meurtre d'après les paroles qu'il prononce. J'ai demandé à notre génie de l'informatique, Mélanie Charmoy de tenter de trouver avec quel appareil elle a été prise, mais cela semble impossible. Et je lui ai demandé d'isoler la voix des commentaires de celui qui filme.

— C'est fait, dit Mélanie. On en fait des copies, vous aurez tous un exemplaire de cette voix en partant. Vous la mettrez dans vos portables, c'est le plus commode.

— Merci beaucoup Mélanie. Demandez à toute personne que vous interrogez, que vous rencontrez si elle reconnaît cette voix, reprit Hervé. Vous voyez qu'on a là un document très important. On va de suite arrêter le père et le fils Perreux. Vernier, Stéphane vous ferez bien équipe avec David et moi ? Il y aura des véhicules de la CRS[13]. On aura des mecs de la sécurité avec nous. Il y aura toute une compagnie avec nous. Les Perreux sont retors, capables de tout. Faudra faire gaffe. Il faut qu'on ramène ici Adam Millet. Je souhaiterais l'interroger ultérieurement, avec toi Mumu si tu es d'accord.

— Et comment ! s'exclama cette dernière.

— Stéphane, tu iras le chercher après notre visite chez les Perreux ? Avec Mélanie par exemple. J'sais pas pourquoi je dis ça, ajouta-t-il avec un clin d'œil qui fit rougir la jeune brigadière.

— Si vous y tenez, répondit Stéphane avec si peu d'enthousiasme que quelques rires fusèrent.

— Igor ? Pour ce qui est de tes investigations dans le salon de coiffure, dans la maison des Guignard, as-tu trouvé des éléments significatifs ? Je te laisse la parole.

— Merci patron, commença le capitaine de la scientifique. Dans le salon de l'ADN à profusion dans le sang bien évidemment. Celui des deux victimes, Laurence Launeau et Gabriel Guignard. C'est normal. D'autres traces et ADN provenant vraisemblablement d'autres clients. On les a relevés. On regarde si elles correspondent avec le fichier. Rien pour le moment. J'ai peur que le salon ne nous en dise pas plus.

— Moi je peux rajouter quelque chose concernant les crimes du salon de coiffure, intervint Julien Gérard. Si les deux victimes ont bien été tuées comme je l'ai déclaré dès le premier examen, j'ai trouvé dans la gorge de Laurence Launeau des traces de terre et de tissus, des fibres de toile de jute. Dans la gorge de Gabriel Guignard il en existe aussi mais seulement un tout petit peu. Le meurtrier avait déjà essuyé sa lame avec le sang de Laurence Launeau.

— Faudra garder ce détail en mémoire. Le meurtrier est quelqu'un qui utilise des sacs de jute, comme des sacs pour les pommes de terre. L'arme a côtoyé de tels sacs.

---

[13] CRS : Compagnie Républicaine de Sécurité

— Théo Perreux encore ! s'exclama encore une fois Zahiya.

— Attention de ne pas faire une fixation trop forte sur ce personnage. Il a déjà un crime sur les mains. Il n'est pas le seul agriculteur de la région. Mais c'est un indice qui nous sera utile. Merci Julien. Igor as-tu quelque chose à rajouter ?

— Seulement pour ce qui est de la maison Guignard, dit le capitaine en reprenant son récit. Tout semble en ordre, maison bien tenue pas du tout mise en désordre par une quelconque bagarre. Dans l'appartement professionnel, une tache a particulièrement attiré notre attention, très légère, comme une trace d'un corps gras qui aurait roulé sous la table de la cuisine. Et bien non ce n'est pas du beurre mais la trace d'un tampon qui contenait du chloroforme.

— Margot Guignard et son fils Bertrand ont été endormis avant d'être emmenés, conclut David.

— Peut-être. Il faut donc que les kidnappeurs aient été plusieurs pour chloroformer la mère et le fils en même temps sans aucun bruit. Il fallait qu'ils soient plusieurs pour transporter les corps inertes. Personne n'a rien vu ni entendu dans le voisinage. Je crois que tu as découvert d'autres éléments qui pourraient répondre à ce sujet, Igor ?

— Oui. On a trouvé de l'ADN. Les trois membres de la famille. Ça, c'est normal. Mais aussi des traces sur des dossiers de chaises, en d'autres endroits aussi comme si elles avaient été laissées par une tierce personne. L'ADN a parlé. C'est celui de Théo Perreux.

— Ce Perreux rendait visite au pâtissier mais également au boulanger. Faudra lui en demander la raison quand il sera ici, insista David Aubry.

— Le Théo, il est partout ! insista encore la major Sassi.

— Des traces et de l'ADN de Théo Perreux il y en a aussi dans l'arrière-cour. Mais deux autres traces ont été enregistrées dans ce lieu et elles matchent avec deux de nos vieilles connaissances.

— Vas-y ! Qui ? s'exclama Zahiya Sassi.

— Hassan Yahiaoui et Dimitri Orlov, révéla Igor Podgorski.

— Yaya et Orlov, quel beau duo ! Coucou, les revoilou, se permit la capitaine Daulincourt. Nos amis tourangeaux ! Les duettistes du trafic de came et même, si ma mémoire est bonne, du trafic d'organes fut un temps.

— Oui, intervint Hervé, deux personnages de la pègre tourangelle. Ils sont périodiquement arrêtés. Rien sur eux. Jamais pris en flag. Quelques indélicatesses avec le Code de la route les expédient quelques temps, très brefs, en taule dont ils ressortent prêts à retourner au turbin. Ils mystifient même les copains des stups en leur servant parfois d'indic sur des petites mains qu'ils jugent inefficaces et peu dociles pour leur commerce !

— C'est quand même significatif que les bons messieurs de ce si beau et tranquille village de Saint-Héand-sur-Cher traficotent avec les truands et le trafic de drogue, insista Murielle. Yaya et Orlov. Voilà qui change la donne, n'est-ce pas ?

Voilà un renseignement qui me tombe tout seul dans le bec, pensa Stéphane Gonthier. Voilà une sacrée info. Un fil à tirer intéressant. J'en étais sûr que le banditisme était mêlé à tout ça et depuis longtemps. Je le savais concernant le trafic de drogue. L'enquête devient riche en rebondissements. J'avais beaucoup d'avance, mais maintenant les cartes ont été changées, je n'ai plus la même main. Quoique sur certains points, je sais encore des choses que le commissaire ignore. J'ai juré de tenir bon, foi de Stéphane.

— Bien sûr Murielle. Ils sont retors et ils glissent dans les mains comme des anguilles visqueuses. Il ne faut pas les affronter de face pour le moment. À chaque fois qu'on a tenté cette méthode, on s'est fait berner. Faut les mettre sous surveillance. J'ai demandé l'aide des stups. C'est fait.

— Pourvu qu'Albane ne révèle rien de ça à la presse, dit Zahiya. Il y a d'autres choses à savoir ? Le dossier s'épaissit beaucoup.

— Comme le dossier Achod Hagopian est ré-ouvert, il se peut bien que nos affaires, surtout avec le meurtre de Jules Pérez, soient reliées à ce qui s'est déroulé il y a pas mal d'années en arrière. Cela ouvre de nombreuses perspectives. Que chacun réfléchisse aux éventualités possibles. Elles sont nombreuses. Ne vous censurez pas. Je continue en portant à la connaissance tous les éléments découverts par certains d'entre vous. Zahiya a rencontré un personnage de Saint-Héand qui semble bien connaître la vie de la bourgade. Il t'a raconté les antagonismes qui ont existé il y a bien des années en arrière lorsqu'une bande de jeunes y sévissait. Et ce monsieur est un agréable conteur. Il s'agit d'un écrivain du nom de Daniel Sian. Et devinez ce qu'il écrit. Des romans policiers. J'ai prévu de le rencontrer.

Ah non ! Daniel c'est moi qui le visite. Ah non ce n'est pas du jeu ça ! Ça change la donne. Et si Daniel révélait des choses au commissaire qu'il ne me dirait pas à moi ? Je ne serai pas en bonne posture pour ce que je veux faire. Il va falloir la jouer fin mon petit Stéph.

— Si tu l'acceptes, je veux bien rencontrer aussi ce monsieur, proposa Stéphane Gonthier. Je l'ai déjà croisé une fois.

— Bien évidemment et ça peut être très pratique que tu sois aussi un habitant de Saint-Héand. C'est ok pour moi.

Voilà, c'est fait je reste au contact. Pas question de me faire doubler !

— Olivier tu as rendu visite au marchand de cycles qui s'est installé à Saint-Héand il y environ trois ans. Un dénommé Ethan Takessian. D'origine arménienne.

— Comme Achod Hagopian, ajouta Olivier.

— Tout à fait. C'est à explorer plus en détail. Olivier, tu continues avec ce monsieur.

Hervé se retourna devant tous ses collègues, se tapa dans les mains.

— Avez-vous des questions ? … Bon… alors, bon courage, il est huit heures trente-cinq. Bon travail, je vous propose de faire le bilan en fin d'après-midi vers dix-sept heures trente. Vous passerez la nuit prochaine chez vous, je vous le promets.

XI
Martin Perreux

11 septembre fin de matinée.

Hervé gara la voiture en bordure du chemin qui conduit à la ferme Perreux. Les grands bâtiments semblaient déserts, aucune sonorité caractéristique d'un travail ne s'en échappait. Dans l'immense grange s'empilaient les meules de foin emballées de plastique vert tel un jeu de construction géant, un Lego pour Damasène[14]. L'ensemble était constitué de trois bâtisses disposées en forme de « U » cernant la cour. Parallèle à la grange une grande remise abritait les machines agricoles qui se serraient les unes contre les autres dans une apparence de désordre mais qui devait convenir aux besoins de l'instant. Au fond était la maison d'habitation, une grande longère tourangelle bien entretenue avec son toit de tuiles plates aux couleurs chaudes et patinées et trois chiens-assis comportant une gerbière décorée. Un réel signe de richesse dans la région. Les volets étaient encore fermés bien qu'il fût déjà près de neuf heures quarante-cinq. Par contre la porte d'entrée était ouverte, béante. Hervé fit signe d'avancer mais prit son revolver en main. Les quatre policiers marchaient face à cette porte sur le chemin bordé de charmes centenaires. De chaque côté des arbres qui commençaient à perdre leur feuillage, se faufilaient les ombres des CRS qui étaient en appui de l'opération. Lorsque les policiers firent le premier pas dans la cour, ils stoppèrent le temps que les forces de sécurité s'installent de chaque côté le long des deux bâtiments

---

[14] Dans la mythologie grecque, Damasène est un géant fils de Gaïa (La Terre).

parallèles, la grange et la remise des engins agricoles, mais également sur l'arrière de la propriété. Hervé fut le premier arrivé à la porte.

— Monsieur Perreux ? demanda-t-il.

Il réitéra plusieurs fois sa demande mais n'obtint aucune réponse.

— Monsieur Gabin Perreux, êtes-vous là ?

Le silence fut encore son seul interlocuteur.

— Monsieur Théo Perreux ? Où êtes-vous messieurs Gabin et Théo Perreux ? insista-t-il.

Il décida de pénétrer dans la maison.

— Y a-t-il quelqu'un ?

Il avança et se trouva dans la vaste salle à manger qui faisait aussi office de salon dans un coin. D'un geste il incita ses collègues à se répartir dans les autres pièces. Au bout de quelques minutes, ils revinrent bredouilles. Ils n'avaient trouvé personne. D'un coup un léger bruit parvint du coin salon. Une forme noire semblait s'extraire d'un fauteuil. Hervé alla ouvrir un volet. Il put ainsi reconnaître madame Charlotte Perreux qui le fixait d'un regard morne. La vieille dame s'assit à nouveau dans son fauteuil sans changer la ligne de ses yeux qui suivaient Hervé de façon inexpressive.

— Madame Perreux bonjour. Sauriez-vous nous dire où se trouvent votre mari et votre fils Théo ?

Pas de réponse. Le regard fixe.

— Madame Perreux, ça serait bien si vous pouviez nous dire où on peut les trouver.

Pas de réponse. Madame Perreux paraissait changée en statue.

— Madame Perreux, vous avez tort de ne rien dire. Vous le savez, vous êtes bien au courant ? Non ? Vous ne voulez pas parler ? Vous savez bien ce que votre mari et votre fils ont fait à votre ancien ouvrier agricole Achod Hagopian. Vous le savez et vous ne voulez pas le dire ? Vous avez tort.

Pas de réponse mais une lumière d'inquiétude traversa le regard de Charlotte Perreux qui décida Hervé à augmenter la pression.

— Madame Perreux, nous allons être obligés de perquisitionner. Vous comprenez ce que ça veut dire ?

L'apathie avait repris Charlotte Perreux.

— Votre mari et Théo sont recherchés, vous le savez, pour meurtre sur la personne d'Achod Hagopian. Si vous ne parlez pas, nous allons être contraints de vous emmener avec nous et vous serez écrouée pour complicité de meurtre. Vous vous rendez-compte ! De toutes façons nous allons les retrouver. Nous avons maintenant des preuves irréfutables qui les feront condamner. Madame Perreux, je vous en conjure, il y va de votre intérêt de parler. Pensez à votre autre fils Martin qui se retrouverait seul. Que fera-t-il dans son état ? Madame Perreux pensez à lui.

Soudain un fracas parvint de l'extérieur. David Aubry et Kimbu Amandah sortirent en trombe et se retrouvèrent nez à nez avec un individu en salopette bleue de travail, aux cheveux en bataille, hirsute, les yeux exorbités, la bouche grande ouverte hurlante. Il tenait droite devant lui une carabine de chasse.

— Sortez de là ! Sortez de là ! Ne touchez pas à ma mère ! s'époumonait-il.

Hervé reconnut le deuxième fils Perreux, Martin, celui qu'il savait attardé mental. Il fit signe aux CRS de baisser les armes.

— Je veux voir ma mère ! hurlait-il encore.

Hervé lui fit signe de pénétrer dans la maison. Martin rabattit son fusil dont se saisit rapidement Jacques-Antoine Vernier qui se permit de faire remarquer :

— On est bien entouré d'une muette et d'un fou !

Cette remarque désobligeante métamorphosa Martin qui apostropha vigoureusement le capitaine en le regardant froidement dans les yeux.

— Pauvre con ! Ma mère ne dit rien. Elle restera muette tant qu'elle aura peur. Peur pour moi. Tu ne sais rien de notre vie, alors ta gueule pauvre mec !

Le capitaine voulut répondre et se dressa prêt à empoigner le fils Perreux. Hervé l'en empêcha avec vigueur et David se permit de lui lancer :

— Jacquante tu te calmes ! en sachant que Vernier n'appréciait pas du tout mais alors pas du tout, qu'on le désigne par ce surnom.

Hervé s'était approché de Martin. Ce dernier respirait plus calmement. Il tourna vers le commissaire un visage déconfit, mélange de tristesse et de peur.

— Bonjour Martin, dit le commissaire. Tu ne me parais pas être comme lors des rencontres précédentes avec mes collègues, on dirait que tu as changé, que tu n'es plus dans le même état d'esprit. On devrait pouvoir parler calmement tous les deux, qu'en penses-tu ? On aimerait d'abord savoir d'où tu viens, on n'a trouvé personne en fouillant les pièces de la maison.

Un sourire fugace barra le visage du jeune homme.

— Dans la chambre du fond, il y a un placard dont le fond est double et communique avec le fenil. C'est là qu'on m'enferme souvent, comme ce matin !

Le jeune Martin Perreux ne ressemblait plus du tout à l'attardé mental qu'il était auparavant.

— Pourquoi et qui t'enferme ?

— Vous ignorez tout de la vie chez les Perreux, et surtout de ma vie, ma vie à moi. Je vous la raconterai peut-être un jour. Mais dites-moi d'abord pourquoi vous êtes ici chez nous ? Vous voulez que ma mère vous parle, c'est ça ? Qu'elle vous dise ce qu'elle a vécu, l'enfer qu'elle a subi, les atrocités qu'elle a vues, c'est ça ?

— Nous sommes ici pour arrêter ton père et ton frère Théo pour le crime qu'ils ont commis contre Achod Hagopian. Tu te souviens d'Achod ?

— Bien sûr je m'en souviens. Nous étions même en quelque sorte devenus amis.

— Tu es au courant de son assassinat par ton père et ton frère ?

Le jeune Martin était transfiguré. Les policiers n'avaient plus en face d'eux un éternel gamin retardé mental qui parlait par sons inarticulés en bavant et n'était qu'une bouche à nourrir pour la famille tant il ne pouvait réaliser seul le moindre travail convenable. Juste bon à accompagner parfois son frère aîné. Martin, dans un grand soupir, prit une chaise, vint se placer à côté de sa mère dont il prit les mains dans les siennes.

— Oui. Ils m'ont interdit de dire quoique ce soit. Ils m'ont battu, torturé. Ils me faisaient subir régulièrement des décharges de taser pour me rendre fou comme ils disaient. Vous, les flics savez ce que c'est un taser. J'suis pas attardé vous savez. C'est eux qui m'ont attardé, si vous voyez ce que je veux dire. C'est eux. Apparaître comme l'idiot du village, comme le baseuille, comme le benêt, le beuillot, le neuneu, le ravi, comme il vous plaira de le nommer, c'était mon rôle, celui que je devais tenir en toutes circonstances. Mais je n'en suis pas un, même si j'ai peu d'éducation. Je ne suis pas allé à l'école. Seule ma mère me défendait quand elle le pouvait et m'aimait. Mais mon père et mon frère l'ont menacée sans cesse.

La confession du jeune Martin était stupéfiante. Il prononçait les mots comme s'il était fier de pouvoir enfin les dire, comme une libération du plus profond de son être, comme une métamorphose. Charlotte Perreux avait levé la tête en direction de son fils et une larme perlait au coin de chacun de ses yeux.

— Ma mère ne vous parlera pas. Elle ne trahira pas le serment qu'elle a prêté à mon père et à Théo. Peut-être seulement plus tard quand elle sera complètement assurée que je serai à l'abri des représailles possibles. Vous comprenez ? Ne cherchez pas à la convaincre.

— Je t'écoute Martin, dit alors Hervé. Ça me bouleverse ce que tu dis, ce que tu dépeins et ce que j'imagine de ta vie.

— On va tomber dans le mélo si ça continue comme ça, rajouta Jacques-Antoine.

— Martin, tu comprends malgré tout que nous devons faire notre boulot, reprit Hervé en ignorant la remarque désobligeante de son capitaine. On a besoin de vos témoignages, du tien, de celui de ta maman. On va vous emmener elle et toi. De plus vous serez ainsi en sécurité. Tu comprends ?

Martin opina tout en se mettant doucement à pleurer.

— Martin tu comprends bien qu'avec les preuves que nous avons…

— C'est quoi comme preuves ?

— Martin, ce sont deux vidéos et des photos prises le jour de l'assassinat d'Achod. Elles sont sans équivoque, totalement accablantes.

— Ah ! Je comprends, fit alors Martin. Hier un flic, enfin non, un gendarme est venu voir Théo et ils ont parlé rapidement entre eux dans la cour. Mon père est sorti se mêler à la discussion. Quand ils sont revenus, ils criaient qu'ils devaient partir. Ils m'ont attrapé, enfermé dans le réduit une nouvelle fois avec un autre coup de taser, m'ont dit de ne rien dire, de ne pas bouger, qu'ils reviendraient un jour mais ils ne savaient pas quand. Ils étaient furieux. J'ai entendu les éclats de voix jusqu'à la tombée de la nuit. Théo est revenu, m'a fait boire des médicaments pour mon bien, pour me détendre m'a-t-il affirmé. Puis j'ai sombré dans le sommeil jusqu'à ce que je vous entende arriver.

— Tu connais bien un gendarme toi ? demanda Hervé à Stéphane en se retournant.

L'étau se resserre plus vite que je ne pensais ! Bon, il faut que je gagne du temps. Mais je sais de qui il s'agit. Jérôme me l'a dit. Je vais ruser, du moins tenter de ruser. C'est qu'il a la déduction rapide le commissaire.

— Euh… oui. Mais c'est un ancien, à la retraite. Dis-moi Martin, ton gendarme, tu l'as vu ? questionna le lieutenant Gonthier.

— Oui, il était dans la cour, je regardais par cette fenêtre, répondit l'interrogé.

— Il était en costume de gendarme ?

— Oui, oui. On voyait bien qu'il était gendarme, sans doute possible.

— Donc, ça me rassure bien que j'aie toute confiance en mon ami. Il ne porte plus le costume ! Ce n'est pas lui, affirma Stéphane Gonthier.

— Il se nomme comment ton ami ex-gendarme ?

— Jérôme Taillandier, répondit Stéphane.

— Je veux le rencontrer. Tu donneras ses coordonnées à David qui le convoquera.

Houlà, là. Bon. J'avertirai Jérôme avant. J'espère qu'il tiendra sa langue et ne voudra pas, par zèle mal placé, aider les forces de police qui continuent à l'impressionner j'en ai la conviction. La partie va se jouer serrée.

— Bon allez, ce n'est pas la peine de s'éterniser ici. Je téléphone au juge Ribes pour une perquisition en règle de tous les bâtiments. Je demande à Igor et à la PTS[15] de venir avant la perquise. Ils vont avoir du boulot par-dessus la tête. Ils doivent être vers Bléré pour explorer le lieu où le crime a été commis. D'ici là on fait mettre les lieux en sécurité, jour et nuit. David, tu t'en charges.

— Pourquoi David et pas moi, demanda Jacques-Antoine d'un air dédaigneux.

— Parce que on a à parler tous les deux. Tu t'en souviens. On s'y met juste en rentrant ! Allez en route tout le monde ! Toi Stéphane tu iras nous chercher Adam Millet… si tu le veux bien, fais-toi accompagner de Mélanie ! dit Hervé pour clore la visite avec une petite plaisanterie.

****

Pendant le trajet vers Tours, Jacques-Antoine avait pris place dans la voiture de David qui emmenait madame Perreux. Stéphane était au côté d'Hervé dans la sienne. À l'arrière, Martin pleurait doucement sans pouvoir s'arrêter. La compagnie de CRS avait été laissée sur place avec pour charge de sécuriser les lieux et d'attendre l'arrivée

[15] Police Scientifique et Technique.

d'Igor et des hommes de la PTS. Hervé fit lancer un ordre de recherche généralisée concernant Gabin et Théo Perreux.

De son côté, David en profita pour prendre l'initiative et appela la gendarmerie de Blois. Bien évidemment Jérôme Taillandier n'y était plus en fonction. Il fallut attendre de nombreuses minutes pour obtenir ses coordonnées de retraité. Il l'appela, se fit connaître. Il décrivit sommairement la situation et les raisons de son appel, sans entrer dans les détails mais en soulignant ce qui était important.

— Oui monsieur Taillandier, c'est mon collègue et ami Stéphane Gonthier qui m'a donné vos coordonnées. Si vous savez des choses sur ce qui s'est déroulé lors de l'assassinat d'Achod Hagopian, il faut me les dire maintenant, sans attendre de faire une déposition formelle. C'est essentiel pour nous pour gagner du temps.

— Eh oui, Stéphane. Oui, je l'ai rencontré à Rennes et même avant à l'hôpital quand il y a été en revenant de Guyane. Oui, oui. Je l'ai d'ailleurs vu il n'y a pas longtemps. On a bu un verre ensemble.

— Ah bon. Et avez-vous échangé sur ça ?

— Oui bien sûr. J'avais appris l'existence de ces vidéos, qu'elles avaient été remises à la justice et que ça allait faire l'effet d'une bombe ! Elle a explosé d'ailleurs si j'en crois ce que vous me dites.

— Oui, une bombe en effet. Est-ce qu'il y a quelque chose que vous lui auriez confié de particulier ?

— Oui, bien sûr, pour l'aider dans sa mission.

— De quoi s'agissait-il ?

— Ben… c'est que… c'est gênant…

— Monsieur Taillandier, je vous en prie. Cette information pourrait être très importante pour conduire à bien l'enquête. Nous, on a une interrogation qui nous obsède. Comment se fait-il que le père et le fils Perreux soient partis alors que rien n'avait filtré de l'existence des vidéos ?

— C'est qu'ils ont été avertis avant.

— Je suis d'accord avec vous ! Bien sûr ! Mais par qui ?

— Alors là… euh… j'sais pas…

— On sait qu'un gendarme est venu voir les Perreux hier en fin d'après-midi. Ça vous dit quelque chose ?

— Ah, alors, si vous savez, j'ai plus grand-chose à vous dire !

— Je crois que vous n'ignorez pas monsieur Taillandier, monsieur l'ex-gendarme Taillandier, ce que vous risquez par rétention d'information, entrave à l'enquête et à la justice ! se fâcha David.

— Oui, bon. Le gendarme, c'est Thomas, Thomas Monnery.

— Monsieur Taillandier, merci. Je vous attendrai au commissariat de Tours pour signer votre déposition. Dépêchez-vous de rappliquer. Si on devait venir vous chercher, ça serait menottes aux mains.

David se retourna vers Jacques-Antoine Vernier et le regarda intensément.

— Ah, ça c'est bien. J'aime ta façon de parler, de menacer. Ça a porté ses fruits. T'es un mec bien, toi, fit ce dernier.

— Jacquante, je suis parfaitement en accord avec mon commissaire. Tu verras, il sait parler sèchement quand les circonstances l'exigent. Tu vas t'en rendre compte à tes dépens !

Les deux hommes n'échangèrent plus aucune parole avant le commissariat.

****

— Allo, Stéphane ? C'est Jérôme ! Voilà, le commissaire sait que c'est un gendarme qui a alerté les Perreux hier...

— Enfin comment... ?

— Oui, il sait aussi que c'est Thomas Monnery et que tu le savais.

— Hein ? Comment est-ce possible ?

— J'ai dû tout dire, tu comprends. À ton collègue David qui m'a appelé. Je vais aller faire une déposition officielle. Je ne peux pas cacher tout ça, je me fais dégoût à moi-même.

Eh bien, je suis dans la merde ! David enfin ! Tu m'as doublé. Je pensais avertir Jérôme dès mon arrivée au commissariat et voilà, c'est trop tard. Je sens qu'il n'y aura pas que le snob Jacques-Antoine Vernier qui va passer un sale quart d'heure. Je suis dans de sales draps. Je ne vois pas comment ruser cette fois. Je n'ai plus qu'à attendre l'orage. Ça devrait venir vite ! J'espère que le commissaire ne fouillera pas trop mon CV.

Le cœur battant d'inquiétude, Stéphane Gonthier faisait les cent pas dans le commissariat incapable de s'arrêter sur une tâche précise bien qu'il n'en manquait pas à faire dans cette enquête à rebondissements. Jacques-Antoine Vernier annonça presque fièrement qu'il s'en était sorti avec un rapport et un blâme, sans mise à pied car l'ampleur des investigations en cours nécessitait la présence de tous à la brigade. Personne ne leva la tête et ne fit de réflexion.

Hervé sortit de son bureau et demanda Martin Perreux. Stéphane soupira.

J'y échappe pour le moment. C'est juste reculer pour mieux sauter. Il m'a même lancé un étrange petit sourire en m'apercevant. Diable d'homme ce commissaire, je ne le croyais pas capable d'être aussi mystérieux !

Mélanie Charmoy vint le sortir de sa torpeur pour aller cueillir Adam Millet.

Après tout ! Agir pour ne pas penser... et puis c'est quand même vrai qu'elle est charmante cette Mélanie. Charmoy... charmante ! Ça fait si longtemps que je n'ai pas tenu une femme dans mes bras. Sait-on jamais ? Mélanie ne semble pas farouche à mon égard. Allez, on y va ma belle !

****

Hervé Poitevin assisté de Zahiya Sassi conversa longtemps avec Martin Perreux. Ils parlèrent plutôt qu'ils n'interrogèrent le jeune homme. Ce dernier leur raconta le calvaire qu'avait été sa vie surtout après certains évènements dont une « bande » avait été le théâtre. Même si le récit, entrecoupé de pleurs, leur paraissait un peu ahurissant par de nombreux aspects, ils ne demandèrent aucune précision particulière, les réservant pour plus tard. Mais ils souhaitaient que Martin se remette de ses émotions, redécouvre le plaisir de parler et se réconforte un peu. Ils lui firent apporter un copieux et délicieux repas en fin de matinée. Martin demanda si sa mère avait le même. Ce qui lui fut confirmé.

Il ressortait que dès sa naissance, non voulue par le père qui lui infligeait de sévères corrections dès qu'il faisait quelque chose de mal à ses yeux, il a été traité comme un intrus dans la famille. Il souffrait d'être ainsi « caché » aux autres. Heureusement que sa mère le consolait, le choyait dès que le père était absent. Il avait très jeune été obligé à boire du vin. « C'est bon pour ta santé ! » hurlait Gabin Perreux. Lui, il n'aimait pas. Son frère Théo n'était pas méchant avec lui, lui racontait des histoires, lui parlait de la vie de la ferme. Ah, la ferme. Martin était attiré surtout par les animaux. Par tous les animaux. Les poules, dont il adorait aller cueillir les œufs qu'il posait délicatement dans le panier d'osier suspendu au bras de sa mère. Elle lui en faisait souvent gober un tout frais. Un trou de chaque côté et le jus de l'œuf coulait dans sa gorge et surtout la crème du jaune. Que c'était bon ! Les lapins qui grignotaient si rapidement les fanes de carottes qu'il déterrait toujours avec sa maman. Il y avait de bons moments à la ferme. Théo changeait complètement dès que le père était présent. Il devenait violent envers son petit frère.

Il avait néanmoins pu parfois être accepté dans une sorte de bande de jeunes un peu plus âgés que lui. Martin ne détailla pas trop cette bande, dit seulement qu'il y avait des garçons et des filles. Théo l'emmenait quand le père partait loin pour la journée entière ou plus d'un jour. Martin aimait bien l'ambiance. Théo lui avait raconté qu'il était tombé amoureux d'une des filles, une certaine Emilie. Martin s'en souvenait très bien, car un beau jour elle a disparu. Qui était-elle ? Martin fut confus et n'arriva pas à le dire nettement. À ce jour les choses changèrent ! C'est à ce moment qu'on lui enjoignit de faire le bête, l'imbécile, l'attardé mental. Il reçut de nombreux coups de taser afin de brouiller son cerveau. Des gens venaient à la ferme. Des gens importants, surtout un monsieur qui était sûrement très riche qui semblait donner des ordres. Les Perreux obéissaient et laissaient Martin en dehors de tout ça. Après ça, la bande n'exista plus. Le calvaire de Martin continuait.

Puis Martin après avoir dégusté son repas et remercié mille fois ses interlocuteurs, évoqua les ouvriers agricoles. Il les voyait soit à la grange soit dans la cour. Ils étaient gentils avec lui. Il se souvenait d'un certain Jules.

— Jules ? Jules Pérez ? demanda tout de go Zahiya.

Martin ne s'en souvenait pas exactement mais pensait qu'il s'agissait bien de lui. Il avait fait partie de la fameuse bande. Et il était aussi ami avec Achod.

— Tu le connaissais bien Achod ? demanda Hervé.

Martin ne le connaissait pas particulièrement. Mais il avait vu son père et Théo s'engueuler violemment avec lui plusieurs fois. Un jour, il avait été mis dans le réduit de la chambre et avait entendu son père et Théo se disputer violemment dans la salle à manger avec des ouvriers. Il y avait parmi eux Jules et Achod. Il avait reconnu leurs voix.

— Très bien, Martin, je vais avoir besoin de ton don pour reconnaître les sons ! Je vais te faire écouter quelqu'un qui parle. Tu nous diras si tu reconnais cette personne, proposa Hervé qui mit en route l'enregistreur de son portable.

La voix du caméraman de l'assassinat d'Achod Hagopian s'éleva dans le bureau.

— « Oui, allez-y, c'est lui ou vous. Tapez, nom de Dieu. Mais faites-le pas saigner, faut pas de trace. Pas le ventre. La tête surtout. Pas de sang par terre.

— On s'en fout, la pluie lavera tout !

— Théo, brise-lui la nuque. Mais t'es une mauviette… »

Hervé interrompit l'enregistrement et regarda Martin. La peur avait saisi à nouveau son visage.

— Tu as reconnu de qui il s'agit Martin ? demanda Hervé.

— Oui, celui qui parle de la pluie, c'est mon père, murmura Martin dont les sanglots brisaient la voix.

— Et l'autre personne, celui qui s'adresse à ton frère, tu sais qui c'est ? insista Hervé.

Le temps passa, Martin s'essuya les yeux avec un mouchoir en papier donné par Zahiya. Hervé n'eut pas besoin de réitérer sa question. Martin murmura :

— C'est le monsieur riche qui venait souvent chez nous. J'en suis sûr.

Martin ouvrit des yeux où se lisait la stupeur mêlée à de la peur.

— Oh, ce n'est pas vrai. Je l'ai reconnu ! dit-il en se serrant les poings.

— De qui s'agit-il ? Martin dit le nous. Tu feras faire un grand bond à l'enquête.

— Ma mère m'y avait emmené quelques fois quand j'étais jeune. C'était le toubib de la famille. Le doc ! Ce n'est pas vrai ! Le doc !

— Quel docteur ? Quel est son nom ?

— Le docteur Barre-Chaudière. Il a même été maire pendant quelque temps.

En quittant la salle d'interrogatoire, Hervé demanda à Zahiya de ne rien révéler de leur entretien. Hervé avait la conviction que l'enquête avait fait un grand pas aujourd'hui. Il voyait comment elle pouvait raisonnablement s'engager. Qu'elle serait complexe, il en était certain. Il fallait jouer sur plusieurs tableaux à la fois. Ceux qui, pour le moment, avaient les plus importants chantiers à traiter étaient les hommes de la Scientifique, les hommes d'Igor Podgorsky. Heureusement ce dernier allait recevoir du renfort avec le retour de congé de maladie, ah satané Covid !, du major Sylvain Delanoue. Néanmoins Hervé appela aussitôt la belle procureure Albane de La Grange d'Arquien pour demander de nouveaux renforts.

Passant devant Stéphane Gonthier, il lui toucha l'épaule.

— Alors petit cachottier ? Tu savais des choses que tu n'as pas transmises. Stéph tu me déçois. Je pourrais te considérer comme un ripou au même titre que Thomas Monnery qui va dormir en prison cette nuit. David a fait le nécessaire auprès de sa hiérarchie. Actuellement il prend la déposition de ton ami Jérôme.

— Je peux vous… expliquer… commissaire, bredouilla le lieutenant.

— Tu voulais faire le coup tout seul, jouer seul au grand détective, jouer au Colombo de Touraine, être celui qui résout en solo les affaires compliquées ? Sacré Stéph. Je comprends, dans les courses aux investigations à mener, t'as choisi d'être solitaire. Et ça, ce n'est pas correct, pas bien du tout. Ça va pour le moment. Mais ne me le refais pas. Je le garde en mémoire. Penses-y, si une nouvelle fois tu es tenté pour la jouer solo à nouveau. Ça chaufferait pour ton matricule. Allez, encore un peu de boulot. Ce soir chacun rentre chez soi. Alors repose-toi bien et tu as intérêt à réfléchir pour vérifier que tu ne nous caches pas d'autres informations. Ok ? À demain.

— Merci commissaire… euh, oui, à demain.

Mon petit Stéphane Gonthier. Plusieurs fois tu m'as surpris en ayant rapidement glané des informations de premier ordre qui nous ont été utiles, je le reconnais. Mais d'où les tiens-tu ? Ça m'intrigue bigrement en tant que commissaire. Dès l'histoire du chat éventré sur les bords du Cher par le fils Millet, ça m'a paru étrange. Avec cette histoire de rétention d'info, ça devient inquiétant. D'autant que Jérôme Taillandier a dit des choses quelque peu mystérieuses à ton sujet. Je vais devoir analyser et approfondir tout ça. Je vais m'occuper de toi, en savoir plus sur ce que tu as fait, d'où tu viens, qui tu es réellement. Je ferai ça à temps perdu s'il y en existe car pour l'essentiel maintenant c'est de placer l'équipe sur les bons rails. Et pour ça j'ai besoin d'un peu de repos. Vite à la maison. Isabelle m'attend. Dommage ce soir encore, il sera trop tard pour aller faire un peu de jardinage. J'adore quand nous le faisons ensemble. Depuis notre installation, nous avons passablement embelli notre maison. La dernière demi-journée de repos nous a permis de planter quelques repousses de mimosa données par Danielle notre voisine. J'en suis très heureux car ça fait revivre les souvenirs, « mimosa » était le nom de code choisi par mon grand-père dans la résistance. Au printemps prochain j'espère qu'il aura poussé et qu'il deviendra le soleil de notre jardin, qu'il embaumera exhalant un mélange suave de violette et jasmin. Nos rosiers ont déjà bien fleuri cet été et plusieurs continuent de porter des fleurs dans de somptueux dégradés de couleurs du rouge velours frangé d'orange d'Eddy Mitchell au bicolore rouge vif et jaune pâle de Brocéliande en passant par le mauve discret et parfumé de Claude Brasseur. Une roseraie est un vrai Who's Who d'acteurs et chanteurs ! Heureusement parfois une fleur est dédiée à la science et à une grande dame, Marie Curie, avec sa somptueuse couleur rose pastel.

Isabelle commence à avoir pas mal de clients et son cabinet et salle d'attente au rez-de-chaussée ne désemplissent pas. J'en suis heureux et fier. Si certains sont fidèles, il y a toujours de nouveaux visages. J'ai aperçu un jour Léa Foucault, la jeune femme sourde de l'affaire Dupuy, qui, si elle n'a plus besoin de l'aide d'une psychologue, revient régulièrement voir Isabelle. Elles se sont liées d'amitié. Une maison, un havre de paix, un amour... Que serais-je devenu si je n'avais pas rencontré Isabelle ?

Hervé se mit à penser à nouveau, il le faisait de plus en plus régulièrement, à son âge qui avançait. La retraite ? Oui, elle se profilait peu à peu ! Ses cheveux contenaient plus de sel que de poivre ! Après tout il pouvait être fier de la carrière qu'il avait réalisée. Il avait réussi à conserver l'éthique qui l'avait poussé à entrer dans la police. Et puis sa fille Camille était devenue une belle adolescente. Profiter d'Isabelle. Tous les jours, toutes les heures et de Camille parfois, pendant les vacances scolaires. Voilà ce qu'il désirait le plus maintenant. Non pas que son métier le répugne. Mais les conditions de son exercice devenaient des plus en plus délicates et difficiles avec la surcharge de travail administratif. Il en avait parfois assez de se battre. Et depuis sa blessure par balle à l'épaule, il se sentait plus fragile face à la prise de risque inhérente au métier. Aussi le commissaire Hervé Poitevin pensait à demander sa retraite de plus en plus souvent... Il n'avait pas encore osé le dire à Isabelle.

XII
Nouveau divisionnaire

12 septembre

Un coup d'œil circulaire et Hervé Poitevin comprit que la nuit, même courte, avait permis à chacun de ses collaborateurs de retrouver un certain dynamisme, une certaine forme bien meilleure que celle de la veille. C'était exactement ce qu'il fallait car la tâche restait plus qu'imposante. Tous étaient là, y compris le major Sylvain Delanoue qui racontait à nouveau ce que chacun connaissait déjà. Il détaillait comment l'attaque par le coronavirus avait été foudroyante, comment en quelques heures il s'était mis à avoir de la fièvre, à trembler, à avoir une vue brouillée et qu'il avait fallu le transférer d'urgence à l'hôpital. Il y avait rencontré, bien que se fut à une période où la pandémie diminuait d'intensité, des infirmières et des infirmiers, des docteurs, des aides-soignants à bout de force, continuant à puiser dans leurs ultimes énergies. Il avait vu de près l'horreur de la réanimation profonde lorsque l'agression du covid était grave et les défenses immunitaires insuffisantes. Il avait dû être placé lui-même en coma artificiel, retourné de côté à intervalles réguliers par pas moins de six intervenants, abandonnant sa conscience et sa respiration à une machine. Il racontait comment, à la sortie du coma, il avait dû réapprendre à marcher, à boire, à manger tant il s'était affaibli. Il avait fallu des mois pour qu'il puisse revenir chez lui et d'autres mois pour retrouver une forme satisfaisante pour reprendre son poste. Il avait été interrogé à sa sortie de l'hôpital par un journaliste et tout le monde avait pu lire son témoignage sur l'enfer que le coronavirus et le manque de moyens avaient provoqué. L'article avait été bien fait par un bon journaliste qui avait tenu à préserver les paroles de Sylvain et ainsi réalisé un texte qui rendait bien compte de cette période. Un récit romancé, appelé « Coronaviral [16] », presqu'en forme de nouvelle littéraire qui relatait parfaitement la réalité de ce que Sylvain avait vécu. Chacun avait lu l'article, chacun à tour de rôle était allé lui rendre visite, mais Sylvain se plaisait, se complaisait même dans la narration de son épopée.

— On te plaint bien tu sais. On a pensé souvent à toi, lui dit amicalement Olivier Jousset tentant de mettre fin au monologue.

— Oui, mais tu aurais pu et dû te faire vacciner. Tu aurais peut-être échappé à ce traitement lourd. Et tu nous aurais évité un tas de désagréments puisqu'on était cas-contact. Je n'ai pas aimé, mais alors pas du tout, les tests PCR [17], je n'ai pas aimé me faire explorer, gratouiller le nez et les sinus, déclara péremptoirement Murielle Daulincourt.

— Tu préfères d'autres explorations à d'autres endroits, Mumu ! lui rétorqua Sylvain ce qui ne fit rire que légèrement certains.

— Bande de machos, bande de cons ! s'écria Murielle qui rajouta un peu butée, d'accord pour fêter ton retour Sylvain mais t'as manqué de solidarité dans ce cas.

— Bon, euh…, fit Hervé Poitevin, nous avons de gros problèmes à solutionner, une grosse pandémie, oserai-je employer ce terme en dehors de son contexte médical, de crimes dans une bourgade a priori sans histoire. Merci à tout le monde d'être présent. À cette réunion assisteront madame la procureure et monsieur le juge d'instruction. Dès leur arrivée nous commencerons.

Albane de La Grange d'Arquien, la procureure, précéda Antoine Ribes et une autre personne qui resta au fond de la salle dans l'anfractuosité entre deux placards, quelques piles de documents et des

---

[16] À retrouver dans le recueil de textes « Ainsi va la vie ! », 2023.
[17] PCR est un test de réactivité pour estimer si une personne est atteinte du covid. PCR signifie Polymerase Chain Reaction ou Réaction en Chaîne par Polymérase.

vêtements jetés pêle-mêle sur deux chaises. On ne pouvait en distinguer que la silhouette. La procureure serra la main d'Hervé et fit un signe amical accompagné d'un sourire avenant adressé à l'ensemble de l'assistance. Vraiment cette procureure avait des attitudes bien moins snobes que son patronyme ! Elle demanda de suite à Hervé de prendre la parole pour faire le point.

Faire une synthèse efficace était un exercice délicat et difficile dans lequel excellait le commissaire. Pour qu'il soit percutant, un abrégé ne doit pas être le simple déroulé des évènements mais leur restitution la plus exacte possible tout en ouvrant les pistes de prolongement possibles. Regrouper les évènements disparates pour faire jaillir du sens. Il faut donc posséder une sérieuse faculté de tri, de mise en relation et en perspective de situations hétérogènes. Hervé ne manquait pas d'aisance dans cette dialectique. Il en avait bien besoin ici compte tenu de l'éloignement apparent entre les diverses tragédies qui venaient de se dérouler et celles appartenant à un passé récent. Bien évidemment Hervé commença par évoquer le meurtre de Jules Pérez brûlé vif dans sa caravane, le premier dans l'ordre chronologique. La famille Millet avait de suite été suspectée.

— Il ne faut plus tenter de relier l'atrocité de la mort de Jules Pérez à une quelconque vengeance concernant l'empoisonnement du chien des Millet, précisa le commissaire. La PTS a découvert des empreintes sur la barque d'Adam Millet qui a servi à apporter les bouteilles de propane. On y a trouvé celles d'Adam Millet, de sa femme et de son fils, ça c'est naturel, mais aussi celles de Gabriel Guignard et de deux trafiquants de drogue notoires de Tours, Hassan Yahiaoui et Dimitri Orlov. Exactement comme chez la coiffeuse, on retrouve les empreintes de Yahiaoui. Les meurtres de Saint-Héand-sur-Cher sont reliés entre eux, ça ne fait plus aucun doute. Yaya et Orlov sont au cœur du problème, ils y ont activement participé, cela ne fait pas de doute. Ils sont, cela ne nous surprendra pas, les exécuteurs des basses œuvres. De plus, Pérez était ami fidèle ami de Achod Hagopian qu'il soutenait face à Perreux. On ne peut pas ne pas en tenir compte. Il faut remonter dans le passé, à l'assassinat de cet ouvrier agricole il y a quelques années en arrière.

Hervé évoqua alors la preuve irréfutable fournie par les vidéos et les photos. Pour ce qui est de Gabin et Théo Perreux, ils n'ont pas encore été capturés ni même repérés. L'avis de recherche n'a encore rien donné. Pas plus en ce qui concerne Yaya et Orlov. La mère Charlotte Perreux et son fils Martin étaient maintenus dans les murs du commissariat pour raison de sécurité avec leur assentiment.

— La métamorphose de ce dernier, qui avait toujours été considéré comme attardé, est une preuve supplémentaire de ce que les Perreux, père et fils, sont capables de faire. Il s'est passé des choses graves, très graves chez eux. Igor et ses hommes n'ont pas fini d'exploiter les lieux mais ont trouvé des affaires très intéressantes.

Hervé fit part des découvertes obtenues déjà dans la perquisition inachevée de la ferme. Dans la maison des cachettes, un peu semblables à la cachette d'isolement de Martin, ont été découvertes, elles contenaient des armes. Pas de simples fusils de chasse, des carabines. Des couteaux aussi, de plusieurs types, des couteaux de boucherie pour tuer les animaux, les dépecer et même une dague, de celle utilisée pour donner le coup de grâce au cerf à la fin de la chasse à courre[18]. Mais aussi de la drogue. Pas en grosses quantités mais de différentes sortes. Cela changeait complètement la perspective des investigations. Un trafic de drogue avait cours à Saint-Héand.

— Nous avons fait venir la brigade cynophile. Les explorations ont été fructueuses. Elles se poursuivront aujourd'hui. On n'arrête pas de mettre sous scellées du cannabis, pas trop, des ecstasys, beaucoup, des sacs entiers, quelques pains d'héroïne pure et même de la cocaïne. Nos collègues des stups vont tenter d'en trouver la provenance. Devant de telles quantités, j'étais obligé de contacter les gars des stups.

— Qu'ils ne nous piquent pas l'enquête quand même. Nous avons des crimes à solutionner. Les stups ne passent pas bien les infos en général, s'exclama Kimbu.

[18] À retrouver dans le recueil de textes « Ainsi va la vie ! », nouvelle « Hallali en bord de Loire », 2023.

— Je comprends votre méfiance. Il y a eu des précédents. Je les ai toujours à l'esprit autant que vous. Je pense que madame la procureure, ici présente, sera vigilante et veillera à ce que nous ayons les moyens de mener à bien notre tâche. Je continue. Ce sont les Perreux qui devaient fournir le stockage des drogues dans les cachettes de leur ferme. Mais le labo est ailleurs. Question : qui venait planquer cette came dans cette banale ferme ? On a commencé de perquisitionner chez Yaya et Orlov, dont on a trouvé les empreintes et l'ADN tant chez la coiffeuse que sur la barque Millet. N'oublions pas aussi le meurtre de Gabriel Guignard complice de l'assassinat d'Hagopian. Rien de neuf sur sa bagnole, la 4008 aperçue dans les photos et vidéos contenus dans la clé USB. Un avis de recherche a été également lancé concernant ce véhicule. Il me semble que tout se passe comme si on voulait rayer de la vie certains témoins gênants du passé.

Les têtes opinèrent donnant raison à cette déduction.

Hervé reprit le fil de son raisonnement en évoquant la disparition de Margot Guignard et de son fils Bertrand pour laquelle aucun signe probant n'avait été entrevu outre les empreintes de Yaya et Orlov.

— En fait Hervé, combien de perquises sont lancées, demanda Murielle

— Plusieurs Murielle, beaucoup, beaucoup trop compte tenu de notre effectif diraient les pessimistes ! Chez les Guignard comme je viens de le dire, mais aussi chez les Millet, toujours au camping, car on a peut-être laissé passer quelque chose, chez les Perreux, chez les duettistes de la came et d'autres à venir, tu vas voir. Hier Zahiya et Bassembo ont trouvé le logement de Yaya et celui de Dimi vides. La PTS examine les lieux. La cynophile a été demandée pour aujourd'hui. Toutes les polices leur courent après. Nous avons six fuyards à retrouver en urgence : Gabin et Théo Perreux ainsi que Yaya et Dimi ainsi que deux disparitions qui sont inquiétantes, Margot Guignard et son fils. Ils sont recherchés sur tout le territoire y compris les frontières par toutes les polices de France gendarmerie comprise.

Tout le monde enregistrait les paroles du commissaire et tentait de se faire une idée du travail à fournir. Énorme !

— Si on a une affaire de trafic de drogue, qui est le caïd derrière tout ça ? demanda Stéphane Gonthier.

— Tu n'as pas oublié qu'on entend la voix de celui qui a pris les vidéos de l'assassinat d'Hagopian. Il dit des choses insoutenables. Cette voix a été reconnue par quelqu'un. Par Martin Perreux hier, dans mon bureau. Il s'agit de l'ancien toubib de Saint-Héand-sur-Cher, le docteur Franck Barre-Chaudière. Il a été également maire de Saint-Héand pendant quelque temps.

Hervé laissa l'information pénétrer tout le monde. Et enregistra les yeux grand ouverts stupéfaits de Stéphane.

— Il habite depuis quelques années dans la région Rhône-Alpes, dans les Alpes, dans le village des Houches, près de Chamonix. Nos collègues y sont allés. Personne. Cinquième avis de recherche ! Sixième perquisition ! Et oui c'est énorme. On navigue sur du vide actuellement tant que l'un d'entre eux n'aura pas été retrouvé. Et de plus ce brave toubib, caméraman à ses heures perdues, a été maire de Saint-Héand. Ce qui a pu et peut encore lui conférer une autorité certaine.

Le docteur Franck Barre-Chaudière ! Eh bien, si je pensais ça ?! En voilà un qui cachait bien son jeu. Je me suis fait avoir. Le salaud ! Et lui qui continuait à jouer les importants au village même après son mandat, un peu le sage de référence, qui soignait nos petits bobos quand j'étais enfant ! Vers qui on allait quand il y avait un peu plus de casse quand j'ai été ado. Et il me soignait gratis et ne disait rien aux parents. Tu parles d'un salaud ! Il fournissait même les préservatifs gratos également. Et dire que tous, on l'aimait bien. Voilà une révélation à laquelle je ne m'attendais pas. Je vais devoir réorienter mes recherches personnelles.

— D'accord, je m'occupe de savoir ce qu'il est devenu. Je vais visiter les archives municipales et poser quelques questions à des personnes influentes de Saint-Héand, dit Stéphane.

— Vas-y avec Mélanie, suggéra Vernier en souriant.

— Ta gueule ! s'écria Stéphane.

— C'est fini, oui ! Pas de ça ici. Je n'ai pas pris de sanction pour le moment pour l'unique raison que j'ai besoin de tout le monde pour enquêter. Alors, soyez un peu raisonnables. Plus de ça ici. C'est compris ! Je ne le répéterai pas. Au fait Stéphane, tu le connais bien ce toubib Franck Barre-Chaudière ?

— Euh… pas exactement… hésita le lieutenant.

— Tu es né à Saint-Héand mais tu n'y as pas vécu pour ainsi dire. Tes parents en sont partis quand tu étais bébé, c'est bien ça ?

— Euh… oui, oui, c'est ça, répondit-il en se levant rapidement.

****

Après avoir distribué le travail qui se composait essentiellement d'aide à Igor et à la PTS, réitération et approfondissement des enquêtes de voisinage et de nouveaux interrogatoires d'Adam Millet et de Martin Perreux dans les locaux du commissariat, la réunion se poursuivit en comité restreint comme cela avait été décidé par téléphone. La procureure se dirigea vers le bureau d'Hervé Poitevin suivi par la silhouette qui était restée dissimulée pendant la réunion. Hervé la reconnut de suite.

— Eh, bien ! Euh… Romain ! C'est toi Romain ? s'écria le commissaire. Que fais-tu ici ?

— Commissaire Poitevin, dit solennellement la procureure, je vous présente monsieur le commissaire divisionnaire Romain Chardon qui vient prendre le poste de Cécile Ménard [19] laissé vacant depuis plusieurs années. Il vaut mieux tard que jamais ! Mais je crois que vous vous connaissez bien !

---

[19] Voir « Sous le signe de la vengeance », éditions Le Lys Bleu, février 2020.

Poitevin et Chardon, Hervé et Romain. Bien évidemment, ils se connaissaient. De l'école de Police de Nîmes. Ils étaient de la même promotion et avaient de suite sympathisé, dormi dans la même piaule. Ils étaient deux excellents éléments. Ils étaient aussi à l'époque deux jeunes adultes toujours prêts à s'amuser, à faire des blagues, assister à des concerts et même en organiser. Avec le jeu des nominations, ils ne s'étaient plus revus depuis leur sortie de l'école. Ils avaient longtemps maintenu une correspondance et puis le temps passant, les échanges étaient devenus plus sporadiques puis avaient cessé. Ils tombèrent dans les bras l'un de l'autre.

— Je savais commissaire Poitevin, que cela ne vous déplairait pas d'avoir un divisionnaire pour vous débarrasser un peu de tout le côté organisationnel et des corvées administratives en vous permettant ainsi de rester plus sur le terrain, ce que vous affectionnez particulièrement. Je ne me trompe pas ?

— Vous avez totalement raison madame la procureure, répliqua Hervé. Je sens qu'on va faire du bon boulot ensemble avec Romain.

— Nous l'espérons bien, répondirent en cœur le juge Ribes et le lieutenant David Aubry.

À cinq, ils reprirent les éléments connus de l'enquête.

— Il me semble que les fibres de tissu de toile de jute trouvées dans la gorge des victimes du salon de coiffure n'ont pas été suffisamment exploitées, intervint Hervé à un moment.

— Ça vous a mené quand même à la ferme des Perreux, répondit Romain Chardon.

— Oui. Mais dans ce qui a été remué jusqu'à maintenant on n'a pas vu la toile de jute jouer un rôle prépondérant, fit remarquer Hervé. La toile de jute c'est presque toujours des sacs de pomme de terre. Il faut aller dans les champs des Perreux pour voir s'ils en font et s'ils ne les stockent pas en silo.

— C'est noté, fit le fidèle David. Mais il y avait des couteaux posés sur de la toile de jute. C'est peut-être ainsi qu'un de ces couteaux utilisés pour égorger Laurence Launeau et Gabriel Guignard a transporté des fibres de jute.

— Ça me paraît être une bonne déduction. Il va bien falloir aller se déplacer à nouveau, suggéra Romain, reprendre les interrogatoires, en faire de nouveaux. J'oserai dire, interroger tous les habitants de Saint-Héand-sur-Cher. De même aux alentours. Il faut agrandir la zone de prospection.

— Ouais, c'est un travail de Romain ça ! s'exclama Hervé.

Et les deux amis explosèrent de rire.

— Je la note celle-là, fit Antoine Ribes avec humour.

— Je veux qu'on trouve le maximum de gens pour nous parler de Barre-Chaudière. Je ne veux pas laisser le lieutenant Stéphane Gonthier seul sur ces investigations.

— Tu as des, comment dirais-je, des soupçons sur ce Stéphane Gonthier ? Sur la qualité de son travail ? demanda le juge.

— Ben, je t'en parlerai, en fait je vous en parlerai le moment venu.

— Un autre membre, disons bizarre dans la brigade, commissaire ? demanda Albane de La Grange d'Arquien. En plus de Vernier ? Pour ce dernier, j'ai le dossier sous le coude, je le transmets dès que vous le souhaiterez. Ce que ce type a dit et fait est trop grave.

— On verra plus tard si vous le voulez bien. En attendant, oui, Romain si tu pouvais te renseigner sur lui ça m'aiderait à y voir plus clair. Fermons cette parenthèse. Revenons à l'enquête s'il vous plaît. C'est ça qui est important. Je veux aussi qu'on réinterroge Rosa Cabral, la gardienne du camping. Je veux questionner l'ami de la coiffeuse, Pascal Thirion dès qu'il sera revenu de son transport en Espagne. On en sera averti par les collègues des frontières. On le bloque dès qu'il la franchit. Ça devrait avoir lieu aujourd'hui.

— Il se pourrait bien qu'il soit un des transporteurs de la drogue, dit Romain.

— En parlant frontières, j'étendrai bien les avis de recherche des deux Perreux ainsi que ceux de tes duettistes de la drogue, du toubib Barre-Machin, de Margot Guignard et de son fils Bertrand à Interpol et tout particulièrement aux frontières européennes Belgique, Allemagne, Luxembourg, Suisse, etc.

— Je le ferai, proposa Romain Chardon.

— Tout à fait, dit la procureure. Vous voilà déjà dans le bain, monsieur le divisionnaire !

— Très bien. Je pense aussi qu'il faut aller rendre à nouveau visite à la gérante du Café du Centre, une dénommée Aurélie. Je n'ai pas bien compris son nom, Duplessis je crois, bien qu'elle soit la fille de Barre-Chaudière l'ancien doc. Dans ce genre de lieu, il s'en dit des choses. Peut-être a-t-elle entendu des bribes de discussions qui pourraient nous intéresser ?

— Tout à fait, je le note, reprit David.

— On interroge à nouveau Adam Millet bien sûr et aussi Thomas Monnery.

— Le ripou de Blois ? demanda Romain.

— Tout juste. Et puis, à Saint-Héand j'ai entendu parler d'un écrivain. Un tel personnage est souvent un excellent observateur.

— Et prendre contact avec le nouveau toubib, ça ne te paraît pas utile ? Il est dans le cabinet de l'ancien Barre-Machin-truc, formula David.

— Mais avec le lieutenant David Aubry t'as un excellent second Hervé. Il ne fait pas que noter. Il émet des idées et elles sont bonnes ! réagit Romain Chardon avec un clin d'œil.

— Ça fait un sacré programme. Il faut se partager les tâches. Je participe aux interrogatoires, affirma le juge.

— Bon, vous me permettrez de me retirer, dit alors la procureure. Je vois que les idées ne manquent pas. Saisissez les bonnes, les efficaces. Je vous fais confiance. Je suis heureuse de voir que l'humour a sa place dans votre équipe. Tenez-moi au courant. Pour la presse c'est moi s'il le faut, sinon monsieur le divisionnaire fera bien sûr aussi bien. Au revoir.

— Je vous raccompagne, dit le divisionnaire en se levant à son tour.

Dès que la procureure et le divisionnaire furent sortis, le juge Antoine Ribes déclara devant ses amis quelque peu stupéfaits :

— Alors Hervé, heureux de retrouver ton ami Romain ? Tu sais que Romain est le compagnon d'Albane. Albane et Romain. Et oui ! Depuis quelques années. Elle a guerroyé pour obtenir sa nomination à Tours !

XIII
Rebondissements chez le garagiste

12 septembre journée

L'appel téléphonique arriva en fin de matinée. Le semi-remorque de Pascal Thirion venait d'être intercepté à Dantxaria juste à la sortie du pont sur la Nivelle qui sert de frontière franco-espagnole sur le territoire de la commune d'Ainhoa à l'extrémité du pays béarnais. L'arrestation avait été quelque peu mouvementée. Il avait présenté ses papiers calmement mais avait déjà paru nerveux lorsque les hommes des douanes avaient exigé qu'il ouvre les portes à l'arrière de la remorque. Il avait néanmoins obtempéré. Tout a changé quand les douaniers français s'étaient approchés avec un chien et accompagnés de policiers en armes. Il avait très vivement détalé. Il s'en était suivi une course poursuite effrénée qui avait duré plus de dix minutes. Il avait dévalé le talus et se dirigeait comme pour rejoindre la rivière. Il fallut l'intervention menaçante des forces espagnoles pour qu'il s'arrête et lève enfin les mains. Il subissait un premier interrogatoire et serait conduit vers Tours ultérieurement.

— Voilà une attitude qui cache des choses, n'est-ce pas ? demanda Poitevin au responsable du poste de police frontalière.

— Bien évidemment, lui répondit une voix avec un fort accent du Sud-ouest. On n'a pas encore fini de tout visiter, loin s'en faut, mais je pense que vous serez intéressé par nos découvertes !

La remorque contenait des piles de cartons de meubles fabriqués en Espagne. Mais dès la deuxième rangée, certaines boîtes apparurent bien plus lourdes que ce qui pouvait paraître normal compte tenu de leurs tailles. Les douaniers avaient déjà ainsi saisi des pains de cocaïne bien rangés, bien protégés enveloppés dans du plastique hermétique. Une double cloison métallique contenait de la sciure de cèdre. De quoi passer inaperçu à l'odorat d'un chien. Dans une autre boîte, ils avaient trouvé de l'argent en euros, en coupures de deux cents mais surtout des cinquante euros. Une somme déjà rondelette qu'ils estimaient à cent mille euros. Et il restait encore au moins la moitié de la cargaison à explorer !

— Belle prise ! Bon travail ! Tenez-moi au courant de l'inventaire complet quand vous aurez fini, conclut Hervé.

Pascal Thirion était donc vraisemblablement le passeur de la drogue. Peut-être pas l'unique passeur, mais un des passeurs. Restait à connaître la fréquence des transports et leur itinéraire. La drogue était bien devenue ainsi un objet central de l'enquête. Et du coup, la défunte coiffeuse, Laurence Launeau, devait être considérée comme une complice du trafic. À moins qu'elle ait été laissée complètement à l'écart par son amant, comme une oie blanche… blanche comme la poudre. Jeu de mot facile qui fit sourire le commissaire ! Cette arrestation allait aussi compliquer les relations de la brigade de la PJ avec celle des stups, tant ces derniers ont tendance à gouverner seuls, sans tenir compte des autres tenants et aboutissants d'une enquête pour meurtre et dans celle-ci meurtre s'écrivait vraiment au pluriel, meurtres !

****

Le juge Ribes avait fait conduire Adam Millet au commissariat depuis la maison d'arrêt rue Henri Martin à Tours[20] où il avait été incarcéré pour mise en examen pour son crime ou complicité de crime

[20] La maison d'arrêt de Tours, construite en 1934, a été mise en service en 1935. Sa construction a permis la fermeture de l'ancien établissement devenu trop vétuste, situé boulevard Béranger, à l'emplacement de l'actuel bureau de poste principal, en plein cœur du centre-ville.

à l'encontre d'Achod Hagopian. Il fut interrogé par Poitevin accompagné de la lieutenant Murielle Daulincourt. En fait, les deux policiers n'eurent que bien peu de réponses à leurs questions. Adam Millet avait trouvé une défense idéale. Il accusait Gabriel Guignard de l'avoir entraîné, c'était Gaby qui avait utilisé sa voiture, il n'avait été présent que par obligation, de peur de subir un mauvais sort lui aussi. C'était facile de charger un mort ! De plus, il ne battait jamais sa femme, c'était une menteuse qui avait bien abusé de lui en l'épousant. Quant au trafic de drogue, il n'en n'avait jamais entendu parler ! Bien sûr il savait que des jeunes fumaient de temps en temps. Il avait cité le nom de Bertrand Guignard. Décidément il en voulait beaucoup à la famille du boulanger !

— Bon, monsieur Millet, retournez méditer dans votre cellule. Pensez que certaines personnes vont témoigner contre vous et que votre système de défense va s'écrouler. Votre intérêt est vraiment de nous dire la vérité. Réfléchissez-y.

Hervé termina ainsi rapidement l'interrogatoire car un appel d'urgence le concernait. Stéphane Gonthier et Mélanie Charmoy s'étaient chargés de questionner Ethan Takessian marchand de cycles à Saint-Héand. Leur démarche s'était mal déroulée et Mélanie venait d'être blessée.

****

Stéphane et Mélanie arrivaient à Saint-Héand. Il gara le véhicule, gyrophare bleu activé à quelques centaines de mètres du carrefour où était situé le magasin de cycles. Il stoppa la sirène. Stéphane est un policier qui aime bien en « mettre plein la vue » et bien faire ressortir qui il est. Peut-être pense-t-il ainsi se donner de l'importance ?

— Bon, Mélanie, je te laisse y aller au début…, commença Stéphane.

— Tu ne viens pas ?

— Si, si, j'arrive, juste une minute pas plus. Je dois voir quelqu'un avant. Je t'y rejoins de suite après. Ce n'est pas compliqué. Tu en es capable. Allez vas-y ! Je dirai à Poitevin que c'est toi qui as conduit l'interrogatoire complètement. Vas-y.

En fait Stéphane était stationné devant la grande bâtisse de l'écrivain. Il sonna. Daniel Sian l'invita à entrer. Après l'échange de convivialités, Stéphane questionna l'écrivain.

— Dis-moi, Daniel, est-ce que tu te souviens d'un problème grave qui est intervenu dans la bande dont tu me rappelais l'existence la dernière fois ?

— Qu'est-ce que tu entends par problème grave ?

— Ben, euh…

— Oui, sois plus précis. Tu restes avec moi pour manger à midi ?

— Non, je ne peux pas, je suis en mission, au boulot. On doit interroger le marchand de cycles, le dénommé Takessian. Tu connais ?

— Pas plus que ça. Je lui ai acheté mon vélo électrique. Il est bien sympa et compétent.

— C'est un Arménien aussi, comme Hagopian ? Il est de sa famille ?

— Stéphane, je t'arrête de suite. Ça, ce sont des questions de policier en mission. Or ce n'est pas pour m'interroger que tu es venu à Saint-Héand aujourd'hui. Alors je ne réponds pas à un policier comme ça, sans circonstances bien identifiées.

— Hein… qu'est-ce qu'il t'arrive ?

— Les autres fois, tu n'étais pas au travail. C'était des discussions entre citoyens de la même ville. Ce n'est pas pareil, tu comprends. Il ne faut pas tout mélanger le boulot et, disons, les relations amicales, tu comprends que…

Daniel Sian n'eut pas le temps d'achever sa phrase. Un coup de feu venait de retentir très proche. Stéphane appela de suite plusieurs fois.

— Mélanie ? Mélanie ? Réponds ! Mélanie, réponds !

Puis en partant de façon précipitée, il lança à Daniel Sian.

— Téléphone aux pompiers, au Samu, vite, nom de Dieu, vite !

Et il courut jusqu'au magasin.

Mélanie Charmoy était étendue sur le dos, une tache rouge sous l'épaule gauche presque dans la région du cœur. Agenouillée près du corps se trouvait Ethan Takessian, prostré, à genoux, l'arme de la policière dans sa main droite. Stéphane le bouscula et plaça deux doigts sur la carotide de sa coéquipière. Le pouls battait. Elle était encore bien vivante mais il fallait vite stopper l'hémorragie. Il releva le marchand de vélo par les épaules. Il était complètement hébété. Il saisit l'arme entre deux doigts et la plaça sur un bureau voisin. Les mains d'Ethan Takessian étaient pleines de sang.

— Pourvu que les secours arrivent vite, dit-il enfin. Ce n'est rien Mélanie. Ce n'est rien. Tu vas t'en sortir. Mélanie reste avec moi !

— Ce n'est pas moi, bredouillait inlassablement Ethan Takessian.

— Ce n'est rien Mélanie. Tu vas être bien soignée. Pardonne-moi Mélanie, pardonne-moi. Bats-toi Mélanie, je t'en prie. Le Samu va être là d'un instant à l'autre.

— Ce n'est pas moi ! répétait Takessian sans cesse.

Stéphane lui passa les menottes et sortit quelques instants du magasin repousser tant bien que mal la foule des curieux qui commençait à se masser devant, interrompant même la circulation qui ne put retrouver de sa fluidité que grâce à l'intervention de la police municipale.

Le Samu le trouva agenouillé près de Mélanie, lui tenant une main. Puis tout alla très vite avec les toubibs et infirmiers urgentistes et leurs gestes professionnels qui sauvent tant de vies. Mis en PLS, premiers diagnostics et ordre médicaux, perfusion, piqûre, compresses, levée délicate du corps et sirènes de l'ambulance emmenant Mélanie Charmoy vers les urgences de l'hôpital Trousseau à Chambray-les-Tours.

— Mais qu'est-ce qu'il s'est passé ? demandait-on dehors. Qui est blessé ? Encore des histoires chez nous ? Ça fait beaucoup ! Ça fait trop ! Que fait la police ? C'est l'Ethan qui a fait le coup ? Faut vraiment se méfier des étrangers, c'est malheureux à dire ! Hein ? Tu dis ? Elle est morte ? Pauvrette. Une fliquette ? C'est affreux…

Le galimatias des opinions de la rue fait vraiment douter de la fiabilité des témoignages !

Dès l'arrivée de la brigade, la place dans le magasin fut occupée par Igor Pogorski, Sylvain Delanoue et la scientifique arrivés en toute hâte et prioritairement puisque l'une de leurs collègues était la victime. Tous ces hommes avaient été mis à forte contribution depuis quelques jours et avaient pris bien peu de repos. Néanmoins cela ne nuisait en rien à la qualité de leur travail qu'ils accomplissaient avec toujours la même précision, la même méticulosité. Ils savaient que souvent c'est à partir des indices qu'ils révélaient que des pistes pouvaient conduire à la solution des énigmes, à l'arrestation des coupables. Et Igor, Sylvain et leurs collègues étaient parmi les meilleurs de la Police Technique et Scientifique. Ils savaient que c'était durant les premières heures qu'ils recueillaient les meilleurs indices exploitables.

Les autres policiers conduisirent une enquête de voisinage. Le seul témoignage exploitable fut repris par plusieurs personnes ayant entendu une moto s'arrêter puis repartir, après le coup de feu, ils étaient formels.

Au commissariat la première personne convoquée dans son bureau par Hervé Poitevin ne fut pas le marchand de vélos. À la surprise de beaucoup, il demanda après Stéphane. Le divisionnaire Romain Chardon assistait à l'entrevue.

****

— Stéphane, plusieurs personnes ont dit qu'ils t'avaient vu courir vers le magasin quelques minutes après le coup de feu. Qu'as-tu à dire à ça ?

Stéphane semblait n'avoir rien à dire. Hervé insista.

— Tu n'étais pas avec Mélanie dans le magasin.

Silence.

— Tu as intérêt à nous répondre, Stéphane. Pourquoi n'as-tu pas accompagné Mélanie chez le marchand de vélos que vous deviez interroger ? Tu es son supérieur. Tu devais être là avec elle, intervint le divisionnaire.

— Euh. Il ne faut pas m'en vouloir chef, répondit timidement Stéphane Gonthier. J'ai cru bien faire.

— Bien faire ? questionna Hervé surpris.

— Oui, j'ai pensé que ça lui donnerait de l'assurance de conduire elle seule cet interrogatoire. Elle meurt d'envie de prendre des responsabilités. Elle veut devenir major.

— Les témoignages confirment aussi que lorsque tu as couru vers le magasin tu ne sortais pas de ta bagnole mais d'une maison. Qui es-tu allé voir sans m'en avertir ? Dis-le-moi, même si je sais de qui il s'agit. Daniel Sian, l'écrivain. J'ai deviné n'est-ce pas ?

— Oui.

— Pourquoi ?

Gonthier ne répondit pas. Poitevin haussa les épaules avant de reprendre.

— Stéphane, tu me sembles être un bon flic. Mais tu agis comme un solitaire. Je n'aime pas ça. Ce n'est pas la première fois que je t'en fais la remarque. Tu ne fais pas passer l'info au groupe, à l'équipe. Tu gardes pour toi des éléments importants. Tu t'en souviens ? Chaque fois que tu peux ne pas te préoccuper des intérêts de l'équipe, tu le fais. Une mission, ça se fait en équipe. Vous étiez une équipe, Mélanie et toi. Nom de Dieu, Stéphane, tu sais ce que c'est une équipe ? Chacun veille sur l'autre. Tu as manqué à ton devoir le plus fondamental. Protéger Mélanie. Et maintenant, elle lutte, entre la vie et la mort. Par ta faute. Tu as failli aux règles internes de l'institution. Je me dois de te sanctionner, je ne puis faire autrement aujourd'hui avec ce qui vient d'arriver. Et il y a récidive dans ton attitude. Je fais un rapport accompagné d'un blâme et je te mets trois jours à pied pour une exclusion temporaire de fonction. Rends-moi ton flingue et ta carte s'il te plaît.

— Tu as quelque chose à dire Stéphane ? demanda encore le divisionnaire Chardon qui conclut l'entrevue. Donne ton arme et ton insigne. Pose aussi ton portable. Pas de communication avec qui que ce soit. Pendant ces trois jours, tu es interdit d'enquête. Complètement. Je ne veux en aucune circonstances te retrouver dans nos pattes. C'est bien compris. Va te balader, dans les champs, ailleurs, où tu veux, mais hors de la zone d'investigation. À Saint-Héand tu restes cloîtré chez toi. Interdiction absolue de te promener et pire de discuter avec quiconque.

Ce dernier opina de la tête et se leva sans rien dire. Il entendit Hervé pousser un profond soupir. Le commissaire n'aimait pas du tout devoir prendre des sanctions à l'égard de ses hommes.

****

Hervé n'eut pas le loisir de rejoindre David et Zahyia qui poussaient Ethan Takessian à donner sa version des évènements durant lesquels Mélanie avait été blessée. On avait appris qu'elle était au bloc en cours d'opération et que les toubibs réservaient leur diagnostic. Sébastien Martineau commandant la section des stups de Tours l'appelait.

— Salut Poitevin ! J'ai quelque chose que j'aimerai que tu viennes voir ! Ça pourrait t'intéresser !

— Salut Martineau. Tu m'intrigues. Mais j'espère que c'est du costaud parce que tu sais, pour le moment je suis un peu occupé…

— … et préoccupé ! Je sais. Ça s'accumule chez toi ! Je suis sur la D88 après Saint-Genouph, un peu avant Berthenay, au lieudit La Fouquerie, une maison en contre-bas de la départementale. C'est un peu grâce à toi que je suis là-bas. À cause de ton avis de recherche d'une 4008. J'en ai une devant les yeux. Et c'est bien la tienne ! Celle que tu recherches. T'as de la chance ! Dis-moi merci !

— Merci vieux, ça c'est effectivement une bonne nouvelle. Dis-moi, il y a quelques années tu avais bien réalisé une saisie importante à La Fouquerie déjà ?

— Tu as bonne mémoire ! Mais je ne t'ai pas précisé certains points importants concernant la 4008. Elle est planquée derrière la maison. On ne pouvait pas la voir de la levée de la Loire. La maison est intéressante aussi. Du moins pour moi. Elle a été bien modifiée depuis la prise que tu rappelais. C'est un beau labo ! Il y a tout ce qu'il faut pour réaliser ce qui se fume, s'avale ou s'injecte. Un vrai régal pour moi. Sans ta 4008, on aurait mis du temps pour supposer qu'ils étaient suffisamment cons pour revenir aux mêmes lieux.

— Bon, et bien, je vais faire chercher cette bagnole qu'on la passe au peigne fin.

— Non, Hervé, elle reste là. C'est toi qui te déplaces. Les renseignements que tu pourras en tirer m'intéressent également.

— M'enfin, compte sur moi, je te les communiquerai.

— Non, Hervé, je dois te préciser que ta 4008 est cramée et qu'il y a un macchabée dedans ! finit par dire Martineau de façon narquoise.

Poitevin resta quelques secondes surpris par la découverte que lui annonçait son collègue mais surtout consterné par la façon dont ce dernier collaborait avec mépris avec la PJ.

— Eh bien Hervé, ça te coupe le sifflet. Tu vois on va faire de grandes choses ensemble. Ramène-toi ici avec ton grand Igor et sa bande d'hommes en blancs qui font penser à des cotons tiges !

— Ok, on arrive, répondit Hervé en respirant pour se détendre un peu.

Décidément le commissaire soupirait souvent ce matin !

****

« J'étais accroupi près de la roue avant d'un vélo électrique dont le pneu était à plat. C'est celui de monsieur le Maire. Alors on y fait attention, pas plus que pour les autres clients mais c'est manière de dire. J'ai entendu la sonnette que déclenche l'ouverture de la porte, je me suis relevé et retourné. J'ai vu la dame qui m'a tendu sa carte rayée en bleu, blanc, rouge. Je lui ai dit :

— Bonjour madame, que puis-je pour vous ?

Parfois j'ai les gendarmes qui viennent pour des vols de vélos, j'ai les registres de codages, alors je les leur donne. Je n'étais pas surpris. Je croyais que c'était pour ça. Elle s'est placée au fond du magasin contre les vélos, les motos, car j'en vends aussi quelques-unes même si je suis plus spécialisé en vélos.

Elle m'a dit qu'elle venait m'interroger au sujet des différents meurtres qui avaient eu lieu.

Je lui ai répondu :

— J'ai déjà été interrogé par vos collègues et je leur ai déjà tout dit.

En fait que je n'ai rien vu ni entendu. Comprenez, je vis à Challes. Donc le soir et aussi la nuit je ne suis pas là. À Saint-Héand, j'ai que le magasin.

— Elle m'a demandé « Vous connaissiez Jules Pérez ? ».

— Oui, bien sûr, j'aimais bien le Jules, il était gentil. Je réparais parfois son vélo gratuitement contre un peu de poissons qu'il pêchait.

— Mais le connaissiez-vous d'avant ? a-t-elle insisté.

J'allais lui répondre quand on a entendu le bruit du moteur d'une moto puis la porte a été ouverte violemment. Moi je faisais dos à l'entrée alors je me suis retourné pour voir qui venait d'entrer. J'ai vu une silhouette noire avec son arme, son flingue braqué sur moi. J'ai plongé par terre au même moment où il tirait. Ça a fait un bruit effroyable ! Et j'ai vu votre collègue s'effondrer en arrière sur les vélos alors que le type sortait. J'ai entendu la moto redémarrer en trombe.

J'ai alors été vers votre collègue qui gémissait. Je l'ai aidée à sortir de l'enchevêtrement des vélos qui s'étaient écroulés sous elle et je l'ai allongée sur le sol. Je l'ai touché forcément, voilà pourquoi j'ai eu du sang sur les mains. Je me suis agenouillé pour récupérer son arme qui avait glissé sous les vélos. Elle avait sûrement eu le réflexe de la sortir. Puis son collègue est arrivé, m'a passé les menottes. J'ai compris que tout m'accusait. Mais ce n'est pas moi, je le jure. C'est le type à la moto.

À la question : pouvez-vous décrire plus précisément l'individu qui a, selon vous, tiré sur la brigadière Mélanie Charmoy, le suspect répond :

Je n'ai vu qu'une silhouette complètement noire, de la tête au pied, avec un casque noir. Taille moyenne plutôt.

À la question : homme ou femme ? il répond :

Je ne sais pas trop. Du fait de la taille plus fine, ça pourrait être une femme, mais ça peut être un homme de petit gabarit. Je pense aussi que la moto est une Suzuki. Oui, je vends quelques motos ici et je connais assez bien les bruits de moteurs. Les clients sont sensibles à ça. Je dirai même une Suzuki Katana. De la grosse cylindrée. Une belle bécane. Je n'ai pas vendu de tels engins ici.

À la question : Est-ce tout monsieur Takessian ? Le suspect a répondu : quelques instants après le départ de la moto du tireur, une autre moto est passée devant le magasin en faisant rugir son moulin aussi.

Pouvez-vous décrire le motard.

Ils étaient deux. Devant cette fois je suis sûr c'était une femme, il y avait des cheveux qui sortaient du casque. »

— Voilà, je vous ai relu votre déposition de l'interrogatoire que la lieutenante Daulincourt a conduit tout à l'heure. Monsieur Takessian. Êtes-vous d'accord avec ? Ne voulez-vous rien ajouter ? demanda le major Bassembo Dioakhoumpa surnommé affectueusement Bass.

— Non, c'est ça, ça s'est passé comme ça. Je le jure que ce n'est pas moi, répondit Ethan Takessian.

— N'ayez plus de crainte monsieur Takessian. Nos services de police scientifique ont analysé la balle extraite de son omoplate gauche et qui est passée très proche de l'oreillette gauche de son cœur. La balle qui a frappé notre collègue Mélanie Charmoy ne provient pas de son arme que vous teniez en main et qui n'a pas été utilisée. Aussi vous êtes libre. On va vous ramener à Saint-Héand dans votre magasin. Bonne fin de journée monsieur. Merci de votre témoignage. Vous restez bien sûr à notre disposition.

— Je suis soulagé ! Merci beaucoup. Comment va votre collègue ?

— Elle vient d'après ce que je sais, de sortir du bloc opératoire. On croise les doigts.

— Je souhaite de tout cœur qu'elle s'en tire.

— Merci monsieur. Au revoir.

Au moment où Ethan Takessian se levait, il toussota pour attirer l'attention de Murielle Daulincourt.

— Euh, voilà, j'étais sous le choc, je n'y pensais plus. Mais il me semble que je vous ai entendu parler avec un de vos collègue, dans le couloir, de la disparition de quelqu'un que j'ai connu quand il était enfant.

— De qui parlez-vous ?

— D'Achod Hagopian.

— Veuillez vous asseoir à nouveau monsieur, s'il vous plaît. Et qu'avez-vous à nous dire à ce sujet que vous n'avez pas déjà confié à mes collègues ?

Ethan Takessian raconta qu'il était voisin des Hagopian à Noizay et qu'il était devenu le parrain du bébé à la demande de ses parents. Il avait vu grandir le jeune Achod. Il décrivit la vie de cette famille. Sa narration n'apportait rien de neuf, elle confirmait ce que Stéphane Gonthier avait donné comme informations. Il indiqua qu'Achod et lui se téléphonaient régulièrement pour se donner des nouvelles. Mais lorsqu'Ethan en arriva à la crise avec le procès fait aux Perreux et à la disparition d'Achod, il révéla que ce dernier lui avait écrit une dernière lettre qu'il gardait bien cachée au magasin. Il indiqua que, suite à ce courrier, c'était pour se rapprocher de Saint-Héand-sur-Cher qu'il s'était formé à la vente et à la réparation de cycles.

— Merci monsieur Takessian. Il faudra que vous nous remettiez cette lettre, sûrement la dernière écrite par Achod Hagopian..

****

À la Fouquerie les hommes d'Igor Podgroski avaient des difficultés à aller et venir comme ils le souhaitaient. Les lieux internes de la maison leur étaient interdits sous prétexte que les stups étaient prioritaires dans de tels lieux. Et même sur les extérieurs, ils avaient des problèmes pour conduire à bien leurs investigations. Difficile en effet de mouler des traces de pneus lorsque le sol est piétiné par l'incessant va-et-vient des hommes des stups.

— Nom de Dieu, mais vous le faites exprès. Vous marchez partout. Vous ne voyez pas qu'on relève des empreintes là, tempêta Igor.

— Oh le capitaine, calme-toi, intervint Sébastien Martineau. Ici on est dans un labo de came. Tu vois. Tu sais ce que c'est la came ? Ça concerne d'abord les stups. Alors prio pour nous. On prélève môssieur. Compris ?

— Tu me prends pour un con ? s'exclama Igor. Je vais t'apprendre qu'ici il y a eu un homicide. Il faut déterminer de qui il s'agit, comment il est mort et tout ça, c'est le boulot de la PJ mec. T'as vu la gueule du mort. Ce n'est pas simple de trouver de bonnes traces d'ADN, tu sais. Nous il ne suffit pas de jouer les gros bras et les grandes gueules. Alors tu nous laisses faire notre boulot dans les meilleures conditions. Donc tu dégages de nos pattes. Débarrasse le plancher !

— La gueule, c'est toi qui vas la fermer. T'as pigé ! T'as intérêt. On passe d'abord, tu auras les restes, ça suffira pour ton petit cerveau.

Poitevin se sentit obligé d'intervenir.

— Martineau, tu arrêtes. Igor on se calme. Chacun a son boulot et peut et doit le faire sans gêner l'autre. Un peu de respect s'il vous plaît ! Martineau, si tes hommes trouvent quelque chose d'exploitable pour nous, je compte sur ta générosité légendaire, n'est-ce pas ? Je compte bien pouvoir rapidement entrer dans la baraque, tu vois. Je veux tout savoir du cadre où le meurtre a eu lieu. Si on a des éléments sur qui venait ici, qui est venu récemment, tu les auras.

Poitevin fut content de pouvoir rentrer chez lui se détendre un peu. La journée avait été rude. Mélanie avait été opérée avec succès mais placée en coma artificiel pour lui permettre de recouvrer ses facultés plus vite. Pauvre Igor sollicité de toutes parts qui demain devrait livrer les résultats de ses investigations de La Fouquerie ! Et puis il avait dû sévir contre Stéphane Gonthier, un de ses hommes et il n'aimait pas du tout ce genre de devoir qui échoit au commandement.

Malgré l'insistance d'Isabelle, il ne lui parla que de la blessure de Mélanie et des sanctions qu'il avait prises à l'encontre de son nouveau lieutenant. Isabelle sentait bien que cela contrariait beaucoup son compagnon. Ils parlèrent de la difficulté de gérer l'humain car dans toute institution c'est ce côté-là qui est le plus délicat. Hervé réaffirma qu'il souhaitait en savoir plus sur son collègue.

— Il habite Saint-Héand, insista-t-elle. Il connaît des gens là-bas ?

— Sûrement. Même s'il n'y a pas vécu longtemps d'après ce que son CV m'a appris. Mais certaines des infos qu'il a fournies très rapidement ne me semblent pouvoir provenir que de personnes qu'il a déjà rencontrées ou rencontre chaque jour ou presque. Par exemple il est allé voir plusieurs fois un écrivain. Un auteur de romans policiers.

— Oui, Daniel Sian, dit Isabelle. De bons bouquins en effet. Il commence à se faire un nom. Eh bien, va le voir ! Daniel Sian pourra te dire, même à demis mots, même indirectement, comment Stéphane Gonthier lui est apparu. Laisse un peu de paperasserie à ton copain Romain Chardon maintenant que tu as un divisionnaire ; tu en as suffisamment réclamé un au départ de Cécile Ménard. Va voir Daniel Sian dès demain matin… et fais-moi dédicacer un de ses romans !

XIV
Du roman ou des vérités ?

13 septembre

Igor Podgorski avait bien travaillé à La Fouquerie et relevé des traces édifiantes. Il y avait bien sûr quelques traces de pneus provenant indubitablement de la voiture, de la 4088 dont Gabriel Guignard avait été le propriétaire, le numéro de série en témoignait. Mais également le sol présentait, surtout près de la voiture, des traces de pneus de motos, deux motos assez lourdes donc plutôt du genre puissantes bécanes. L'une d'elles serait-elle impliquée dans l'attaque du magasin de vélo ? Il y avait de fortes chances.

À l'intérieur de la maison, le capitaine avait eu beaucoup de mal à extraire des traces édifiantes. Les hommes des stups avaient pourri la scène de crime par leurs piétinements incessants. Néanmoins à force de persévérance, tard dans la nuit, il avait rapporté au laboratoire de la scientifique des éléments qu'il avait cherché à identifier de suite, quitte à passer une nuit blanche supplémentaire. Sur le chambranle extérieur de la porte du garage où était dissimulé le labo du chimiste travaillant pour le trafic de drogues, il avait saisi un fragment d'ADN qui s'était révélé appartenir à Dimitri Orlov. La piste était donc bonne. Mais ce n'était pas la seule perle des découvertes d'Igor. La pièce principale devait servir de cuisine, salle à manger mais aussi dortoir. Sur les matelas posés à même le sol en carrelage, les traces d'ADN ne manquaient pas. Quelques-unes ont matché de suite avec celles contenues dans le fichier de la police. Igor fit un inventaire qui pour ne pas être exhaustif, il laissait Sylvain continuer son travail, contenait des trésors de révélations. C'est ainsi qu'on pouvait affirmer que La

Fouquerie avait vu passer dans ses locaux outre Dimitri Orlov, Hassan Yahiaoui, le duo d'inséparables du trafic de drogue, mais aussi l'ADN de Margot Guignard et de son fils Bertrand. Les deux avaient pu être séquestrés ici dans ce bâtiment à l'écart des regards, en contrebas de la levée de la Loire, peu avant son confluent avec le Cher. Igor pouvait aller prendre du repos pendant quelques heures. Son travail avait permis d'obtenir des informations essentielles permettant d'échafauder des hypothèses plausibles sur les personnes qui avaient séjourné en ce lieu.

Le corps calciné avait été difficilement extrait du véhicule et apporté au légiste Julien Gérard en début de nuit. Il n'aimait vraiment pas ce type de cadavre charbonné. Et c'était le deuxième qu'on lui amenait en peu de jours ! Mais opiniâtre et méticuleux, il finit par trouver ce qu'il voulait et bondit au laboratoire le pressant d'identifier l'ADN qu'il avait mis à jour. Il resta sur place pour récupérer l'information dès qu'elle serait connue. C'est pour cette raison qu'il téléphona à Hervé Poitevin très tôt le matin, avant le lever du jour, réveillant ainsi son ami commissaire.

— Non, mais t'as vu l'heure Julien. Tu ne pouvais pas attendre ? Maintenant, t'as réveillé Isabelle ! fit Hervé d'une voix pâteuse.

— Tu ne vas pas regretter d'avoir décroché, répondit Julien d'un ton enjoué.

— Vas-y, j'espère que ça vaut le coup, sinon t'en seras quitte pour une bouteille de Saint-Nicolas de Bourgueil, accouche mon Julien, que je voie si je me recouche en te maudissant pour l'éternité ou si je saute dans mon froc.

— Le macchab de la 4008, ça t'intéresse de savoir qui s'est ?

— Accouche et fais vite.

— Hassan Yahiaoui. C'est lui qui a cramé dans la bagnole. Ça te la coupe hein ? T'es toujours là ?

— Merci Julien. Ça c'est de l'info. T'as eu raison. Mais t'as fait super vite. Comment t'as fait ?

— J'ai euh… disons, un peu pressé les choses, euh… un peu harcelé les gens du labo… un peu beaucoup même. Ils veulent se plaindre auprès de la proc. Je compte sur toi pour dire que c'était pour la bonne cause. Tu l'auras ton Saint-Nicolas.

— Merci Julien. On se voit tout à l'heure alors.

— Mais t'es pressé ou quoi. Je n'ai pas fini ! Yaya, il était déjà mort quand il a grillé.

— Hein ?

— Oui môssieur le commissaire ! Mort avant de cramer. Une balle en plein cœur. Un gros trou.

— Parfait. En plein cœur. Ok, ok. T'as réussi à la retrouver cette balle ?

— Oui, sur le plancher du coffre. Elle avait dû aller se loger dans le coussin du dossier d'un siège arrière et est tombée quand ça a cramé.

— Euh… et…

— T'aimerais bien savoir si elle ne serait pas identique avec celle qui a blessé Mélanie ?

— Et alors ?

— Gagné ! Identique. Même type de munition, même arme ! Bingo !

— T'as des nouvelles de Mélanie ?

— Qu'est-ce que tu crois, il y même pas une heure en sortant, je suis allé à Trousseau. On m'a donné des nouvelles qui sont rassurantes. Toujours dans le coma mais très stable, toutes les fonctions ont l'air de marcher.

— Merci Julien, t'es super !

— T'en doutais encore ? fit Julien en éclatant de rire.

— Merci encore. On se voit en réunion ce matin, alors à tout à l'heure.

— Oui. Mais en fin de matinée seulement pas plus tôt. Avant je récupère. Je viens d'arriver chez moi. Moi je n'ai pas réveillé Marie. Je vais dormir un peu. Igor fait de même. Au fait je crois qu'il a aussi de belles révélations à t'exposer. Ciao. Bises à Isa !

****

— Merci monsieur Sian de m'accueillir. Ma visite est professionnelle. Je voudrais avoir votre témoignage sur les évènements qui ont secoué la ville de Saint-Héand depuis quelques jours.

— Je m'y attendais. Asseyons-nous, nous serons quand même mieux pour échanger.

— Monsieur Sian, je vous présente la major Zahiya Sassi qui m'accompagne aujourd'hui. Mais vous avez déjà eu la visite d'un de mes hommes, je crois, commença le commissaire Poitevin.

— Vous avez entièrement raison. Votre collègue, qui s'appelle Stéphane Gonthier, habite à côté de chez moi et c'est un nouveau résident pour notre ville. J'ai cru sentir qu'il était un peu isolé au début et c'est ainsi que j'ai lié conversation avec lui. Nous avons même discuté ici, dans ce salon, autour d'un verre de whisky. Mais il n'était pas en mission, je vous rassure, répondit l'écrivain en riant. Je n'ose vous proposer de partager un verre puisque vous, vous êtes en mission. Posez-moi toutes vos questions commissaire, j'y répondrais le plus honnêtement possible.

Hervé commença par questionner sur le meurtre de Jules Pérez. Pour Daniel, Jules était un homme serviable, qui avait eu de gros problèmes avec son employeur, Gabin Perreux. Cela avait beaucoup remué la ville, la partageant en deux clans inégaux. D'un côté ceux, les plus nombreux, qui aveuglément soutenait les Perreux pour des raisons de rayonnement économique local et de l'autre ceux qui étaient indignés par les méthodes féodales des Perreux à l'égard de leurs ouvriers agricoles. Les antagonismes avaient atteint leur paroxysme lorsque la gendarmerie était venue arrêter Gabin Perreux le patriarche suite aux éléments fournis par Achod Hagopian. Daniel Sian détailla comment les Perreux avec l'appui du maire de l'époque, Franck Barre-Chaudière, menaçaient ceux qui refusaient de témoigner en leur faveur.

— C'est qu'au village on ne voit pas souvent de grève, ce n'est pas dans les habitudes locales de se rebeller. Pourtant dans ce cas il n'y avait plus que ça pour exprimer sa colère d'être à ce point maltraité.

Dire qu'il y avait encore une majorité de saint-héandais qui prenait parti pour le viticulteur. C'est honteux je trouve, mais c'est comme ça ici. Si vous tentez de toucher aux notables, la mairie a toujours soutenu le clan Perreux, les gens vont se fermer, comme des huitres. Encore aujourd'hui l'affaire met les nerfs à vif.

— Et vous pensez que la mort horrible de Pérez est liée à ces évènements ?

— Comment pourrait-il en être autrement, commissaire ? Et la disparition, disons-le ainsi, soudaine d'Achod Hagopian reste un mystère qui a bien arrangé les choses. Mettez-vous alors à la place de Pérez. Il devait penser à sauver sa peau d'abord. Il n'a rien dit, il a fermé sa gueule. Heureusement il avait Rosa avec lui. Une très brave femme. L'avez-vous interrogée commissaire ?

— Oui, certains de mes collaborateurs l'ont fait.

— Elle parle rarement aux gens quand ils ne sont pas de ses amis. Et devenir ami avec elle coûte du temps. Si j'étais vous, excusez-moi de vous donner une sorte de conseil, mais je retournerai la voir. Il faut savoir la mettre en confiance d'abord avant d'aborder les questions plus directes. Elle sait des choses, des choses que Jules lui a dites sur l'affaire Perreux et qu'elle devait conserver secrètes. Maintenant que Jules est mort, peut-être acceptera-t-elle de les dévoiler. Ça devrait vous intéresser.

— Vous, vous les connaissez ces révélations de Jules Pérez ? demanda Zahyia intriguée.

— Non. Un jour, le lendemain de la mort de Jules, alors que je lui présentais mes condoléances, lorsque je l'embrassais, elle a murmuré à mon oreille que Jules lui avait confié un secret, un lourd secret qui ferait l'effet d'une bombe s'il était mis sur la place publique et permettrait à la police de trouver le coupable.

— Merci de ce conseil, nous irons revoir madame Cabral. Vous connaissez bien vos concitoyens, vous les avez observés.

— L'observation est comme une seconde peau pour moi. C'est grâce à toutes les choses que j'observe que je peux réaliser mon métier d'écrivain. Alors, effectivement parfois, je prends le rôle de confesseur sans toutefois vouloir avoir une oreille indiscrète !

— Je pense alors que vous partagerez mon avis qu'actuellement il se déroule à Saint-Héand une succession de meurtres horribles en un laps de temps restreint. Un peu comme si une réserve d'eau s'était accumulée dans un ballon de baudruche et que d'un coup, par un évènement particulier, la baudruche vienne à céder.

— J'aime bien votre métaphore ! dit Daniel Sian avec un clin d'œil. En effet mais quel est cet évènement particulier ? C'est ça ce que vous cherchez à savoir ? Et bien j'ai quelque chose pour vous, que j'ai gardé pensant qu'un jour vous viendriez m'interroger.

Daniel Sian se leva, alla vers un secrétaire dont il abaissa le battant, ouvrit un petit tiroir et en sortit une enveloppe. Il revint s'asseoir et la tendit à Hervé qui ne la saisit pas.

— Excusez-moi, est-ce que cette enveloppe peut devenir un élément important pour l'enquête, une pièce à conviction ?

— Possible en effet, répondit Daniel Sian.

Alors Hervé sortit un gant en latex bleu de sa poche et prit l'enveloppe. Juste le nom du destinataire. « Daniel SIAN » avait visiblement été écrit à l'aide d'une imprimante informatique. Hervé l'ouvrit lentement et en sortit une feuille de format classique pliée en trois. Une fois déployée, Hervé put lire l'inscription « LES REVELATIONS SUR LES MEURTRES IMPUNIS VONT BIENTOT COMMENCER. GARE A TOI LE VENGEUR EST REVENU ». Il s'agissait d'une photocopie d'un texte constitué de lettres découpées dans des journaux. Hervé laissa passer quelques minutes de silence.

— Ce n'est que maintenant que vous nous donnez un tel document ? Comment l'avez-vous reçu ? Quand l'avez-vous eu ? commença Zahyia.

— Dans ma boîte aux lettres, le matin de la veille du meurtre de Jules Pérez. J'ai pris ça pour une plaisanterie ne voyant pas de quels meurtres il pouvait bien s'agir. Je comptais le donner dès qu'un policier viendrait m'interroger.

— Et c'est la première fois qu'on vous interroge ?

— Tout à fait.

— Et Stéphane Gonthier ?

— Mais il n'était pas en mission, je ne le recevais pas en tant que policier !

— Vous auriez dû le communiquer à la police dès le premier jour ! Pourquoi pensez-vous avoir reçu un tel courrier ?

— Aucune idée ! Je n'ai participé à aucune exaction ! Je le jure !

— Connaissez-vous d'autres destinataires à un courrier semblable ? demanda Zahyia.

— Oh oui ! J'ai entendu des choses semblables qui se murmuraient, se chuchotaient au marché, dans les rues. Tout à fait. Je ne sais pas s'il s'agissait vraiment du même texte. Je ne sais pas exactement non plus qui a reçu un courrier de cet acabit et qui ne l'a pas eu.

— Mes collaborateurs n'ont jamais eu vent de tels enveloppes ! C'est surprenant ! Les gens interrogés n'ont-ils pas été destinataires alors ?

— Ou bien ont-ils quelque chose à cacher, voire à se reprocher ? continua Daniel Sian.

— Peut-être ? Vos remarques semblent toujours écrites comme un texte de polar n'est-ce pas ? C'est de la déformation professionnelle ! Merci pour ce premier contact. J'aurai l'occasion de revenir.

Hervé se leva pour prendre congé avec le précieux document. Il fulminait. Il aurait dû lui être confié il y a bien longtemps. Sur le seuil il se retourna.

— Euh… ça n'a rien à voir mais on m'a parlé d'une bande plus ou moins joyeuse, qui a sévi ici il y a quelques années en arrière. Je ne sais pas pourquoi mais j'aimerais que vous m'en disiez plus. Y a-t-il une corrélation entre les évènements du procès Perreux et cette bande ? Ou pas ? Pouvez-vous m'en parler ?

— Rentrez à nouveau. Je vais vous raconter ce que je sais, ce que j'ai vécu. Maintenant si vous avez le temps.

Hervé et Zahyia reprirent leurs places respectives. Daniel Sian insista pour offrir un verre. C'est sous le regard réprobateur de son major que le commissaire accepta de déguster deux doigts, juré pas plus ! d'un whisky Morangie de vingt ans d'âge conseillé par l'écrivain. Zahyia accepta un jus de tomates avec du sel de céleri.

— La bande, vous voulez que je vous en parle. Cela risque d'être long.

— Je prends toujours le temps de l'efficacité, même s'il est long ! répliqua Hervé.

Il s'agissait d'une bande de jeunes bien qu'ils aient été d'âges différents. Essentiellement composée d'habitants de Saint-Héand-sur-Cher. Il y avait des garçons et des filles qui, en moyenne, avaient de seize ans à un peu moins de trente ans quand la bande s'est constituée dans la fin des années quatre-vingt-dix.

— Vous pourriez me citer qui la composait ? intervint Hervé

— Vous, je pense que vous avez une idée derrière la tête ? Je me trompe ? Vous envisagez que certains des personnages qui jouent un rôle dans l'enquête actuelle étaient membres de la bande ? Est-ce bien ça ? demanda Daniel en plissant les yeux avec malice.

— Vous avez parfaitement deviné !

Zahyia prenait en note tout ce que disait Daniel Sian en particulier la liste nominative qu'il dressa en comptant sur les doigts de ses mains. Il hésita parfois, prenant le temps de la réflexion.

Adam Millet et Gabriel Guignard, la victime égorgée au salon de coiffure, figuraient dans la bande. Adam y jouait un rôle important, selon les souvenirs de l'écrivain lorsqu'il venait séjourner dans cette grande bâtisse qu'occupaient à l'époque son frère et sa belle-sœur qui étaient vétérinaires. Adam était l'érudit qui émerveillait son auditoire en racontant l'histoire qui s'était déroulée dans le château de la ville au moyen-âge.

— Vous avez gardé des souvenirs très fins de cette époque. Les épiiez-vous ?

— Non pas, mais j'ai toujours les sens en éveil pour réaliser des observations. Vous voyez, je suis un témoin utile.

Jules Pérez et Achod Hagopian ont figuré quelque temps dans la bande dont ils furent alors parmi les plus âgés, presque trente ans.

— À l'époque ils n'habitaient pas ici, fit remarquer Zahyia.

— Ils logeaient sur place à la ferme Perreux.

— Quand ont-ils quitté la bande ?

— Ils ont quitté, plutôt ils ont été mis dehors au moment de la grève des ouvriers agricoles chez Perreux. Jules a quitté alors Villefrault et est venu loger dans la caravane à ce moment.

Dans la bande figuraient également des filles qui devinrent pour certaines les épouses de certains jeunes. Nathalie, fille Perreux, a épousé la pâtisserie en mariant Adam.

— Il y avait Samuel Guyot, qui aurait été le chef de la bande. Il est devenu policier.

— Ah bon ?

— Oui, en Guyane. Et ses parents, qui tenaient une auberge ici très réputée, la brasserie des Trois Cors, ont hélas appris son décès il y a une dizaine d'années. Je pourrais, si vous m'en laissez le temps, retrouver les dates exactes de tous les évènements dont je vous parle.

— En Guyane. Tiens, comme Steph, remarqua Zahyia.

Il y avait deux sœurs. Ambre et Emilie. Les filles Ouvrard, le pharmacien notable très proche du maire de l'époque le docteur Barre-Chaudière grand ami des Perreux. Ambre est devenue pharmacienne, comme papa. Par contre, Emilie a disparu peu de temps après Achod, à quelques jours d'écart. On ne sait toujours pas ce qu'elle est devenue. Certains témoins ont dit l'avoir vue à la gare de Tours. On l'aurait même aperçue à Lille ou à Strasbourg selon certains. La gendarmerie a conclu à une disparition volontaire.

Théo Perreux fut aussi membre de la bande pendant quelque temps. Un des plus âgés aussi. Et son frère Martin aussi qui le suivait comme son ombre.

— Vous en êtes à dix personnes, remarqua Zahyia.

— Ça doit être ça. Vous me prenez à froid. Je ne garantis pas l'exhaustivité. Je vais y repenser. Si j'ai de nouveaux noms à vous donner, je vous appellerai.

— La bande portait un nom ? demanda Hervé.

— Oui, ils s'étaient baptisés les « Troglos de Touraine » car ils se rendaient souvent dans les caves. Tout particulièrement celles accessibles derrière ma maison !

— Il y a de quoi se perdre dans ces dédales troglodytiques !

— C'était a priori une bande de jeunes, turbulents, pas méchants. Ils agaçaient les animaux que mon frère gardait ici pour les soigner. J'ai entendu dire qu'ils pratiquaient aussi du harcèlement scolaire envers certains autres enfants. Mais à l'époque on n'en parlait pas beaucoup. Ils ont mis le feu, plusieurs fois, aux poubelles de la ville place du champ de foire, mais ne se sont pas fait prendre. Ils y ont même brûlé des bagnoles ! Si, si, et toujours sans se faire prendre ou bien relâchés de suite. Habilement astucieux, n'est-ce pas ?

— Vous êtes situé comme une tour de contrôle ici ! s'exclama Hervé.

— Seulement pour certaines choses commissaire. Tout ne s'est pas déroulé ici ! Loin s'en faut. Je ne savais pas que vous viendriez aujourd'hui, je n'ai pas revu mes notes.

— Vos notes ?

— Oui, pour mon travail d'écriture, je tiens à noter tous les évènements auxquels j'assiste et dont il se pourrait que je les utilise un jour dans un roman. J'y consigne également, toujours chronologiquement certains faits divers locaux ou pas, qui pourraient m'intéresser. J'ai bonne mémoire mais ça la soulage. J'ai également en ma possession des photos prises pour la plupart par mon frère à cette époque. Je les trierai et vous en montrerai si vous le désirez.

— Il faut donc que je revienne vous voir plus tard monsieur Sian.

— Tout à fait. Prévenez-moi que je sois entièrement à votre disposition. Voici mon numéro.

— De mon côté je vais sérier les questions pour lesquelles vous pourrez, peut-être, éclairer ma lanterne. Comme par exemple ce jeune saint-héandais devenu policier en Guyane.

— Steph a exercé là-bas, intervint Zahyia.

— C'est bien pour ça que ça m'intéresse !

— Vous pouvez peut-être interroger votre collègue à ce sujet. Mais je me mêle de ce qui ne me regarde pas !

— Si, excellente suggestion ! J'y pensais à l'instant.

En se levant, les yeux d'Hervé se posèrent sur le bureau qui occupait tout un coin de la pièce, face à une grande baie vitrée donnant sur la départementale et on pouvait même apercevoir une partie du champ de foire.

— C'est là que s'écrivent vos romans à succès.

— Oui c'est là que je travaille. Vous voyez, j'imprime les premiers jets, je les rectifie au stylo. Ils deviennent tout rouges ! Puis je saisis à nouveau la ou les pages corrigées et modifiées. Tenez, voici le jet de ce matin. Juste un recto verso. Je vous le donne, tenez. Vous verrez peut-être un jour ce qu'il sera devenu lors de la publication !

En quittant la maison de Daniel Sian, Hervé songeait que ces histoires de bande ouvraient un monde nouveau, encore plus vaste, plus embrouillé que celui auquel il pensait avoir à faire.

La Guyane, on y revient encore. Stéphane y était avant d'arriver à Rennes. Il a peut-être connu ce Samuel Guyot que monsieur Sian vient d'évoquer. Il faut clarifier tout ça. Mais subtilement. Je vais profiter de la mise sur la touche provisoire de Stéphane. Je confierai cette mission délicate à Romain Chardon. En tant que divisionnaire, il doit pouvoir avoir accès à des renseignements cachés. Je pense qu'il y a anguille sous roche. Mais exactement quoi, je ne vois pas.

Et puis il y a cette autre disparition, celle d'Émilie Ouvrard. La sœur de la pharmacienne. Cette dernière mérite un interrogatoire plus poussé mais toujours avec habileté puisque son père était et est encore très ami avec l'ancien docteur ancien maire. De même que la gardienne du camping où Jules Pérez est mort. Il va y avoir du travail cet après-midi. Tout le monde va être occupé ! On fera le point ce soir. Oh zut, préoccupé complètement par l'enquête j'ai omis de faire dédicacer le roman d'Isabelle. J'espère qu'elle ne m'en voudra pas.

Hervé laissa Zahyia prendre le volant et en profita pour jeter un œil au texte remis par l'écrivain. Il narrait l'accident d'une dame, veuve d'un ouvrier agricole. Elle roulait en scooter sur une petite départementale de la région, assez tard en rentrant de son travail en fin de journée. Un quatre-quatre l'a fauchée, la laissant agoniser seule dans le ravin pendant plusieurs heures. L'auteur décrivait avec détail, en choisissant avec soin et élégance les qualificatifs dépeignant l'horreur de l'instant, les dernières pensées de celle qu'il avait nommée Lusine. Elle pensait à la pauvre et dure vie qu'ils avaient menée son mari et elles, exploités dans les vignes. Elle songeait surtout à l'avenir de leur fils qui subissait lui aussi cette vie misérable et que Daniel Sian avait appelé Andon.

Hervé en restait coi, complètement abasourdi par sa lecture.

Eh bien, voilà une histoire qui ressemble étrangement à une autre que j'ai déjà entendue ! C'était il y a une semaine environ en réunion plénière, Stéphane Gonthier relatait la vie du jeune Achod Hagopian et signalait, comme un fait divers, la mort à scooter de sa maman Taline. Même les noms ont des consonances semblables ! Lusine, Taline ! Décidément cet auteur de romans policiers est bien plus qu'un écrivain inventif ! M'a-t-il confié un message, pas si subliminal que ça d'ailleurs. C'est vraiment un drôle de personnage. Il a joué au plus malin ce matin. Il faudra que je me méfie dorénavant. Ce texte est-il une vérité déguisée ou un roman inventé ?

Avant le commissariat, ils firent un détour par l'hôpital. Mélanie Charmoy était sortie du coma, ses jours n'étaient plus en danger. Ils la trouvèrent en aussi bonne forme que possible, fraîche et rose, comme on dit en de telles circonstances, d'autant que Stéphane Gonthier était auprès d'elle, lui tenait la main et la regardait amoureusement !

Je croyais que je ne pourrais jamais tomber amoureux d'une autre femme. Mélanie si tu savais comme je m'en veux, tout ce qui t'arrive est de ma faute. J'étais trop tenaillé par ce qui m'angoisse depuis des années ! Je voulais en savoir un peu plus et cet écrivain me paraît être au courant de beaucoup de choses. Je t'en parlerai un jour. Tu sauras tout, je te le promets. Ça sera quitte ou double. Le commissaire va sûrement aller chez Daniel Sian. Je ne connais pas le résultat de l'entrevue et je m'attends à tout, c'est-à-dire au pire pour moi. Mélanie, tu me souris. Ça me fait du bien, tu ne peux pas savoir à quel point ! Je t'aime Mélanie.

XV
Transport international

13 septembre fin de journée

Les quelques rares personnes qui pénétraient cet après-midi dans le commissariat de la rue Marceau de Tours ne purent obtenir l'aide que de deux agents restés de garde pour expédier ce que l'on nomme traditionnellement les affaires courantes : renseignements, pièces d'identité, dépôts de plaintes classiques suite à de petits vols, etc. Toute la brigade, les hommes de la Scientifique, les brigades appelées en renfort par le divisionnaire Chardon étaient aussi affairées que des abeilles ouvrières cueillant de fleur en fleur leur précieux butin. Ils allaient et venaient pour interroger, réinterroger des personnes, fouiller et analyser de nouveaux lieux pour lesquels le juge Antoine Ribes avait rédigé les ordres de perquisition. Les allées et venues des binômes policiers avaient quelque chose de ces insectes allant cueillir le pollen des fleurs et le ramenant à la ruche. On se croisait au commissariat, presque sans se voir, juste pour faire un rapide compte-rendu et repartir à nouveau. Le va-et-vient des voitures sirènes hurlantes et gyrophare allumé attira beaucoup l'attention entre Tours et Saint-Héand. Tous y participaient activement. À l'exception du divisionnaire qui restait dans son bureau pour rassembler les nouvelles apportées et utilisait internet pour obtenir des précisions. La récolte allait-elle être fructueuse, la ruche allait-elle contenir suffisamment de miel pour qu'une solution soit apportée aux multiples enquêtes en cours ? Le rendez-vous était fixé tardivement à vingt-heures trente pour permettre à madame la procureure d'y participer ainsi qu'au juge.

Hervé arriva juste avant vingt heures, manifestement très fatigué, massant son épaule meurtrie qui avait du mal à encaisser sans se plaindre les à-coups des déplacements incessants. Il fut de suite appelé par Romain Chardon qui avait des renseignements à lui confier concernant Stéphane Gonthier.

— J'ai diligenté une enquête, je te préviens, commença de suite le divisionnaire, ce que je vais te dire doit absolument rester entre nous. Du moins pour le moment. Tu as vu le CV du lieutenant Gonthier. Il est exact, je pense qu'il n'y a pas d'incertitude à son sujet. Mais en Guyane, Gonthier a été témoin, au moins témoin, d'évènements qui pourraient, j'emploie volontairement le conditionnel, avoir un rapport avec la situation actuelle et son comportement dans l'enquête, voire même directement avec l'enquête. Il faut clarifier certaines choses. C'était le but de ma démarche auprès de l'IGPN[21].

— Vas-y je t'écoute attentivement, mais laisse-moi m'asseoir, je n'en peux plus !

Conformément au CV que le commissaire avait reçu lors de la nomination du lieutenant Gonthier, ce dernier était né à Saint-Héand-sur Cher. Ses parents y exerçaient le métier de gérant d'une petite épicerie, genre petit supermarché. En fait, originaires du Nord, ils y furent mutés, toujours dans les mêmes fonctions, dans la ville d'Arras. Et toute la famille devint Ch'timi alors que Stéphane était encore un tout petit enfant.

— Donc Stéphane Gonthier ne devrait pas avoir beaucoup de souvenirs de la région et de Saint-Héand-sur-Cher en particulier, remarqua Hervé.

Le jeune Gonthier était un ado volontaire qui désira très tôt entrer dans la police. Il se porta volontaire pour les DOM-TOM où l'avancement est plus rapide.

— Il a été nommé en Guyane, c'est ça ?

[21] IGPN : Inspection Générale de la Police Nationale.

D'abord à l'hôtel de police de Cayenne où il fut un excellent élément.

La carrière de Stéphane Gonthier a avancé de façon rapide, presque fulgurante. Tous les rapports sont élogieux. C'est jeune major qu'il se porta volontaire pour lutter contre les chercheurs d'or clandestins cachés dans les forêts profondes du sud Guyane. Il fut nommé à la Brigade Territoriale autonome de Maripasoula ville située sur les bords du Rio Lawa qui fait frontière avec le Surinam. On lui confia même de conduire une brigade d'intervention pour prendre sur le fait les orpailleurs clandestins. Il conduisit avec succès plusieurs interventions très périlleuses de plusieurs jours.

— Un très bon élément alors ?

— Oui, Hervé sans nul doute. Les archives de la police en ont gardé la trace. À cette époque il écrivait régulièrement à ses parents qui en étaient très fiers. Le courrier passe par la police et l'armée, c'est comme ça qu'on le sait.

Le drame est survenu il y a cinq ans. Parti pour une investigation de huit jours, il est tombé avec ses hommes sur des chercheurs d'or lourdement armés venant du Brésil. Un groupe d'orpailleurs méchants, prêts à tuer pour préserver leur découverte aurifère. La fusillade fut nourrie. On a retrouvé sur place quantité de balles. Des gros calibres provenant de kalachnikov. Des armes de guerre. Ils étaient tombés dans une souricière. Des quatre policiers trois sont morts. Un vrai massacre. Le quatrième très grièvement blessé fut ramené quatre jours après à l'hôpital de Cayenne. Nul n'espérait qu'il survive tant ses blessures étaient importantes.

— Le quatrième était Stéphane Gonthier.

— Oui, il ne put être reconnu que grâce aux papiers d'identité qu'il avait sur lui.

En fait Gonthier se remit assez vite de ses blessures et des opérations qu'elles avaient nécessitées. Il fut rapatrié et fut élevé au grade de lieutenant dû à son mérite et mis à la disposition de la PJ de Rennes. Pendant son séjour à l'hôpital, il avait reçu de nombreuses lettres de ses parents. Il n'avait répondu à aucune.

— Bizarre ça ? fit remarquer Hervé.

— J'ai eu mon collègue rennais. D'après lui Stéphane en voulait énormément à ses parents qu'il accusait de l'avoir poussé à entrer dans la police et même d'aller faire carrière en Guyane.

— Curieux revirement.

— Oui, d'autant qu'il m'a révélé que Stéphane serait quand même allé les voir, une fois, une seule fois. Ses parents ne l'auraient pas reconnu surtout par la haine qu'il leur a manifestée plus que par le bandage qu'il portait au visage et le masquait en partie.

— Au visage ?

— Oui, de nombreuses blessures l'avaient défiguré. Mais curieusement s'il s'est présenté avec le bandage devant ses parents à Arras alors qu'il n'en portait pas au travail ! Il s'est laissé pousser une barbe fournie, celle qu'on lui connaît aujourd'hui.

— Alors là, c'est bizarre en effet.

— Tiens c'est bizarre, tu as dit deux fois bizarre ! remarqua Romain pour plaisanter. Voilà ce que je sais pour le moment. Je rajoute juste que ses trois camarades morts en mission ont été décorés de la Légion d'honneur. J'ai noté aussi que parmi eux il y avait un dénommé Guyot Samuel originaire de Saint-Héand-sur-Cher. Lui, il y a vécu toute sa jeunesse jusqu'à son engagement dans la police il y a une dizaine d'années.

— Samuel Guyot ! Nom de Dieu ! s'exclama Hervé. Ce nom m'a été mentionné par Daniel Sian. Un ancien membre de la bande des « Troglos de Touraine » à Saint-Héand. Holà, là ! Ça se complique ! Branche l'IGPN sur ce Guyot Samuel. Il me faut des renseignements. Faut que je réfléchisse. Je voudrais me masser un peu l'épaule. Elle me fait un peu trop souffrir ce soir. Merci Romain pour tous ces renseignements. On garde ça secret pour le moment, je suis bien d'accord. Le terrain me paraît miné. Il y a sûrement une bombe cachée là-dedans.

****

En fin d'après-midi, Hervé qui était accompagné du lieutenant Kimbu Amandah, vit entrer dans son bureau un solide gaillard, tee-shirt publicitaire d'une marque de bière sur un torse puissant, visage ouvert et bronzé portant une barbe hirsute de plusieurs jours châtain clair comme ses cheveux peignés à l'arrière avec un splendide « mulet ». Ses bras musculeux portaient des tatouages. Hervé reconnut une ancre marine, un cœur contenant le prénom Laurence.

— Asseyez-vous je vous prie. Je comprends le cœur et le prénom qu'il contient mais pouvez-vous m'expliquer pourquoi vous vous êtes fait tatouer une ancre marine ?

— Je suis breton d'origine. Mais ce n'est pas pour me parler de mes tatouages que vous m'avez fait transporter, escorté par des flics armés jusqu'aux dents, de la frontière espagnole jusqu'ici ! S'il s'agit de la drogue qu'on a trouvée dans ma semi, alors sachez, comme je l'ai déjà dit à vos collègues que j'ignore tout. Ce n'est pas moi qui fais la cargaison. Moi je ne suis que le conducteur. Pour la drogue, dont je répète avec force que je n'y suis pour rien, je devrais éventuellement plutôt être à la brigade des stups que devant vous à la Police Judiciaire. Alors expliquez-moi. Mon chargement de meubles attend. Il faut qu'il arrive en Belgique. C'est encore loin.

Pascal Thirion, puisqu'il s'agissait bien de lui, semblait ignorer tout de ce qui s'était passé ici à Saint-Héand. La consigne qu'Hervé avait donnée à ses collègues semblait avoir été respectée. Aussi il pouvait conduire l'interrogatoire comme il l'avait souhaité.

— Monsieur Thirion restez calme, je vais tout vous expliquer. Pour quelle raison avez-vous fui devant les policiers et les douaniers au poste frontière si vous n'êtes pour rien dans le transport de drogue ?

— J'ai eu un peu peur. Ils se sont précipités vers ma cabine avec leurs armes.

— Seulement peur de ça ? Laissez-moi rire, vous avez l'habitude de franchir les frontières et vous avez déjà dû subir de tels assauts.

— Non, c'était la première fois. Il n'y d'ordinaire presque personne à Dantxaria. Mais je…

— Mais vous… ? Allez-y, parlez !

— Lors de ces longs trajets pour me donner du courage et de l'assurance et être plus serein, je prends du CBD[22].

— Oui, et alors, du CBD. Seulement du CBD ?

— Heu, je fume aussi un petit joint, un pétard comme on dit. J'ai eu peur qu'ils me contrôlent pour ça.

— D'accord, laissons ça de côté pour le moment, continua Hervé. Vous savez que de graves évènements criminels se sont déroulés ici même à Saint-Héand-sur-Cher.

— Ouais, bien sûr. C'est atroce. Je connaissais Jules comme ça de loin. Laurence me l'avait appris en me téléphonant. Moi je suis toujours seul dans ma cabine. Je ne lis pas les journaux. Quand je voyage, c'est Laurence qui me tient au courant des racontars du patelin. Mais je n'y suis pour rien dans ce meurtre horrible. Vous n'allez pas me mettre quelque chose sur le dos quand même ?

— Non, bien sûr que non. Vous étiez dans votre camion, direction l'Espagne au moment du crime. Nous n'avons aucun soupçon à votre égard concernant ce crime. Du moins directement pour le moment.

— Ça veut dire quoi ça ?

Hervé ignora la question. Il pouvait poursuivre maintenant que son interlocuteur était à la fois rassuré au sujet du meurtre de Jules Perez et un peu inquiet sur son dernier élément de langage. Juste comme il le souhaitait, détendu mais un peu anxieux et focalisé sur ce seul meurtre. Son attaque fut brutale.

— Monsieur Thirion, j'ai une douloureuse nouvelle à vous apprendre. Votre amie Laurence est décédée. Il y a trois jours. Je vous présente toutes mes condoléances.

Pascal Thirion ouvrit de grands yeux incrédules, porta une main à sa poitrine. La reposa violemment sur le bureau.

— Hein ? C'est une connerie ça ! Hein ?

---

[22] Le cannabidiol, ou CBD, est le principal cannabinoïde présent dans le chanvre, et est généralement le deuxième cannabinoïde le plus courant dans la plante de cannabis. Il ne fait pas partie des stupéfiants à l'opposé du THC, le tétrahydrocannabinol qui est une autre molécule contenue dans la plante de cannabis et dont la présence provoque ses principaux effets. On le retrouve stocké dans la résine qui est sécrétée par la plante. Il est considéré comme drogue.

— Non, hélas, monsieur Thirion, votre amie Laurence Launeau, coiffeuse de son état, est décédée le 9 septembre dernier, le soir, dans son magasin.

— Mais enfin ? Décédée de quoi ? Comment ? Il y avait des amis qui auraient pu m'en avertir. Je me serais fait remplacer pour rentrer plus vite, au lieu de ça on m'a mis en cellule. Comment décédée ? Ce n'est pas vrai, Laurence n'est pas morte.

— Vous aviez des projets tous les deux ?

— Oui, dès que chacun de nous aura amassé un peu de fric, on se mariera. On a déjà vu la maison qu'on voudrait.

Pascal Thirion secoua la tête lentement. Sa voix devenait étranglée. On voyait bien que les larmes lui montaient aux yeux.

— Mais comment est-elle morte ? S'il vous plaît. Pourquoi je suis ici ? gémit-il.

— Ça va être encore plus difficile monsieur Thirion. Laurence a été assassinée.

Pascal se redressa en sursaut, regarda fixement Hervé, puis s'écroula plié vers l'avant secoué de vagues de sanglots bruyants. Hervé et Kimbu le laissèrent ainsi plusieurs minutes en silence, noyé dans sa douleur. Pendant ce temps les deux policiers examinèrent les papiers du routier et demandèrent l'analyse de son portable. Il finit par se redresser, la tête niant la réalité qui venait de le frapper.

— Parlez-moi, dites-moi comment cela s'est passé. Qui a fait ça ? supplia-t-il.

Hervé Poitevin lui exposa alors ce qui s'était déroulé dans le salon de coiffure, l'égorgement de Laurence et celui de Gabriel Guignard. À chaque cruel détail, Pascal Thirion était secoué par un nouveau sanglot et se cachait le visage dans les mains. Lors de l'évocation de la mort de sa compagne, un haut-le-cœur plus violent le fit vomir.

— Le corps ne ment pas, dit Kimbu à l'adresse d'Hervé.

On apporta à boire de l'eau fraîche, quelques biscuits. Le temps s'écoula avant que le routier ne reprenne ses esprits.

— Cela fait combien de temps monsieur Thirion que vous venez à Saint-Héand ? demanda le commissaire.

— Environ cinq à six ans. J'ai rencontré Laurence lors d'une brocante, la grande brocante d'été de Montrichard. Depuis deux ans c'est chez elle que je vis entre deux déplacements.

— Bon, monsieur Thirion, il faut que je vous mette au courant d'autres évènements qui se sont déroulés depuis l'assassinat de Jules Pérez.

— Il y en a d'autres ? C'est horrible ! Mais pourquoi ? Qui ?

— Pourquoi, on a quelques pistes. Qui, on ne sait pas, on cherche. Et je compte sur vous pour nous aider.

Hervé reprit sa narration en la complétant par les autres drames dont Saint-Héand avait été le théâtre. « Pas possible ! » disait Pascal Thirion de temps à autre.

— Vous êtes chauffeur à plein temps pour la société de transport Debruyne c'est bien ça ?

— Oui tout à fait, cela fait presque dix ans maintenant.

— Il s'agit d'une société de transports dont le siège social est en Belgique n'est-ce pas ?

— Oui c'est à Gand.

— Et vos trajets consistaient essentiellement à faire des allers-retours entre l'Espagne et la Belgique, c'est ça ?

— Oui, j'étais principalement, presqu'exclusivement sur ce trajet. Je le connais bien. De San Roque où se trouve l'usine de meubles, près d'Algésiras, jusqu'à Gand, ça fait plus de deux mille deux cents kilomètres. Presque trois pleins et de neuf ou dix heures de conduite par jour. Six à sept jours pour l'aller-retour.

— Dix heures de conduite pas plus de deux fois par semaine, monsieur Thirion, autrement neuf heures maxi c'est la loi. Avez-vous personnellement rencontré monsieur Debruyne ?

— Oh oui, c'est un bon patron. Il était presque toujours au débarquement à l'entrepôt de Gand. Il paie bien et donne souvent des primes. Je peux mettre de l'argent de côté.

— Et pourquoi vous a-t-il confié ce trajet spécialement ? Vous le savez ? Alors que pour les autres déplacements, les chauffeurs changent souvent.

— Je ne sais pas. Parce que je n'ai jamais eu aucun problème, je pense et que parfois je le fais en six jours.

— Est-ce parce qu'une de ses filles s'appelle Margot. Vous voyez de qui je veux parler ?

— Margot Guignard, la boulangère, la femme de Gabriel qui a été assassiné comme Laurence et qui a disparu avec son fils Bertrand, d'après ce que vous m'avez dit. Elle est la fille de Debruyne ? Pas possible !

— Oui, monsieur Thirion. Elle pouvait vous surveiller pour le compte de son père. C'est vraisemblablement la raison de votre choix pour effectuer ce trajet.

— Mince alors ! Margot !

— Et comment se passait le chargement à Algésiras ?

— Moi je n'y participais pas. Pendant ce temps je me reposais dans un petit hôtel retenu par monsieur Debruyne pour moi.

— Qui faisait et qui assistait au chargement de votre semi ?

— Les gars de l'usine. Il y avait, comme c'est un transport international, des gens de la douane espagnole qui contrôlaient et même parfois avec les chiens des stups.

— Ok, ok. Très bien.

— Avez-vous quelque chose à dire sur cette drogue que vous transportiez, à votre insu si je vous crois ?

Pascal Thirion jura à nouveau très vigoureusement qu'il n'en savait rien, absolument rien. Il avait été choqué et surpris de son arrestation à la frontière. Qu'il n'avait pas compris à ce moment, ignorant les drames de Saint-Héand, pourquoi il avait eu affaire avec des flics de la PJ mais comprenait maintenant les raisons de son transfert au commissariat de Tours. Il se remit à pleurer.

— Monsieur Thirion votre transport met à jour un important trafic de drogue international. Mes collègues de stups vont sûrement vouloir vous interroger à nouveau. Ils auront peut-être, tels que je les connais, des difficultés à ne pas vous soupçonner, à ne pas vous faire porter le chapeau. Par contre il vrai que les principaux acteurs de ce trafic imagineront vite que vous êtes susceptible de livrer à la police des informations qui les mettraient en péril. Or ils ne font pas de cadeaux. Ils ont la gâchette facile. Il faut donc vous protéger. C'est pourquoi j'avais demandé que vous soyez escorté de façon rapprochée pendant votre transfert ici.

— Je vous en remercie. Puis-je m'en aller ? Je voudrais aller chez Laurence pleurer à mon aise. Voir quelques amis aussi.

— Justement non, monsieur Thirion. Je vais vous garder ici puis nous vous mettons sous surveillance en qualité de témoin assisté. Je suis navré. Mais c'est la seule façon de vous protéger compte tenu des évènements.

Pascal Thirion soupira fortement mais n'opposa aucune résistance en quittant la salle entre deux policiers.

Le major Bassembo Dioakhoumpah fit irruption dans le bureau.

— Commissaire, le commissaire Martineau veut vous parler. Il appelle pour la cinquième fois !

— Merci Bass ! Passe-le-moi que je rigole un peu.

— Salut Sébastien ! Comment vas-tu ? commença Hervé, non sans ironie.

— Sache commissaire Poitevin que tu viens de dépasser les bornes. Tu en as au moins conscience ? J'ai envoyé un courrier à madame la procureure pour te demander des excuses et t'obliger à te tenir à l'écart de toute enquête relevant des stups. J'ai rajouté qu'il lui appartenait de décider des sanctions qu'elle jugerait appropriées.

— Pfuiit ! Tu n'y vas pas avec le dos de la cuillère mon ami. Fichtre, diantre. Veux-tu qu'on règle notre différend sur le pré ? Vos armes seront les miennes Monseigneur !

— Putain arrête de déconner ! C'est grave, très grave ce que tu as fait. On était sur un trafic international entre la France et l'Espagne. T'as tout foutu en l'air. J'espère cette fois que tu seras sanctionné.

— Tu aimerais bien que la PJ disparaisse n'est-ce pas ? Que toute la police devienne un seul corps départemental sous la gouvernance directe du préfet. T'es accord avec le ministre de l'Intérieur. Présente-toi aux prochaines élections !

— Tu n'arrives pas à être sérieux et à comprendre la gravité de ce que tu as fait. La procureure va tomber de haut et ne te couvrira plus. T'es foutu. Je t'ai eu. Je t'avais prévenu à La Fouquerie.

— Tout à fait, c'est d'ailleurs après ton avertissement à La Fouquerie, ce dont je te remercie infiniment, que j'ai obtenu l'accord de madame la procureure Albane de La Grange d'Arquien et que nous avons élaboré ensemble ce qui vient de se passer. Aussi mon cher Sébastien, ta lettre doit déjà avoir atterri dans sa poubelle ! Bonne soirée !

Et Hervé reposa le téléphone avec un sourire qui fit plaisir à son major.

Heureusement que quand même, grâce à la procureure, Martineau pourra poursuivre son enquête en ayant appris que son trafic ne s'arrête pas à la France mais va jusqu'à un certain Debruyne à Gand en Belgique, que les douaniers et flics des stups espagnols d'Algésiras sont des ripoux et qu'une des filles du bonnet s'appelle Margot et habite Saint-Héand et est recherchée. Voilà des informations qui lui seront douces et agréables à entendre pour compenser un peu sa rancœur.

****

Néanmoins il fallait composer avec les collègues des stups. Un trafic de drogue international allait de l'Espagne à la Belgique et passait par Saint-Héand. Y avait-il du stockage en grande quantité dans cette ville ou aux alentours ? Hervé en doutait compte tenu de ce qui avait été trouvé dans la ferme Perreux, bien peu de choses en vérité par rapport aux quantités saisies à la frontière. Mais il fallait continuer à chercher sur ce paradigme avec ce qu'on savait maintenant sur Margot Guignard fille Debruyne. Hervé téléphona à son collègue et ami belge Bart Verstraete pour lui demander de rassembler des renseignements sur cette famille belge. Le capitaine Jacques-Antoine Vernier insista encore une fois :

— Vous voyez bien que tous nos meurtres sont liés au trafic de stupéfiants. Il faut laisser l'enquête aux stups. Sinon on se fera taper sur les doigts si on empêche nos collègues de faire leur boulot. C'est à eux, avec les renseignements en leur possession, renseignements que nous ignorons d'ailleurs, de trouver les coupables. C'est plus facile et efficace pour eux.

— Tu oublies un peu facilement que nous avons d'autres pistes qui nous proposent des perspectives solides également, lui rétorqua la capitaine Daulincourt.

— Pour Pérez, on n'a rien trouvé côté drogue, rien du tout, fit Bassembo.

— Oui, ce crime est relié à des évènements passés comme l'affaire Hagopian qui n'ont rien à voir avec ce trafic, renchérit Zahiya.

— Affaire dont la justice vient de rouvrir le procès et demande un complément d'enquête, insista Murielle.

— Ok, ok, vous avez tous les mêmes œillères. Les meurtres de Laurence Laneau et de Gabriel Guignard vous en faites quoi ? Hein ? Le trafic de drogue fournit une explication totalement satisfaisante, reprit Vernier.

— Rien de moins sûr, tu vas un peu vite dans ton analyse. Tu oublies qu'on sait de façon sûre que Gaby Guignard a participé au meurtre d'Achod dont la justice vient d'ordonner la révision, intervint Hervé qui aimait bien que les membres de sa brigade discutent entre eux, pourvu que cela soit fait calmement, avec respect et dans un esprit constructif.

— Il me semble qu'il s'est déroulé à Saint-Héand par le passé, un passé assez récent, des choses barbares comme le meurtre d'Achod, mais aussi sûrement d'autres évènements qu'on peut supposer inavouables dans la mesure où ils ont été cachés. Il faut fouiller de ce côté à mon sens, déclara le lieutenant David Aubry.

— Et Stéphane, il n'est pas là ? demanda alors Zahiya.

— Il est auprès de Mélanie, jeta Vernier en riant.

— Je l'ai mis à l'écart de l'enquête avec interdiction de rencontrer qui que ce soit, en somme aux arrêts, une mise à pied, chez lui pour trois jours, dut préciser Hervé. Il a trop fait de rétention d'informations et de façon répétée et surtout c'est lui qui devait, étant d'un grade plus élevé, entrer le premier dans le magasin Takessian. On reste toujours en binôme c'est la règle de sécurité élémentaire, vous le savez. Il devait couvrir Mélanie. Il a failli. J'ajoute juste que Mélanie va bien mieux, qu'elle est sortie d'affaire.

— Ah, tant mieux, fit Murielle.

— Tu parles au sujet de Steph ? demanda Vernier inquisiteur.

— Je n'ai pas à me réjouir de ça. Le commissaire prend ses responsabilités. Moi j'évoquais Mélanie pauvre mec, s'écria Murielle courroucée.

— Oh mais ta gueule pétasse, t'as vu comme elle me parle ?

— Ça suffit ! Vernier j'en ai marre de tes façons d'agir et de tes paroles haineuses, cria Hervé qui s'était levé, les deux mains appuyées sur le bureau et fusillait le capitaine du regard. Tu es candidat à la même sanction que Stéphane. On se calme. On arrête là. Tout le monde est fatigué. Songez bien à ce qu'on vient d'évoquer. À demain.

****

— Ce n'est pas la première fois que tu te prends le bec avec Martineau ! Tu le sais bien, c'est toujours la même chose avec les stups. Mais j'avoue qu'il est particulièrement gratiné celui-ci, fit Isabelle Dumas en riant.

— Nous avons une enquête compliquée, une que dis-je, des enquêtes compliquées à mener. On n'a pas besoin de bâtons dans les roues, reprit Hervé Poitevin.

— J'apprécie particulièrement l'ironie avec laquelle tu l'as renvoyé dans les cordes, s'exclama la compagne d'Hervé. C'est bien que vous soyez soutenus par la proc.

— Oui, elle est très bien. Je te confie un secret. Elle est l'amie de Romain, Romain Chardon, mon copain le nouveau divisionnaire.

— Donc t'es pistonné !

— Néanmoins on a quand même besoin des investigations des stups. Je contourne Martineau pour le moment grâce à mon ami belge, tu sais je t'en avais parlé…

— Oui, Bart, heu…

— Bart Verstraete en effet. J'attends des renseignements de sa part.

Un long moment de silence suivi cette petite discussion. Isabelle et Hervé s'occupaient à disposer sur la table assiettes et couverts. Isabelle ouvrit le four. Une bonne odeur envahit la cuisine. Gratin de potiron et crevettes. De quoi se régaler sans se gaver. Ils avaient tous deux décidé de surveiller leurs lignes. Hervé s'était assis et semblait perdu dans ses pensées. Isabelle remarqua ses traits tirés.

— Tu as l'air épuisé mon chéri, dit-elle.

— Oh, tu as raison. On est face à une sorte de monstre aux ramifications étendues et on ne les connaît pas toutes d'ailleurs.

— C'est plus difficile que les autres fois ? Plus difficile que de faire face à l'ultra-droite armée ?

— Peut-être pas non. Mais…

— Mais… tu as vieilli ! fit-elle en riant tendrement.

— Tu sais quand un volcan entre en éruption. Les évènements de Saint-Héand-sur-Cher c'est un peu pareil. Le volcan dormait, petite bourgade endormie sans histoire apparente. Et puis boom, ça explose !

Hervé soupira.

— Continue, j'aime bien quand tu poétises ! fit tendrement Isabelle.

— La lave sort par certains orifices. Tu la vois. Comme nous on voit plusieurs meurtres qu'on pourrait croire indépendants. Mais, la bête est cachée dans les entrailles de la montagne. La chambre haletante du magma. C'est elle qu'il faut percevoir. Et avec elle on risque de se brûler.

— Et bien dis donc, c'est très littéraire ta façon de raconter tes difficultés.

— C'est ce qui envahit mes rêves tu sais. Je suis comme un vulcanologue sur la lèvre du volcan et le sol tremble. Chaque nuit ce rêve vient me visiter.

— Mange, mon chéri, ça va refroidir et tu n'iras pas le réchauffer au bord de la coulée de lave !

XVI
L'air vivifiant de la montagne

14 septembre matin

Hervé avait passé une nuit paisible. Pour une fois il n'avait pas gravi les pentes rougeoyantes de son volcan ! À peine arrivé rue Marceau, son portable sonna. Bart Verstraete.

— Allo ! Alors mon ami Hervé, comment tu vas une fois ?

— Pas trop mal.

— Et Isabelle ?

— Ça va, heureusement que je l'ai avec moi. Elle est mon havre de paix, mon horizon clair lorsque mes réflexions sont sombres, répondit Hervé. Tu as des renseignements ?

— Mais bien sûr ! Tu peux me faire confiance, non ? Debruyne, prénommé Francis, a une grosse entreprise à Gand d'import-export et de vente de meubles particulièrement des meubles de cuisine. C'est une marque très connue chez nous. « Avec les meubles Debruyne, comme un chef tu cuisines ! ». Allez, c'est le slogan publicitaire qui passe à la télé.

Ils rirent tous les deux.

Il y avait un important va-et-vient de camions de transport. Les meubles provenant d'Espagne composaient les cuisines les moins chères. Les cuisines de luxe étaient élaborées en Belgique même. La société de transport travaillait aussi pour des besoins logistiques avec d'autres entreprises belges. Bart était sûr que le trafic de drogue allait du sud de l'Espagne jusqu'en Belgique. Pour lui, il était clair que Paris était une étape importante car Francis Debruyne a un frère prénommé Lars. Il semblait à Bart que le passage aux alentours de Tours, à Saint-Héand-sur-Cher, était important également pour l'écoulement ou le stockage de la came. Quant à Lars Debruyne il avait une entreprise de plombier chauffagiste située justement à Herblay en région parisienne. L'affaire était d'importance et depuis quelques années une activité se développait de plus en plus. Lars Debruyne s'occupait du transport des métaux en vue de leur recyclage. Aussi s'il possédait une noria de camionnettes ou petits camions pour la plomberie il utilisait également une flotte de poids lourds estampillés Debruyne.

— C'est tout pour la famille ? Il y a bien sûr Margot épouse Guignard qui est la fille de Francis et qui est en fuite, reprit Hervé.

— Oui, tu cours après elle, je sais une fois. Mais ce n'est pas tout. Margot a un frère, Otis, truand de bas étage renié par sa famille paraît-il. Il a été arrêté plusieurs fois par la police belge. Des petits trafics de toutes natures mais particulièrement de drogue en effet. Un vol à main armée, il y a deux ans dans une bijouterie de Gand, qui lui a valu de la prison. Il a été libéré au début du mois de juin dernier. Quant à Lars, il a deux fils Charly et Mats. Bart savait qu'ils étaient deux truands, mais pour des faits mineurs et pas encore fichés dans le trafic de drogue par la police belge.

— Mais tu sais, ceux-là je les aurais à l'œil si j'étais toi, reprit Bart Verstraete. On les a vus fréquenter des truands français Dimitri Orlov et Hassan Yahiaoui que tu connais bien.

— Toi, tu as quelque chose derrière la tête ? demanda Hervé qui prenait des notes.

— Ce n'est pas encore très clair. Mais ils font de nombreux voyages. On les a vus plusieurs fois en Belgique. Mais je crois savoir qu'ils ont été repérés aussi dans d'autres pays, en Allemagne, en Suisse, au Luxembourg mais aussi bien plus loin au Moyen-Orient et plusieurs fois. Des poids lourds Debruyne vont jusque là-bas. Les deux frères sont très mobiles, voitures rapides go-fast mais aussi motos puissantes et même avions. Je vais me renseigner plus en détail. Mais de ton côté demande aussi à tes collègues de Paris.

— Merci Bart, pour tous ces renseignements. Amitiés mon ami ! termina Hervé heureux d'avoir entendu à nouveau l'inimitable et chaleureux accent belge de son ami.

****

Outre ces informations venant du plat pays, d'autres très importantes arrivèrent dans les minutes suivantes depuis les montagnes alpines de la région des Houches près de Chamonix.

— Allo ! Commissaire Poitevin ?

— Lui-même, répondit Hervé qui finissait de trier certains documents sur son bureau.

— Bonjour, ici le commandant Rachid Hassen du commissariat de Sallanches, fit son interlocuteur qui s'arrêta de parler.

— Heu, bonjour commandant. J'ai connu un inspecteur Rachid Hassen[23] il y a de nombreuses années.

— Et moi j'ai connu un commandant Hervé Poitevin au commissariat de Montélimar ! Bonjour commissaire ! Ça nous fait des souvenirs communs !

Ils rirent tous les deux.

— Salut Rachid. On pourrait se tutoyer non ?

— Bien sûr !

— Raconte-moi comment tu es devenu responsable d'un commissariat dans les Alpes.

Rachid Hassen fit brièvement le récit de sa vie sur les trois décennies qui les avaient séparés, puis il revint au but de son appel.

— J'ai du nouveau concernant ton ancien toubib Franck Barre-Chaudière.

— Super ! Je t'écoute.

La maison que le toubib, ancien maire de Saint-Héand-sur-Cher avait fait construire aux Houches près de Chamonix est inoccupée depuis assez longtemps au moins quatre ou cinq années. Son entretien

---

[23] Voir « Les disparus de l'Ardèche », éditions La Morelle, juin 2019.

est effectué par une société qui assure à la fois le nettoyage intérieur mais aussi l'entretien des extérieurs.

— Grâce à ton avis de recherche national, on avait la photo du mec, poursuivit Rachid. On la montrait aux gens au hasard des rencontres. Et un jour on a gagné !

— Vas-y ! Ne me fais pas languir.

— Un type nous dit qu'il pensait avoir vu ce gars-là accompagnant sa voisine. Il habite aux Contamines-Montjoie, dans une vallée perpendiculaire à celle de Cham à partir de Saint-Gervais.

— Oui, je connais le patelin. Il y a un centre UCPA[24] et quand j'étais jeune j'y ai fait un stage d'alpinisme en été et un autre de ski l'hiver la même année.

— Et bien le gars habite juste à côté du centre UCPA, au 178 chemin du Nivorin d'En Bas. Le centre est au 152.

— Et vous vous y êtes pointés.

— Bien sûr ! Hier et avant-hier. Et je te fais le point maintenant.

La voisine en question est une Suissesse d'origine russe du nom Sofia Driaguine. C'est une dame immensément riche avec plusieurs villas somptueuses, une sur les bords du Léman, une à Juan-les-Pins, celle des Contamines et une autre en Russie au bord de la Mer Noire. Rachid avait fait contrôler chacune des résidences. Mais bien évidemment il était difficile de vérifier la dernière maison sans parler d'y aller compte tenu des évènements dus à la guerre impérialiste que la Russie mène à l'Ukraine. La richesse de cette dame provenait de son défunt mari Constantin Driaguine issu d'une famille russe de nouveaux riches et qui avait exercé brillamment le métier de chirurgien, d'abord en Russie puis en Suisse à la clinique du Cervin à Sion. Il était un émérite chirurgien de renommée internationale, spécialisé dans les greffes d'organes.

— Mon toubib fréquente la dame pour sa fortune ou pour ses beaux yeux ? demanda Hervé.

---

[24] UCPA : Union des Centres de Plein Air

— Je ne saurais te répondre, mais il vient la voir assez régulièrement, surtout pendant les mois d'été selon le voisin. Mais ce qui est le plus curieux est à venir Hervé. Sois patient !

Le voisin a déclaré que pour la première fois, l'année passée, à la fin du mois d'août, il avait vu une voiture stationnée sur le côté du pavillon alors que madame Driaguine n'était pas présente aux Contamines et que son chalet était fermé. Il n'y avait pas plus prêté attention sur le coup. Mais cela s'était reproduit plusieurs fois, chaque mois en automne et en hiver, période où madame Driaguine préférait le climat chaud de la Côte d'Azur. La voiture était un break Mercédès classe E et le voisin avait, sur des photos présentées par Rachid, identifié une génération W124 surélevée comme pour les ambulances ou les corbillards à chevaux-vapeur. Il avait même remarqué une espèce de tourniquet ventilateur sur le toit, comme pour les fourgons réfrigérés.

— Un tel véhicule est assez rare. J'ai lancé une recherche, poursuivit le commandant Hassen.

— Et alors ? demanda Hervé.

— Hier au soir tard, bingo ! C'est la raison pour laquelle j'ai attendu aujourd'hui avant de te mettre au courant.

— Bravo ! Dis-moi tout.

— Il y a bien une telle Mercedes qui a été retrouvée par nos collègues de la gendarmerie de Nantua dans un petit village de l'Ain à la limite de la Savoie, Saint-Martin-du-Frêne dans le lotissement du Pré Fleuri. Ils embarquent le véhicule en ce moment et procèdent à une enquête de voisinage dans le lotissement.

— Elle appartient à Franck Barre-Chaudière ?

— On a vérifié bien évidemment ! Cela aurait été trop beau ! Elle appartient à un dénommé Debruyne Lars, entrepreneur chauffagiste à Herblay près de Paris. On va voir qui est ce monsieur.

Comme le commissaire Poitevin ne réagissait pas, Rachid demanda :

— Hervé ? Qu'y a-t-il ? Tu connais ?

— Si je connais ? J'ai appris l'existence de ce monsieur Lars Debruyne il y a quinze minutes par mon ami belge Bart Verstraete. C'est le frère d'un autre entrepreneur de transport belge Francis Debruyne qui est mouillé jusqu'au cou dans un trafic de drogue qui est relié à mes enquêtes.

— Eh bien, j'ai fait mouche ! J'en suis heureux Hervé.

— Alors oui, les éléments que tu m'apportes font chauffer mes cellules grises ! Je vais de suite demander une perquise chez ce monsieur Lars Debruyne. Par les stups car c'est impossible de passer en dehors d'eux mais j'avertis aussi les copains de la PJ de Paris. D'autre part, j'aimerai qu'on fasse une autre perquise... et que tu y participes Rachid.

— Dis-moi tout.

— Ça serait bien de visiter la villa des Contamines. Compte tenu des suspicions de trafic de drogue, là encore on est obligé de mettre les stups dans le coup, mais pas tout de suite. J'aimerai que tu sois le premier à y pénétrer, avant eux.

— Je vais être en dehors des clous. Les copains des stups vont gueuler. Mais j'aime bien l'idée ! Je suis d'accord.

— Merci Rachid. Je te couvre en tout état de cause. On va voir aussi avec les procureurs.

— Oh, tu crois au père Noël. Les proc vont maintenir que c'est aux stups d'intervenir en priorité ! Mais je n'en ai rien à foutre. Je vais y aller.

— Je vais demander à ma proc de peser sur ses collègues tant pour Paris que pour les Contamines. Merci, merci infiniment Rachid. Ça m'a fait plaisir de t'entendre et je pense que j'en aurai encore bientôt l'occasion.

Hervé posa son téléphone sur le bureau et se jeta d'un coup sur sa chaise qui grinça sous la violence du geste. L'air vivifiant de la montagne venait de lui apporter des informations exploitables qui allaient infléchir le travail des enquêteurs. Il se devait de gamberger et demanda qu'on ne le dérange pas pendant une bonne heure. Seul dans le bureau, Hervé griffonnait, plutôt qu'il ne les écrivait sur des demi-feuilles qu'il coupait, des mots, des flèches, des schémas. Tout ce matériel hétéroclite constituait le support de sa pensée.

Au bout d'une demi-heure, il demanda à la capitaine Murielle Daulincourt et au lieutenant David Aubry de venir le rejoindre. Il en était arrivé au point où il voulait faire partager sa vision des évènements et des informations, ses conclusions et ses propositions d'action à ses plus proches collaborateurs, à ceux en qui il avait totalement confiance.

Trois quarts d'heure plus tard, Murielle et David ressortaient précipitamment du bureau et se mirent devant leurs ordinateurs. Puis on les entendit lancer quelques appels téléphoniques et s'engouffrer ensuite dans une voiture banalisée sans oublier de mettre le gyrophare et la sirène. Comme à son habitude lorsque les perspectives devenaient plus solides, comme avant l'ultime bataille, Hervé continuait sa séance de réflexion seul pendant encore de nombreuses dizaines de minutes entrecoupées d'appels sur son portable et de navigation sur internet.

Quelques minutes plus tard, il sortit de son bureau et traversa le couloir les yeux fixes, sans rien voir autour de lui, comme un aveugle. Tout le monde connaissait bien cette phase-là, l'ultime avant le plan de bataille. Il frappa à la porte du bureau du divisionnaire et entra sans attendre la réponse de Romain Chardon. Il lança alors et ce fut la dernière parole que ses autres collèges entendirent.

— Romain, je t'explique et tu me dis. Si t'es d'accord on bigophone à Albane.

Parler ainsi de madame la procureure et de plus devant son compagnon, quelle audace ! Mais Hervé était loin de ces finesses de bienséance, tendu vers le but à atteindre. Ses collègues se regardèrent, ils avaient tous un sourire amusé et sentaient bien que lorsque Hervé sortirait du bureau du divisionnaire il leur faudrait retrousser les manches et mettre en œuvre le plan échafaudé.

****

Les majors Sylvain Delanoue, qui effectuait sa première sortie sur le terrain, et Bassembo Dioakhoumpa entrèrent dans le Café du Centre en saluant les cinq ou six personnes qui étaient assises en ce milieu d'après-midi. Ils se dirigèrent vers le comptoir derrière lequel une femme d'une quarantaine d'années finissait d'essuyer des verres à bière.

— Que désirez-vous messieurs ? demanda-t-elle.

— Bonjour. Vous êtes bien Aurélie Barre-Chaudière ? demanda Bass.

La réponse tarda à venir.

— Vous n'êtes pas d'ici, ça se voit ! s'exclama-t-elle. Aussi je vous pardonne.

— Oui, police judiciaire de Tours, excusez-nous, répondit Sylvain.

— Cela fait des décennies que je ne porte plus ce nom. C'est celui de mon père et j'ai rompu tout contact avec lui. J'ai pris le nom de jeune fille de ma mère. Je suis Aurélie Duplessis.

— Avec toutes nos excuses. Nous aimerions vous poser quelques questions et pardonnez-nous à l'avance, l'objet de ces questions est votre père et ses agissements vous vous en doutez bien avec les évènements actuels.

Aurélie Duplessis contourna le bar et vint se planter devant les deux policiers.

— Non, non et non ! Ici évoquer FBC est interdit. Oui, FBC c'est Franck Barre-Chaudière. Mon bar n'est fréquenté que par des saint-héandais opposés à lui, tant comme maire autoritaire et aussi à cause de ses fréquentations douteuses. Ici on n'a rien à voir avec cet individu. Notre devise c'est que Franck n'est pas franc, que Chaudière nous chauffe les oreilles et que Barre il se barre. C'est clair ! On est comme les trois statues : rien vu, rien entendu, et donc rien à dire. C'est clair !

— Ouais, ouais, Aurélie, t'as raison ! scandèrent les clients dans la salle.

— On vit ici à l'écart. Alors on ne sait rien. Si vous saviez comme j'en ai marre d'avoir eu un père comme ce mec. Il me dégoûte. Le seul souhait que je peux formuler, c'est que vous le coinciez, et pour longtemps. La prison sera trop douce pour lui. Allez, oust, dehors, vous n'avez rien à faire ici. Merci de votre visite les gars. Allez chasser le FBC, vous serez plus utiles.

La visite au café du centre fut courte et peu fructueuse. Néanmoins Sylvain et Bass avaient découvert le foyer de la résistance saint-héandaise. Ils étaient persuadés que le champagne accompagnerait dans ce bar l'arrestation de FBC.

XVII
L’ex-gendarme se met à table

14 septembre après-midi

Encadré par la capitaine Murielle Daulincourt et par le lieutenant David Aubry qui le poussait à marcher plus énergiquement, bien qu’il ait les poignets liés dans le dos par des menottes, le gendarme Thomas Monnery, du moins l’ex-gendarme, gardait la tête haute et avait encore l’outrecuidance de jeter un regard arrogant sur les salles qu’ils traversaient et les flics qui y travaillaient. Il fallut que David appuie sur ses épaules pour que le ripou daigne s’asseoir.

— Bon, on ne va pas y aller par quatre chemins, commença David. C’est de ta faute si Théo Perreux et son père sont en cavale, n’est-ce pas ? Tu les as avertis de la reprise du procès.

— La fidélité en amitié ça compte, tu ne peux pas comprendre, répondit Thomas Monnery.

— Mais tu sais, on va les coincer, c’est sûr. Ce n’est qu’un aspect des choses, qu’une des conséquences de ton mouchardage. Il n’y en aura pas pour des jours, tu le sais bien.

— Tu es devenu complice de meurtre, tu n’as pas saisi ? intervint Murielle.

— Pôf ! de meurtre, et puis quoi ?

— Tu as couvert le meurtre d’Achod Hagopian en faisant mal ton boulot d’enquêteur et ainsi t’es devenu complice.

— Il ne faut pas pousser quand même. Je ne suis pas sur la vidéo, s'exclama Monnery.

— Mais tu étais au courant.

— Alors là vous exagérez quand même. Je n'aurais pas caché un assassinat ! Vous me prenez pour qui ?

— Pour ce que tu es, seulement pour ce que tu es. Alors, dis-nous ce que tu savais et ce que tu as couvert.

Devant le silence de Monnery, Murielle insista.

— Tu as déjà été dégradé de la gendarmerie. Une plainte a été déposée par ta hiérarchie contre toi pour complicité de meurtre et entrave à la justice. Tu risques gros et tu passeras de nombreuses années en prison. Tu le sais. Alors, vois-tu, si tu te mets à table, si tu nous dis tout, tu n'es pas sans ignorer qu'il en sera tenu compte. Et cela nous permettra d'avancer et de trouver la vérité et les vrais coupables. Réfléchis bien Monnery. Tu as ton avenir en main mais aussi tu peux adoucir ce que tu as fait en nous aidant maintenant.

Monnery soupira profondément, ses épaules s'affaissèrent.

— Monnery tu devrais nous parler, dit David en prenant le relai, raconte d'abord ce qui s'est passé à l'époque. En commençant par le début, tu retrouveras mieux le fil de l'histoire. On n'est pas la gendarmerie. Nous, la seule chose qu'on veut de ta part ce sont des infos qui nous permettent d'avancer.

— Vous ferez alors un rapport à mes supérieurs pour dire que j'ai collaboré ? demanda alors le gendarme.

— Tu peux en être assuré, confirma Murielle.

L'ex-gendarme raconta ce dont il avait été témoin lors de la grève des ouvriers agricoles à la ferme Perreux. Il confirma qu'Achod Hagopian et Jules Pérez étaient bien à la tête du mouvement revendicatif qui semblait être bien suivi par l'ensemble des ouvriers agricoles. Des autorités régionales étaient intervenues pour tenter de trouver une issue satisfaisante au conflit.

— Peux-tu nous dire de qui il s'agissait ? demanda David Aubry.

— Le député de la circonscription mais surtout le maire de Saint-Héand qui venait assez souvent chez Perreux.

— Tu le connaissais bien ce maire ?

— Oui, je le connais. Il faut dire qu'il avait une grande emprise sur le canton. Son avis faisait autorité et peut-être encore aujourd'hui.

— Vous êtes amis bien sûr ?

— On peut le dire ainsi. J'étais sous son influence, ça c'est sûr. Je n'étais pas le seul. Mes supérieurs également.

— Le docteur Barre-Chaudière, puisqu'il s'agit bien de lui, avait donc des intérêts à calmer le conflit qui se déroulait chez les Perreux. Tu sais d'où provenait son attachement pour cette ferme ? commenta la capitaine.

— Pas vraiment, non.

— Ta réponse est évasive. Monnery, ça ne marche pas comme ça. Si tu sais quelque chose, exprime-le clairement, tonna le lieutenant. On sait déjà tout ce que tu nous racontes, tu t'en doutes bien. Alors, passe à des infos nouvelles sinon ça va mal se terminer pour toi.

Thomas Monnery se lâcha enfin et relata que la gendarmerie avait mis à jour l'année précédant le conflit social un petit trafic de drogue pour lequel la ferme Perreux était le lieu de stockage.

— Ah, on y vient, s'exclama Murielle.

Mais très vite la gendarmerie fut invitée à fermer les yeux par les autorités locales. Monnery avait acquis la certitude que le docteur Barre-Chaudière était justement le responsable de ce trafic mineur puisqu'il restait tout à fait local en apparence.

— Comme si ce trafic n'avait d'autre but que de pourvoir à la conso perso de certaines personnes autochtones, précisa-t-il. Je pense que c'est la raison des interventions du toubib dans le conflit. Il ne voulait pas que cette histoire clandestine refasse surface. Il a ainsi trouvé que la meilleure façon de résoudre le problème tant du point de vue social pour les Perreux que pour son trafic, c'était de décapiter le mouvement, d'en supprimer les têtes.

— Et particulièrement le leader qu'était Achod Hagopian, ajouta David.

— En effet, ça c'est sûr.

L'ex-gendarme évoqua la disparition brutale de l'arménien. Une surprise totale mais dont l'histoire fut orchestrée par le toubib de main de maître.

— Une enquête a néanmoins bien été diligentée concernant cette disparition, affirma David.

Monnery avoua qu'à chaque fois les témoins ont confirmé la fuite d'Hagopian. Le conducteur de la voiture qui l'a pris en stop à la sortie de Saint-Héand et l'a emmené vers Saint-Aignan puis à la gare de Blois a tout confirmé en détail. D'autres témoins ont été interrogés et ont juré l'avoir vu dans le train pour Paris. Puis d'autres qui l'ont aperçu prenant à nouveau le train gare de l'Est direction Strasbourg. Et même là des douaniers ont juré l'avoir vu franchir la frontière direction l'Allemagne. Tous les témoins ont confirmé.

— L'avis de recherche international que nous avions lancé n'a rien donné, et pour cause ! On ne risquait pas de trouver Achod hélas, compléta-t-il. Mais on l'ignorait à l'époque.

— Le toubib bénéficiait déjà d'un réseau étendu, dépassant de beaucoup la région, un réseau passant par Paris, fit remarquer Murielle. Il a donc été assez aisé de trouver des témoins volontairement appointés. Cela confirme certains faits aujourd'hui. Ce trafic local n'est qu'une infime partie d'un trafic international à grande échelle, on le sait désormais.

— Tu peux nous en dire plus sur la fameuse carte SD devenue clé USB de la vidéo de l'assassinat d'Hagopian ? Comment t'est-elle arrivée ? demanda David en changeant de sujet. Vas-y. Ne te fais pas prier. Ça commence à être intéressant.

La gendarmerie de Blois avait reçu la carte SD dans une enveloppe format A5 sans aucun commentaire. L'enveloppe était une enveloppe de récupération. Elle a été passée au peigne fin par la section scientifique et technique de la gendarmerie. Mise à la boîte aux lettres de Saint-Héand compte tenu du tampon. Pas d'empreinte exploitable. Mais une bande de scotch blanc avait été placée afin d'en cacher des inscriptions. Un travail délicat avait permis de retrouver un entête du Comité des Agriculteurs du Loir-et-Cher. Gaston Perreux est un des responsables de ce Comité. C'est en apprenant cela que Monnery a jugé utile d'alerter Théo Perreux.

— Je l'ai fait par amitié pour Théo qui est un bon gars, un peu brusque mais un sacré bosseur. Je suis persuadé que ce n'est pas un Perreux qui l'avait en sa possession et qui l'avait envoyé. Pourquoi ces jours-ci, pourquoi pas avant, s'il la possédait ? Pour Gaston et Théo, c'est se tirer une balle dans le pied. Ce n'est pas la mère qui est en dehors de tout ça, recluse à la ferme. Ce n'est pas Martin complètement neuneu depuis sa décharge électrique en mettant le courant autour d'un champ. Alors j'ai pensé qu'il fallait les avertir pour qu'ils se protègent. Je ne pensais pas qu'ils réagiraient comme ils l'ont fait, avoua Thomas Monnery. Maintenant la gendarmerie est hors course. C'est vous qui menez l'enquête.

— Au fait, certaines personnes de Saint-Héand ont reçu une lettre anonyme. Gabriel Guignard par exemple. Et il a été assassiné, dit David.

— Oui, je suis au courant.

— Tiens regarde, voilà une photocopie du texte : « LES REVELATIONS SUR LES MEURTRES IMPUNIS VONT BIENTOT COMMENCER. GARE A TOI LE VENGEUR EST REVENU ». Ce texte doit bien évoquer le meurtre d'Achod toujours impuni. Qu'en penses-tu ? Est-ce toi qui l'as envoyé à tous ces gens.

— Pas du tout ! Absolument pas ! Je n'ai jamais menacé personne !

— Tu as d'autres révélations à nous faire ? Réfléchis bien !

— Oui, il y a un point que j'aurais dû signaler. Depuis qu'on s'occupe de ce petit trafic de drogue, on a fait des planques autour de la ferme Perreux. On a constaté que la drogue était apportée tard dans la nuit par un motard et réceptionnée par Théo. Plutôt devrais-je dire une motarde. Car il s'agit d'une femme. Sur un gros cube.

— Tu sais qui ?

— Il a fallu plusieurs nuits de planque pour en être sûr. La femme du boulanger. Margot Guignard. Celle qui est en fuite actuellement. Elle venait en général vers les quatre ou cinq heures du matin.

— Vous n'avez rien entrepris contre elle à l'époque ?

— Non rien. Ordre de fermer les yeux toujours. Nos chefs se sont couchés devant les notables.

— Oui, et à la gendarmerie vous êtes des militaires. Et un militaire obéit.

— Tu exagères !

— As-tu d'autres choses qui te reviennent ? Non ? Eh bien, on va te ramener à Blois, à la prison. On fera bien sûr passer un rapport confirmant ton aide.

Restés seuls Murielle et David firent un point sur les aveux de l'ex-gendarme. Il y avait des confirmations et aussi quelques révélations. Margot Guignard qui faisait la porteuse de drogue aux heures où son mari travaillait au pétrin dans sa boulangerie. Par contre, ils pouvaient aisément éclaircir certains points qui avaient échappé à Monnery. Martin Perreux était toujours considéré comme un attardé mental par l'ex-gendarme et avait forcément été mis hors cause en ce qui concernait l'envoi de la carte SD. L'un et l'autre restaient néanmoins persuadés que Martin l'avait envoyée. Mais comment l'avait-il eu ? La question justifiait d'aller l'interroger à nouveau. Le rôle prépondérant du docteur Barre-Chaudière était attesté tant en ce qui concernait son autorité de maire à l'époque que sa place dans le circuit de la drogue. Il y avait bien imbrication entre un conflit social situé dans le temps et un trafic de drogue dont on savait maintenant l'ampleur internationale. Par contre les questions essentielles restaient ouvertes : qui a tué Jules Pérez, qui a tué Gabriel Guignard ou qui a commandité ces assassinats et pourquoi ?

En attendant la réunion convoquée par le divisionnaire Chardon et le commissaire Poitevin, ils avaient pris le temps d'aller parler avec Martin Perreux. Ils trouvèrent un jeune homme dont la métamorphose psychique était désormais visible sur le visage rasé, la chevelure bien peignée et un sourire paisible bien que timide. Il n'hésita pas à reconnaître que c'était bien lui l'auteur de l'envoi. Un soir en se promenant aux abords de la grange, il avait aperçu un morceau de papier maculé de boue. À l'intérieur, il y avait la fameuse carte SD.

Griffonné à l'intérieur, il avait lu « Franck », le prénom du toubib dont il avait conscience du rôle abject. Persuadé à l'époque que ni son père ni son frère n'étaient impliqués, afin d'aider la police à arrêter le « maire-docteur » comme il le nommait, il avait pris une enveloppe à la maison sur le bureau paternel, avait caché l'entête avec de l'adhésif. Il était très fier d'avoir eu l'idée de se munir de gants pour réaliser cet envoi.

Murielle et David étaient très satisfaits presque un peu suffisants voire hautains de pouvoir apporter de tels éléments d'information nouveaux qui, ils n'en doutaient pas, étaient de premier ordre et féconds pour faire progresser les enquêtes en cours. Ils étaient loin de s'imaginer que leurs collègues avaient eux aussi glané des informations capitales, autant que les leurs ! La réunion allait être décisive.

****

Je n'en puis plus de rester enfermé ainsi. Je n'ai plus mis le nez dehors depuis deux jours. Au début, je pensais que je pourrais mettre ce temps à profit pour comprendre les évènements qui se déroulent, voir ainsi où j'en suis en comparant avec mes infos personnelles. Je m'étais dit, Stéph, et oui je finis par m'appeler ainsi moi-même, tu vas être en mesure de poursuivre ce que tu as entrepris, tu vas enfin pouvoir connaître la vérité. Mais non, mon esprit vagabonde, je n'arrive pas à fixer mes idées, à bâtir et suivre un fil conducteur. Et il n'y a pas seulement ça. Stéph, tu dois reconnaître que tes pensées glissent plus rapidement que tu ne l'avais imaginé vers Mélanie ! Oui, je crois que je suis tombé amoureux. Cela fait si longtemps que je n'avais pas ressenti ce sentiment de bonheur mêlé d'impatience. Je n'y tiens plus. Je me gave de médocs, de calmants, de somnifères mais rien n'y fait. Je dois avoir une gueule à faire peur. Je me sens fatigué, sale, cela fait trois jours que je ne me suis ni lavé ni rasé. Et j'en ai marre de bouffer des conserves que je n'ai même pas la force de réchauffer. Ravioli froids, haricots à la tomate froids ça passe encore mais quenelles froides bouah, c'est dégueu ! Et les pâtés en boîte il ne m'en reste presque plus. Je m'aperçois que ça pue dans ma piaule. Demain, il faudrait qu'ils viennent me chercher le plus tôt possible, dès le matin ça serait bien. D'ici là, je voudrais dormir, dormir... sans penser à rien ni même aux neiges du Kilimandjaro.

XVIII
Une journée prometteuse

14 septembre fin d'après-midi

En voyant arriver deux véhicules de police avec gyrophares, le voisin du chemin du Nivorin d'En Bas sortit de chez lui et alla à la rencontre du commandant Rachid Hassen.

— Bonjour. Vous venez pour faire une visite, enfin ce que vous appelez une perquisition ? Je savais bien qu'il se tramait des choses pas très catholiques dans cette maison.

— Merci monsieur pour votre aide, vous tombez bien. Vous allez nous servir de témoin. Vous garantirez qu'on ne casse rien n'est-ce pas. Merci monsieur de votre coopération aux forces de l'ordre…

— Je vous suis, répondit fièrement le voisin.

Le commandant répartit ses hommes pour visiter l'intérieur, un binôme pour le rez-de-chaussée, un pour l'étage mais aussi un qui fouillait le jardin et la pelouse extérieurs. Il lui fallait laisser un homme dehors pour discipliner les badauds qui venaient voir de près ce qu'il se passait.

Le système d'alarme fut vite repéré. Il y avait plusieurs caméras pour les mouvements. Hassen s'approcha du clavier. Mais la sirène se déclencha avant qu'il n'ait pu neutraliser le système. Atroce pour les tympans ! Une voix sortit d'un haut-parleur demandant de s'identifier. Le commandant fit les présentations. Et les gestionnaires du système acceptèrent de le neutraliser à distance. Par précaution, les caméras furent néanmoins recouvertes de tissu pris dans une armoire.

Il s'agissait d'un très beau chalet. La cheminée monumentale du rez-de-chaussée était en pierres de taille et pouvait recevoir des troncs d'arbre entiers. La décoration était luxueuse et de très bon goût. Sûrement des tableaux et des sculptures d'artistes réputés. À l'étage, un bureau en chêne massif.

— Chef ! Les tiroirs sont fermés à clé, cria un des policiers.

— Vous avez trouvé les clés ? demanda Rachid Hassen.

— Non, pas du tout.

— Bon, faites sauter la serrure avec le moins de dégât possible, qu'on ne voit pas trop l'effraction, et ouvrez les tiroirs. Pas d'ordi ?

— Non, on n'en a pas trouvé.

Par contre, les documents étaient assez nombreux avec des listes et furent mis dans les sacs ad hoc que les policiers amenaient toujours dans ces conditions.

Dans le salon vaste comme un terrain de tennis, un meuble attira l'attention de Rachid. Un meuble bibliothèque dont la niche centrale était dimensionnée pour accueillir une dalle de télévision de grand format alors qu'un tel appareil était déjà accroché au mur face à des fauteuils en cuir pleine peau. Avec un de ses hommes, ils déplacèrent la bibliothèque. Une trappe était visible dans le mur. Rachid s'apprêtait à forcer la serrure quand des éclats de voix lui parvinrent de l'extérieur.

— Qu'est-ce qu'il se passe ici ? Commandant, pouvez-vous m'expliquer, demanda un gendarme qui se présenta comme l'adjudant Gérard Brunaud de Saint-Gervais. Je vous reconnais. Vous êtes le commandant de Sallanches.

— Oui tout à fait. J'accomplis ce qu'on m'a demandé de faire, une perquisition dans ce chalet.

— Pourquoi donc ? Qui vous a donné cet ordre ?

— La proc heu… d'Annecy, affirma Rachid espérant que cela suffirait à calmer son interlocuteur.

— J'ai téléphoné à madame la procureure juste avant de venir. Commandant, vous n'avez aucune autorisation. Je répète : que faites-vous ici, en pleine illégalité si je ne m'abuse ?

— La police vient d'être amenée en urgence à pratiquer cette perquisition. Je reconnais que les procédures légales n'ont pas été respectées cela je ne le nie pas. Mais l'urgence est réelle. Elle concerne une personne qui vient souvent dans ce chalet et dont on a la preuve qu'il s'agit d'un criminel doublé d'un trafiquant de drogue. Vous comprendrez aisément mon adjudant que je ne peux vous en dire plus.

— Non, commandant je ne comprends pas que vous ne puissiez pas m'informer. Et je vous somme de bien vouloir éclairer précisément les raisons pour lesquelles vous êtes ici, insista l'adjudant Brunaud.

À cet instant, un policier sortit du chalet et déclara :

— Alors là, commandant, bingo ! Un labo en sous-sol. Quel matos ! Des pros ! sûrement un gros débit, de gros trafiquants.

Rachid Hassen saisit la balle au bond.

— Vous voyez mon adjudant. Notre criminel est aussi un trafiquant de drogue international. Nos amis de la brigade des stupéfiants se chargeront de l'enquête concernant la drogue. Ce qui intéresse la PJ, ce pour quoi je suis là avec mes hommes, c'est de prélever tous les indices permettant de retrouver cet individu le plus vite possible. On a déjà mis la main sur sa voiture. Un break Mercédès Classe E surélevé comme pour une ambulance. Vous n'auriez pas vu un tel véhicule ?

— Un tel véhicule ne court pas les rues, c'est assez rare. Non pas vu, affirma le gendarme revenu à une attitude plus cordiale.

— Vous voyez, mon adjudant, que ce n'est pas de façon délibérée que je n'ai pas respecté la procédure auprès de madame la procureure d'Annecy, que je connais très bien par ailleurs. Nous allons faire le nécessaire soyez-en assuré et rassuré. Je vais bien sûr mettre la brigade des stups au courant. Cela va de soi.

— Bon, ça va. J'espère que vous allez faire passer ces informations le plus tôt possible. Sinon, je témoignerai contre vous, dénonçant vos manières de shérif. J'y veillerai personnellement commandant, soyez-en convaincu vous aussi et cela ne vous rassurera pas.

— Je vais même vous promettre que si la PJ de Sallanches doit encore intervenir, je vous mettrai au courant. Je souhaiterai alors une collaboration fructueuse avec vous. Merci mon adjudant.

Le commandant Rachid Hassen accompagna le départ des gendarmes d'un soupir de soulagement. Il avait honte d'avoir joué la comédie comme il l'avait fait mais heureux d'avoir néanmoins pu réaliser le travail que le commissaire Poitevin lui avait demandé d'exécuter. Il téléphona à ce dernier pour lui raconter la péripétie avec les gendarmes, lui faire le bilan détaillé de ce qui avait été trouvé dans le chalet et lui demander d'agir très rapidement auprès de la procureure. La nuit était tombée sur les Contamines. Les hautes montagnes enneigées, les dômes de Miage et la Bérangère étaient devenus froidement bleutés. Les lumières étaient toutes éclairées dans la vallée. En dessous du Tondu noirâtre brillait une petite lumière, celle du refuge de Trélatête. Voilà un panorama bien différent de celui que Rachid avait eu le loisir de contempler dans la Drôme provençale. Il ne lui déplaisait pas, comme s'il se nourrissait de la force qui émanait de ces colosses de granit, de neige et de glace.

****

14 septembre 17 heures 50

Ça fait trois jours que cela dure ! Pour me protéger qui disent, et ma mère qui est d'accord avec eux. Me voilà prisonnier de ce petit appartement sous les toits de Paris. Comment appeler ça un appartement d'ailleurs ? La vétusté des murs qui transpirent l'humidité, la médiocrité de la douche qui n'arrête pas de couler, avec un goutte-à-goutte exaspérant, l'inconfort des meubles, du canapé et du lit en particulier. Et l'autre Dimi qui avait dégotté ce taudis avait affirmé « Margot, ton Bertrand, il sera dans un palace ! ». Ma mère s'était faite blousée et moi aussi du même coup. Ce qui est le plus moderne est bien la console de jeu. Heureusement qu'elle existe !

— Comme ça tu pourras jouer, mon petit doigt m'a dit que Bertrand, le fils bienaimé de Margot Guignard, la vaillante, souhaitait depuis longtemps en avoir une. C'est le dernier cri ! Profites-en Bertrand ! avait dit mon grand tonton efflanqué Lars Debruyne.

— Oui, d'ac, les jeux ils sont super. Je me régale. Mais trop c'est trop. J'ai que ça à faire. Y en a marre.

La nuit est tombée. Je regarde en bas la rue. Il y a plein de monde ici à Paris pas comme à Saint-Héand. Ça serait quand même mieux de vivre ici, là-bas je croupis. Ma mère revient vers 19 heures. J'ai juste une heure pour faire le tour du quartier. Elle ne le saura pas. Personne ne le saura.

****

18 heures 05

Bertrand Guignard a enfreint la consigne que son oncle Lars Debruyne lui avait demandé de respecter. Il est sur le trottoir en face de son immeuble, survêtement classique avec écusson du PSG dans le dos. Il en avait remonté la cagoule. Il en profitait pour respirer profondément cette odeur propre aux grandes villes, propre à Paris, d'échappements automobiles, de sueur humaine et de graisses de métro. Ça change de l'odeur d'herbe, d'humus et de remugle relevé parfois de bouses animalières ou d'exhalaison irritante de produits chimiques pesticides ou engrais de la cambrouse de Saint-Héand. Il profitait aussi des bruits de la ville, lourd bruit de fond perpétuel, duquel jaillissait parfois l'accélération stridente d'une moto, le glissement d'une trottinette électrique qui le frôle, des jurons d'un chauffeur invectivant un autre. Tout ça c'était neuf pour lui. Il se gavait les yeux des devantures lumineuses des magasins qui se succédaient. Il avait tourné dans la rue de gauche, un peu moins bien éclairée, mais il s'était promis de ne faire qu'un tour du pâté de maisons, alors il commençait son retour.

Une main puissante s'abattit sur son épaule gauche, il sentit un froid métallique sur le côté droit de la nuque.

— Ne bouge pas Bertrand Guignard. Ne bouge pas ! Mets tes mains en l'air. Ne te retourne pas !

Il sentit que des mains rapides palpaient son corps, ses vêtements dans tous leurs recoins. Son portable lui fut subtilisé.

— Retourne-toi, tend tes mains.

Les poignets de Bertrand sont rapidement emprisonnés par des menottes.

— Bonjour Bertrand Grignard, nous allons te conduire au commissariat du XIe arrondissement. Je suis le lieutenant Karim Boushaki. Nous avons des questions à te poser. Suis-nous sans manifester d'opposition.

Il était 18 heures 17 quand le jeune Bertrand Guignard montait contre son gré et rageant contre lui-même, dans la voiture de police qui l'emmenait aussitôt ajoutant sa sirène hurlante aux bruits de la ville. Bertrand bénéficiait du maximum de bruits possibles et pourtant il ne savoura pas ce dernier.

Putain ! Je ne comprends pas comment ils ont fait. J'ai le cœur qui bat comme jamais il n'a battu. J'ai chaud, la sueur coule dans mon cou. Mais c'est bien sûr, ils étaient en planque. Comment ils ont fait ? Mon oncle nous a dit à maman et moi que la planque était sûre. Nom de Dieu, maman ne va pas être contente. Oh là là, quelle aventure ! C'est la réalité. Elle ressemble aux séries de la télé. Mais c'est moi l'acteur principal. J'ai bien une petite idée sur quoi vont porter leurs questions. Mais je ne dirai rien. Je ne sais rien d'ailleurs. Personne ne m'a vraiment dit de quoi il retournait. Seulement des morceaux incohérents. Je ne dirai rien. Promis, juré !

****

À Saint-Martin du Frêne, des policiers du commissariat de Nantua avaient entrepris d'interroger tous les habitants du lotissement du Pré

Fleuri. Si beaucoup avaient vu cette Mercédès si particulière, personne n'avait vu qui l'avait amenée et comment le chauffeur était reparti.

Une maman répétait pour la dixième fois ce que les flics avaient déjà entendu. Elle n'avait rien vu, rien à dire, une petite fille pleurait accrochée à sa jambe. Elle allait refermer la porte quand une autre petite fille s'approcha en disant :

— Moi j'ai vu !

— Bonjour. Tu peux me dire ce que tu as vu ?

— Oui. Je faisais de l'hoverboard après dîner hier soir.

— Tu étais seule ?

— Oui. J'attendais des copines.

— Et alors ?

— La voiture est arrivée. Le monsieur est resté dedans.

— Longtemps ? Tu as vu qui il était ?

— Je ne le connais pas. J'ai pu faire deux fois le tour. Puis une autre voiture est venue et s'est garée à côté. Le monsieur est monté dedans et la voiture est sortie du lotissement.

— C'est très bien. Tu t'appelles comment ? Quel âge as-tu ?

— Sarah et j'ai onze ans.

— Tu es une grande fille Sarah. Très observatrice. Aurais-tu reconnu la deuxième voiture ?

— Oui. C'est la même que celle de mon papou.

— Papou ?

— Mon père, son grand-père, intervint la mère.

— Tu sais ce que c'était comme voiture alors ?

— Oui, une 3008, affirma Sarah.

— Merci Sarah, merci madame. J'aurai peut-être besoin de revenir vers vous pour de nouvelles questions.

— On a tout dit. Rentre Sarah, allez, dit la maman en claquant la porte.

« Sacrée petite fille, elle ira loin ! » songea le gendarme. Voilà une information de première bourre obtenue grâce à l'attention portée par une toute jeune fille aux choses qui se déroulent autour d'elle. Info à transmettre au commissariat de Tours en urgence lui avait-on demandé. Et un gendarme obéit toujours.

****

Quelques instants auparavant la capitaine Murielle Daulincourt accompagnée, bien évidemment, du lieutenant Olivier Jousset arrivaient au magasin d'Ethan. Ils attendirent que celui-ci en finisse avec un client.

— Bonjour. Je vous attendais plus tôt ! Vous venez pour la lettre qu'Achod m'a adressée, n'est-ce pas ?

— Oui, c'est vous qui nous en avez parlé. Nous avons eu beaucoup de travail pour chercher et trouver d'autres indices.

— Je l'imagine volontiers ! Moi, je n'arrive plus à dormir. Cette affaire qui remonte à la surface, ça me ronge. J'aurais peut-être dû intervenir plus tôt, montrer la lettre. Mais je n'avais confiance en personne, pas même en la gendarmerie. Je vais vous la chercher.

— Avez-vous un lien de parenté avec Achod Hagopian ?

— Je suis son parrain. Je vais vous chercher la lettre.

Sur une feuille quadrillée arrachée à un cahier format cahier de brouillon de bas prix, au stylo bille une écriture maladroite commençait par ces mots

« Parrain j'ai peur.

Les Perreux bien sûr mais d'autres messieurs capables du pire. J'ai peur même de mourir. Je voudrais fuir, être ailleurs mais ils me surveillent sans arrêt. J'espère que cette lettre te parviendra. Je les ai surpris un soir tabassant quelqu'un que je ne connais pas. C'était à la loge de Bléré. Mon ami Jules sait aussi. Je te joins une photo. Il y a les pires, ceux qui dirigent. C'était un soir aux Trois Cors. J'ai peur parrain. Ils sont méchants. Je t'aime. »

— C'était un appel au secours ! Je n'ai pas réagi. Je m'en veux tellement, dit Ethan Takessian.

— Étiez-vous ici à Saint-Héand à ce moment-là ? demanda Murielle.

— Non, je travaillais dans l'usine Giant de construction de cycles en Vendée à Machecoul. J'ai appris que vous vous étiez rendus à cette loge de vigne vers Bléré. L'une des plus belles, les mieux conservées de la région.

— Oui, près de champs et de vignobles appartenant aux Perreux, précisa Olivier.

— Oui je sais. J'y suis passé. Je n'ai rien trouvé de bizarre. La loge est désaffectée depuis de longues années. Et puis voici la photo qui était jointe à la lettre.

La photo était un peu floue. À une table de bistrot, Achod avait dit la brasserie Les Trois Cors tenue à l'époque par les Guyot, on voyait quatre personnages. Malgré la mauvaise qualité on pouvait facilement les identifier. Théo Perreux, Gabriel Guignard, Adam Millet semblaient écouter un individu qui devait parler en agitant les mains et en qui Murielle reconnut le docteur Barre-Chaudière.

— Pouvons-nous la garder quelque temps ainsi que la lettre d'ailleurs ? demanda Murielle.

— Bien sûr ! Mais vous me les rendrez, c'est tout ce qui me reste de mon filleul.

La lettre et la photo se retrouvèrent dans l'enveloppe plastique de scellés.

— Quand vous êtes venu vous installer ici, en avez-vous parlé à votre frère le garagiste ? reprit Olivier.

— Hélas non. On ne s'entend pas bien. Lui il a du pognon. Il se dit entrepreneur et moi je ne suis qu'un ouvrier.

Ethan Takessian ne leur apporterait pas d'autres informations. Il était temps aussi de rendre visite à son frère Paul qui les reçut de manière beaucoup plus avenante qu'ils ne le craignaient, ceint d'une salopette bien taillée avec l'écusson du lion Peugeot.

— Je ne sais pas ce que mon frère me reproche. J'ai réussi plus vite et mieux que lui. Mais ce n'est pas une raison pour me fuir, dit-il tout de go.

— Vous savez pourquoi nous sommes ici ?

— Pas exactement mais j'ai quelques idées sur le sujet. Je ne connais que ce qu'en dit la presse, ce que les médias veulent bien relater. J'aurais aimé en discuter avec Ethan. Il est le parrain d'un ouvrier agricole qui a été porté disparu Achod Hagopian, descendant d'Arméniens exilés après le génocide turc, comme les Takessian. Je le connaissais aussi un peu. J'ai réparé quelques fois son vélo avant qu'Ethan ne crée son magasin. Un brave gars. Je sais que vous avez la preuve qu'il a été assassiné. Il faut trouver absolument les salauds qui ont commis ce meurtre.

Le concessionnaire était décidément beau parleur, bien plus loquace que son frère très introverti.

— Vous pouvez peut-être nous aider, commença Murielle.

— Oh, ce n'est pas sûr. Moi à part la mécanique, je ne m'occupe de rien, totalement de rien.

— Vous entretenez les voitures de certaines personnes de la région ? commença Olivier.

— Je veux mon neveu ! Pas toutes les bagnoles du coin, mais un grand nombre. Je les bichonne. J'ai bonne réputation et elle n'est pas usurpée. Alors si à la police, vous avez quelque problème avec vos bagnoles, n'hésitez pas à venir me voir, répondit-il en riant.

— Vous entreteniez celle de Guignard Gabriel ?

— Oui, bien sûr. C'est moi qui la lui ai vendue. Plutôt rare. Une belle 4008. Beau gabarit de caisse, hélas vite oubliée après le succès de la 3008.

— Vous les nettoyez ? Intérieur, extérieur ?

— Seulement quand le client le demande.

— Et alors vous souvenez-vous avoir nettoyé celle de Guignard ?

— Je ne peux pas m'en souvenir mais je peux retrouver les factures. C'est mentionné dessus.

— Et entretenez-vous les véhicules Perreux ?

— Ah oui, tous. Le quatre-quatre du père, celle du fils aussi. Le quatre-quatre est vieux mais marche du tonnerre. C'est increvable ce genre de vieille bagnole. Faut dire aussi que le père roule peu. Le fils par contre crâne avec son Audi.

— Vous vous souvenez d'un accident dont la mère d'Achod a été victime en 2011, sur la départementale près de Bléré. Elle roulait en scooter. Elle a été fauchée par un chauffard en quatre-quatre.

— Je m'en souviens en effet. Vous êtes malins et perspicaces, bien plus que les gendarmes de l'époque. Moi, je ne dis rien je ne réponds aux questions seulement quand on m'en pose. Alors je vais même vous faire une révélation. J'ai réparé le quatre-quatre du Gabin Perreux cinq ou six jours après.

— Vous avez réparé le parechoc ?

— Oui, le parechoc muni d'un chasse-buffles, comme s'il existait des vaches sauvages dans la région. Plutôt un chasse-sanglier !

— Coïncidence ? Vous souvenez-vous de la réparation ?

— J'ai tout changé. Et je vais vous révéler que l'expert est passé chez Perreux le lendemain de la réparation !

— Re-coïncidence ! s'exclama Olivier.

— Mais mes révélations ne vous donnent que des soupçons, pas des preuves, affirma malignement Paul Takessian.

— En effet. Cela conforte ce qu'on imaginait. Faudra passer faire une déposition monsieur Takessian. C'est tout ? demanda Murielle.

— Peut-être que j'ai la preuve. Je ne sais pas. À vos experts de le dire après analyse. Comme dans les séries télé. Venez avec moi.

Tous les trois firent le tour de la grande bâtisse qui contenait le garage et la maison de Paul Takessian. Un immense hangar apparut. Un amoncellement de carcasses de bagnoles, de bouts de ferraille, de moteurs, de jantes et plus loin un dôme imposant de pneus.

Je garde tout ! déclara Paul Takessian en tendant les mains. Tout. Il faut que j'utilise la grue avec l'aimant pour déblayer un peu, car le pare-chocs doit être un peu loin. C'est vieux tout ça. Mais je sais où je l'ai posé. C'est que moi aussi j'ai pensé qu'un jour il pouvait devenir une pièce à conviction. Pour ma sécurité d'abord. Et ce jour semble arriver maintenant !

Trois quarts d'heure plus tard, le garagiste posait des morceaux de carrosserie aux pieds des policiers. Le parechoc était bien défoncé, le pare-buffles bien cabossé et des rayures de peinture attestaient d'éraflures provenant de la carrosserie d'un tiers. S'agissait-il d'un scooter ? De celui de la maman d'Achod, de madame Taline Hagopian ? Le capitaine Igor Podgorski de la scientifique pourra peut-être le dire. Murielle et Olivier avaient fait une sacrée bonne pêche !

****

C'est vers 19 heures que tous les policiers se retrouvèrent dans la salle de réunion. Poitevin les y attendait déjà avec Romain. Il les laissa s'installer, se racla la gorge pour obtenir le silence. C'est le divisionnaire qui ouvrit les débats.

— Nous avons longuement envisagé toutes les hypothèses que nous pouvions élaborer compte tenu des informations en notre possession. Et l'après-midi fut féconde ! Nous allons laisser chacun d'entre vous prendre la parole pour dire à tout le monde en détail ce que vous avez trouvé aujourd'hui, les infos que vous avez obtenues, les pièces à conviction que vous avez obtenues et sur lesquelles Igor travaille d'ores et déjà.

Il fallut bien une heure et demie pour que chacun, chaque binôme relate ses découvertes, le bilan de son travail, mettant ainsi tout le monde au courant. Le commissaire n'intervint que pour narrer ce qui s'était passé aux Contamines-Montjoie et à Saint-Martin-du-Frêne. Ainsi c'est bien plus vivant qu'un compte-rendu effectué en monologue par le seul commissaire !

Puis Hervé Poitevin prit la parole.

— Je crois pouvoir affirmer, avec les infos qui sont les nôtres actuellement, qu'il y a quelques années, particulièrement dix ans en arrière Saint-Héand-sur-Cher a été le théâtre de règlements de comptes sociaux allant jusqu'au meurtre. Celui d'Achod Hagopian entre dans cette catégorie. Mais peut-être pas que lui. Les auteurs de ces forfaits sont identifiés désormais. Certains sont en fuite. Mais nos enquêtes ont vite mis au jour un trafic de drogue dont la ferme Perreux semble avoir été depuis longtemps un lieu de stockage local. Certains individus qui ont pratiqué les assassinats que je qualifiais de sociaux se retrouvent parmi les trafiquants notoires. Ce trafic local est la partie immergée d'un iceberg, celui d'un trafic international allant de l'Espagne à la Belgique au moins, mais aussi semble-t-il s'étendant aux pays de l'est et du Moyen-Orient. Ces trafiquants ont du sang sur les mains. Les enquêtes sur les crimes que j'ai appelés sociaux se trouvent être étroitement mêlées aux enquêtes sur ce trafic de drogue.

— C'est un trafic de drogue gigantesque. Les crimes que tu qualifies de sociaux sont anciens. Il faut tout mettre dans les mains des stups, intervint le capitaine Jacques-Antoine Vernier en se levant.

— Assieds-toi, je n'ai pas fini ! Nous en avons discuté avec madame la procureure de la République. Bien évidemment en Haute-Savoie ou ailleurs les stups seront prioritaires chaque fois qu'il sera question de ce trafic. J'ai eu Sébastien Martineau au téléphone. L'échange vif au début s'est mué en dialogue constructif ! Mais si, je vous l'assure ! Nous avons obtenu des différents procureurs de régions que nous soyons conviés, nous ou nos collègues des PJ locales, aux actions menées telles les perquisitions. Les stups conjointement avec toutes les polices de l'hexagone recherchent tous nos fuyards. On devrait bien finir par les repérer. Mais il reste à mes yeux, et ceux qui me connaissent verront que je n'ai pas changé sur ce point de vue, à déterminer pour chaque crime sa motivation, son ou ses mobiles. Et je suis persuadé que les raisons sociales réapparaîtront dans les cadres des enquêtes. Il nous faut absolument les déterminer. En la matière, je vous fais plus confiance qu'en les possibilités des gars des stups.

— Merci commissaire, s'écria David avec un grand sourire. Et merci aussi à madame la procureure de la République Albane de la Grange d'Arquien. Si elle ne nous avait pas soutenus, on ne pourrait pas agir aussi efficacement.

— Lèche cul, fit Vernier en baissant la tête d'une voix caverneuse, ce qui fit rire tout le monde.

— Le plus tôt possible dès demain matin, une équipe va à la loge de Bléré. On prend Stéphane au passage. Je le réactiverai pendant le voyage. On y va avec du matos, pelleteuse en particulier. Igor, je veux que tu y viennes rapidement si on t'appelle. Une autre équipe retourne à la ferme Perreux. Visiter chacun de leurs champs. Au peigne fin. Une autre équipe retourne à La Fouquerie. Je crains qu'on ait loupé quelque chose là-bas. Une trace, une empreinte, je ne sais. Voilà. Bonne nuit. À demain.

En levant la séance, le commissaire fit signe au capitaine Vernier et au lieutenant Jousset. Il s'isola avec eux, le temps de leur confier une mission particulière. Olivier n'osa pas discuter l'ordre qui le séparait ainsi de Murielle et surtout le mettait pour la journée du lendemain en présence de Jacques-Antoine qu'il n'appréciait guère !

Rentré chez lui, Olivier Jousset avait immédiatement consulté les horaires SNCF entre Joué-les-Tours la gare TGV de Tours, et la gare d'Arras. En effet, Poitevin avait exigé qu'ils se déplacent en train et non en voiture. Jousset était d'accord sur ce principe plus écologique et plus sécuritaire. Mais il comprit de suite que la journée serait dense et bousculée. Le trajet aller-retour était de 9 heures 35, presque 10 heures. Comment utiliser les trains possibles avec le déplacement en voiture à Saint-Benoit-la-Forêt situé à 45 kilomètres de Tours, soit presque 100 kilomètres aller-retour. Il fallait programmer la journée de façon très serrée. Murielle lui affirma qu'en tenant compte du temps des interrogatoires difficile à prévoir, cela devenait impossible. Il fallait prévoir deux journées, une sur Arras avec le train, l'autre sur Saint-Benoit-la-Forêt avec une bagnole. Deux journées en compagnie de Jacques-Antoine Vernier ! Rien que du bonheur !

Il adressa un message à Poitevin lui proposant d'aller le lendemain exclusivement à Arras rendre visite aux parents de Stéphane Gonthier et de reporter au surlendemain celle à Saint-Benoit-la-Forêt pour ceux de Samuel Guyot. Car là était bien la mission secrète que le commissaire leur avait confiée, voir les parents des deux protagonistes ayant vécu un même drame en Guyane. L'un s'en était sorti vivant et était devenu un des leurs collègues. L'autre était décédé. Poitevin qui n'avait pas pris toute la mesure de la difficulté des horaires, acquiesça à la proposition d'Olivier.

Mais Jacques-Antoine lui adressa un message proposant une tout autre organisation. Il proposait d'aller à Saint-Benoit-la-Forêt et de téléphoner à des collègues d'Arras, il en connaissait un en particulier qui irait interroger les parents Gonthier et leur enverrait un compte-rendu détaillé. Rien que ça ! Pour un flic très à cheval sur l'ordre et le règlement, Vernier y allait un peu fort ! Olivier fut scandalisé ! Son SMS de réponse était bref « Va te faire foutre ! ». De bon augure pour leurs déplacements communs.

Isabelle Dumas trouva son compagnon bien peu enjoué, la tête basse, le regard vide, ne faisant pas attention à ce qu'elle faisait, l'obligeant à répéter plusieurs fois les paroles qu'il n'avait pas entendues. Hervé était ailleurs, pas auprès d'elle, pas dans leur maison de Montlouis au Saule Michaud. Il flottait sur un radeau emporté par les multiples tourbillons du fleuve des hypothèses dont aucune ne daignait lui servir de planche de salut. Il ne sut jamais que, sans un mot, il avait mangé un steak de jambon sauce au Porto amoureusement cuisiné et accompagné d'un verre de Chinon rouge, son vin préféré. Isabelle lui conseilla même de prendre quelques gouttes de CBD pour se détendre mais il planait loin comme s'il subissait des effets de la totalité du cannabis. Et pourtant il fut rapide à s'endormir. La dernière phrase qu'entendit Isabelle, la seule qu'il avait proférée en fin de soirée fut :

— Et pourtant je suis sûr qu'il n'y a pas que la drogue !

XIX
Une momie dans la loge

15 septembre

Il était encore tôt ce matin. Les eaux du Cher exhalaient une nappe de brouillard assez dense qui se dissipait avec lenteur. Cela n'avait nullement empêché le programme établi la veille d'être mis en œuvre. Les policiers, avec les renforts nécessaires, étaient à pied d'œuvre auprès de la jolie loge de Bléré surmontée de sa cheminée. Ils étaient déguisés en terrassier. Dans un premier temps après avoir fouillé du regard l'intérieur et les abords de la loge, les policiers se saisirent de pelles et de pioches et commencèrent à fouiller le sol sur une dizaine de centimètres. Poitevin allait et venait, auscultant de près les reliefs de la terre, demandant un coup de pioche ici ou là. Plusieurs fois son portable sonna. Mais personne ne put entendre la conversation qui s'en suivit.

Vers 11 heures un soleil radieux se mit à réchauffer la terre et les hommes. Poitevin s'était éloigné de la loge et se trouvait aux Clémendières où un monticule l'intriguait. La mini-pelleteuse, louée à une entreprise de travaux publics de Céré-la-Ronde, entra en fonctionnement. Francis, le conducteur d'engins, maîtrisait la machine. Les dents de la pelleteuse caressaient doucement la surface, un pivotement à 180° lui permettait d'évacuer la charge sur le sol et de l'étaler. Puis il reprenait en s'enfonçant un peu plus, toujours avec délicatesse et précision. Une heure de déblaiement pour rien. À la loge n'ont plus, rien n'avait été trouvé et les hommes avaient déblayé à la main plus de 60 centimètres.

C'est Francis qui proposa d'utiliser la machine en passant par la porte. Le bras de la pelleteuse avait juste la place pour s'engager à l'intérieur. Pour le reste il fallait faire confiance à son savoir-faire. Les policiers, avec les mains, pétrissaient la terre exhumée afin de garder l'espoir de trouver un indice. Ils ne s'arrêtèrent que pour ingurgiter une pizza que Poitevin avait commandé le matin même à la pizzéria de Saint-Héand.

****

Ils avaient été conduits à la gare au dernier moment et eurent juste le temps de s'engouffrer dans le TGV de 6 h 14. Vernier et Jousset ne s'étaient même pas salués. Ils ne se parlaient pas. Pas un mot. Volontairement ils ne se regardaient pas non plus. Quelle ambiance ! Plus de 500 km et 4 heures et demie de silence plus tard, ils arrivèrent à Arras. Hep ! Taxi ! Et c'est à 11 heures et 20 minutes qu'ils sonnèrent à la porte de l'appartement des parents de Stéphane Gonthier dans un immeuble situé dans la banlieue est d'Arras, rue Maître Adam. Après les présentations d'usage faites par le capitaine Vernier, ce dernier prit l'initiative des questions. Le père et la mère de Stéphane étaient serrés l'un contre l'autre sur un canapé passablement défraîchi. Ils venaient de prendre leur retraite de gérants de supérette. Le père avait un regard fixe et chargé de courroux. C'est la mère qui répondait le plus souvent.

Vernier avait commencé très adroitement en donnant des nouvelles de son collègue, gentil, serviable, efficace, bien intégré à la brigade, qui semblait heureux d'être revenu à Saint-Héand-sur-Cher son lieu de naissance dont il avait de nombreux souvenirs qui étaient utiles au travail de la police.

— Comment pourrait-il s'en souvenir, il était trop petit quand on est parti ! fit remarquer le père. Au fait pourquoi vous êtes là ?

Ignorant la question posée, Vernier entra dans le vif des interrogations que Poitevin leur avait demandées de poser.

— Comment se fait-il que Stéphane ait été nommé en Guyane ? Stéphane Gonthier avait toujours souhaité entrer dans la police dès son plus jeune âge. Il voulait y avoir une belle carrière. Il admirait les policiers renommés dont la télé parlait. Il avait affirmé que de s'exiler un moment en Guyane lui permettrait de gravir plus rapidement les échelons.

— Aviez-vous régulièrement des nouvelles de lui ?

— Oui, il nous écrivait toutes les semaines et même au moins une fois par mois, il nous téléphonait. C'est que c'est un brave gamin quand même, répondit la mère.

— Avez-vous gardé les lettres qu'il vous a envoyées ?

— Oui bien sûr, dit la mère.

— Pfuit, à quoi ça sert ? C'est le passé. Steph n'est plus le même, il a changé. C'est son accident qui a tout changé, intervint le père. Il nous a oubliés. C'est plus notre fils.

— Pourriez-vous nous montrer les lettres ?

— Je vous les montrerai oui, reprit la mère qui regarda son mari en dodelinant de la tête pour lui montrer son désaccord.

— Justement au sujet de son « accident » comme vous dites, comment en avez-vous été informés ?

Un policier de Police Judiciaire d'Arras était venu chez eux leur apporter des nouvelles en indiquant qu'il avait été très courageux, qu'il était blessé mais que les chirurgiens et les docteurs le soignaient bien et qu'il serait bientôt en état de revenir en métropole.

— On a été bouleversés, hein, le Paul, on a pleuré des jours entiers ! Pensez donc, il a frôlé la mort.

C'est par la police de Guyane et une lettre officielle que les parents avaient appris quelques mois plus tard que leur fils avait été promu lieutenant en raison de sa bravoure et qu'il allait revenir en France métropolitaine au commissariat de Rennes.

— Puis, vous savez la suite, il a été muté à Tours, dit la mère d'un ton monocorde.

— Oui à sa demande pour se rapprocher de son lieu de naissance.

— Pfuit, n'importe quoi, intervint à nouveau le père.

— Avez-vous eu des lettres de lui après son accident, lorsqu'il lui a été à nouveau possible d'écrire ?

— Hélas, aucune.

— Et des appels téléphoniques ?

— Oui, une fois et une seule. Il téléphonait d'un nouveau portable dont il n'a pas voulu nous donner le numéro. On ne peut pas l'appeler. Son ancien est resté en Guyane sur les lieux de l'attaque.

— Et que vous a-t-il dit ?

— Il parlait d'une voix enrouée, il était grippé paraît-il. Il nous a dit qu'il ne voulait plus nous revoir, que tout le malheur qui était le sien provenait de nous et qu'il nous maudissait.

— Sale gosse, fit sourdement le père.

— Avez-vous essayé de le rencontrer ?

— Oui, un jour, on est allé à Rennes. Il nous avait donné rendez-vous en dehors du commissariat. Il était fortement enrhumé, nous avait-il dit. On s'est vu brièvement sur un trottoir, même pas dans un café ! Il nous a paru abattu, secret, méfiant. On l'a à peine reconnu avec la barbe qu'il avait laissé pousser et dont on n'était au courant. Il avait un pansement sur le bas du visage. Une dernière petite intervention de chirurgie plastique a-t-il dit. Rien de méchant, il a dit. Il a surtout proféré des reproches à notre égard, il nous a même insultés violemment.

— Sale gosse, dit le père. Après tout ce qu'on a fait pour lui.

— On s'est quittés en lui promettant de ne plus l'importuner. C'est dur ça, reprit la mère, c'est épouvantablement dur pour une mère, pour des parents.

— Avez-vous néanmoins tenté une autre fois de le revoir ?

— Oui, sans le prévenir, on est allé au commissariat de Rennes. On a été bien reçu, poliment, mais lorsqu'on a dit qui on était, tous ses collègues nous ont rejetés en disant que Stéphane avait bien précisé qu'il ne voulait plus voir ses parents.

— Tous complices, fit encore le père de la même voix caverneuse.

— Alors on vit avec cette abominable sensation d'avoir été condamnés par notre fils sans comprendre pourquoi. C'est dur, très dur.

— Nous comprenons, soyez en assurés. Auriez-vous des photos de Stéphane à différents âges. Nous les dupliquerons, comme les lettres et nous vous réexpédierons tout ça, dit le capitaine Vernier en se levant pour partir.

— Lorsqu'il était en Guyane vous avait-il parlé d'un de ses collègues nommé Guyot, Samuel Guyot, intervint le lieutenant Jousset.

Vernier se rassit jetant à son collègue un regard un peu surpris.

— Oui, à l'époque, il nous écrivait. Vous lirez, il nous parlait souvent de ses collègues. Il était même devenu ami avec certains. En particulier un.

— Qui s'appelait ? Vous vous en souvenez ? questionna Olivier.

— Oui. Samuel Guyot.

— Vous pouvez nous en dire plus ?

— Stéphane l'aimait beaucoup. Ils n'avaient pas de secrets l'un pour l'autre. On savait que Samuel était né aussi à Saint-Héand-sur-Cher. Mais il y a vécu pendant longtemps, lui. Ses parents tenaient une brasserie, heu…

— Les Trois Cors, renseigna le mari. On y mangeait bien.

— On a téléphoné à ses parents pour présenter nos condoléances. Ils étaient effondrés. Cela va de soi.

— Ils ne vous ont rien dit de particulier, sur l'amitié qui reliait leur fils au vôtre ?

— Ils ont dit qu'ils étaient inséparables, continua la mère.

— Votre fils vous a-t-il confié quelques secrets concernant son ami ? poursuivit Olivier.

— Secrets, j'sais pas. Il décrivait ce qu'ils faisaient ensemble tant au boulot qu'en dehors. Vous verrez bien en lisant les lettres.

— La police recherche des éléments sur ce collègue. C'est la raison de notre visite. On voit tous les gens qui ont pu avoir des renseignements à son sujet, continua le lieutenant. Nous vous renverrons très vite les lettres et photos. Merci de votre accueil.

Retour à la gare en courant, au passage prendre deux sandwichs, monter dans le TGV de 15 heures 57 et s'affaler dans les sièges juste deux minutes avant le sifflement caractéristique de la montée en puissance des moteurs électriques.

— Ouf, il était temps, souffla Olivier Jousset.

— Oui. Dis donc, bravo. T'as introduit les questions sur le Samuel Guyot de façon admirable ! Bravo d'avoir justifié notre démarche grâce à ça. T'es un bon flic, prononça Jacques-Antoine.

— Toi aussi tu es sûrement un bon flic. Mais tu m'agaces avec ton comportement méprisant et tes idées racistes, je te le dis franchement. Et je ne suis pas le seul, répondit Olivier.

— Tu penses que mes idées sont racistes. Non pas du tout, tu verras ce sont les seules susceptibles de redonner de la grandeur à la police nationale. Tu devrais te syndiquer à Alliance. Tu verrais comme on s'occupe de la police de façon efficace.

— Écoute Jacques-Antoine, on en reste là. Je suis fatigué. Laisse-moi dormir. Fais-en de même. Reposons-nous car il reste pas mal de boulot à faire dans les jours qui arrivent. Je sens bien que le commissaire Poitevin lance l'offensive finale petit à petit sur plusieurs fronts.

Néanmoins, ils n'avaient pas dormi pendant tout le trajet. Ils en avaient profité pour regarder attentivement les photos et lire les lettres. Ils avaient échangé leurs analyses et il apparaissait une indéniable convergence de leurs points de vue. Le « ciao » à la sortie de la gare de Joué-les-Tours était presqu'amical.

****

Près de la loge, les fourmis policières s'affairaient autour de la pelleteuse de Francis. Gratter, épandre, tamiser avec les mains, regarder puis reprendre inlassablement le chantier de déblaiement. À 14 heures 17 très exactement, c'est Francis qui stoppa la machine et appela le commissaire. David Aubry fut le premier à s'approcher de la porte. Une dent du godet venait de s'engager dans un morceau de tissu dont le reste était encore enfoui. Il dégagea la dent, fit reculer la pelleteuse. C'est à la main, avec d'infinies précautions que les policiers à genoux déblayèrent peu à peu ce qui apparaissait être une chemise à fleurs ou un corsage. Homme ou femme ? L'apparition d'un jean ne leva pas l'ambiguïté. Ces tissus enveloppaient un corps en voie de décomposition. La figure avait été complètement écrasée et ne permettait plus d'identification visuelle ni même d'en connaître le sexe. L'odeur était devenue assez violente mais pas aussi pestilentielle qu'on aurait pu le craindre en déterrant un cadavre. Les policiers de la Scientifique prirent les photos du lieu, du corps et de son environnement. Poitevin les laissa au travail. Le temps avait changé de nouveau, après l'ensoleillement de la fin de matinée de lourds nuages gris enveloppaient l'atmosphère d'une humidité électrique. Déjà quelques gouttes, des grosses, commençaient à tomber frappant le toit de la loge et ceux des barnums déployés autour ainsi que le sol faisant naître un solo de percussions digne d'accompagner Ray Charles. Puis d'un coup, comme pour les orages de fin d'été, ce fut le déluge. Le corps fut extirpé de sa gangue glaiseuse avec d'immenses précautions en évitant que la moindre goutte d'eau vienne le souiller. Puis ils soulevèrent le cadavre et le déposèrent dans un sac mortuaire avant de le placer sur une table d'un des barnums montés pour cette occasion. Quant à eux, les policiers étaient trempés jusqu'aux os. Il n'était plus possible de poursuivre correctement ce travail méthodique qui s'apparentait à de l'archéologie. Poitevin donna l'ordre d'abandonner le lieu, de transporter le cadavre au labo médico-légal de Tours chez Julien Gérard.

— On laisse sous surveillance. Organisez les tours de garde. On reviendra dès que le temps sera plus clément, mais ça s'annonce mal pour la fin de cette journée. On poursuivra demain.

Les fouilles venaient d'être interrompues de peur que la pluie ne modifie trop les lieux. Il faudrait les poursuivre le lendemain pour voir s'il n'y avait pas d'autres corps enterrés.

Le décalage horaire avec la Guyane ne m'avait pas autant perturbé. Là après trois jours à me morfondre, à perdre le fil des évènements, à oublier ce que je voulais faire, à ne plus savoir ce que je veux et dois faire et même à ne plus savoir qui je suis, je me sens perdu. Je vois tout le monde s'agiter autour de moi. Je suis le mouvement et participe aussi bien que je le peux. Je donne le change. Cette découverte me perturbe. J'avais bien enregistré qu'Achod avait été tué, j'avais reconnu ses assassins, c'est sûr. Alors pourquoi ai-je ressenti un malaise à la découverte de ce corps dont je suis certain qu'il s'agit de celui de l'ouvrier agricole de chez Perreux, comme si j'en prenais conscience pour la première fois, comme une découverte surprenante ? Je m'inquiète. Va-t-on trouver une série de cadavres liés directement ou non au passé ? J'ai peur. Je vais aller voir Mélanie qui est sur le point de rentrer chez elle. Peut-être que ça ira mieux après.

Il ne fallut pas longtemps au médecin légiste pour prononcer ses premières conclusions.

— Je n'ai pas encore pratiqué d'autopsie mais je peux t'affirmer pas mal de choses. Il s'agit d'un homme jeune, environ la trentaine, il est musclé, du moins était musclé et la teinte de sa peau n'est pas seulement due à celle de la terre dans laquelle il a séjourné mais aussi au soleil. Il était assez bronzé, surtout les bras et le torse.

— Un travailleur agricole ? demanda Poitevin.

— C'est tout à fait possible, mon camarade. T'es toujours aussi perspicace !

— Achod Hagopian ?

— C'est à toi de voir ! Il me faudrait des renseignements sur Achod vivant, de ses cheveux par exemple, un vêtement qu'il avait l'habitude de porter, quelque chose où je puisse trouver son ADN ou ses empreintes digitales. C'est utile pour faire une comparaison et l'identifier avec sûreté.

— Il ne reste rien de ce qu'il était mon pauvre ! Et par la dentition ?

— Même si tu possédais de tels renseignements, si tu retrouvais son dentiste et qu'il ait gardé les renseignements de son ancien client, ce que je ne pense pas, je ne pourrais rien te dire tant son visage a été défoncé.

— C'est de ces coups qu'il est mort ?

— Je ne peux pas encore te l'affirmer. C'est possible mais pas sûr.

— Julien merci. Je te laisse continuer

— Attends un peu, t'es trop pressé. Be cool my friend ! J'ai une nouvelle surprenante à t'annoncer.

— Oui, vas-y !

— Il n'a plus de viscères, dit brutalement Julien Gérard.

— Plus de viscères ? Étripé ? Que veux-tu dire ?

— Il a été étripé, son ventre a été ouvert, tu me suis ? Et vu comme tout est plat à cet endroit, vu que, comme l'avait déjà remarqué Igor, il ne pue pas trop, j'affirme qu'il a été éviscéré.

— Mais… heu…

— Ça te surprend hein ?

— Plutôt.

— Ça se fait parfois justement pour éviter au cadavre de sentir trop mauvais, car ce sont ces organes dont la décomposition est la plus odorante, si tu vois ce dont je veux parler. Cette technique n'est pas d'aujourd'hui, les Égyptiens la pratiquaient à leurs momies.

— Et qu'est-ce qu'ils en foutent alors ?

— Ils les planquent ailleurs, ou bien, c'est classique, ils les brûlent. Ou les donne à leurs chiens, que sais-je…

— Grâce à cette méthode, il n'y avait pas d'odeur nauséabonde émanant de la loge pour éveiller quelques inquiétudes de la part de riverains ou de passants.

— Très exactement mon ami.

— Je viens de songer à quelque chose.

— Bravo Hervé ! Tu arrives encore à penser à la fin d'une rude journée !

— Arrête de te foutre de moi. Ethan Takessian, le marchand de cycles, nous a donné une lettre écrite par Achod. On a la lettre et l'enveloppe. Peut-être y trouvera-t-on des empreintes.

— Ça serait formidable.

— Je m'en occupe.

— Pauvre Igor, il va encore écoper du boulot !

XX
Encore un cadavre creux

15 septembre

Le travail de la nuit avait porté ses fruits. Julien Gérard avait autopsié le corps trouvé dans la loge des Clémendières. Le cadavre ne contenait plus de foie, de reins, de cœur, de poumons, ni aucun organe du tube digestif ni d'autres plus petits comme rate ou pancréas. La mort avait été donnée par des coups répétés et violents sur toute la tête aussi bien de face que sur l'arrière et les tempes. Les os du crâne étaient brisés menu. L'occipital, le pariétal, le frontal et les temporaux étaient éclatés en de multiples pièces d'un puzzle macabre. La face quant à elle était broyée. Des traces de coups pouvaient être également relevées sur les épaules et le haut de la cage thoracique, les clavicules étant cassées.

— Je pense qu'il est mort sous les coups de poing répétés de ses agresseurs comme sur la vidéo. Je pense qu'ils lui ont mis le coup de grâce en utilisant une grosse pierre. J'ai trouvé des éclats de calcaire tant sur la face que sur les temporaux. Je te passe sous silence que ses épaules étaient déboîtées. Ils l'ont tenu très fermement pendant que les autres tapaient. Un vrai massacre.

— Horrible. Mais si je t'écoute attentivement, ils n'ont pas frappé l'estomac, le ventre.

— Je ne crois pas en effet mais c'est un peu difficile de l'assurer avec une certitude totale dans la mesure où dans ces zones il ne reste que la peau puisqu'il a été éviscéré.

Igor Podgorski avait fait lui aussi du bon travail et vers minuit, il avait apporté des empreintes à Julien Gérard, recueillies sur la lettre qu'Achod Hagopian avait adressée à son parrain Ethan Takessian.

— De mon côté j'ai eu beaucoup de mal à pouvoir, sans les détériorer tout en les nettoyant, identifier des empreintes valides sur les pouces de la victime.

— Bravo, merci Julien.

— Et je ne te fais pas plus attendre. Ça a matché ! C'est bien le cadavre d'Achod Hagopian que vous venez de retrouver.

— Merci. Je m'en doutais comme je te l'avais dit. Tu le confirmes. Va vite te reposer.

— Votre seigneurie est trop bonne ! Je ne vais pas me faire bercer !

— Tu sais qu'il se pourrait qu'il existât encore d'autres cadavres dans cette maudite loge !

— Bravo pour ce magnifique subjonctif qui enchantera mon sommeil.

Hervé Poitevin retourna à Bléré en réfléchissant aux conséquences de cette découverte pour orienter son enquête. Le soleil se montrait timidement ce matin après les trombes d'eau de la nuit.

****

Vernier n'attendit pas de s'asseoir à côté de Jousset, que sa rage éclata !

— Tu vois, si on ne sévit pas, tu vois à quoi ça mène. Ce crime est une horreur.

— Bonjour d'abord. Je suis d'accord avec toi. C'est une abomination.

— Tu ne veux pas comprendre ce que je dis. L'Achod machin-en-ian, Hagopian, c'était un étranger, un de ces mecs qui se l'ait joué en roulant les épaules. Il est devenu leader d'un mouvement de contestation. Mais enfin, il s'est cru tout permis puisqu'on l'avait accueilli ici en France. Tu vois.

Olivier voyait bien où son collègue voulait en venir et crispait ses doigts sur le volant.

— Mais bien sûr, ce sont des assassins, ceux qui ont commis un tel crime et il faut les arrêter et les condamner. J'aiderai au maximum à leur capture.

— Me voilà rassuré, dit Olivier avec une ironie que Jacques-Antoine ne perçut pas.

— S'il avait obéi tranquillement, s'il avait compris qu'on lui faisait un cadeau en le faisant travailler ici chez nous, alors il n'y aurait eu aucune raison de le punir.

— Ah bon, parce que tu appelles punition cette mise à mort ?

— Ne joue pas sur les mots. Ç'aurait dû rester une punition. Mais ils ont dérapé. Voilà c'est ce qui s'est passé. Tant que dans ce pays il y aura des gens qui refusent ces explications, il ne pourra pas être sauvé et redevenir une grande nation. T'es pas d'accord, hein ?

Olivier Jousset ne répondit pas à la question qu'il jugeait provocante. Il avait la nausée d'avoir entendu de tels propos si hostiles aux étrangers, des propos ouvertement racistes. Il accéléra pendant quelques kilomètres sur la D751 en sortant d'Azay-le Rideau. Un violent coup de volant engagea la voiture en direction de Saint-Benoit-la-Forêt.

— Hé, ho, doucement mon gars. Je t'ai énervé mais ce n'est pas une raison pour nous tuer, s'écria Vernier en riant.

Les parents de Samuel Guyot, après avoir vendu leur brasserie « Les Trois Cors » au décès de leur fils, avaient quitté Saint-Héand-sur-Cher. Ils occupaient une petite maison en bordure de la forêt, pas loin d'une belle exploitation viticole réalisant un splendide vin de Chinon, dans laquelle le père travaillait et la mère assurait le ménage chez les propriétaires. Autour de la maison, un petit jardin leur permettait de cueillir de bons légumes parfaitement bio et de faire ainsi quelques économies.

Ils précisèrent que c'est un policier de la Guyane, un commandant se souvenaient-ils, qui, revenant en métropole, avait eu la charge désagréable de leur annoncer le décès de leur fils dans le guet-apens de Maripasoula. Ils répétèrent ce qu'on leur avait dit. Les policiers qui étaient conduits par le major Stéphane Gonthier, qui était un grand ami de Samuel, se sont trouvés face à des mitrailleuses lourdes. Les orpailleurs clandestins avaient profité d'un espace découvert pour les abattre comme des chiens. Seul le major avait survécu, très grièvement blessé. Le policier leur avait précisé que les orpailleurs avaient sûrement achevé ceux qui n'étaient pas encore morts en leur tirant une balle dans le crâne à bout portant de face, ce qui explique que plusieurs, dont Samuel, aient été défigurés.

— Avez-vous pu voir la dépouille de votre fils ? demanda Vernier.

— Non, le policier nous a dit que le corps avait été placé de suite dans un cercueil mis sous scellés avant d'être rapatrié en France. Il nous a dit qu'il valait mieux qu'on garde une belle image de lui, précisa la mère qui se mit à pleurer à cette évocation lugubre.

— Savez-vous comment, au milieu de cette tuerie, le major Gonthier a survécu ?

— Le commandant nous a dit qu'il avait dû être un des premiers abattus et que les corps des autres s'étaient couchés sur le sien le protégeant et le rendant invisible et ainsi il avait échappé au coup de grâce.

Les parents Guyot avaient appris que le major Gonthier était revenu en France au bout de plusieurs mois en hôpital à Cayenne, qu'il avait été promu lieutenant et nommé à Rennes. Ils lui avaient écrit lui demandant de venir les voir pour parler un peu de leur fils. C'eût été un moment à la fois agréable et douloureux qu'ils auraient aimé vivre. Ils n'ont obtenu aucune réponse. Ils avaient tenté de téléphoner à son commissariat. Ses collègues ont répondu à chaque fois qu'il ne voulait absolument plus parler avec qui que ce soit de cet évènement.

— Je comprends que ça doit être trop douloureux pour lui, affirma la mère.

— Êtes-vous entrés en contact avec les parents de Stéphane Gonthier ? demanda Olivier.

Ils leur ont téléphoné plusieurs fois. Ils continuent de s'appeler au moins une fois par trimestre. Ils échangent des banalités et parlent de plus en plus rarement de leurs enfants. « Avec le temps, va, tout s'en va, on oublie le visage et l'on oublie la voix… ». Ils avaient été très choqués en apprenant que Stéphane, leur fils, refusait de les voir, ne leur écrivait plus, ne répondait plus au téléphone.

— Faire ça à ses propres parents ! Enfin, ce n'est vraiment pas bien, reprit le père. Ils doivent avoir du chagrin eux aussi. Pas le même que le nôtre, mais du chagrin quand même.

— De la colère aussi, déclara Olivier.

— Je les comprends, dit le père en hochant la tête.

— Nous voudrions au commissariat de Tours tenter de réconcilier Stéphane Gonthier avec son passé. La blessure est profonde et explique sûrement qu'il se terre et ne réponde à personne ni à vous ni à ses propres parents. Peut-être se sent-il coupable d'être le seul survivant du drame, d'autant que c'était lui le responsable du groupe. C'est, paraît-il, un syndrome classique, la culpabilité du survivant.

— Oui, vous avez sûrement raison.

— De votre côté, maintenant que vous savez qu'il réside à Saint-Héand-sur-Cher là même où vous teniez une brasserie, pourriez-vous tenter de l'appeler à nouveau au commissariat de Tours ?

— Bien volontiers. Si on peut vous aider et l'aider lui aussi. Samuel et lui étaient tellement amis.

— Auriez-vous des photos, des lettres de votre fils à nous confier ?

Les parents échangèrent un regard puis acceptèrent de confier aux policiers un carton plein de lettres et photos. Il y avait même des cassettes VHS, toute une époque !

Il était évident aux deux policiers que, au moins, l'un des deux parents mentait sans s'en rendre compte au sujet de Stéphane Gonthier. Et le lieutenant était un de leur collègue ! Pas facile de le revoir d'autant qu'après ses trois jours de mise à pied, il avait réintégré la brigade hier. C'est le divisionnaire Chardon qui regroupa les documents et photos que Vernier et Jousset avaient recueillis depuis hier. Puis ces derniers rejoignirent les fouilles de la loge de Bléré.

****

Dès leur arrivée les policiers avaient dû nettoyer les abords de la loge que l'orage de la veille avait rendus trop boueux. Il leur avait fallu écoper l'eau de pluie qui avait envahi le trou laissé par le corps d'Achod Hagopian. Ils pataugeaient dans un mélange de gadoue à moitié tourbe, à moitié vase. Il fallut bien une heure de ce travail peu gratifiant mais nécessaire avant de pouvoir se remettre à fouiller l'intérieur de la loge.

— Commencez par explorer juste à côté d'hier, leur conseilla Poitevin.

Les policiers ne mirent pas longtemps avant de poser les mains sur des tissus entourant un autre corps. Un murmure parcourut le groupe. Plus d'une heure fut nécessaire pour dégager cet autre cadavre dont la robe indiqua sans ambiguïté qu'il s'agissait d'une femme. Igor Podgorski donna les premiers renseignements.

— Une femme d'au moins cinquante ans, peut-être soixante. Elle a des cheveux blancs. Contrairement à ce qu'on a vu hier, le visage a été conservé. Néanmoins la tempe gauche a reçu un coup et a été enfoncée. De plus le corps me semble avoir été énormément battu et les fractures sur les membres sont nombreuses. Le doc Gérard en fera l'inventaire.

— La maman d'Achod ? questionna Murielle Daulincourt.

— Possible, répondit Poitevin. À confirmer.

Le commissaire n'eut pas le temps d'en dire plus.

— Commissaire ! Venez voir ! s'écria le lieutenant Aubry de l'intérieur de la loge.

— Un autre cadavre ? fit Hervé en baissant la tête pour entrer.

La lieutenante tenait à bout de bras un casque englué de boue.

— Un casque léger, comme pour les scooters, trottinettes, etc. Il a reçu un choc. Vous voyez là, juste sur le côté gauche. Ça correspond au temporal brisé de la tête de la dame.

— Comme si elle avait été victime d'un accident, remarqua Hervé, dont le portable sonnait. Il se pourrait bien qu'il s'agisse de l'accident dont on nous a parlé et dont la victime a été Taline Hagopian, la maman d'Achod. Excuse-moi, je sors, on m'appelle.

— Oui, c'est moi, salut Romain, quoi de neuf ?

— Je viens d'être averti par le peloton de la Gendarmerie de l'autoroute qu'une voiture, une Audi Q5 Sportback, a été flashée en excès de vitesse, 159 kilomètres par heure ce n'est pas rien, sur l'autoroute A 71, dans la direction du nord peu après l'aire du centre de la France. Alertés par les avis de recherche que nous avons lancés, ils ont analysé la photo et reconnu le pilote. Il s'agit du dénommé Dimitri Orlov.

— Pfuit, mazette, fit Poitevin.

— Ils ont bien réagi à la patrouille et ils ont instantanément lancé un avis à toutes les sorties de l'A71 mais aussi des autres autoroutes auxquelles elle permet d'accéder.

— Et alors, ne me fais pas languir !

— Pile-poil avec l'A85. La bagnole est sortie de l'A85 à la sortie de Bléré il y a une demi-heure.

— Une demi-heure ! Si elle a pris la direction de Bléré, elle a pris la D976 et est passée devant nous. Ils ont dû voir et comprendre ce que nous faisions. Ils sont au courant de ce qu'on a découvert ! Mince alors. On les retrouve les salauds mais dans des conditions où ils ont les infos. Il faudrait peut-être que tu…

— … je sais ce que tu veux et je l'ai déjà fait. Un hélico prospecte la région à basse altitude autour de Bléré, Saint-Héand, etc. Tu vas l'entendre passer.

— Très bien Romain. Nous, on amène un nouveau corps à Julien Gérard. Il se pourrait bien qu'il s'agisse de la mère d'Achod Hagopian.

— Eh bien, il va falloir faire le point et la jouer fine. N'ayant pas de nouvelles du côté des stups j'ai bien envie de téléphoner à notre grand ami Sébastien Martineau. Qu'en penses-tu ?

— Oui, toi ou bien le juge Ribes ou… heu… madame la procureure ?

— Je vais voir, fit le divisionnaire Romain Chardon en riant.

— Le plus rapidement possible serait le mieux, Romain. Bon courage !

Quelques instants plus tard, le commissaire Poitevin contournait la loge en appelant :

— Antoine ? Vous avez vu le juge Ribes ? Antoine ? Ah, te voilà. J'ai un service à te demander.

— Peux-tu demander l'exhumation de la tombe de madame Taline Hagopian.

— Eh bien, rien que ça ! Tu y vas fort, tu le sais. D'une façon générale, ni la police ni la justice n'aiment ce genre d'investigation. Mais je comprends ce que tu veux faire avec cette découverte si elle correspond bien à ce que tu supposes, répondit le juge Antoine Ribes.

— En effet, si c'est son cadavre qu'on vient de déterrer à Bléré, je voudrais voir ce qu'il y a dans sa tombe au cimetière de Saint-Héand-sur-Cher.

— Oui, bien sûr. Je vais faire mon possible. Tu sais que c'est le genre de démarche qui ne plait guère et est donc difficile à obtenir surtout dans l'urgence. Les gens d'ici ne vont pas apprécier. Mais tu as raison.

Hervé s'approcha d'Antoine pour lui glisser à l'oreille :

— Pendant que tu y seras, j'aimerais bien qu'on exhume aussi la tombe de Samuel Guyot.

— T'es fou. Pour quelle raison ? On ne peut pas déranger les morts comme ça. D'autant qu'il y a les parents. En tout état de cause ça va prendre bien plus de temps.

C'est donc à nouveau un fourgon spécial qui entra à 17 heures 25 dans la cour de l'Institut Médico-Légal de Tours.

— Eh bien, merci Hervé. Tu avais peur que je sois désœuvré et que je m'embête. Merci. Deux à la fois. Bravo môssieur me comble ! Merci monseigneur ! Vous êtes trop bon !

****

À 18 heures 45, les lueurs du jour commencèrent à s'estomper. L'hélico ne pouvait plus mener à bien sa mission. Elle reprendrait le lendemain matin. De toutes façons il fallait prendre conscience que les truands étaient dans la région. Où ? Le mystère était total mais on pouvait raisonnablement penser qu'ils étaient planqués pas loin, proches de Saint-Héand-sur-Cher.

Le divisionnaire Chardon et le commissaire Poitevin avaient regardé les documents apportés par Vernier et Jousset. Une première analyse avait été faite. Une éventualité était née dans la tête de Poitevin. Décidément dans son cerveau il pousse des hypothèses comme dans un jardin luxuriant.

— De toute manière, pour le moment, on ne dit rien. Stéphane Gonthier a repris le boulot depuis hier, très calmement, sans se faire remarquer. Alors on laisse passer un peu de temps. On ne lui en parle surtout pas. On ne lui pose aucune question, conclut Hervé.

— Bien évidemment, tu as raison.

— L'essentiel est la présence de Orlov et de ses comparses dans le coin.

— Ça serait bien de connaître quels sont les autres occupants de l'Audi ?

— Effectivement, une Sportback, ça peut contenir à la fois cinq personnes et du matos. Il n'est pas venu seul, on voit distinctement une ombre à côté d'Orlov sur la photo. De qui s'agit-il ? Je vais demander à notre major Caroline Huet de la cellule informatique. Si elle pouvait travailler l'image et nous donner des indications, ça serait super.

— A-t-on les résultats de l'expertise du parechoc récupéré au garage Takessian ? demanda Romain.

— Pas encore, Igor a été trop occupé avec la loge de Bléré. Il m'a promis de s'y remettre.

— Bon, on les libère, ils ont bien mérité un peu de repos. Nous on reste pour voir si on a du neuf côté des stups et on prépare la journée de demain. Espérons qu'on n'en aura pas pour trop longtemps. Demain matin, réunion pour organiser le boulot.

— Ok, ça marche, fit Poitevin en s'étirant sur sa chaise.

****

Poitevin attendait bien évidemment des précisions plus détaillées sur les actions entreprises par les brigades des stups. Les quotidiens nationaux avaient mentionné des coups de filets importants en Belgique et à Paris d'une part ainsi que d'autre part en Espagne. Les quantités saisies étaient très élevées, presque des records. Mais les articles ne détaillaient pas grand-chose bien qu'ils mentionnaient les noms des deux frères Debruyne, Lars à Paris et Francis à Gand. Poitevin souhaitait obtenir des précisions. Il laissa un message sur le portable de Sébastien Martineau.

Il attendait également que le légiste lui fournisse des éléments concernant le dernier corps déterré à la loge de Bléré. Il gardait la tête légèrement inclinée, les yeux fixes, une main posée à plat sur son bureau et l'autre caressant en automatique le dos de Stock, le chat, qui s'était installé sur ses genoux et ronronnait à qui mieux mieux.

Il espérait que tous ces renseignements ne tarderaient pas trop à arriver. En tout état de cause il avait décidé d'être chez lui au plus tard à 22 heures.

Romain Chardon fut le premier à recevoir un appel téléphonique et sortit dans le couloir. Poitevin ne mit pas longtemps à comprendre que la procureure l'appelait pour lui fournir des informations sur les actions entreprises par les stups. En effet, dans le dialogue qui lui parvenait indistinctement il entendit néanmoins le nom de Martineau, « ce sacré Martineau », et aussi des mots d'amour « oui ma chérie ». Poitevin avait un sourire légèrement narquois mais amical aux lèvres lorsque Romain vint lui résumer cet échange avec madame la procureure.

Les stups avaient fait un énorme travail. En Belgique, Bart Verstraete avait tendu un piège redoutable mobilisant des centaines de policiers. Il avait saisi l'occasion pour conduire cette opération pour laquelle il sollicitait l'autorisation de ses autorités depuis longtemps. Francis Debruyne, son fils Otis surpris en plein trip, et plusieurs trafiquants notoires tant belges que hollandais ont été arrêtés avec leurs cargaisons. Un vrai record pour la Belgique. Plus de 15,5 tonnes représentant des milliards d'euros.

Mais surtout, Bart avait organisé une synchronisation parfaite avec plusieurs actions en France à Paris et sa banlieue, particulièrement à Herblay, en Savoie mais aussi en Espagne. Dans ce dernier pays, plusieurs actions avaient été menées dans le sud du pays mais aussi aux abords de la frontière avec la France. Plusieurs policiers espagnols avaient été arrêtés qui avaient trempé dans ces trafics. Le plus grand coup de filet en Europe ! Sébastien Martineau jubilait quant à lui plus qu'il ne le fallait, considérant que c'était lui l'instigateur de toute cette action d'ampleur internationale. Les deux policiers rirent de bon cœur.

— Un sacré type ton ami belge ! fit remarquer Romain.

— Allez, tu peux le dire une fois, répondit Hervé en imitant l'accent de Bart. Je lui téléphonerai demain.

C'est peu avant 21 heures que Poitevin entendit l'appel de Julien Gérard. Il se leva, Stock bondit sur le sol sans se plaindre, il avait profité d'une longue séance de caresses et sentait bien qu'il n'avait pas le droit de râler.

— Dis-moi d'abord mon ami à quelle cadence tu comptes m'amener des cadavres ? commença le légiste. Parce que si tous les jours c'est comme ce qui vient de se passer, je fais aménager une chambre dans l'institut !

— C'est Marie qui serait heureuse, ainsi débarrassée de son insupportable mari ! répondit Hervé en riant.

— Tu es un vrai salaud, briseur de ménage ! Bon, blague à part. Il faudra confirmer encore par un examen d'identité plus précis, mais je peux t'affirmer d'ores et déjà qu'il s'agit bien de Taline Hagopian, mère d'Achod.

— Je m'en doutais. Dans quel état est le cadavre ?

— Attends un peu, ne sois pas si impatient, Igor m'a appelé pour me renseigner et m'a demandé de t'informer que le parechoc a des déformations et des rayures correspondant à un choc avec un scooter qui pourrait être de marque Peugeot Scooters comme celui que possédait madame Hagopian. Il est efficace notre copain Igor. Pas tant que moi cela va sans dire.

— On a ainsi acquis la certitude que cette dame a été tuée lors d'un accident avec un chauffard et que ce chauffard conduisait le quatre-quatre de Gabin Perreux. Était-ce Gabin lui-même ou bien son fils Théo ?

— Bien résumé patron ! fit Julien Gérard. Mais tu n'as pas fini de te faire du souci. Je t'annonce que le cadavre de Taline Hagopian, comme pour son fils, est un cadavre creux.

— Cadavre creux, de quoi s'agit-il ? Tu viens d'inventer un nouveau concept ?

— Comme pour Achod, aucun viscère, pas de foie, ni rein, tout pareil si ce n'est qu'on lui a laissé les poumons qui sont tout momifiés bien évidemment. Elle avait des côtes cassées qui les avaient perforés et rendus difficiles à extraire. Ils voulaient vraiment que ça ne sente pas mauvais dans la loge.

— L'horreur continue. Merci Julien. Demain réunion le matin, j'aimerai que tu nous présentes toi-même tes trouvailles. Bonne nuit. Bises à Marie.

Peu avant de partir, il appela encore Sébastien Martineau. Alors qu'il n'y croyait plus, il entendit qu'on lui répondait.

— Oui, commissaire Poitevin, je ne vous oublie pas, mais je suis, vous le devinez bien, très occupé actuellement, surbooké. Je comprends que vous vouliez quelques précisions.

— Merci de me rappeler malgré l'heure tardive, dit poliment Hervé Poitevin.

— Il y a des moments comme cela dans nos professions où il n'existe plus ni jour ni nuit. Et vous Poitevin n'êtes-vous pas au boulot, comme moi ? D'abord, Poitevin, je me dois de vous remercier. Car c'est en partie à vous que je dois d'avoir attrapé le bon fil de laine pour détricoter l'imbroglio de ce trafic gigantesque. Vous êtes intervenu, certes illégalement, aux Contamines mais cela a provoqué une illumination, une vraie découverte. Cela a mis en évidence un maillon qui manquait aux différentes enquêtes sur ce trafic. Avec ces éléments nouveaux et ce qui avait été déjà découvert à La Fouquerie on avait du grain à moudre, ce qu'on a fait avec mes collègues tant à Paris qu'à Gand et aussi en Espagne. Le directeur de l'OFAST [25] a fait une déclaration à la télévision que vous avez peut-être vue ce soir. Le cartel

[25] OFAST : Office Français Anti-STupéfiants de la Police Nationale.

a une amplitude énorme. De la Belgique à l'Espagne via la France, puis le Maghreb par Tanger, ça va jusqu'à Doha où plusieurs Qataris ont été arrêtés. Et oui, il ne se passe pas que la coupe du monde de football au Qatar ! Un sacré coup de filet international, exceptionnel, un record. L'ensemble du trafic a été mis à jour. On est à plus d'une centaine d'arrestations et d'autres vont suivre, j'en suis persuadé. Votre intervention a bousculé le planning mais nous avons pu mettre sous les verrous les principaux acteurs et nous disposons de preuves irréfutables. Vous voyez, tout ceci un peu grâce à vous ! Il paraît que vous êtes ami avec Bart Verstraete le commissaire belge, un des principaux acteurs de la lutte contre ce cartel. Un sacré monsieur celui-là.

— Oui un grand ami, répondit Hervé qui était un peu estomaqué par le flot de paroles non agressives que lui prodiguait Martineau. Avez-vous des éléments d'informations précis concernant le trafic de drogue dans la région et qui sont utiles dans mon enquête.

— Mais vous savez, Poitevin, le Centre Val de Loire n'est pas l'essentiel du trafic, tout au plus un magasin pour une clientèle locale. Je suis un peu pressé mais si vous voulez appeler demain mon second. Il vous dira tout. Au revoir Poitevin.

La conversation avec Martineau avait été cordiale cette fois. C'était un progrès indéniable. Mais au fond, quels renseignements précis le commandant des stups de Tours lui avait-il fournis ? Aucun qu'il puisse exploiter. Un discours vide de sens et faussement aimable, juste pour se faire mousser, pour s'approprier des miettes de la réussite globale. Poitevin comprit qu'il devrait une fois encore agir par lui-même. Il était un peu dépité. En analysant ce qui avait été révélé, certains crimes anciens avaient été solutionnés mais les récents restaient hermétiques aux investigations menées. Cela l'inquiétait fortement. Une journée venait de s'écouler qui n'avait pas apporté, à ses yeux, suffisamment d'avancées pour confirmer ni invalider les hypothèses qui avaient germé dans sa tête et qui se querellaient formant un mouvement désordonné assourdissant.

XXI
Où il est question de l'élite de santé

16 septembre

Le commandant Rachid Hassen avait été très heureux de retrouver le commissaire Poitevin. Une solide amitié s'était nouée entre les deux hommes lorsqu'ils avaient eu à déjouer les pièges machiavéliques de vieux notables ardéchois pour qui la vie humaine n'était pas toujours objet de valeur[26]. Il s'était senti fier d'avoir pu l'aider quelques jours auparavant. À un point tel qu'il s'était mis en demeure de poursuivre des investigations qu'il sentait pouvoir aider le commissaire tourangeau. C'est ainsi qu'il avait obtenu de la procureure de Haute-Savoie l'autorisation de retourner aux Houches et de perquisitionner le chalet du docteur Barre-Chaudière. Une vaste et belle bâtisse. Un entresol en pierres de taille supportait l'édifice en bois. Des motifs sculptés de type savoyard couvraient les volets mais aussi les linteaux de portes. Un immense balcon parcourait toutes les façades, excepté celle orientée au nord. L'intérieur était tout confort tant au niveau d'une gigantesque cuisine avec îlot central tout équipée des derniers éléments de modernité que d'un salon accueillant avec un âtre où des troncs entiers pouvaient être brûlés. Mais il n'était pas venu faire une visite pour louer le chalet. Lui et ses hommes fouinèrent dedans, dessus, dessous, partout. La liste des découvertes intéressantes fut décevante quand Rachid la communiqua à Hervé.

---

[26] Voir « Les disparus de l'Ardèche », juin 2018, éditions de La Morelle.

— Il n’y a pas de labo aux Houches. C’est aux Contamines qu’ils fabriquaient les bonbons, pas ici.

— Je m’en doutais. C’est vraiment un chalet pour passer sa retraite et se planquer et bien organiser le trafic entre deux livraisons.

— Tout à fait. On a trouvé un petit sachet d’ecstasy. Le docteur goûtait ce qu’il fabriquait, dit Rachid en riant. On a trouvé du beau, très beau matériel photographique. Des Canon, des Sony avec des objectifs à tomber. Il est amateur de photos. On a trouvé plusieurs albums. Photos de plantes et fleurs des Alpes, photos de chamois, de marmottes, d’écureuils, lièvres variables, lagopèdes, tétras et autres animaux, des photos de panoramas, de montagnes, de glaciers et aussi photos de chalets, de belles maisons, de châteaux. On a même reconnu des châteaux de la Loire comme Chambord.

— Tu me la joues Prévert pour ton inventaire ?

— Presque, surtout si je rajoute deux vélos électriques, un congélateur dans le sous-sol, une remorque à ridelles, une tondeuse à gazon…

— Arrête, arrête ! Merci infiniment Rachid. Rien sur la présence du proprio ?

— Non rien, mais on continue à être vigilant. Si j’ai du nouveau, je t’appellerai.

— Pourrais-tu me rendre un service ?

— Bien sûr !

— J’aimerai bien piocher un peu plus en profondeur du côté de cette clinique suisse, la clinique du Cervin à Sion, où travaillait le mari de madame Driaguine et avec laquelle le docteur Barre-Chaudière, qui m’intéresse au plus haut point, avait des relations sûrement à plusieurs niveaux.

— Pas de problème. Je vais faire tout ce que je peux et bien sûr le plus rapidement possible. Je connais bien un flic suisse, ça devrait m’aider.

— Merci Rachid, à bientôt !

****

En fin de matinée le Volkswagen Tiguan vert olive de la police helvétique se garait dans la cour de la clinique du Cervin à Sion, la « Matterhorn Klinik ». Le commandant Norman Hermetz précéda son homologue et ami français Rachid Hassen dans le bureau du directeur de la clinique mais le présenta comme un journaliste français désirant faire un reportage concernant les savoir-faire de la clinique conformément à ce que les deux hommes avaient décidé comme stratégie.

Le directeur les reçut très aimablement et leur fit visiter un certain nombre de salles du bâtiment. Il insista sur la renommée internationale de la clinique qui s'appuie sur la greffe d'organe, surtout depuis que feu le professeur Constantin Driaguine avait trouvé une méthode opératoire permettant d'éviter ou presque les rejets du greffon. Rachid prenait des notes et demandait souvent de prendre des photos, ce qui lui était accordé en général

— Nous pratiquons ici de la chirurgie de très haute précision. Peu d'établissement de par le monde, cliniques ou hôpitaux, peuvent se targuer de pouvoir réussir autant que nous de telles opérations. Le professeur Driaguine a formé plusieurs élèves qui sont devenus de brillants chirurgiens à leur tour. Il a coordonné leurs établissements en créant le label EliMed.

— Le label EliMed ? De quoi s'agit-il ?

— Des établissements, ceux qui le méritent, sont ainsi labellisés, EliMed comme « Élite Médicale ».

— Élite médicale, je vois, dit Rachid.

— Nous sommes élite du point de vue strictement médical mais aussi, il faut bien l'avouer, élite sociale, cela va de soi compte tenu du prix de telles opérations. Par exemple chez vous, en France, le coût dépasse les remboursements de la Sécurité Sociale et de beaucoup. Et ces dépassements ne sont pas ou peu pris en charge par les Mutuelles.

— Oui, je comprends, élite sociale. Et vous arrivez toujours à répondre aux demandes ?

— Oui, nous oui, nous bénéficions de tout un réseau international qui nous permet d'obtenir très rapidement les organes à greffer dans des conditions optimales de transport. On vient se faire opérer du monde entier dans nos établissements EliMed.

— Votre clinique est un bâtiment magnifique et parfaitement équipé et entretenu. Vous avez les crédits pour tout ça ?

— Je reconnais bien là les préoccupations principales des Français ! répondit le directeur en souriant. Notre savoir-faire reconnu attire les sponsors et les donations ainsi que les legs. Ils sont nombreux vous savez. Peut-être que vous-même voulez faire un don ? dit-il en riant cette fois.

— Il serait tellement insignifiant, répondit Rachid Hassen. Est-ce qu'en France on trouve des cliniques bénéficiant du label EliMed ?

— Bien sûr ! Je vous donnerais les dépliants édités par pays. Vous verrez que depuis plusieurs années le réseau français devient assez important et couvre tout le territoire, l'hexagone comme vous le dites, reprit le directeur.

— Oui, je m'en doute bien, reprit Rachid. Il est de notoriété publique que certains médecins français ont déjà acquis une sérieuse réputation dans ces domaines médicaux. Connaissez-vous le docteur Barre-Chaudière ?

— Barre-Chaudière vous dites ? Heu… Pas personnellement, peut-être est-il venu ici car ce nom ne m'est pas inconnu.

— Peut-être du temps du professeur Constantin Driaguine ?

— Oui, puisque vous le dites, en effet, il me semble que c'est le nom du médecin qui accompagnait parfois le professeur Constantin Driaguine et son épouse. Oui c'est cela. C'était avant le décès du professeur.

— Comment est-il décédé ? demanda Norman Hermetz.

— Une chute en montagne. Un accident survenu dans les Alpes françaises. Une chute stupide mais mortelle.

Une déambulation pilotée par le directeur dans les couloirs de la clinique permit aux visiteurs de constater le confort des chambres, la qualité des dispositifs de soin de suite comportant salles de sport, plusieurs piscines, salles de restaurant avec bar luxueux avec du personnel très élégant en blouse blanche parmi lequel figuraient de nombreuses femmes blondes. Rachid pensa même que c'était un décor propice pour le tournage d'un James Bond.

Le commandant suisse Norman Hermetz et le commandant français Rachid Hassen quittèrent la Matterhorn Klinik avec un sentiment mêlé d'émerveillement incrédule et d'écœurement nauséeux, déchirés entre le luxe de la clinique qu'ils avaient visitée et son indécence choquante quant à proposer une santé pour tous. EliMed, élite de santé peut-être mais sûrement élite sociale, santé de riches, de super-riches même.

La brochure française mentionnait cinq cliniques privées appartenant au réseau, une au nord près d'Amiens, une à l'est vers Colmar, une au sud à Grasse, une vers la côte aquitaine à Lège-Cap-Ferret et une en Centre-Val de Loire.

— Celle-ci va bigrement intéresser un commissaire de mes amis, dit Rachid à son collègue. Je peux te demander de le scanner et de lui envoyer, moi je le préviens avec un coup de fil. Merci Norman.

****

Hervé Poitevin se levait pour rentrer chez lui, quand il fut averti de l'arrivée d'un mail. Quand il vit l'origine, la Suisse, un dénommé Hermetz Norman qu'il ne connaissait pas, il bailla, ferma l'ordinateur et dit « Je verrai ça demain ».

XXII
Une nouvelle fois chez l'écrivain

17 septembre

Quand Hervé Poitevin arriva au commissariat, averti par le SMS de Rachid Hassen, il se précipita sur son ordinateur, saluant de loin ses collègues déjà présents.

La pièce jointe au mail du dénommé Hermetz Norman était riche d'informations.

Une clinique appartenant au réseau EliMed existait en Centre Val de Loire à Suèvres en bord de Loire un peu après Blois, au niveau du château de Chambord.

— C'est proche d'un excellent restaurant deux étoiles au Michelin, proclama Jacques-Antoine Vernier. « La maison d'à côté » à Montlivault, vous connaissez ?

Tous les regards se portèrent sur lui, considérant ses propos comme incongrus. Il crut bon néanmoins de préciser :

— Mes beaux-parents nous y ont invités dernièrement quand nous leur avons annoncé la naissance prochaine de notre enfant.

— Je plains le môme avec un tel père, murmura Zahyia Sassi.

Hervé lui lança un regard de réprobation que démentait le rictus souriant de sa bouche.

— Il y a un lien indubitablement entre cette clinique EliMed et le docteur Barre-Chaudière puisqu'on sait que ce dernier fréquente la veuve du chirurgien russe fondateur de ce réseau. Y faire un tour, ça serait bien, dit le commissaire.

— Je suis volontaire, s'écria Jacques-Antoine. Mais, bien sûr, à condition que je puisse prendre mon repas à « La maison d'à côté » !

— Ton humour vaseux ne m'incite pas à te confier cette mission délicate, rétorqua Hervé Poitevin d'une voix revêche. Murielle et Olivier vous emmenez Stéphane avec vous, il jouera le rôle du malade qui nécessite selon son ami toubib, le doc Barre-Chaudière comme de bien entendu, une opération du cœur, voire une greffe de cet organe. Ok tous les trois ? Profitez du voyage pour peaufiner vos rôles ! Amusez-vous bien.

Les trois nommés quittèrent la pièce en riant.

— David, Kimbu, Bassembo et Jacques-Antoine, vous me reprenez en détail le problème de la lettre anonyme d'avertissement suite à la décision, secrète au départ, de rouvrir le procès Perreux.

— Je ne comprends pas, intervint Jacques-Antoine. Tu veux qu'on revienne sans cesse à la mort de l'arménien ?

— Oui, en quelque sorte. Il reste des tas de choses à savoir, par exemple qui a rédigé et envoyé cette lettre. On sait que Monnery, le gendarme ripou, a averti les Perreux, en particulier Théo. Je suis sûr que Théo a averti d'autres personnes. À vous de voir si on peut élaborer des hypothèses fiables à ce sujet. Revoyez tous ceux qui ont reçu cette lettre. Je mettrais ma main à couper que Margot Guignard fait partie des destinataires. Ce qui expliquerait en cascade certains des évènements restés disparates jusqu'à ce jour. Allez au boulot, soyez très méticuleux.

— Ok le patron, dit David. On y va.

— Merci. Zahyia ? Viens avec moi chez l'écrivain de Saint-Héand. Il m'a dit avoir des photos. J'aimerai bien en voir quelques-unes et comparer avec la vieille photo confiée par Achod. Allez, on y va. Retour pour tous en début d'après-midi en salle de réunion.

****

Le bureau d'accueil de la clinique était situé dans un hall grand comme celui d'une gare. Le marbre au sol et le tuffeau sur les murs en faisaient un lieu de prestige digne des plus beaux châteaux renaissance qui étaient abondants dans la région, à commencer par Chambord, le roi des châteaux, le château des rois. Stéphane jouait à la perfection son rôle de personne malade, peau blanche et cernes sous les yeux parfaitement dessinés par Murielle et sa trousse portative de maquillage express. On ne saurait dire si la jeune femme blonde de l'accueil était une secrétaire médicale ou une bimbo à rôle exclusivement commercial. Elle parlait avec la voix charmeuse des annonces d'aéroport.

— Vous avez les ordonnances ainsi que les résultats des examens sanguins ? Il faudrait aussi l'ECG[27]. A-t-il passé une scintigraphie cardiaque ?

Stéphane hocha de la tête, émit un borborygme sonore inaudible et Murielle répondit :

— Oui, on a tout, mais dans la précipitation on n'a rien pris avec nous.

Devant les yeux très bleus et très beaux, surpris de la secrétaire, Murielle reprit :

— C'est qu'on nous a dit qu'il fallait faire très vite pour retenir une chambre à la clinique. Alors nous voilà. Mais on peut vite retourner à Saint-Héand-sur-Cher prendre tous les papiers.

— Donc, le malade est de Saint-Héand. Je suppose qu'il consulte le docteur Kerprigent.

— Oui, répondit Olivier sans réfléchir.

— C'est curieux que ce soit le docteur Kerprigent qui vous ait indiqué la clinique.

— Non, en effet, intervint Murielle, Kerprigent est son docteur référent, mais c'est l'ancien toubib de Saint-Héand que nous connaissons qui nous a, après avoir examiné ses résultats, expressément conseillé de venir à la clinique de toute urgence. Ce que nous faisons.

---

[27] ECG = ÉlectroCardioGramme.

— Ah, pourquoi vous ne le dites pas plus tôt. Le docteur Barre-Chaudière.

— Oui, c'est lui.

— C'est l'un des fondateurs de la clinique, un des fondateurs également du réseau EliMed. Ça change tout alors. Il vous a rédigé une lettre, je suppose.

— Oui, bien sûr mais comme le reste on ne l'a pas avec nous.

La secrétaire fronça les sourcils.

— Bon, je ne peux pas faire grand-chose en attendant.

— C'est très important pour Stéphane, affirma Murielle.

— Barre-Chaudière était mon docteur quand j'étais adolescent et jeune adulte, murmura très lentement Stéphane.

— Oui, bon. Je vais marquer une chambre comme retenue mais cela n'est que provisoire. Jusqu'à ce soir seulement. Je vais contacter un des docteurs de la clinique qui l'examinera également. Allez vite chercher tous les documents. En vous attendant, monsieur Gonthier va aller se reposer dans la chambre 121. Je vais appeler une infirmière qui vous conduira. Revenez vite !

Face à cette éventualité, Stéphane se fit plus audible qu'il n'avait été jusqu'à maintenant. Il imita une voix faible, brouillée comme s'il avait une patate chaude dans la bouche.

— Je veux aller aussi avec eux. Ils ne trouveront pas dans mon capharnaüm.

— On revient dès le début de l'après-midi, conclut Olivier.

La secrétaire médicale vit s'éloigner Stéphane Gonthier très lentement, marchant d'un pas incertain et respirant fortement et s'appuyant sur les épaules de ses deux collègues. Quand ils eurent disparu, elle décrocha son téléphone.

****

— Vous m'avez dit que votre visite de ce jour était bien dans le cadre de vos enquêtes ?

— Tout à fait, répondit le commissaire Poitevin. Vous avez, depuis notre dernier entretien, pris connaissance par les médias d'un certain développement de nos enquêtes.

— Ça oui, on ne peut y échapper, journaux, télévision, internet, réseaux sociaux, on en parle partout. Mais je suppose que tout n'est pas révélé.

— Votre supposition est exacte monsieur Sian. Je voudrais qu'on aille de suite aux questions essentielles.

— Quelles sont-elles ? demanda Daniel Sian.

— Pouvez-vous, dans un premier temps, nous relater l'histoire des « Troglos de Touraine », depuis la constitution de ce groupe jusqu'à sa dislocation, en particulier quand certains de ses membres se sont trouvés mêlés au trafic de drogue ?

Daniel Sian était un excellent observateur et il avait une mémoire sans pareil. Une telle sagacité n'était l'apanage que de bien peu de gens de par le monde : les marins, les alpinistes, les policiers et les écrivains possédaient cette faculté. En outre Daniel possédait l'art admirable de conter en insistant sur l'essentiel. Les policiers enregistraient ses paroles. Au départ il s'agissait d'un groupe de jeunes pleins de joie de vivre, désirant être ensemble pour s'amuser et également pour flirter de temps à autre. Mais ce n'est pas parce qu'on est à la campagne que les tares et problèmes de société facilement attribués aux villes et leurs banlieues ne se rencontrent pas. Presque tous étaient des patients du docteur Barre-Chaudière qui était également maire de la ville à cette époque et jouissait d'une aura qui lui conférait une autorité qui dépassait largement Saint-Héand. Il savait faire avec les jeunes de cet âge. Il était devenu leur confident, la confiance qu'ils avaient en lui était énorme et bénéficiait de la bénédiction de leurs parents. Cette affection eût été moindre si ces derniers avaient appris que c'était le docteur lui-même qui fournissait aux jeunes des choses qu'eux auraient réprouvées. Passe encore pour les capotes mais il les initia à la drogue, du moins en premier lieu au pétard, au joint, au bédo. Tous en ont sûrement fumé mais aucun parent ne manifesta sa répréhension.

— En quelque sorte, il les avait mis dans sa poche, intervint Zahyia.

— Oui, en effet. Et à partir de là une chape de plomb s'abattit sur la ville et en particulier sur la bande, dit Daniel Sian.

— À ce point, fit Hervé.

— Le docteur Barre-Chaudière sélectionna certains jeunes pour qu'ils passent de consommateur à trafiquants. Et il les a bien formés ! En public ils savaient rester des jeunes avec le comportement de leur âge. De façon secrète, clandestine, il les employait pour développer un vrai réseau de trafic de drogue qui est devenu, si j'ai bien compris les informations données par le directeur de l'Office Français Anti-Stupéfiant au journal télévisé, un maillon d'un trafic colossal et international.

— En effet il s'agit bien d'un gigantesque cartel.

— Un nom m'a frappé dans cette interview, celui de Debruyne, révéla Daniel Sian.

— Vous êtes un observateur perspicace ! Une fille Debruyne n'est autre que Margot Guignard qui est recherchée par nos services. Nous pensons qu'elle a joué un rôle prépondérant dans les affaires qui nous préoccupent. Nous ignorons où elle est. Mais mon ami Karim Boushaki, commissaire du XIe arrondissement de Paris a arrêté son fils Bertrand. Mais ce dernier n'a pas pu nous livrer grand-chose d'intéressant.

Daniel Sian continua son récit. Sa maison était et demeure un lieu d'observation judicieux avec la présence de son accès à un réseau de caves troglodytiques qui sont autant de cachettes relativement sûres. Elles avaient été utilisées par les résistants durant la Seconde Guerre mondiale. Au fur et à mesure du temps son frère mais aussi lui-même constatèrent la présence de motards en marge et en accompagnement du groupe. Les pétarades des motos gênaient beaucoup son frère tant cela dérangeait ses animaux.

— Il y avait sûrement Margot Guignard ainsi qu'une autre moto, n'est-ce pas ? demanda Hervé.

— La perspicacité des policiers m'étonnera toujours. Je n'ai jamais trouvé les mots pertinents pour en rendre suffisamment compte dans mes romans ! s'exclama l'écrivain.

Daniel Sian confirma en indiquant que Margot Guignard sortait en moto principalement lorsque son mari dormait pour récupérer de son travail matinal de boulanger. Le magasin était donc presque toujours tenu seulement par l'employée qui était une amie de la coiffeuse Laurence Launeau. Il y avait souvent deux hommes sur la deuxième moto. Leurs visages étaient toujours dissimulés par leurs casques intégraux. Ces motards s'engouffraient dans les troglodytes à côté de la maison.

— Vous n'avez remarqué que des motos ? Pas de voiture ? demanda Hervé.

— Si, rarement mais quelques fois. Une curieuse voiture d'ailleurs.

Le commissaire montra une photo sur son portable.

— Oui, tout à fait. C'est curieux cette Mercédès. Elle pourrait servir de corbillard aussi bien que d'ambulance !

— Vous avez vu sur son toit ce système d'ailettes, comme si elle était réfrigérée ?

— Je vois. C'est très bizarre en effet, mais je ne peux rien vous en dire de plus.

— Tout s'emboîte parfaitement. Vous savez que, peut-être à son insu, laissons-lui la présomption d'innocence, Pascal Thirion le petit ami de la coiffeuse Laurence Launeau, était un des transporteurs de la drogue.

— Tiens donc. Je l'ignorais. C'est pendant les jours où il venait à Saint-Héand que mon frère avait constaté le maximum d'agitation, en particulier la venue de cet étrange véhicule.

— Est-ce que certains jeunes de la bande ont manifesté leur opposition à ce trafic de drogue ? demanda Zahyia Sassi.

— Oui, en effet. Peu néanmoins. Leur rébellion a coïncidé avec celle des ouvriers agricoles à la ferme Perreux.

Comme Jules Pérez et Achod Hagopian se joignaient de temps en temps à la petite troupe, très vite leurs problèmes ont été pris en compte par tout le monde. Mon frère a même assisté à une sorte de manifestation des « Troglos de Touraine » contre les Perreux en soutien aux ouvriers agricoles. Et puis, brusquement, du jour au lendemain, ils ne furent plus que deux à soutenir ce point de vue. Tous les autres au contraire se sont rangés au côté de ceux qui soutenaient les Perreux, les notables de la ville et du département. Tous les autres ont affiché une hostilité violente aux deux qui ont continué à soutenir Hagopian.

— De qui s'agissait-il ? demanda Zahyia.

— De celui qui faisait un peu figure de chef de bande, Samuel Guyot, et de sa petite amie Émilie Ouvrard, fille du pharmacien Fabrice Ouvrard, grand et fidèle ami du docteur Barre-Chaudière et sœur de la pharmacienne actuelle Ambre Ouvrard.

— Vous pouvez nous en dire plus sur Samuel Guyot.

— Il était le fils du couple qui tenait la brasserie « Les Trois Cors ». Une belle brasserie qui fonctionnait bien, où on mangeait bien. La clientèle était formée non seulement des gens d'ici mais recrutait sur les bourgades avoisinantes. On venait même parfois de loin. Du jour au lendemain le maire, je veux parler toujours de Franck Barre-Chaudière, a interdit d'y aller en invoquant comme prétexte que leur fils soutenait les ouvriers agricoles contre les Perreux. La brasserie s'est vidée, il ne restait plus qu'une clientèle très clairsemée.

— C'est le moment de me parler d'Émilie je crois, fit Hervé.

— Une très belle fille, une belle brune. En la regardant au côté de Samuel, on ne pouvait pas ne pas croire en leur amour réciproque. Mon frère a assisté à des scènes où elle a été injuriée par les autres, bousculée violemment. Manifestement les autres ne pouvaient plus tolérer qu'elle soit anti-Perreux alors que sa sœur et son père étaient dans le camp de l'agriculteur, dans le camp des gens de pouvoir. Dès que Samuel n'était pas avec elle, elle était la cible de tels comportements.

— Ça a duré longtemps ce petit jeu de harcèlement ?

— Non, pas longtemps en fait. Peu de temps après, un jour, on a dit qu'elle avait disparu, qu'elle était partie tellement elle ne pouvait plus vivre ainsi à Saint-Héand et parce qu'au fond elle n'était pas très amoureuse de Samuel.

— Une enquête a été faite par la gendarmerie à ce moment-là...

— ... qui n'a conduit à rien de tangible, poursuivit Daniel Sian. Toute la population de Saint-Héand ou presque, tous ceux qui étaient du camp des Perreux, la majorité, ont organisé des battues avec les gendarmes, rien n'a été trouvé, puis des témoignages ont attesté de sa fuite.

— Oui, l'enquête s'est soldée en une disparition non élucidée, je sais. Et qu'a fait Samuel Guyot alors ? demanda Hervé Poitevin.

— Fou de douleur le jeune homme a participé aux battues, a interrogé beaucoup de gens dont la plupart l'ont rejeté et ont refusé de parler. Par ailleurs, il avait fait l'école de police et attendait une nomination, je crois. Mon frère a su qu'il avait été embrasser ses parents un soir et était parti pour s'en aller loin de Saint-Héand. Il a été nommé en Guyane n'en pouvant plus de l'atmosphère pesante de cette ville. Ses parents ont vendu la brasserie, pour une bouchée de pain et se sont installés près de Chinon comme gérants de supérette.

— Oui à Saint-Benoit-la-Forêt, je sais.

— Une famille détruite par l'ostracisme de certains et qui n'avait pas fini de vivre des malheurs, continua l'écrivain.

— Le décès de leur fils ? dit Zahyia.

— Oui. Ce fut très dur. Mon frère et moi étions les deux seules personnes de Saint-Héand venus assister à son enterrement. Vous vous rendez compte de la haine qui s'était concentrée dans le village ! Affreux.

— Aujourd'hui l'affaire autour du procès Perreux est relancée comme vous le savez. Je suis persuadé que tout ce que vous venez de nous dire va remonter à la surface dans la nouvelle enquête qui a été diligentée. On va reparler de Samuel et d'Émilie.

— J'en suis aussi persuadé.

— Peut-être plus vite de Samuel que d'Émilie d'ailleurs. Mais je vous en ai déjà trop dit !

— Je n'en suis pas surpris, dit Daniel Sian en serrant les mains des deux policiers.

****

— Romain, viens, je t'emmène. Cela fait longtemps que tu n'es pas allé sur le terrain. J'ai demandé à Zahyia de passer quelques appels téléphoniques. Je n'ai plus personne de libre, viens avec moi. Ce n'est pas loin d'ici. On y va à pied.

C'est ainsi qu'Hervé apostrophait son supérieur en passant rapidement au commissariat de la rue Marceau.

Rue Rapin, proche des Halles de Tours, au numéro 9, Hervé poussa la porte d'un immeuble ancien et monta les escaliers jusqu'au dernier étage. Il sonna à l'appartement, le seul du palier. Quel changement ! Un appartement moderne et vaste, disposant d'une verrière imposante, nantie de plantes exotiques portant des fleurs magnifiques et des fruits gorgés de soleil. Les meubles étaient design mais manifestement confortables. Romain et Hervé prirent place sur un canapé moelleux de couleur oranger. Face à eux une femme aux cheveux gris, maquillée juste ce qu'il fallait pour souligner combien elle avait été belle mais le fard ne pouvait cacher les rides de souffrance que la vie avait imprimées sur ses joues.

— Bonjour madame Barre-Chaudière, commença Hervé.

— S'il vous plaît, comme j'ai divorcé, j'ai repris mon nom de jeune fille. Pourriez-vous m'appeler madame Eugénie Duplessis. Je vous en remercie. Le nom de mon ex-mari me fait horreur tant il évoque des souvenirs affreux.

— Madame Duplessis, vous avez quitté votre mari lorsque vous avez pris conscience du trafic qu'il développait. Vous m'avez donné rendez-vous aujourd'hui pour me faire des révélations, avez-vous dit, au sujet de ses activités illicites. Vous avez précisé que vous nous fourniriez des preuves. Nous vous écoutons. Le commissaire divisionnaire Romain Chardon communiquera toutes ces pièces au dossier de l'enquête.

Au début Franck Barre-Chaudière avait sollicité l'aide de sa femme pour contrôler le trajet de certains médicaments expérimentaux, avait-il dit, qu'il commandait. Il lui avait fait croire à une expérimentation conduite par un laboratoire pharmaceutique espagnol pour un produit qui devait révolutionner la lutte contre la maladie d'Alzheimer. Les médicaments étaient fabriqués au Maroc et lui arrivaient convoyés par des camions depuis l'Espagne. Madame Duplessis devait prendre en charge la dernière étape de la livraison en Centre Val de Loire. Le camion devait ultérieurement poursuivre sa route vers Paris et au-delà, jusqu'en Belgique où son ex-mari avait des collègues.

— Quand j'ai entendu l'interview à la télé du directeur de l'OFAST, cela n'a fait que confirmer ce que j'avais vécu, ce à quoi contre mon gré, j'avais participé. Le trajet était long du sud de l'Espagne vers Paris puis la Belgique via Tours.

Madame Duplessis déplia une carte de l'Europe sur la table du salon.

— Sur un portable c'est plus difficile à lire. Une carte c'est mieux, dit-elle en se levant.

Le trajet partant d'Algésiras traversait l'ouest de l'Espagne par Valladolid, passait la frontière au Pays basque à Dantxaria et atteignait Bordeaux pour s'engager sur l'A10. C'est entre Poitiers et Tours que certaines marchandises étaient déchargées pour le Centre Val de Loire. C'est sur l'aire d'autoroute de Maillé peu avant Sainte-Maure-de-Touraine que ça se déroulait. C'est là que débutait mon activité de contrôle à l'aide d'un téléphone et d'un suivi GPS sur ordinateur. Les médocs étaient dans des sacs de toile de jute, semblables à ceux qui contenaient des amandes Marcona dans la remorque de la semi. Ils étaient déchargés et mis dans des coffres d'une moto qui allait dans un premier temps à Tauxigny-Saint-Bault dans les entrepôts de la SCEA Le Moulin Neuf pour vérifier de ne pas être suivi. Puis une autre moto poursuivait la route en direction de Berthenay aux portes de Tours à côté de Savonnières, au lieu-dit La Fouquerie pour être traités et répartis. Une dernière moto achevait de transporter les médocs transformés de la cargaison précédente pour stockage à Saint-Héand, à la ferme Perreux.

— Savez-vous quels étaient les pilotes de ces différentes motos ?

— Le camion changeait de conducteur sur l'aire de Maillé. Celui qui avait amené la moto prenait le volant du poids lourd et inversement. Dans ce cas le conducteur, je m'en suis aperçu assez rapidement, n'était autre que Pascal Thirion, le petit ami de la coiffeuse qui a été horriblement assassinée. C'est lui qui était en quelque sorte le convoyeur. Mais il était contrôlé et suivi par une autre moto.

— Ah, contrôlé ou protégé ? demanda Romain.

— Les deux bien évidemment.

— Et qui pilotait la moto suiveuse ?

— Ça dépendait des semaines. Parfois c'était la boulangère, Margot Guignard. J'ai bien compris qu'elle était une pièce maîtresse du dispositif depuis que je sais qu'elle est la fille d'un des caïds du cartel belge. Ou bien la moto était occupée par deux gars. Je devais converser pour faire le point du déplacement seulement avec la moto suiveuse. Je n'avais le droit de ne parler qu'à un seul des deux hommes. Je demandais après Dimi.

Hervé montra sur son portable les photos des deux truands.

— Oui, il s'agit bien de ces deux individus. J'ai compris que mon ex-mari non seulement fréquentait ce genre de gangster mais qu'ils étaient à son service. Mais il n'y avait pas que mon ex-mari dans ce sordide trafic. Il y avait Fabrice également.

— Vous voulez parler de Fabrice Ouvrard, le pharmacien, fit Romain Chardon, surpris.

— Oui, tout à fait. Mon ex obéissait en réalité à Fabrice car c'est le pharmacien qui indiquait les quantités à transporter et commandait l'essentiel de l'organisation.

— Avez-vous des preuves matérielles à nous confier permettant d'apporter réalité de ce que vous nous avez dit ? demanda encore Romain.

Madame Duplessis confia aux deux policiers plusieurs documents dont une carte de la région avec mention du trajet et des noms des personnes impliquées, le tout écrit de la main de Barre-Chaudière. Elle leur donna également un petit carnet où elle avait consigné les dates, les personnes concernées et les horaires. Puis elle alla chercher un coffret dont elle exhiba des photos. Des photos des protagonistes de ce transport mais également certains clichés pris à l'insu de son ex-mari où on voyait ce dernier en compagnie de personnages de Saint-Héand et particulièrement le pharmacien. La visite à madame Duplessis avait apporté des preuves tangibles au scénario qu'Hervé avait peu à peu dessiné dans sa tête. Il posa une dernière question qui surprit son hôtesse.

— Avez-vous, madame, su pourquoi votre ex-mari a parfois utilisé un break Mercédès climatisé ?

— Non, je ne saurais vous répondre. J'ai vu ce véhicule une fois mais pas à Saint-Héand. Il roulait sur la D976 dans le contournement de Bléré. Je n'ai pu apercevoir le pilote. Pourquoi cette question ?

— Êtes-vous au courant que votre ex-époux était un des fondateurs du réseau de clinique EliMed dont un établissement est situé à Suèvres ?

— Un soir il m'a confié qu'il s'était lancé dans la constitution d'une chaîne internationale d'établissements hospitaliers qui, selon lui, allaient révolutionner la chirurgie des implantations et des greffes et également les soins appropriés à la maladie d'Alzheimer. Mais comme peu après j'ai commencé à comprendre qu'il était mêlé à un trafic de drogue dans lequel il m'avait embarquée, j'ai rompu avec lui à ce moment. Je ne peux vous en dire plus sur ce sujet.

La visite à madame ex-Barre-Chaudière avait été très fructueuse. Il fallait revenir au commissariat et prioritairement intensifier la traque des individus recherchés.

****

Arrivé rue Marceau, le commissaire Poitevin se permit de téléphoner à Sébastien Martineau. Hervé n'était pas du genre rancunier mais il ne tolérait pas le dédain et le mépris de son collègue des stups et son refus systématique de collaborer avec les services de police judiciaire. Il possédait désormais tous les éléments pour le narguer.

— Salut Martineau. Connais-tu ce qui se passait sur l'aire de Maillé sur l'A10 direction Tours ? Tu ne m'en as pas parlé, attaqua-t-il d'emblée.

— De quoi tu causes Poitevin ?

— De ce que tu aurais dû me dire si tu avais été honnête avec nous.

— Je t'arrête, je ne sais pas de quoi tu parles.

— Tu ne sais pas ?

— Non ! Tu me fais…

— Reste poli mon ami. Tu ne sais pas ? Tu ignores ce qui se passe devant toi, à côté de toi ? C'est notoirement de l'incompétence ! Tu ne sais pas que les camions venant d'Espagne s'arrêtaient sur l'aire d'autoroute de Maillé, que la drogue était acheminée ensuite en moto jusqu'au Moulin Neuf de Tauxigny-Saint-Bault, puis allait à La Fouquerie vers Berthenay et le trajet s'achevait dans la ferme Perreux située à Villefrault au-dessus de Dierre. Cette moto était suivie par une autre pilotée par des malfrats. Tu en connais les noms ? Non ? Tu ne sais pas comment le trafic de drogue se faisait dans la région dont tu es responsable ?

Devant le silence de son interlocuteur, Poitevin enfonça le clou.

— Tu ne dis rien. Tu ne savais rien. T'avais pas fait ton boulot. C'est moi qui l'ai fait et te donne les renseignements maintenant. T'es vraiment un pauvre type incompétent, je le répète. Salut, sans au revoir.

Ce n'était pas souvent que dans sa carrière Poitevin avait eu ce genre de réaction. Cela stupéfia ses collègues et Stéphane Gonthier commença timidement à applaudir avant que tous reprennent en chœur l'ovation.

XXIII
La voix d'un zombie

17 septembre après-midi

— Localement, nous avons installé une surveillance du territoire et particulièrement des entrées et sorties des caves et troglodytes proches de Saint-Héand. J'ai demandé l'élargissement de cette surveillance partout où il en existe de Doué-la-Fontaine à Bourré dans le Loir-et-Cher, déclara le commissaire divisionnaire Chardon.

Cette entrée en matière de la réunion surprit les policiers. Pas de bilan, de discussion, immédiatement des ordres.

— Il faut des renforts pour ça, s'exclama David Aubry.

— Oui. Et nous les avons. Je viens d'avoir un appel téléphonique du directeur national de la PJ.

Des murmures fusèrent dans la salle. C'est que l'ancien préfet de Mayenne venait d'être nommé à la tête de la direction de la police nationale par le ministre de l'Intérieur afin de mettre en place sa réforme qui était contestée par la plupart des membres de la PJ.

— Oui, je sais, je comprends et partage votre méfiance. Mais le niveau national vient de se saisir de notre enquête en l'incorporant au démantèlement du cartel international. Oui, je vois ce que vous allez dire, les stups dirigent l'enquête de fait et non la PJ. Certes, mais on nous octroie des moyens, de gros moyens. Outre l'hélicoptère, nous disposerons de plusieurs compagnies de CRS. Alors je ne fais pas la fine gueule. La traque doit s'intensifier. Localement, pour loger l'Audi qui a mystérieusement disparu de la surface l'autre soir, celle conduite par Orlov. Mais j'ai fait lancer une traque plus intense concernant d'autres personnages, les Perreux père et fils en particulier. J'ai fait mettre la petite amie de Théo, Eva Valadon viticultrice à Davayé, en observation 24 sur 24. Toutes les polices ainsi que la gendarmerie sont sur les dents. Ça va finir par payer. Je vous promets qu'il va y avoir des arrestations et que les enquêtes vont trouver bientôt leur épilogue. Faites-moi confiance. Voici la liste des postes de surveillance et d'observation sur tout le territoire, spécifiquement en Centre Val de Loire et Rhône-Alpes. Restez à l'écoute, suggérez des pistes, soyez aux aguets, proposez des interventions, je vous fais confiance pour prendre les bonnes initiatives.

Le commissaire divisionnaire parlait assez vite communiquant sa dynamique à ses collègues qui sentaient bien que le commissaire Poitevin avait réussi à le convaincre et lui communiquer sa certitude pour solutionner rapidement l'enquête.

— Ta conviction est faite alors ? demanda Zahyia Sassi en se tournant vers Hervé.

— Non, Zahyia, il ne s'agit nullement de conviction, répondit le commissaire. Les jurés, les juges doivent avoir des convictions qui leur permettent de rendre la justice. Pas la police, nous ne pouvons pas nous permettre d'agir seulement au nom de convictions. Nous devons élaborer des hypothèses et rechercher des preuves. Des preuves étayant, ou pas, des hypothèses. Nous sommes les instigateurs d'une dialectique entre les hypothèses et les preuves. Allez ! On philosophera plus tard. Au boulot. David, Olivier et Zahyia avec moi. On part de suite. Armes et gilets. Deux fourgons de CRS nous accompagnent. À bientôt les autres. Je veux des réponses positives à mon retour.

****

Le convoi quitta Tours par le boulevard André Malraux, traversa Montlouis et prit la direction de la gare de Nouy. Il traversa le Cher, prit la direction d'Azay-sur-Cher et bifurqua sur la gauche empruntant la route étroite du chemin des Châteaux puis la voie Creuse. Il s'arrêta peu avant la bifurcation conduisant au château de Nitray. Hervé Poitevin n'avait pas décroché les mâchoires depuis le départ. Le château formait une splendide demeure typique de la Renaissance. Son entrée nord se composait de deux tours dont l'une abritait une chapelle et l'autre un fruitier. Le bâtiment principal donnait sur une cour d'honneur vaste qui s'achevait au pied d'un pigeonnier et d'un pavillon de chasse. Le bâtiment des communs comportait une écurie et le chai. L'activité de ce domaine était principalement, outre les visites de touristes, la viticulture. C'était sous couvert de cette activité répandue dans la région que monsieur Fabrice Ouvrard, ancien pharmacien de Saint-Héand-sur-Cher, exerçait une affaire bien différente et encore plus lucrative comme organisateur de trafic de drogue.

Carte à l'appui, la discussion fut brève pour définir la manière d'investir les lieux. On était encore dans l'intervalle de midi à quatorze heures, moment de relâchement et de repas, ce qui devait faciliter les choses.

Vêtus de leurs combinaisons d'assaut, les membres des compagnies de sûreté encadraient les policiers qui pénétrèrent sans bruit dans la cour d'honneur déserte à cette heure. Poitevin repéra l'entrée principale et surtout l'immense baie donnant sur la salle à manger. Un périscope lui fut tendu qui permettait de voir l'intérieur de la pièce sans passer devant. Fabrice Ouvrard était là, en bout de table comme il sied au patriarche. À ses côtés, à sa droite, face à la baie, une jeune femme, sûrement sa fille Ambre qui lui a succédé à la pharmacie. À sa gauche, tournant le dos à la baie, une autre femme qui devait être madame Laurence Ouvrard, son épouse. Le repas touchait à sa fin et seule une coupe en céramique contenant des fruits restait sur la table. Il devait bien y avoir d'autres personnes dans les pièces voisines, dans la cuisine en particulier, mais aussi d'autres peut-être armées et dévouées à la défense de leur patron. Elles devaient être mises hors d'état de nuire par les hommes de la sécurité, Poitevin et ses collègues se focalisant sur Fabrice Ouvrard.

Chacun prit une grande respiration. Un CRS balança brutalement une masse dans la vitre de la baie qui vola en éclat. Poitevin fut le premier à s'engouffrer dans la salle à manger.

— Haut les mains ! cria-t-il. Vite, je ne répéterai pas. Haut les mains ! Monsieur Ouvrard haut les mains. Vous êtes en état d'arrestation.

Le pharmacien s'exécuta et David vint derrière lui pour lui passer les menottes. À cet instant précis un homme apparut dans l'embrasure de la porte avec un revolver et commença à tirer. La réponse des CRS fut rapide et l'homme s'écroula avec une tache rouge qui s'épanouissait sur son épaule gauche. Mais Poitevin vit David tomber en arrière. Il se précipita pour mettre le canon de son révolver sur la tempe de Fabrice Ouvrard.

— On ne bouge pas monsieur Ouvrard. Donnez-moi vos poignets. Zahyia occupe-toi de David. Les autres fouillez-moi la maison.

Quelques dizaines de minutes plus tard, une voiture officielle s'arrêtait dans la cour d'honneur. Le juge Antoine Ribes descendit de l'arrière tandis que le divisionnaire Chardon s'empressait d'ouvrir la porte de madame la procureure Albane de La Grange d'Arquien.

Antoine Ribes s'adressa à Poitevin.

— Alors ? Bilan ? demanda-t-il.

— Un blessé, le lieutenant David Aubry, heureusement superficiellement. Le tireur n'a pas eu le temps d'ajuster son tir.

— Tant mieux, se permit la procureure.

— Un mort aussi. Légitime défense. Un malfrat chargé de la protection du pharmacien. En cours d'identification. Fabrice Ouvrard arrêté ainsi que sa femme, sa fille et une dame qui fait fonction de cuisinière.

— On va cuisiner tout ce beau monde, dit Antoine en riant.

— Qu'est-ce qu'a donné la perquise ? demanda Romain Chardon.

— Elle n'est pas achevée. Venez, entrez, vous allez constater par vous-même que ça vaut déjà la peine, dit Hervé.

Les policiers avaient trouvé des armes, de belles armes, des kalachnikovs en particulier, mais aussi des bazookas. Un vrai arsenal de guerre ! Ils avaient mis la main sur de nombreux documents, cartes, carnets, passeports, cartes d'identité et d'autres éléments qu'il faudrait analyser de près car ils devaient contenir des informations utiles. Il y avait également des billets d'avion, cinq au total, pour Mexico via Roissy et Madrid. Et puis surtout les policiers avaient découvert une pièce qui était un véritable studio de radio. Tous les matériels les plus modernes et les plus sophistiqués de relation audio, de suivi de GPS, de téléphonie, de réseaux et internet étaient là. Un téléscripteur se mit à vibrer. Une voix semblable à celle d'un robot d'outre-tombe se fit entendre et livra un message énigmatique qui faisait :

« Baqueuossevamaidepin »

— Il dit quoi le zombie ? demanda Olivier Jousset.

— Qui sait traduire le martien ? précisa Hervé.

Comme personne ne répondait, il décida :

— On va soumettre le problème à la major Caroline Huet, notre informaticienne de génie. La scientifique, vous poursuivez vos investigations. Nous, on rentre à la maison.

Le commissaire appelait souvent « maison » son lieu de travail, le commissariat. Pourquoi ? Une facilité de langage ? Une trace de paternalisme comme si tous ses collègues étaient ses enfants ? Parce qu'il y passait beaucoup de temps, plus que dans sa maison personnelle ? Nul ne le savait mais tous comprenaient.

L'ambulance des pompiers emportant David Aubry à l'hôpital fut le premier véhicule à rejoindre Tours. Il avait fallu trois pompiers solides pour le transporter, c'est qu'un athlète judoka poids lourd n'est pas un parangon de légèreté. David avait agité sa main pour saluer ses collègues avant qu'on ne referme les portes du fourgon. Il avait même ajouté :

— À tout à l'heure !

Il exprimait ainsi son désir et sa volonté d'être présent pour l'épilogue qu'il sentait arriver dans un avenir proche.

****

— Mais qu'est-ce que je vous ai fait commissaire ? demanda Caroline. Vous me fourguez toujours des trucs invraisemblables, des bidules venant d'une autre planète, des machins qui n'ont jamais pu être imaginés même par le plus fêlé des cerveaux ! Qu'est-ce que c'est ces borborygmes ? Même avec une patate brûlante dans la bouche et en mâchant quatre chewing-gums à la fois, je parle de façon plus distincte !

— Je sais, je sais, Caro, répondit Hervé. Mais je sais aussi que tu râles au début mais que tu y arrives toujours ! Tu es notre fée informatique. Tu sais bien que le pentagone, la CIA voulaient ta coopération et que j'ai dû intervenir pour te garder parmi nous à faire des choses simples !

— Peuh, vil flatteur ! Bon, assez discuté. Laissez-moi bosser. Silence. Je vous appellerai quand j'aurai eu une idée valable.

Poitevin eut à peine le temps de téléphoner à l'hôpital Bretonneau pour s'enquérir de l'état de santé de David. Un gros pansement sur cinq points de suture et celui qu'on surnommait « nounours » désirait déjà revenir rue Marceau ! Hervé lui enjoignit de ne revenir que le lendemain et de se reposer d'ici là en passant une nuit réparatrice.

Caroline lui tendait déjà une feuille.

[b] [e] [g] [œ] [l] [b] [o] [s] [v] [a] [z] [R] [e] [m] [e] [d] [p] [l] [œ] ou [e]

— Après la voix de zombie, en voici l'écriture ! s'exclama Poitevin.

— C'est la traduction phonétique automatique de la voix. Il ne reste plus qu'à le lire, précisa Caroline.

— Vas-y, on t'écoute.

— Bégueulebosvaseremèdeplin. Il ne reste plus qu'à identifier et séparer les mots et ça peut donner : « Bégueule bosse vase remède plein ». Voilà le travail ! Maintenant il faut décoder et ce n'est pas le plus simple, fit Caroline Huet d'une petite voix de tête.

— Bon, allez, chacun tente de trouver quelque chose qui tienne debout pour comprendre ce que veut dire « Bégueule bosse vase remède plein », reprit Hervé.

— Il est question de remède. Le message est bien destiné au pharmacien ! remarqua Jacques-Antoine Vernier avec humour. Allez, amusons-nous ! Moi je tente les synonymes ! Ça pourrait donner quelque chose comme « chochotte chef boue médicament en quantité » ce qui tendrait à prouver qu'ils ont reçu de la drogue, du médicament, en grande quantité. Je suis bon, non ?

Devant les sourires amusés des autres, le capitaine poursuivit.

— Ou bien, j'ai une autre version : « prétentieux montagne ordure onguent abondant ». C'est un message pour le tri des ordures ménagères. Quoiqu'il en soi, le chef me paraît être une chochotte prétentieuse !

Les rires fusèrent encore plus. Mais Hervé les interrompit.

— J'avoue Jacques-Antoine que tu m'as épaté. Bravo ! Quel numéro, tu joues avec le vocabulaire de façon très humoristique. Il y a du Devos en germe chez toi ! Mais nous avons des urgences aujourd'hui. Mais l'idée des synonymes au départ n'est pas à exclure. Y a-t-il d'autres perspectives ?

— Et si on tente les antonymes, proposa Murielle Daulincourt.

— Les quoi ? dit Olivier Jousset.

— Les opposés, le contraire des synonymes, intervint Bassembo.

— Par exemple « aimable creux dur maladie vide » proposa alors Murielle.

— Ou « bégueule trou dur malaise… ou problème… euh… rien », bégaya Kimbu Amandah.

— Bégueule me paraît mieux que chochotte. Je prends, on verra bien ou ça nous mène, dit Hervé. Je garde aussi ton idée de trou, il y en a plein la région. Aidez-moi pour « dur ». Brainstorming, on dit en anglais. Proposez quelque chose de dur ! Murielle arrête, s'il te plaît !

— Moi je n'ai rien dit, répondit Murielle en riant. Par exemple des cailloux, des rochers, des trucs comme ça.

— Tiens, écoutez-moi, fit Bass. Ce que propose Mumu ça donne « Trou rocher ». Ça ne vous fait penser à rien dans le coin ? Trou ou Cave ça conduit à Cave des Rochers, la champignonnière troglodytique de Bourré à côté de Montrichard.

— Oui intéressant, ça nous donne un lieu, renchérit Stéphane Gonthier, un lieu que je connais bien.

— Et pour « maladie ou malaise vide ou rien » qu'est-ce que vous en dites ?

— Quelqu'un qui est dans la Cave des Roches de quoi peut-il être malade ou bien avoir un malaise ? s'interrogea Murielle qui répondit à sa propre question en disant : de la claustrophobie bien sûr !

— Pas s'il y est allé de lui-même pour se cacher comme c'est le cas, fit remarquer Bassembo. De la faim peut-être alors ?

— Non, il y a des champignons à bouffer là-bas, répondit Jacques-Antoine.

— Pas si le mec dont on parle est loin dans les grottes. Les champignons c'est au début des galeries seulement. Il y a des centaines de kilomètres creusés dans le tuffeau, précisa Steph.

— C'est un réseau immense ! s'exclama Olivier Jousset. Un immense labyrinthe !

— Mon chéri tu es un génie, heu... pas toujours mais parfois ! dit Murielle en riant.

— Tout à fait. On a peut-être trouvé un lieu de cachette idéal. Peut-être que l'Audi et ses occupants sont là-dedans bien au fond, bien à l'abri, introuvables par l'hélico, conclut Hervé.

— Et pour le reste du message qu'est-ce qu'on fait ? Bégueule par exemple, de qui s'agit-il ? demanda Kimbu.

— Le chef est bégueule, je verrai bien Barre-Chaudière dans ce rôle, pas vous ? proposa Zahyia Sassi avec humour.

— Pourquoi pas. Et pour le reste, on reste sur maladie, malaise vide ou bien creux ou bien on utilise « faim » que proposait Bass.

— Bien sûr, s'exclama Jacques-Antoine. Ils ont un malaise, un problème c'est la faim qui les tenaille. Le message est envoyé pour que le pharmacien leur fasse passer de la nourriture !

— Je crois que tu as raison. On va partir sur cette hypothèse de toute façon. On étudie les manières de s'y rendre, les moyens nécessaires. Allez, tout le monde au boulot ! conclut Hervé surexcité.

****

Le commissaire Poitevin était décidé à écourter le retour au commissariat. Il n'avait pas besoin de beaucoup de collaborateurs pour définir l'ampleur des tâches à effectuer le lendemain. Il se mit à prendre l'ensemble des policiers un peu médusés comme témoins.

— Vous allez pouvoir rentrer chez vous maintenant. Il est 18 heures. C'est tôt n'est-ce pas ? D'une part, vous avez bien bossé mais surtout parce que ce n'est rien à côté de ce qui nous attend demain. Alors, reposez-vous. J'ai besoin néanmoins de Zahyia quelques instants pour qu'elle me fasse le point des appels téléphoniques qu'elle a passés ce matin. Ça sera bref. Et j'ai besoin aussi pendant une petite heure environ de la compagnie de Steph. Ok, Steph ? Je vais t'expliquer ce que j'attends de toi. Merci pour tout. À demain !

Dans un bureau annexe, Hervé avait étalé les cartes de l'IGN de la région de Saint-Héand-sur-Cher.

— Steph, toi qui connais le mieux la région… c'est bien ça ? Tu la connais bien, je ne me trompe pas ?

— Euh, non, je la connais, oui, pourquoi me demandes-tu ça ? répondit Stéphane Gonthier hésitant.

— J'en étais sûr. Bon, voilà. À l'aide de cette carte et de tes connaissances, tu vas me dresser la liste des loges, tu vois ce dont je veux parler ? Du moins celles qui sont situées sur les terres appartenant aux Perreux. Tu m'en fais la liste en priorisant celles en bordure de bois. Tu trouves les chemins d'accès à ces loges qui peuvent être empruntés par des voitures et une pelleteuse. Ok ? Fais vite et je te libère. Demain j'aurais grandement besoin de toi et de tes souvenirs !

Il ne s'était même pas écoulé dix minutes que dans l'encadrement de la porte apparut Mélanie Charmoy, les traits un peu défaits mais son maquillage élégant diminuait la profondeur des cernes de fatigue, un grand sourire aux lèvres et le bras gauche en bandoulière dans une attelle. Stéphane Gonthier se retourna, l'aperçut, marqua un temps d'arrêt puis se précipita pour l'enlacer et l'embrasser. Mélanie venait de sortir de l'hôpital cet après-midi, était passée se changer chez elle puis n'avait pas résisté à l'envie de venir au commissariat mais ce n'était pas pour les beaux yeux de son patron, le commissaire Poitevin, mais bien pour ceux de son amant Stéphane Gonthier ! Leur étreinte s'éternisant, Hervé comprit ce qu'il devait faire.

— Bonjour les amoureux ! Stéphane, tu finiras demain. Allez zou, foutez-moi le camp les petits ! Bonne nuit ! Stéph, on commence demain aux aurores. La journée sera particulièrement rude. Alors, reposes-toi quand même ! dit Hervé en riant.

— Merde ! ajouta-t-il dès que Mélanie et Stéphane eurent franchi la porte de sortie du bureau. Va falloir que je m'y colle.

— Je vais t'aider, proposa Romain Chardon.

— Non, dans un premier temps, on va faire le point sur tout ce qu'on a mis en route. Est-ce que le RAID[28] est mobilisé ?

— Oui, complètement. Ça a été assez facile en raccordant notre action à la lutte contre le cartel et le trafic de drogue au niveau de l'OFAST.

— Oui, mais… qui va diriger l'assaut ?

— Ben, tu sais, lorsque le RAID intervient ce sont eux qui formatent et réalisent l'assaut final, mais…

— Mais, merde ! Enfin, comme d'hab ! N… de D… ! Romain ! Tu le sais bien…

— Oui, je sais que tu as horreur de cette situation, que tu l'as déjà vécue et que tu as eu des déboires. Oui, je le sais, Albane aussi est au

[28] Groupement de la Police Nationale : RAID : Recherche Assistance Intervention Dissuasion.

courant. On sait que toi et le juge Antoine Ribes avez été mutés ici à Tours suite à un rapport d'un commandant de la section anti-terroriste du RAID, Jérémy Girard. On sait, mais c'est ainsi. Cette intervention du RAID est justifiée seulement que parce qu'elle est en rapport avec la lutte anti-stupéfiant au plan national.

— Bien qu'on ait face à nous des criminels dont les meurtres n'ont rien à voir avec le trafic de drogue ! C'est fort de café une fois de plus. On ne tient pas compte des analyses de la PJ, des preuves qu'on amène à l'aide d'un travail long et minutieux. Non ! Les gros bras d'abord, prioritaires !

Hervé Poitevin en quelques instants se revit sur la rotonde des locomotives de la gare de Châteaucreux à Saint-Étienne. Alors qu'il venait de réussir sans effusion de sang à libérer l'otage Nelly Harcadiaux, le commissaire Jérémy Girard, commissaire des forces anti-terroristes, avait condamné violemment cette audacieuse intervention, la seule qui pouvait éviter des morts innocentes et avait menacé Poitevin de sanctions exemplaires qui n'ont, fort heureusement pas été jusqu'à un déclassement, mais seulement une mutation d'office vers la Touraine, là où la même situation semblait devoir se reproduire. Le commissaire serrait les poings de rage.

— Oui, ok, j'essaierai de faire bonne figure… j'essaierai !

— Tu feras plus qu'essayer, tu me promets ? exigea le divisionnaire Chardon.

— Est-ce que tout est prêt du côté d'Interpol ? demanda Hervé éludant la question de son divisionnaire.

— Albane a mobilisé toute la filière sur laquelle elle pouvait s'appuyer. Le maximum est donc prêt. Mais c'est très délicat. Interpol ne peut émettre de notice rouge[29] sans avoir des preuves sérieuses. Or tu ne t'es pas montré assez loquace en la matière Hervé. On n'avait

[29] Une notice rouge est une demande adressée aux services chargés de l'application de la loi du monde entier à l'effet de localiser une personne et de procéder à son arrestation provisoire dans l'attente de son extradition, de sa remise ou d'une mesure similaire conforme au droit.

pas grand-chose à se mettre sous la dent pour accuser EliMed, si ce n'est encore une fois de parler de drogue.

— Je sais, mais je ne peux ni ne veux en dire plus maintenant. Et en ce qui concerne le réseau des cavités creusées dans le tuffeau entre Saint-Héand, ou disons Montlouis, et Bourré, as-tu pu avoir des renseignements fiables, des cartes par exemple aussi ?

— Oui monsieur le commissaire. Oui tu as ordonné du travail, on l'a fait ! Tu avoueras qu'on a montré ainsi une belle confiance en toi ! Un historien paléontologue de l'Université de Tours a répondu à ma demande. Il est venu apporter les documents que voici. Ces cartes sont plus anciennes que celles de l'IGN mais elles montrent le sous-sol truffé, transpercé de galeries. C'est incroyable ! Je veux bien t'aider à faire ce que tu avais confié à Stéphane Gonthier, mais utilisons ces cartes.

— Je m'énerve parfois, excuse-moi Romain. Merci pour tout ce que vous avez fait. Ces cartes c'est super. On pourra ainsi éviter des pièges topographiques dans le dédale des caves. Merci infiniment Romain. Merci aussi à… Albane, si tu me permets de l'appeler ainsi. Merci à tous les deux de me faire confiance et de vous mobiliser….

— … pour une stratégie dont nous ne percevons même pas tous les enjeux tellement tu es secret parfois. Tu nous en demandes beaucoup ! J'espère qu'une fois encore tu gères parfaitement la situation et que tu connais le but à atteindre. Sinon tu risques d'exploser en plein vol et tu entraînes Albane et moi aussi dans ta chute ! Qui vivra verra. Sauf erreur de ma part tu voulais identifier les autres loges situées sur les champs appartenant à la famille Perreux. Il faut chercher sur leurs vignobles ou leurs anciens vignobles. Alors, mettons-nous-y qu'on puisse aller se coucher assez tôt car demain ce sera une journée compliquée et rude.

Les loges étaient des lieux de repos, mais aussi de repas. On pouvait s'y abriter en cas d'intempéries. Certaines, comme celle de Bléré, ont conservé leurs cheminées et permettaient de trouver un peu de chaleur, de réconfort pour déjeuner. C'était des lieux de convivialité entre paysans et aussi de stockage puisqu'on y laissait les outils le soir venu.

— Ce ne sont pas les outils qui m'intéressent, tu le devines bien, mais des cadavres, encore des cadavres comme à Bléré ! Au fait tout est prévu pour l'ouverture du cercueil de madame Hagopian ? demanda Hervé.

— Ça aussi ça n'a pas été facile. Ça choque beaucoup qu'on dérange les morts ici. Le maire de Saint-Héand tient à être présent et te dira tout le mal qu'il pense de cette opération ! Mais tout est prêt pour demain dès l'aube. Il y aura même le croquemort.

— Demain dès l'aube, à l'heure triste où le jour point… comme dit la chanson, fit Hervé pour détendre un peu l'atmosphère.

Les deux hommes parcouraient des yeux la carte où l'universitaire avait hachuré légèrement les domaines des Perreux. Ils en possédaient plusieurs disséminés dans la région. Romain eut vite fait de repérer une vieille loge qui devait être déjà pas mal écroulée aux abords de la forêt domaniale d'Amboise, entre Saint-Martin-le-Beau et Dierre.

— C'est celle-ci qu'il faut sonder en priorité. À l'écart des routes, en bordure de bois, c'est une bonne cachette, non ? demanda Romain en pointant du doigt le lieu sur la carte.

— Parfait. On ne s'en occupera qu'après-demain, répondit Hervé qui était passé aux cartes montrant le réseau des caves dans les falaises de tuffeau.

Le labyrinthe était colossal. Où des fuyards peuvent-ils se réfugier dans ce dédale de couloirs et de salles ? Il fallait désigner un endroit précis. Pas au hasard, en réfléchissant, en se mettant à la place des malfrats. C'est là que résiderait le succès de l'assaut par le RAID. À Saint-Héand, près de la maison de l'écrivain, on pénétrait dans un réseau de troglodytes. Mais il était très limité. D'autre part à cet endroit, quelqu'un aurait vu pénétrer l'Audi l'autre soir. Poitevin penchait pour le réseau gigantesque de Bourré. Un réseau de près de 400 kilomètres ! Sur sept étages ! Dont 120 ont été des lieux de champignonnières. Il reste une exploitation aujourd'hui dont la visite est particulièrement agréable en été. Elle contient même une salle représentant la place d'un village, le tout taillé dans le tuffeau. Hervé ne pouvait engager les hommes du RAID dans ce gruyère sans leur indiquer quelques endroits particuliers, où il est intéressant de se réfugier quand on est des fuyards.

— Un homme connaît bien ce lieu, je crois. Il n'est que vingt heures, je lui téléphone de suite. Il n'est pas trop tard, dit alors Hervé.

Devant Romain médusé d'être ainsi tenu à nouveau à l'écart des pensées de son commissaire, Poitevin appela Daniel Sian. Il lui fit part du problème et demanda son aide.

— Les véhicules, voitures mais aussi engins de chantiers, pelleteuses et bulldozers pouvaient pénétrer dans le réseau à partir du niveau 3 au pied de la falaise par la route des Vallées à Bourré, précisa l'écrivain.

— Oui, je vois sur la carte. Parfait. En effet, je vois bien des lieux où se réfugier est facile et rassurant. Merci infiniment monsieur Sian. Puis-je abuser ? fit Hervé.

— Allez-y, je vous dirai !

— Pourriez-vous servir de guide aux hommes du RAID demain pour pénétrer dans le réseau et déloger nos fuyards ?

— Holà ! Monsieur le commissaire ! Comme vous y allez ! D'abord, cela fait très longtemps que je ne suis pas allé m'y promener. Vraiment très longtemps. D'autre part, vous me faites prendre un sacré risque car je suppose bien que les fuyards ne sont pas des enfants de chœur !

— Oui, je comprends bien évidemment. Merci encore de votre coopération monsieur Sian.

— Monsieur le commissaire, ce qu'il vous faudrait comme guide c'est Samuel Guyot. Il avait parcouru ces galeries de nombreuses fois. Mais hélas bien sûr, c'était avant, il y a longtemps n'est-ce pas ? S'il était là aujourd'hui, il s'en souviendrait encore parfaitement. Vous voyez ce que je veux dire, dit l'écrivain d'une voix à la fois énigmatique et complice.

— Oui, monsieur Sian, je vois très bien. Merci. Bonne soirée.

Merci de votre souhait mon ami commissaire ! Et il est déjà exaucé ! Ma chère Carine m'a téléphoné cet après-midi. Après maints essais infructueux, elle a réussi à trouver une jeune collègue pour la remplacer à la chaire de philosophie de l'université d'Édimbourg. La direction de l'université a accepté le changement et comme un bonheur ne vient jamais seul l'université de Tours lui propose des cours et travaux dirigés en master sciences humaines et sociales mention philo ! Elle a passé la journée à préparer ses bagages et moi à nettoyer la maison ! Demain matin, c'est le grand départ, le bus Airlink 100, l'aéroport d'Édimbourg, vol jusqu'à Roissy puis le TGV Ouest jusqu'à Saint-Pierre-des-Corps où j'irai la chercher aux environs de 21 heures 30. Enfin, nous serons réunis ! Et mon amour m'a promis de me ramener de nouveaux whiskies !

Je n'ai pas sommeil, je suis trop excité. Je me sens en verve et je noircis l'écran de mon ordinateur. Je sens que je vais achever ce roman. Vous m'avez inspiré mon cher commissaire ! Je termine par un assaut du raid dans des caves de Tuffeau situées, elles, du côté de Doué-le-Fontaine. Dans ce roman, il est aussi question d'un personnage qui usurpe une identité. Vous lirez les similitudes n'est-ce pas, lorsque le roman sera édité. La réalité a précédé l'imagination sauf que c'est le personnage de l'écrivain, et oui je me suis glissé dans un des rôles, qui a reconnu dès la première rencontre l'identité vraie de ce personnage. L'écrivain plus perspicace que le policier, j'espère que vous ne m'en ferez pas grief !

Voilà, je regarde ma montre. Il est 5 heures ! Je crois entendre Jacques Dutronc ! Je n'ai pas sommeil ! Je viens d'écrire la dernière phrase de mon tapuscrit qui est « La longue et horrible journée se terminait ainsi avec cette perspective de bonheur. ». Je vous souhaite cher Hervé Poitevin, que demain soit une belle journée qui satisfasse toutes vos attentes.

****

Il a dû se passer des choses horribles ou bien alors il est persuadé d'avoir trouvé la solution à toutes les énigmes de cette enquête tortueuse. Je ne sais pas qu'elle est la bonne alternative. Mais il ne parle pas. Il est rentré, a quitté son blouson et ses chaussures puis est monté dans la chambre. Je l'ai appelé plusieurs fois sans succès.

— Mon chéri ? On mange, c'est prêt !

Mon cher commissaire, mon compagnon, est muet. Il ne répond pas. Il a descendu lentement l'escalier et s'est finalement installé en face de moi sur le tabouret de la table de cuisine. Il m'a lancé un faible sourire.

— Qu'est-ce qu'il est arrivé aujourd'hui ?

Hervé a seulement daigné me répondre énigmatiquement :

— C'est surtout demain Isabelle mon cœur. J'aimerai tant être déjà demain soir. Je suis sûr de moi pourtant. Mais je peux toujours me tromper. Il y a toujours un doute qui reste. Et pour réussir, il faut que je n'en parle à personne, ni à toi, ni à la brigade, ni même à Romain. C'est compliqué. Je me sens vraiment seul.

C'est la seule phrase qu'il a prononcée de la soirée. Il a englouti son repas sans même s'apercevoir de ce qu'il y avait dans son assiette. Le regard fixe, inquiet, bloqué au-dessus de moi comme s'il ne me voyait pas. Je ne l'ai jamais encore vu ainsi. J'ai peur. Peur pour lui car je sens que les évènements qu'il attend demain sont terribles. J'ai peur pour nous. La vie de flic de la PJ est dangereuse. Le danger fait partie du métier. Il a déjà été blessé, plusieurs fois. J'ai peur. Un affreux pressentiment m'étreint.

Je sais qu'il n'a pas réussi à dormir. À côté de moi, le lit s'est retrouvé vide à de nombreuses reprises cette nuit. Je l'ai entendu descendre boire à la cuisine. Je l'ai entendu aussi aller prendre une douche. Il devait tenter d'éloigner son inquiétude, sa propre peur.

Malgré l'anxiété qui était la mienne, je ne l'ai pas entendu partir. Il devait être très tôt. Le jour ne s'était pas encore levé. J'ai peur. J'ai l'estomac noué. Je ne peux rien avaler, même pas du thé léger pour le petit déjeuner. La journée va être horrible. J'ai comme seule pensée obsédante ce qui peut arriver là où il se trouve. Je ne peux plus me concentrer sur autre chose. Je vais annuler tous mes rendez-vous.

XXIV
Du gaz dans le tuffeau

18 septembre

J'ai réussi à me lever sans déranger Mélanie qui dort encore, ses longs cheveux blonds faisant comme une corolle sur le traversin. J'ai envie de chanter comme Johnny Halliday :

« Quand tes cheveux s'étalent
Comme un soleil d'été
Et que ton oreiller
Ressemble aux champs de blé... »

Je me regarde dans le miroir de la salle d'eau. J'ai bien réfléchi. Après ce que je vais faire, il se peut que tu me quittes, Mélanie. Mais je ne peux plus vivre ainsi, je veux redevenir moi-même. J'ai besoin que tu aimes ce que je suis vraiment, sans déguisement, sans travesti. Je prends la tondeuse mais cette fois je ne veux pas arranger ma barbe pour qu'elle soit sans poils rebelles. Je veux l'éliminer. Voilà elle n'est plus qu'une légère toison comme la barbe naissante d'un adolescent. J'étale la mousse à raser sur la totalité de mon visage. Avec le rasoir c'est définitif. Pas de retour en arrière. J'inonde mon visage à grandes poignées d'eau tiède. Je me rince abondamment. Je suis fébrile. Pour me calmer, je vais sous l'eau bienfaisante de la douche. Je laisse longtemps le jet s'écouler sur mon corps comme si cela me lavait de mes errements.

À nouveau face à la glace. Le cœur battant, je me vois. Oui, c'est moi cette fois, rien que moi, totalement moi. Ma peau me pique sous l'effet de la pulvérisation d'eau de toilette. Voilà, je suis prêt. La journée s'annonce décisive pour l'enquête. Je ne veux pas manquer ça. Mais la journée sera décisive également en ce qui me concerne. Adieu, le sort en est jeté.

****

Alors que les premières lueurs du jour commençaient à poindre, le commissaire Poitevin pénétrait dans le cimetière de Saint-Héand-sur-Cher accompagné de certains de ses collègues et du médecin légiste Julien Gérard. Ils passèrent près du monument aux morts des deux guerres mondiales protégé par l'immense cèdre bleu. Ils s'engagèrent pour atteindre le fond du cimetière, dans cette zone où sont enterrés les sans familles, les indigents. La pelleteuse était en place et Francis commençait avec une délicatesse surprenante à racler la surface de la terre. Il y avait le représentant des pompes funèbres droit comme un « i ».

— Pouvez-vous, monsieur, m'indiquer si vous avez fermé ce cercueil vous-même ? l'apostropha directement Poitevin d'une voix rude.

— Heu, non, c'est le docteur. Nous étions débordés. C'est le docteur qui avait soigné la victime. Alors, quand il nous a proposé de réaliser la mise en bière dans son cabinet, on n'avait aucune raison de ne pas lui faire confiance.

— Merci monsieur. J'en étais persuadé, rétorqua Poitevin. Vous avez commis une faute néanmoins.

Monsieur le maire était déjà là également et quelques instants plus tard le juge Ribes et le divisionnaire Chardon accompagné de la procureure de la République vinrent saluer Hervé.

Avec une infinie douceur contrastant avec la dureté de l'engin utilisé, la terre glaise fut écartée. Le cercueil apparut. Un cercueil tout ce qu'il y avait de plus simple, en bois de sapin. La main de la pelleteuse le souleva d'un côté pour permettre d'y fixer une corde.

Enroulée sur une dent du godet, elle permit d'extirper le cercueil de la gangue terreuse et de le déposer dans l'allée.

— Vous pouvez l'ouvrir monsieur, dit Antoine Ribes au représentant des pompes funèbres.

Les rayons du soleil matinal commençaient à lécher les hauts des ifs qui parsemaient le cimetière délimitant les allées. Le couvercle fut enlevé.

Il y avait bien un corps. Pas celui d'une femme de cinquante ans. Le corps d'un jeune enfant, huit ou dix ans au maximum. Cheveux noir de jais.

— Encore un ! Un cadavre creux ! s'écria Julien Gérard.

— C'est un gamin ! dit la procureure Albane de la Grange d'Arquien. Éviscéré lui aussi. C'est horrible. Comme à Bléré.

— Oui, un gosse de manouche sans aucun doute, précisa Jacques-Antoine Vernier avec une moue dédaigneuse. Un petit bohémien.

Malgré les regards désapprobateurs d'Hervé et de Romain, le capitaine poursuivit d'une voix qui pour être plus faible n'en était pas moins grave et parfaitement audible :

— Un de moins, c'est toujours ça !

Décidément ce policier faisait preuve d'un racisme viscéral et étendu qui englobait tous ceux qu'il considérait comme étrangers.

— Capitaine Vernier. Cela suffit. Même en de telles circonstances, vous avez osé proférer des paroles indignes. Je ne veux plus vous voir dans mes pattes aujourd'hui. Vous allez rentrer au commissariat. Madame la procureure, monsieur le juge, vous avez été témoins de ces paroles inadmissibles. Nous en reparlerons plus tard.

Puis Hervé se tourna vers David Aubry, déjà présent bien qu'il eût toujours le bras en écharpe.

— David, tu vas y aller aussi. Ta place n'est pas avec nous pour les actions qui vont venir. Tu trouveras sur mon bureau la liste, établie hier par Zahyia Sassi, des disparitions inexpliquées et non élucidées dans la région ces dix dernières années. Vous allez tenter d'établir des rapprochements avec le cadavre qu'on vient d'exhumer. Merci. C'est un travail très important pour demain. Avant de quitter le cimetière, toi et Vernier, faites tout ce qu'il faut y faire compte tenu de cette macabre découverte. Je voudrais également que Murielle vous accompagne. Bon courage. Les autres, on y va. Direction Bourré, la Cave des Roches, la route des Vallées. Je conduis.

Hervé Poitevin avait besoin de conduire pour se changer les idées. Il était tellement offusqué des paroles de Vernier que ses mains étreignirent le volant du vieux Renault Scénic jusqu'à la crispation.

****

Hervé sortit rapidement de son Scénic qu'il avait garé derrière un des camions du RAID. Hérissé de grillages et d'antennes, celui-ci ressemblait à une forteresse. Il vit Stéphane Gonthier s'avancer vers lui. Comme ses collègues il fut surpris de voir le lieutenant imberbe. Il se retourna vers Romain Chardon et dit :

— Tu vois, Romain, cette fois le doute n'est plus permis. Stéphane vient avec nous ! cria-t-il.

Les policiers virent les trois hommes se placer entre deux camions du RAID, à l'abri des regards.

— Il faut se rendre à l'évidence. C'est tout à fait exact que vous vous ressembliez naturellement tous les deux. Un peu de chirurgie esthétique et tu étais devenu Stéphane Gonthier. Tu t'es glissé dans la peau de ton collègue pour revenir incognito à Saint-Héand-sur-Cher. Maintenant j'ai face à moi Samuel Guyot. Stéphane n'est pas mort aujourd'hui quand tu t'es rasé mais là-bas en Guyane, commença le commissaire. Je suis sûr que c'est son corps qui est enterré au cimetière sous la stèle où ton nom est gravé. J'ai demandé l'ouverture du cercueil.

Samuel Guyot, puisqu'il s'agissait bien de lui, opinait de la tête et baissait les yeux.

— Oui, c'est Steph qui est dans le cercueil. Vous l'avez deviné ? demanda-t-il.

— Depuis quelques temps déjà en effet, répondit Hervé. Depuis que les informations que tu nous avais données m'ont paru trop précises pour quelqu'un, comme Stéphane Gonthier, qui avait séjourné à Saint-Héand-sur-Cher peu de temps dans sa jeunesse.

— Usurpation d'identité. Il va y avoir un procès, précisa Romain Chardon. Nous devons te remettre à la justice. Allez, Samuel Guyot, à compter de 6 heures 37 tu es en état d'arrestation.

— Tu n'aurais pas dû revenir, p'tit, intervint Poitevin. La justice peut attendre quelques heures. J'ai besoin de toi. Nous avons besoin de toi. Tu connais bien, très bien, les galeries dans lesquelles nous allons partir à la chasse pour arrêter cinq dangereux truands. C'est le RAID qui se chargera de l'assaut. C'est toi qui vas les guider. C'est un ordre. Promets-moi de ne rien tenter de ton propre chef. Promets-moi de n'obéir strictement qu'aux ordres, y compris ceux du commandant du RAID. Tu es juste un guide dans le dédale des couloirs que tu connais bien et que tu n'as pas oublié. C'est le marché que je te propose et dont il sera tenu compte ultérieurement. D'accord.

— Oui, merci, répondit Samuel Guyot en relevant la tête avec des yeux chargés de larmes. Je vous promets. Et Mélanie dans tout ça, que va-t-elle faire ?

— On s'occupera de tout ça plus tard, ce soir, au commissariat, conclut Romain.

Il était temps de rencontrer le commandant du RAID.

****

Le commissaire Poitevin vit s'avancer vers lui un homme de haute stature vêtu de la carapace réglementaire d'assaut qui laissait peu voir les traits de son visage.

— Eh oui, décidément commissaire Poitevin, nous ne nous quittons plus ! déclara l'inconnu. Je suis devenu le commissaire spécial commandant de l'antenne de Rennes du RAID. Et j'ai été missionné par la direction nationale à la demande de l'OFAST.

— Commissaire Jérémy Girard ! s'exclama Poitevin.

Que ce nom évoque des souvenirs bien amers pour moi ! L'assaut de la rotonde des locomotives à Saint-Étienne. La violence des reproches qu'il m'avait adressés. Alors que j'avais réussi à sauver les otages. C'était pourtant la seule façon d'y parvenir. L'assaut que Girard avait prévu de lancer se serait indubitablement terminé dans un bain de sang. Mais il avait voulu faire un exemple, profiter de ce qu'il avait considéré comme une désobéissance. Et il m'avait fait muter en Touraine, ainsi qu'Antoine Ribes qui m'avait soutenu comme d'habitude. Je pourrais tout compte fait le remercier, lui dire un grand merci tant ma vie est plus équilibrée maintenant avec Isabelle dans notre belle maison du Saule Michaud à Montlouis. Je ne vais quand même pas le faire ! Et aujourd'hui il va avoir besoin d'un guide, comme mon père le fit cette fois-là. Je croise les doigts pour que mon intuition soit la bonne et que le dispositif que j'ai voulu soit le bon.

— Moi-même, répondit Jérémy Girard. Je ne vais pas y aller par quatre chemins. Nous avons eu de sérieux différends entre nous. Mais je reconnais votre perspicacité commissaire, votre clairvoyance. Alors j'ai accepté cette mission. Nous devons faire tous les deux un effort pour que le passé ne vienne pas interférer et mette en péril la mission actuelle. Êtes-vous d'accord Poitevin ?

— Entièrement, totalement, s'écria Poitevin. Allons regarder de près les cartes des lieux qui vous serviront de décor.

— Attention Poitevin. Je ne veux personne d'autre que mes hommes. Est-ce bien compris cette fois ? demanda Girard d'une voix forte.

— Oui. Nous n'interviendrons que si vous nous le demandez…

— À la bonne heure ! C'est que vous n'imaginez pas ce qu'est une intervention du RAID. C'est souvent terrible. C'est même l'enfer quand d'autres personnes s'immiscent dans notre travail ! Et croyez bien Poitevin, je ne veux pas aller en enfer !

— Mais il n'est pas question d'aller en enfer commissaire ! répondit Poitevin qui se mit à fredonner :

« On ira tous au paradis

Qu'on soit béni ou qu'on soit maudit, on ira
Toutes les bonnes sœurs et tous les voleurs
Toutes les brebis et tous les bandits
On ira tous au paradis
On ira tous au paradis, même moi »

— Suffit Poitevin ! J'aime la plaisanterie mais ça dépend des moments. Personne, vous avez bien compris, personne. Aucune autorisation…

— … sauf pour celui de mes hommes qui vous servira de guide, car enfant de la région il connaît le labyrinthe comme sa poche. Je vous présente le lieutenant Samuel Guyot.

— Vous êtes têtu ! répondit Girard. Il peut nous fournir une aide importante. Mais il restera en arrière. Je ne veux aucune prise de risque inutile. C'est clair lieutenant ? Nous avons des techniques d'approche avec des drones terrestres silencieux, avec aussi nos renards comme on les appelle.

— Je redis que je les souhaite tous vivants, précisa Poitevin.

Après quelques longues minutes de discussion entre Girard, Poitevin et Samuel Guyot le commissaire commandant le RAID donna l'ordre de s'engouffrer dans les caves, direction le troisième niveau, à l'intersection avec la galerie conduisant aux champignonnières. C'était le lieu que Poitevin avait trouvé le plus probable pour se planquer.

****

Il est des moments où le temps s'écoule lentement, poussivement, trop même. C'était le cas. Poitevin consultait sans cesse sa montre. Il aurait bien apprécié que les aiguilles se soient mises à tourner plus vite. Les minutes succédaient aux minutes depuis que plusieurs groupes avaient disparu aspirés dans la colline de tuffeau. Les hommes étaient lourdement chargés de matériels offensifs et dissuasifs, Glock 18 Rafaleur comme arme de poing, FN Herstal P90 comme fusil mitrailleur et même certains équipés de Sig Sauer 551 comme fusil d'assaut. Ils avaient tous dans les poches des grenades offensives et aussi flash-back avec des Brügger et Thomet GL06 comme lance-grenades. Ils avaient tous également des masques à gaz en bandoulière. Une armée d'élite !

Et les minutes s'égrenaient toujours avec la même lenteur. Poitevin faisait les cent pas. Il n'était pas le seul à ne pas pouvoir tenir en place. Poitevin tentait d'estimer sur la carte l'avancée des hommes du RAID. Midi approchait et ils devaient être à moins de deux cents mètres du fameux carrefour. Son téléphone sonna.

La gendarmerie de Saône-et-Loire l'appelait. Conformément à ses ordres, le domaine viticole Valadon à Davayé avait été investi au petit matin. La cueillette avait été fructueuse. Outre Eva Valadon, la petite amie de Théo Perreux, les fils de Lars Debruyne, Charly et Mats, avaient été faits prisonniers sans qu'aucun coup de feu ne soit tiré. Les trois étaient dans le même lit. Un fourgon les transportait actuellement vers Paris.

Il songea fugacement à la capture qu'on venait de lui annoncer. Il espérait que Théo n'était pas trop jaloux. Cela le fit sourire.

Poitevin soupira. Charly et Mats n'étaient pas ici dans les Caves des Roches. Il savait désormais les noms des cinq individus planqués dans le tuffeau et qui allaient être cueillis. Que le temps était long ! Le café serré coulait abondamment pour réchauffer les corps et les esprits.

Branle-bas de combat à quatorze heures, des hommes sortaient en courant accompagnés de Samuel Guyot. Les cinq fuyards avaient été repérés, tassés les uns contre les autres pour se prodiguer un peu de chaleur. Ils étaient sûrement affamés puisque leur message à Fabrice Ouvrard n'avait reçu aucune réponse.

— Pour les faire sortir sans échanger trop de tirs, votre lieutenant nous suggère de les enfumer avec un gaz irritant, dit un des hommes.

— Qu'en pensez-vous ? demanda Poitevin.

— Bonne idée, on a tout le matos qu'il faut.

— Je connais une fissure sur le plateau, intervint Samuel Guyot. Elle donne sur le fond de la cavité où ils se trouvent. Les excavations se sont arrêtées là de peur d'un effondrement. Je peux les y conduire.

— Très bien, allez-y. Samuel, je te fais confiance. Tiens ta promesse !

Il fallait attendre encore de nombreuses minutes que les hommes atteignent le sommet de la falaise à l'aide de quads du RAID, puis se frayent un chemin dans les broussailles, atteignent la lèvre de la fissure et en communiquant téléphoniquement avec les hommes de l'intérieur de la cave, lancent les grenades irritantes. Puis il fallait encore attendre qu'elles fassent leur effet avant de passer aux arrestations. Après les minutes, les heures s'étaient succédé. Puis les premières déflagrations. Les unes succédant aux autres. Un grand nombre. Puis d'un coup le silence. Brutal. Même les oiseaux avaient pris une journée de repos et ne chantaient plus.

Et puis alors que le jour commençait à s'éteindre, Romain fut le premier à crier :

— Les voilà !

Les hommes quittaient leurs masques au fur et à mesure de leur sortie. Poitevin reconnut Girard qui levait le pouce dans sa direction. L'assaut avait été un succès. Les truands allaient pouvoir être jugés, jugés au nom de la société. La PJ avait réussi son travail. Des masques délivrant de l'oxygène étaient plaqués sur les visages des cinq truands qui toussaient à expectorer leurs poumons. Poitevin reconnut Gabin et Théo Perreux se soutenant l'un l'autre, le père et le fils. Un homme de haute taille à cheveux blancs qui ne pouvait être que le docteur Barre-Chaudière et Orlov qui se mit à vomir avant de rejoindre le car « panier à salade ». Fermant la marche deux policiers du RAID portaient une civière. Poitevin reconnut d'après les photos qu'il avait vues, le visage grimaçant de Margot Guignard. Les cinq prévus étaient là.

— Que s'est-il passé pour Margot ? Qui a tiré ? demanda Hervé.

— Elle a reçu une balle perdue provenant du flingue d'Orlov alors que ce dernier se bagarrait avec Théo Perreux, déclara Jérémy Girard. Théo a eu une crise de folie. Il voulait sortir pour ne pas mourir de faim dans ce trou et Orlov a voulu le calmer comme Barre-Chaudière l'avait commandé. Orlov avait son calibre en main lors de l'affrontement. Le cran de sécurité n'était pas mis. Le coup est parti. C'est ce que le père Perreux nous a dit.

— Où est-elle blessée ?

— La cuisse. Rien de bien grave. Elle a néanmoins perdu beaucoup de sang. On a mis un pansement provisoire. Il n'y a eu qu'un seul tir sous le tuffeau et c'est elle qui en a écopé !

— Comment s'est déroulée l'opération ?

— Super, excellente idée que les gaz irritants. Ils se roulaient par terre, crachaient, toussaient. On n'a pu les cueillir sans trop d'effort. Super votre guide. Merci.

Des moteurs de quads rugirent. Samuel Guyot en descendit et vint auprès de Poitevin.

— Voilà commissaire, j'ai accompli la mission que vous m'aviez confiée ce dont je vous suis reconnaissant. Faites de moi ce que vous voulez maintenant, lui dit-il.

— C'est très bien. Tu aurais fait un excellent flic. Mais voilà, je crains fort que tu ne sois définitivement rayé de la police, dit Poitevin. C'est bien ce que tu as fait aujourd'hui p'tit. Mais, je le redis, tu n'aurais pas dû revenir sous une fausse identité.

— Quel va être la suite pour moi ?

— Ne pense pas rien qu'à toi Samuel ! Songe au choc pour Mélanie qui se couche avec Stéphane et se réveille avec Samuel. Si son amour pour toi y résiste alors c'est qu'il sera très fort et sera ton réconfort.

— J'espère, si vous saviez comme je l'espère !

— J'en suis convaincu. Mais ce n'est pas tout. Il y a aussi les parents de Stéphane qui croient que leur fils est vivant bien qu'ils le jugent indigne. Il y a aussi tes propres parents. Comment vas-tu ressusciter à leurs yeux ? Quel choc cela va être pour les parents de Steph et les tiens. Je pense que vous tous avez besoin d'un soutien psychologique. J'espère convaincre quelqu'un qui m'est très cher d'accompagner tes démarches. Pour les sanctions, la hiérarchie de la police interviendra et la justice suivra. Usurpation d'identité, ça peut aller jusqu'à dix ans de prison selon la gravité. En attendant, donne-moi ton arme et ta carte. Tu es mis aux arrêts. Allez, va, je ne te passe pas les menottes. Mais je dois informer tes collègues. File maintenant.

Poitevin soupira. La journée la plus tendue de sa carrière s'achevait. Girard fit un signe de la main pour dire au revoir. Il y répondit volontiers presqu'amicalement. Romain s'approcha de lui.

— Tu viens ?

— Je souhaiterai Romain que tu rentres à Marceau avec les collègues. Explique-leur pour Samuel Guyot. Ils ont le droit de savoir. Moi je suis sur les rotules. Je voudrais me reposer quelques instants chez moi. Retrouver Isa et la quiétude de la maison me permettra de reprendre des forces.

— Ok. Rentre chez toi. Repose-toi, tu l'as bien mérité. À demain, dit Romain.

— Heu… il faut que la procureure…

— Oui, je vois de qui tu veux parler ! répondit Romain en riant.

— Hé, hé ! Il faut qu'elle prononce leur mise en garde à vue pour 48 heures.

— Ça sera fait, ne t'inquiète pas. On va régler les aspects administratifs des interrogatoires de façon que demain tu puisses entrer dans le vif du sujet, car c'est à toi Hervé et à toi seul de les interroger puisque tu as vu clair mieux et plus tôt que nous. Et tu nous caches encore des choses. De commencer le boulot ça nous tiendra éveillés une partie de la nuit. On se reposera plus tard. Toi, tu n'en peux plus. À demain Hervé. Il y a encore des cadavres à découvrir hélas.

— Oui, demain, il y a encore d'autres découvertes à suspense. Et pas des moindres ! Tu vas être surpris.

Une femme s'approcha de Poitevin. Elle se faisait aussi petite que possible, avec de timides petits pas et un châle noir sur la tête.

— Bonjour monsieur le commissaire, dit-elle.

— Oh, bonjour madame Cabral. Comment allez-vous ? répondit Poitevin.

— Aussi bien que possible. Le maire m'a dit que le camping allait être rénové avec un endroit pour les camping-cars. Et il m'a assuré que j'en serai la gardienne.

— Voilà une bonne nouvelle !

— Mais ce n'est pas pour cela que je me permets de venir vous parler. Je voulais juste vous remercier pour tout ce que vous avez fait pour trouver les assassins de mon Jules. Vous l'avez un peu vengé. Et je vous en remercie… du fond… du cœur… merci…

Les mots avaient des difficultés à sortir, les yeux de Rosa Cabral étaient noyés de larmes quand elle tourna le dos et partit aussi discrètement qu'elle était venue.

XXV
Les mobiles, enfin !

19 septembre

J'ai encore rêvé cette nuit. Je n'ai pas pu m'en empêcher mais cette fois je n'ai pas eu de vraie insomnie. Juste un sommeil léger. Dans mon esprit embrumé, éclaté de fatigue accumulée, j'ai passé et repassé le film de la journée achevée. La réalité a été encore plus parfaite que ce que j'avais imaginé. Mes déductions avaient été exactes. J'avais lancé les fléchettes bien au centre de la cible. J'aurais dû en tirer une autosatisfaction pointée d'un peu d'orgueil. Mais non, mon cerveau continuait à vouloir étudier chaque phase de ce qui s'était déroulé pour examiner s'il n'y aurait pas eu la possibilité de faire encore plus vite, encore mieux. Sûrement que si j'avais révélé à Samuel Guyot que j'avais découvert qui il était réellement, j'aurais pu alors obtenir de lui l'existence de la fissure dans le plateau et faire agir les gaz irritants bien plus tôt. Ah ! cet inexorable désir de parfaire les choses. Ça ne me quittera jamais !

En arrivant j'ai expliqué à Isabelle ce qui s'était passé, pourquoi j'avais agi et fait agir mes collègues et le RAID de cette manière. Elle a bien ri quand je lui ai narré ma rencontre avec mon ami-ennemi juré Jérémy Girard ! Elle a été surprise et choquée de l'usurpation d'identité par Samuel Guyot. Elle m'a expliqué certains obstacles psychologiques que lui Samuel, mais aussi Mélanie, les parents de Stéphane Gonthier et ses propres parents allaient devoir tenter de surmonter. Que de douleurs allaient naître, des rancœurs inévitablement, des pardons aussi seraient prononcés. Je lui fais confiance pour accompagner toutes ces personnes. Merci mon bel amour ! Merci d'être là, de m'épauler quand je fléchis, de rester dans l'ombre quand mon métier m'interdit de te mettre au courant, de t'inquiéter pour moi, pour toi, pour nous et de me rendre, de nous rendre la vie si simple et si agréable. Tu es bien plus au fait de ce qui va se passer aujourd'hui que mes collègues. Tu es la seule qui en sache autant. Je t'ai confié un secret. Et tu as dit « Mais c'est la plus horrible des enquêtes que tu n'aies jamais conduites ! ». Et tu as bien raison. Ce matin je vais en premier lieu chercher la preuve définitive de la culpabilité de Barre-Chaudière et de ses acolytes. Et il ne s'agit nullement de trafic de drogue !

Le Scénic cahotait sur le chemin forestier comme un frêle bateau pris dans la tempête. Hervé Poitevin longea l'étang des Jumeaux, le plus grand caché au fond de la forêt domaniale d'Amboise. Cette forêt était souvent le théâtre de chasses où se perpétuait la tradition, aussi cruelle que la corrida, de la chasse à courre, survivance inconvenante de traditions moyenâgeuses. Poitevin en eut froid dans le dos rien que d'y songer. Puis il atteignit l'orée du bois en descendant en direction de La Droliniѐre. Il traversait maintenant des coteaux orientés plein sud bien ensoleillés dont les ceps, de cru sauvignon, fournissait le vin d'appellation Touraine-Chenonceaux. Isabelle avait su lui faire découvrir et apprécier le mélange subtil de fruits et de fleurs qu'il laissait en bouche, même si Hervé aurait apprécié que la sensation dure un peu plus longtemps. Il aperçut d'abord la pelleteuse et les autres véhicules arrêtés. Il était pour une fois un peu en retard sur l'horaire qu'il avait lui-même fixé. Il vit enfin la loge. Tout un pan de mur était effondré et on pouvait se demander comment le toit restait en équilibre. Une porte délabrée était néanmoins sertie de belles pierres taillées en tuffeau dont la blancheur ressortait de l'ensemble envahi de ronces et genêts. D'un coup d'œil, il vérifia que Samuel Guyot était assis dans une voiture. Il descendit.

— Excusez mon retard, dit-il. Bonjour madame la procureure, merci infiniment de vous être encore déplacée. Merci Antoine d'être fidèlement là. Merci Romain. Vous avez commencé, c'est bien.

Poursuivez. C'est Francis qui est toujours aux commandes de l'engin ? Parfait.

Puis se tournant vers ses collègues, il continua en désignant la voiture où Samuel Guyot attendait.

— Vous êtes maintenant au courant que celui qui a été votre collègue sous le nom de Stéphane Gonthier s'appelle en réalité Samuel Guyot. Vous imaginez bien tout ce que cette usurpation d'identité aura comme conséquence pour lui certes, mais pour ses parents, sa famille et pour les parents du vrai Stéphane décédé en Guyane. Je tiens à insister sur le fait que Samuel Guyot nous a énormément aidés hier. Ceci est indéniable. Il était un excellent flic. Il a été mis aux arrêts comme Romain Chardon vous l'a annoncé hier au soir. Nous vous tiendrons au courant. Le divisionnaire vous a également averti qu'une procédure a été lancée à l'encontre du capitaine Vernier compte tenu de l'attitude raciste qu'il a souvent manifestée. Voilà, la brigade ne sort pas indemne de cette enquête. Je compte sur vous pour rester unis, groupés, pour serrer les coudes comme vous l'avez toujours fait.

Les murmures acquiescèrent les propos du commissaire.

— Revenons à ce qui nous préoccupe ce matin. Laissons notre pelleteur expérimenté fouiller le sol de cette loge. Si je ne me suis pas trompé, nous devrions être rapidement fixés et avoir une preuve supplémentaire à apporter contre monsieur Barre-Chaudière et ses complices.

Il ne fallut pas longtemps aux dents du godet de la pelleteuse pour extirper de la glaise un nouveau cadavre. Quand celui-ci fut délicatement posé sur le sol, Hervé alla chercher Samuel Guyot.

— Ce que tu vas voir, Samuel, va te faire un choc. Mais je suis convaincu que tu as déjà deviné toi aussi. Tu es le seul à pouvoir identifier ce que nous venons de mettre à jour. Viens, petit. Appuie-toi sur mon épaule.

Devant la dépouille déterrée, la main de Samuel se serra sur l'épaule d'Hervé. Tout le corps de l'ex-lieutenant fut pris de tremblements, un flot de larmes ininterrompu surgit dans ses yeux et secoua tout son corps. Tout le monde resta silencieux, respectant la douleur indicible qui envahissait leur ex-collègue. Hervé le prit dans ses bras de longues minutes, lui caressant les cheveux, lui murmurant des paroles réconfortantes.

— Je crois petit que c'est pour cela que tu es revenu ici, n'est-ce pas ? lui demanda-t-il doucement.

— Oui, c'est elle. Ça ne fait pas de doute. C'est la robe qu'elle avait ce jour-là, le 17 août quand elle est allée en forêt avec les autres et que moi, je suis parti à Blois pour régler quelques derniers papiers pour mon départ en Guyane. C'est elle, c'est Émilie, elle était mon Émilie, mon amour d'Émilie, murmura Samuel qui s'effondra au sol en pleurant.

— Julien Gérard va bien s'occuper d'elle, tout particulièrement. On lui fera un bel enterrement, petit. Et tu seras là, comme nous tous. Mon pauvre petit.

Poitevin accompagna Samuel à la voiture. Il était persuadé que lui comme tout le monde, avait bien remarqué qu'il s'agissait encore d'un cadavre creux comme le légiste les appelait.

****

La veille le divisionnaire avait prononcé la garde à vue pour tous. Il avait interrogé l'hôpital. Les nouvelles de Margot Guignard étaient rassurantes. La balle n'avait fait aucun dégât irréparable dans la cuisse. Elle en sortirait dans deux ou trois jours. Romain laissa néanmoins deux agents en faction devant sa chambre.

À partir de dix heures, le commissariat de la rue Marceau fut le lieu d'interrogatoires qui se succédèrent selon le rythme qu'imposait au fur et à mesure le commissaire Poitevin. Tout à la logique qu'il avait tirée de l'analyse des enquêtes et évènements de ce dernier mois, le commissaire les orchestrait lui-même. Il convoquait un des accusés, ou deux à la fois parfois, quelques questions bien senties, puis les renvoyait un quart d'heure ou une demi-heure plus tard en cellule pour en interroger un autre. Les allers-retours se succédèrent toute la journée à une cadence élevée. Les équipiers en étaient même arrivés à parier entre eux pour deviner lequel des inculpés va être appelé ! Et Poitevin les surprenait parfois ! Le commissaire avait retrouvé une forme qui forçait la stupéfaction et l'enthousiasme de ses collègues comme si aucune fatigue ne pesait plus sur lui.

Comme la veille lorsque le divisionnaire leur avait signifié leur garde à vue, il leur avait suggéré d'appeler leurs avocats. Barre-Chaudière avait hurlé.

— On n'est pas des assassins, on se défendra nous-mêmes.

Du coup aucun avocat ne fut présent pendant cette journée d'interrogatoire.

Salle des interrogatoires :

— Alors c'est toi Théo que Jérôme Taillandier a informé avoir reçu une clé USB avec la vidéo de votre meurtre perpétré sur la personne d'Achod Hagopian. C'est ça ? Réponds !

— Oui, c'est Jérôme qui m'a dit qu'il ne l'avait pas versé au dossier au moment du procès mais qu'il venait, pris de remords, le con, d'en informer la justice et qu'une révision du procès allait avoir lieu.

— T'en as parlé à ton vieux ?

— Non, ça l'aurait mis dans une fureur telle que j'avais peur pour ma mère et mon petit frère.

— Alors qui as-tu averti ?

— Ben…

— Celui qui prenait le film ? Le toubib ?

— Oui, Franck.

— Barre-Chaudière c'est ça. Et que t'a-t-il dit ?

— De ne rien faire avant qu'il ne donne des ordres.

— Tu lui obéissais toujours ?

— Oui. Il nous avait toujours sortis d'embarras, il avait toujours été gentil pour nous.

****

« Flash-back » chez Barre-Chaudière :

— Allo, c'est Franck, salut Fabrice. Ça va mal. Perreux vient de m'avertir que la justice allait rouvrir le procès Perreux.

— Comment est-ce possible ? Pour quelle raison ? demanda Fabrice Ouvrard.

— Taillandier avait reçu la carte SD que je ne retrouvais plus en ma possession avant le procès. Il était resté muet à l'époque. Il vient d'être pris de remords vertueux avec retard et a balancé ça à la justice qui veut réviser le procès.

— T'es vraiment un pauvre con Franck. Tu l'avais perdue. Mais quelqu'un l'a retrouvée. Et voilà. On est dans la merde maintenant.

— Qu'est-ce qu'on fait ?

— Toi ? Rien pour le moment. T'attends que je t'appelle. On n'utilise plus les portables. Ils peuvent nous tracer. Avec notre radio. En codage. Tu t'en souviens de la liste des antonymes ?

— Je l'ai conservé, je la retrouverai. J'attends de tes nouvelles. Merci Fab.

****

« Flash-back » chez Fabrice Ouvrard, château du Nitray :

— Une catastrophe est en préparation. Le procès Perreux va être rouvert. Ils ont comme preuve et hélas elle est irréfutable, la carte SD qu'a utilisée ce con de Barre-Chaudière quand l'arménien a été zigouillé, commença le pharmacien dans la salle de réunion du château du Nitray où il avait réuni ses hommes de main.

— Merde alors, lança Hassan Yahiaoui. Que fait-on ?

— Il ne faut pas qu'il y ait la possibilité d'avoir d'autres témoignages qui accentueraient les peines. On empêche à tout prix d'agir les éventuels témoins qui pourraient être appelés à la barre.

— Du genre ? demanda Dimitri Orlov qui nettoyait calmement son flingue.

— Ben, le Pérez en particulier, puis certains autres qui figurent sur la vidéo, Guignard, Millet…

— Les Perreux ?

— Pas pour le moment.

— Ok. Mais je ne peux pas encore bien me déplacer avec ma cheville foulée, déclara Orlov.

— Moi, je prends, chef, s'écria Yahiaoui.

— Toi ? dit Fabrice Ouvrard. Ok puisqu'il faut agir vite. Mais tu me promets de ne pas faire n'importe quoi. Pas de zèle inutile. Tu restes calme et lucide pour une fois. C'est bien parce qu'il y a urgence que je suis obligé de te faire confiance. Ne me déçois pas.

****

Salle des interrogatoires :

— Monsieur Ouvrard, vous êtes sans aucun doute au courant de la façon dont votre homme de main, Hassan Yahiaoui, a exécuté votre ordre de faire taire définitivement les personnes qui devaient témoigner au procès. Racontez-moi ! exigea Poitevin.

— Je puis vous assurer que justement il est passé outre mes ordres et a agi comme un fou commettant un véritable massacre dont il porte seul la responsabilité, répondit Fabrice Ouvrard avec une voix hautaine.

— Bien évidemment vous pouvez charger un mort ! Alors que c'est vous qui avez commandité ces meurtres. Racontez-nous, je vous en prie.

Le pharmacien raconta.

Hassan Yahiaoui était vraiment un tueur sans scrupule, de la pire espèce. C'est lui qui a imaginé de brûler Jules Pérez dans sa caravane. Mettre un somnifère dans ses bouteilles d'eau fut aisé quand Jules était dans la maison de Rosa Cabral. Il a demandé à Guignard et Millet de l'aider avec la barque de ce dernier. Ils ont apporté de nuit des bouteilles de propane qui avaient été dérobées en diverses occasions. La suite correspondait très exactement au modus operandi révélé par Igor Podgorski et la scientifique. L'horreur absolue.

— Soyez assuré que j'ai été totalement horrifié de cet… heu… effroyable assassinat qui ne correspondait pas du tout, mais alors pas du tout à ma demande de simplement faire peur à ce sale espingouin, proclama le pharmacien.

— Et la suite ? L'assassinat de Guignard ? demanda Hervé sans croire une seule seconde à ce que venait d'affirmer le suspect.

— Comme vous aviez déjà arrêté Millet pour les sévices qu'il faisait subir à sa pauvre femme, Hassan devait menacer l'autre témoin gênant Gaby Guignard, je dis bien je n'ai donné l'ordre que de le menacer.

— Mais voilà, Margot Guignard était présente, rétorqua Poitevin.

— Entre Gabriel Guignard et sa femme, ça n'allait plus depuis quelques mois déjà. Margot voulait le quitter. Elle avait déposé une demande en divorce quelques jours avant. Vous pouvez vérifier au tribunal judiciaire de Blois. Alors sachant qu'Hassan allait s'en prendre à son mari, elle a préparé sa fuite emmenant avec elle son fils Bertrand. Pour Guignard vous savez.

— Oui, on sait. Et il y a eu une autre victime, innocente. Laurence Launeau, la coiffeuse.

— Parfois, il y a des victimes collatérales, vous le savez bien. On ne fait pas d'omelette sans casser des œufs, répondit Fabrice Ouvrard en riant.

— Sans compter la pauvre madame Louise Barangeard.

— Hassan n'y est pour rien c'est son cœur qui a lâché. Ne l'accusez pas de tout quand même !

****

Salle de réunion de la rue Marceau :

— Des représailles concernant la mort du labrador des Millet, on s'en doutait, ne pouvait être un mobile pour l'assassinat de Jules Pérez, déclara le commissaire à ses collègues lors d'une suspension des interrogatoires.

— Mais tous ces meurtres en cascade ne peuvent pas s'expliquer seulement en voulant arrêter les témoignages dans l'affaire des ouvriers agricoles mécontents de leur sort, fit remarquer Bassembo Dioakhoumpa.

— C'est déjà une vraie raison presque suffisante chez ces gens-là, tant ils ont de mépris pour les travailleurs d'origine étrangère. Mais tu as raison Bass. Il y a autre chose qui se mêle à ça. Il faut que j'en interroge un autre. Mais il ne faut pas sous-estimer et effacer l'affaire sociale qui a fait l'objet du premier procès et qui va à nouveau passer en justice. Ce mépris qui prend souvent la forme d'une haine féroce est réel et existe. Pas question de passer sous silence le combat des ouvriers agricoles pour l'amélioration de leurs conditions de travail. J'y tiens. Ça sera dans le rapport comme quelque chose de très important. On connaît qui a été le maître d'œuvre des premiers assassinats. On a le témoignage du pharmacien. C'est très bien, d'autant qu'il n'évoque rien d'autre que le danger pour eux de la réouverture du procès.

****

Salle des interrogatoires :

— Monsieur Ouvrard, vous me dites avoir été effrayé par ce qu'avait fait votre homme de main. Je veux bien vous croire, mais il faut m'en dire plus. ? Il s'est produit d'autres choses peu de temps après. La tentative d'assassinat sur Ethan Takessian ? Dites-moi quelque chose à son sujet. Vous l'avez commandité également ? Vous aviez peur que ce monsieur qui connaissait sans doute Achod Hagopian ait des révélations à faire, n'est-ce pas ? commença Poitevin devant le pharmacien dont le visage reflétait l'inquiétude d'être à nouveau convoqué dans cette salle.

— Ah, non, je n'ai pas commandité ça. C'est Hassan qui l'a exécuté sous son bonnet, tout seul. À mon grand effarement d'ailleurs, croyez-moi.

— C'est Yaya qui a donc tiré ?

— Oui. J'ai su qu'une fliquette avait été touchée. Je le regrette sincèrement, croyez-moi.

Poitevin rit des regrets de cet individu.

— Mais que s'est-il passé à La Fouquerie alors ? Comment est mort votre homme de main Yahiaoui Hassan ?

— Devant les actes irréfléchis d'Hassan Yahiaoui, j'avais demandé à Orlov de calmer Hassan, de le ramener à la raison, de lui conseiller de se faire oublier, de faire en sorte qu'il disparaisse du circuit au moins pendant quelque temps.

— Une fois encore, vous mentez, c'est vous qui avez donné l'ordre de l'abattre. Et Dimitri l'a abattu ?

— Pas du tout ! C'est Margot, une sacrée gonzesse quand même, qui a obéi à un ordre émanant de son père et qui a tiré. Ce n'est pas moi le donneur d'ordre, je vous l'avais déjà dit pourtant.

— Comme Hassan, pour se défendre aurait pu vous trahir, avec sa mort vous ne risquiez plus rien de ce côté-là, constata Hervé. Continuez s'il vous plaît.

— Orlov n'a fait que mettre le pauvre Hassan dans la bagnole de Guignard qui avait été planquée à La Fouquerie et y mettre le feu. Margot et Orlov ont nettoyé les locaux avant de partir pour Paris chez l'oncle de Margot.

— Oui, Lars Debruyne. Il a été arrêté. La Fouquerie était une de vos caches.

— Oui. Un joli petit labo bien caché, ricana Fabrice Ouvrard.

— Transformation de la drogue, de son ensachage pour la distribution. C'est bien de ça qu'il s'agissait de faire là-bas ?

Devant le silence de son interlocuteur, le commissaire insista.

— Le réseau international a été découvert et est en cours de démantèlement. Vous ne l'ignorez pas. Il n'est plus temps de rester silencieux. Vous savez que vous et votre acolyte Barre-Chaudière êtes les organisateurs de la partie Centre Val de Loire de ce réseau. L'OFAST possède toutes les preuves pour vous écrouer. Vous le savez. Vous avez tout intérêt à parler. Vous savez qu'il pourra être tenu compte positivement de votre coopération. La perquisition du château de Nitray est éloquente, vous vous en doutez bien. Alors, lâchez-vous ! C'est votre seule porte de sortie un peu honorable. Pensez à votre fille Ambre qui vous succède à la pharmacie et qui risque fort d'être condamnée comme complice d'un trafiquant meurtrier !

— Vous avez peut-être raison. Le procès des Perreux, à vrai dire, je m'en fous ! C'est la sauvegarde de la clandestinité du réseau local qui m'importait le plus. J'avais réussi à établir une organisation impliquant beaucoup de gens, des gens fort honorables par ailleurs. Ça permettait de les tenir. Un réseau rural. Les services des stups sont vraiment stupides pour ne pas y avoir pensé.

— Je partage votre avis ! répondit Poitevin en songeant à Sébastien Martineau. Il faut vous dire que l'ex-épouse de votre complice Barre-Chaudière a été très loquace quant à ce réseau, à la façon de vous procurer la drogue et de la distribuer. Vous ne vous en doutiez pas ?

— Vous avez été plus malin que les stups ! La garce ! Quand elle l'a quitté, je l'avais averti de se méfier car elle pourrait bien faire des révélations. Nous y voilà. Le con ! La garce !

— Restez poli ! Je sens que vous vous énervez. Comment êtes-vous devenu un responsable de ce réseau, un de ses fondateurs ?

— Oh je peux bien le dire aujourd'hui. C'est Margot, fille Debruyne, digne fille de son père qui a suggéré cette façon de gagner du pognon. Moi, j'ai bâti quelque chose de solide. Ce que vous avez découvert au château vous le prouve. Je ne voulais pas d'amateurisme. Voilà, vous savez tout maintenant ! avoua le pharmacien d'un ton rageur en serrant les poings.

— Oh, non, monsieur Ouvrard, ce n'est pas tout mais on se reverra plus tard. Signez cette nouvelle partie de déposition et vous allez retourner en cellule.

****

Salle de réunion :

— Bravo, on a tout ce qu'on voulait. La justice sera contente de nous, cette fois la police, la judiciaire, ne fera pas l'objet de critiques, dit le divisionnaire.

— On a de beaux aveux en effet. De toute façon au point où il en était, il fallait qu'il crache la vérité. C'est fait. Antoine, ça te va ? répondit Poitevin.

— Bien évidemment ! Bon boulot. On sait tout ou presque en ce qui concerne le réseau de drogue et c'est pour le défendre que ces individus ont commis leurs crimes. Voilà. C'est bien, répondit le juge. Je transmets au parquet. Considères-tu que l'affaire est enfin bouclée ?

— Antoine, pas si vite. On sait l'imbrication entre le conflit social et les intérêts du trafic de drogue. C'est une chose. Deux catégories de mobiles ont animé nos protagonistes. Mais ce n'est pas tout. Que fais-tu des « cadavres creux » ? répondit Poitevin. Mais j'aimerai bien une suspension plus longue. Il est 19 heures. On fait monter des sandwiches, de la bière. ? On se repose un peu. Puis on reprendra comme on a fait jusqu'à maintenant. Je commence l'interrogatoire, puis vous le poursuivez chacun à votre tour. Ils ne peuvent pas échapper ainsi. Ok, la méthode vous plait ?

— Oui, elle est efficace pour le moment, bien qu'épuisante surtout pour toi, conclut Romain Chardon. On reprend à 20 heures. Hervé, tu devrais téléphoner à Isabelle. Moi de mon côté j'appelle Alb… heu… madame la procureure !

Des éclats de rire fusèrent dans la salle de réunion de la rue Manceau. Il fallait bien se détendre un peu !

****

Salle des interrogatoires :

— Monsieur Perreux, vous êtes mouillé jusqu'au cou et pour deux motifs pour le moment. Primo, la réouverture de votre procès concernant le conflit social avec vos ouvriers agricoles…

— Oui, je sais. C'est la seule accusation que vous ayez contre moi, non ? grommela le patriarche.

— Non, monsieur Perreux, que nenni !

— Qu'allez-vous me mettre de plus sur le dos ? Je viens d'être séquestré sous terre par une bande de malfrats avec lesquels je n'ai rien à voir. J'ai eu la peur de ma vie ! Et vous voudriez me faire porter le chapeau pour ce que, eux, ils ont commis ? Ça ne va pas ? Je ne servirai pas de bouc émissaire !

— Ne vous énervez pas monsieur Perreux. Deuxio comme complice du trafic de drogue en Centre Val de Loire sous la conduite du docteur Barre-Chaudière et du pharmacien Fabrice Ouvrard. On a leurs aveux qui vous incriminent.

— Comment ça ? demanda le patriarche en fronçant le front.

— Vous ne sauriez nier que votre ferme a servi au stockage de certaines drogues, que votre fils, et vous-même parfois aviez été dealers dans ce réseau. Nous en avons les preuves.

Gabin Perreux baissait les épaules et la tête.

— Mais, je suis bien d'accord que vous ne risquez pas grand-chose pour ce second motif par rapport au premier où vous avez perpétré l'assassinat d'un de vos ouvriers agricoles, Achod Hagopian. Rien que pour ça, vous risquez la perpétuité. Mais j'en arrive au troisième motif. Le dernier que nous avons découvert. Peut-être le plus effroyable monsieur Perreux.

— Qu'est-ce que c'est encore ?

— Vous souvenez-vous d'un soir, un 20 août il y a environ dix ans ? Vous ne voyez pas ? Vous rouliez en voiture, avec votre quatre-quatre qui était neuf à l'époque… dois-je continuer ?

Gabin Perreux releva la tête en ouvrant grands ses yeux aux lourdes paupières.

— Je constate avec soulagement que la mémoire vous revient ! dit Hervé.

****

« Flash-back » quelque part sur une route le 20 août :

— Allo, c'est vous Barre-Chaudière ? Franck Barre-Chaudière. ? Oui, bonsoir. Excusez-moi de vous déranger. Mais vous m'avez dit de vous appeler dès que j'aurais un problème. J'ai besoin de votre aide. C'est urgent !

— Oui Gabin, qu'y a-t-il ?

— Voilà je suis sur la D85 entre Veretz et Esvres.

— Oui et alors ?

— J'ai un peu bu, vous comprenez... heu...

— Comme d'habitude Gabin ! Comme d'habitude, répondit le docteur Barre-Chaudière en rigolant. Vous êtes dans le fossé ?

— Non, c'est plus grave. Je ne l'ai pas vu devant moi. Un scooter. Une bonne femme. Je lui ai rentré dedans.

— Il y a du mal ? demanda le docteur avec une voix inquiète.

— Mon parechoc est un peu cabossé.

— Mais je vous parle de la bonne femme ! Elle a du mal ?

— Oui. Je crois qu'elle est morte. Je lui ai roulé dessus.

— Rien que ça, nom de Dieu ! fit le toubib au bout de plusieurs secondes silencieuses.

— Qu'est-ce que je fais ?

— Rien. Où sont le scooter et le corps ?

— Dans le fossé.

— Garez bien votre engin sur le bas-côté un peu plus loin. Ne bougez pas. Faites celui qui est occupé à téléphoner si une voiture vous croise. J'arrive. Quand je serai vers vous, vous rentrerez vite chez vous, n'en bougez pas ce soir. Demain à la première heure vous faites réparer votre parechoc.

****

Salle des interrogatoires :

— Voilà ce qu'en raconte le brave docteur Barre-Chaudière. Vous êtes d'accord monsieur Perreux, non ? D'autant qu'on a retrouvé votre parechoc chez Paul Takessian votre garagiste !

Gabin Perreux hocha la tête en un aveu muet. Mais sa réaction était filmée. Il avait avoué son crime.

— Vous savez qui pilotait le scooter ?

— Oui.

— Madame Taline Hagopian, la mère d'Achod que vous aviez assassiné quelques jours auparavant !

— Oui, je sais. Le doc m'avait dit de ne pas m'en faire.

— Deux crimes à vous tout seul, vous êtes redoutable sous vos aspects de brave viticulteur, monsieur Perreux. Vous n'êtes pas sans ignorer et cela en rajoute aux charges pesant sur vous, que les corps d'Achod et de sa mère ont été retrouvés sur votre domaine. À la loge de Bléré. Ça se complique pour vous monsieur Perreux ! Pour vous et votre fils Théo du même coup.

Puis se tournant vers Murielle Daulincourt qui prenait l'interrogatoire en note et surveillait l'enregistrement, le commissaire ajouta. :

— Voilà de nouveaux aveux confondants, Murielle. Mais tu n'es pas au bout de tes surprises. D'abord on va passer au fils de ce monsieur.

****

Salle des interrogatoires :

— Monsieur Théo Perreux, votre père a avoué avoir été la cause accidentelle du décès de madame Taline Hagopian, tuée ainsi quelques jours après son fils Achod assassiné par vous et certains de vos amis. Ça va mal pour la famille Perreux. Vous vous êtes acharnés sur la famille Hagopian. Vous l'avez décimée. Je passe sous silence le traitement odieux que vous avez infligé à votre frère Martin qui, n'ayez crainte, a récupéré sa raison que vous vouliez lui réduire à coups de taser, l'électrochoc des temps modernes.

— Je sais tout ça. J'ai avoué tout ce que j'avais à vous dire, à vous et à vos collègues. Je suis fatigué, éreinté. Qu'est-ce qu'il vous faut de plus ? demanda Théo avec résignation.

— Revenons à ce terrible mois d'août il y a exactement dix ans. Le 20 août Taline Hagopian a été renversée et tuée par votre père qui a appelé à l'aide le docteur Barre-Chaudière.

— Voyez avec lui directement ! J'ignore ce qu'il a fait.

— Mais bien évidemment je l'interrogerai. Je le garde pour l'apothéose de cette série d'interrogatoires ! Je reviens à ce mois d'août. Le 20, disais-je mort de madame Taline Hagopian. Son fils avait été tué, et vous y avez participé, le 14. Sommes-nous d'accord ?

— Oui. C'est ça, dit Théo Perreux dans un soupir fatigué.

— J'en viens au 17 août. La bande des « Troglos de Touraine » que vous rejoignez part faire une balade en forêt. Certains membres sont absents. Achod dont on dit à l'époque qu'il a quitté la région. On a interrogé les faux témoins de l'époque. Ils se sont bien sûr tous rétractés à la vue de la vidéo. Est absent également Samuel Guyot qui était considéré un peu comme le leader de la bande.

— Que vient faire Samuel maintenant ? Il est mort en Guyane il y a longtemps ! s'écria Théo.

— J'y reviendrai. Samuel est à Blois pour régler certains détails de sa nomination comme policier en Guyane. Vous vous en souvenez ?

— Oui, ça me revient.

— Vous êtes présent. Avec Adam Millet, avec Gabriel Guignard, avec votre sœur Nathalie et avec Émilie Ouvrard. Vous vous souvenez d'Émilie ? Sa sœur Ambre n'est pas là, elle passe des examens universitaires à la fac de médecine.

— Oui, je m'en souviens. Mais pourquoi m'en parler ? On sait qu'Émilie est partie ? On en ignore encore la raison. Un coup de tête. Elle était bizarre de toute façon, très instable. Samuel en était amoureux, je m'en souviens. J'étais même un peu jaloux.

— Vous faites bien de le rappeler. Le départ d'Émilie est aussi faux que celui d'Achod. Vous le savez monsieur Perreux !

— Des conneries, vous essayez de m'embrouiller.

— Nous avons retrouvé Émilie monsieur Perreux. Et pas plus tard que ce matin. Vous voulez connaître où nous avons retrouvé son cadavre ? Vous le savez bien pourtant. J'en suis convaincu. Vous auriez tout intérêt à le dire. Vous auriez intérêt à me dire comment vous avez tué Émilie Ouvrard.

— Mais je ne l'ai pas tuée !

— Racontez-moi comment ça s'est passé dans le bois d'Amboise, près du grand Étang des jumeaux !

****

« Flash-back » dans le bois d'Amboise le 17 août :

— Émilie, qu'est-ce que tu racontes ? demande tout à coup Adam.

— Comment sais-tu cela ? insiste Gabriel.

— T'arrêtes tes conneries, surenchérit Théo.

— Mais si c'est vrai. Vous êtes des salauds, de vrais assassins ! Je le sais, j'en ai les preuves, s'insurge Émilie.

Théo la bouscule violemment.

— Tu ne me fais pas peur ! répliqua-t-elle.

Elle reçoit une gifle monumentale qui la fait tomber. Gaby lui crache dessus.

— J'ai surpris une conversation de mon père, voilà, affirme-t-elle en se relevant. Il disait que vous aviez roué de coups jusqu'à la mort le pauvre Achod. Vous êtes dégueulasses. C'est insupportable. Je le dirai à Sam quand il rentrera. Il ira à la police.

— Mais la garce, c'est qu'elle le ferait, hurle alors Gaby.

Théo la saisit par le cou, il serre très fort. Émilie se débat avec l'énergie du désespoir. Il la bouscule de gauche à droite puis d'un coup la projette en arrière. Sa tête heurte avec fracas un tronc d'arbre coupé récemment. Les yeux d'Émilie se révulsent et du sang s'écoule de sa bouche. Gaby est le premier à réagir et sort son portable. Pas aussi perfectionnés que les smartphones d'aujourd'hui, à l'époque ils étaient déjà bien utiles.

— Allo, est-ce que je pourrai parler au docteur Barre-Chaudière. De la part de Gabriel Guignard. C'est urgent, très urgent, dit-il.

— Oui, Gabriel, c'est pourquoi ? Je suis en plein cabinet, dit le toubib après quelques instants de silence.

Gabriel lui expose la situation et très vite le docteur lui répond.

— Bon, ne vous affolez pas tous autant que vous êtes. Je vais venir. J'arriverai en bagnole à l'orée du bois. Transportez-y Émilie avec précaution.

— Mais on ne sait plus si elle est vivante ou non. On la voit respirer avec difficulté.

— J'étudierai ça sur place quand je serai arrivé. Tranquillisez-vous.

Franck Barre-Chaudière arrive moins de vingt minutes après l'appel de Gaby.

— Merci, vous avez bien fait de m'appeler. Vous allez rentrer tous chez vous. Vous n'allez rien dire à personne. Après l'affaire d'Achod, ça serait dramatique pour vous. Je m'occupe de tout. Oubliez ce qui vient de se passer. Un simple accident. C'est moi qui m'en occupe désormais. Vous direz à tout le monde qu'Émilie ne vous a pas accompagné, que vous l'avez vue faire du stop sur la départementale, qu'elle était venue vous dire au revoir hier. Ajoutez qu'elle portait une valise et qu'elle vous a dit qu'elle ne voulait plus voir Guyot. Voilà. Vous vous souviendrez de la leçon ? Bon, filez chez vous maintenant.

— Mais c'est Émilie, la fille de monsieur Ouvrard, dit alors Théo Perreux. Il faut avertir son père, la soigner…

— Théo, tais-toi. Tu sais qu'entre Émilie et le reste de sa famille, les ponts sont coupés. Elle ne parle plus à sa sœur depuis qu'elle fréquente Samuel qui est ou va devenir policier. Et avec son père, Fabrice que je connais bien, ça fait longtemps qu'il ne considère plus Émilie comme sa fille. Alors, restez cool. Compris. Rappelez-vous ce que vous avez à dire et de ça exclusivement. Ne vous souciez ni de Fabrice ni d'Ambre. Je m'en occupe. Allez, partez vite !

****

Salle des interrogatoires :

— Et vous l'avez bien apprise la leçon de Barre-Chaudière. Vous l'avez répétée à qui voulait l'entendre pendant des années ! Vous êtes inqualifiables. Confirmes-tu qu'Émilie était encore vivante quand le doc est arrivé ?

— Oui, je crois, elle respirait mal mais c'était tout, répondit Théo Perreux.

— À ton avis, pourquoi Barre-Chaudière vous a-t-il couverts de cette façon ignoble ?

— Sûrement, à mon avis, pour que la police ne mette pas le nez dans ses affaires de trafic de drogue, répondit Théo.

— Ça sera tout Théo pour ce soir. On connaît l'assassin d'Émilie et ses complices dont tu fais partie. Toi tu es là devant moi, vivant. Les autres sont morts. Une dernière chose que je veux t'apprendre. Samuel Guyot est parti en Guyane peu après, convaincu qu'Émilie ne l'avait pas quitté de son plein gré. Il est revenu ici.

— Il est mort en Guyane. Vous déconnez ?

— Non ! Théo, tu te trompes ! C'est lui le vrai rescapé. Le lieutenant Stéphane Gonthier que tu as rencontré, en fait son vrai nom était Samuel Guyot. Voilà. Tu sais. Bonne nuit si tu arrives encore à dormir.

Le fils Perreux était comme tétanisé, le regard hagard, soufflé par cette nouvelle ahurissante. Poitevin le laissa rejoindre sa cellule et se tourna vers Murielle Daulincourt.

— Maintenant, le morceau de choix ! Murielle, tu te doutes bien qu'il s'agit de ce bon docteur Franck Barre-Chaudière en personne ! Tu voulais qu'il soit le premier interrogé car tu savais qu'il était le plus coupable dans notre enquête. Tu vas être servie. Le rideau va pouvoir tomber enfin sur cette horrible affaire aux multiples rebondissements. Il devrait être minuit quand le dernier acte de la pièce sera joué ! Courage Murielle. David et Romain vont te remplacer. Viens, on va boire un coup puis j'y retourne ! J'ai hâte d'en finir maintenant.

****

Salle des interrogatoires :

— Monsieur Barre-Chaudière bonjour. Je vous ai gardé pour la fin, comme un gourmet conserve le meilleur morceau pour la dernière bouchée, commença Poitevin avec ironie.

— Quel honneur vous me faites, répondit le toubib en se forçant à plaisanter.

— Vous êtes le dernier interrogé et en conséquence vous êtes le premier à qui je peux résumer la totalité des aveux et des preuves que nous venons d'accumuler notamment au cours de cette journée. Tout le monde a fini par avouer des choses, des choses horribles, vous vous en doutez, des choses qui vous concernent tout particulièrement. Alors je vais vous exposer ces aveux en trois cercles. J'ignore si on peut en faire une théorie[30]. La théorie ou le théorème des trois cercles, ça sonnerait bien pourtant ! Le premier cercle concerne le procès Perreux accusé de la maltraitance des ouvriers agricoles dans sa ferme et du meurtre d'un d'entre eux, Achod Hagopian. Vous êtes impliqué dans cet assassinat. Le second cercle évoque votre investissement dans l'élaboration, l'organisation et le fonctionnement du trafic de drogue au niveau régional du Centre Val de Loire, vous ne vous en êtes jamais caché, même si vous avez l'audace de faire peser la charge de l'accusation sur les épaules du pharmacien, un de vos grands amis, Fabrice Ouvrard. Je commence, écoutez-moi bien. Tout ce que je vais dire est attesté par des aveux et des preuves, vous ne pouvez les nier.

Le commissaire Hervé Poitevin rapporta à Barre-Chaudière l'ensemble des faits et des preuves et aveux dans ces deux domaines.

— J'aimerai tester s'il vous reste un soupçon de conscience voire de franchise. Le 14 août, quand vous avez emporté le corps d'Achod

---

[30] Il existe bien un théorème des trois cercles… en mathématiques ! En analyse complexe, le théorème des trois cercles de Jacques Hadamard est un résultat définissant le comportement d'une fonction holomorphe sur une couronne. Bien évidemment il s'agit d'une note de bas de page complètement incongrue dans ce roman (quoiqu'avec les tableaux de Vazarely on peut contempler d'une certaine façon la représentation de quelques fonctions holomorphes). Je demande à mes lecteurs de me pardonner cette réminiscence du temps où je pratiquais cette discipline !

Hagopian après qu'il ait été roué de coups, était-il encore vivant, monsieur Barre-Chaudière ? demanda Poitevin.

— Oh, si peu, qu'il a décédé avant d'arriver à mon cabinet secret, répondit-il sans coup férir, sans hésitation, comme si un tel aveu était chose banale.

— Vous l'avez tué ? Vous l'avez achevé ?

— Pour qui me prenez-vous ? Vous pensez que je suis un vulgaire assassin ? Non, môssieur le commissaire, non ! Je n'ai tué personne. Personne, vous m'entendez bien. Vous ne pourrez jamais m'accuser de meurtre. Je n'en ai commis aucun. Je ne suis pas un assassin. Le décès a eu lieu pendant le transport, répondit avec véhémence l'ex-toubib.

— Où avez-vous alors transporté le corps d'Achod ?

— Vous ne l'avez pas deviné ? Oh là là, vous n'êtes vraiment pas bons les flics. Vous avez perquisitionné chez moi et n'avez rien vu. J'en rigole ! Je vous ai vus pénétrer la grotte troglodyte derrière mon bâtiment n'est-ce pas, et vous ne vous êtes aperçu de rien. Vous êtes aveugles ! Le mur du fond est factice ! Ah, ah ! Laissez-moi rire ! Vous irez voir derrière. Vous trouverez bien comment actionner le mécanisme. Je ne vous en dis pas plus.

— Et que trouverons-nous ?

— Alors là, surprise ! Vous verrez bien par vous-mêmes. Faites votre boulot quand même ! Je ne vais pas le faire à votre place, il ne faut pas pousser.

— Comptez sur nous. Je continue. Le 17 août vous avez reçu un appel téléphonique de Gabriel Guignard vous demandant de l'aide. Les jeunes se promenaient dans le bois d'Amboise. Vous avez interrompu vos consultations pour aller les aider. Émilie, la propre fille de votre ami et complice Fabrice Ouvrard, était blessée…

— Mortellement blessée, rectifia Barre-Chaudière. Elle n'a pas survécu longtemps. Elle s'était fracassé la nuque sur un arbre.

— Je poursuis monsieur Barre-Chaudière. Le 20 août suivant…

— Sacré mois d'aout quand même, ne trouvez-vous pas commissaire Poitevin ? ironisa l'ex-docteur.

— … vous êtes appelé à l'aide le soir par Gabin Perreux…

— Quel bouseux celui-là ! Quel boit-sans-soif ! Incapable de se tirer d'affaire de lui-même !

— Perreux a renversé madame Hagopian, la mère d'Achod qui se trouvait sur un scooter. Était-elle décédée quand vous êtes arrivé ?

— Ah oui. Elle, elle était déjà morte. Le casque avait cédé et dessous il y avait son crâne qui a très mal supporté la violence. Il était enfoncé, détailla l'ex-toubib.

— Or tous ces morts, on les retrouve enterrés au premier sens du terme, seulement enfouis en terre dans des loges du domaine Perreux, continua Hervé.

— C'est beau ces loges, vestiges d'une agriculture solidaire et conviviale. Vous les appréciez j'espère ?

— Vous n'avez pas pu assurer le transport à vous seul, poursuivit Poitevin serrant les poings devant la désinvolture de l'ex-maire. Qui vous a aidé ?

— Vous ne le savez pas ? Vous avez interrogé Dimitri ?

— Pas moi mais un collègue. Orlov a dit qu'il n'avait pas collaboré avec vous, qu'il n'était au service que de monsieur Ouvrard et que Hassan Yahiaoui était l'exécuteur de vos basses œuvres. C'est ça ?

— Œuvre ! J'adore ce terme. Bravo Poitevin, vous avez employé le bon mot, le mot juste, le mot adéquat pour qualifier mon travail ! Si je n'étais pas entravé par ces menottes, je vous serrerais contre ma poitrine, que dis-je, je vous embrasserais. Je peux vous appeler Hervé ?

Et Barre-Chaudière se mit à rire en salves ininterrompues pendant plusieurs minutes.

— C'est fini ! Oui ! On parle de morts, de morts assassinés et cela vous fait rire ! Vous êtes abominable, reprit Poitevin. Yaya vous aide pour ramener les corps chez vous…

— Yaya, vous l'appelez comme ça. Vous aussi êtes son ami ?

— Il vous aide à ramener les corps dans un labo qu'on finira par mettre à jour chez vous derrière le mur factice.

— C'est bien, vous comprenez vite ! dit Franck Barre-Chaudière qui n'arrêtait pas d'opiner à chaque phrase du commissaire.

— Il vous aide ultérieurement à enterrer les corps dans les différentes loges.

— Oui, il est très minutieux en effet. Vous avez vu comme j'ai été sensible et humain. Nous avons placé l'arménien et sa mère côte à côte. Touchant non ?

— Tous ces corps ont été éviscérés…

— Dans le labo, c'est fait pour ça, avec tout le confort, les chambres froides, tout ce qu'il faut. Ils sont bien soignés entre mes mains, je les fignole dans le détail pour qu'ils restent beaux bien que je leur prélève les organes qui leur sont devenus inutiles.

— C'est une technique qu'emploient certains tueurs pour que la puanteur des organes internes ne puisse pas trahir la présence du cadavre dans le sol. Mais ce n'est pas la raison des éviscérations que vous pratiquez, n'est-ce pas ?

— Ah, merci de me redonner la parole. En effet ce que font certains truands pour éviter les odeurs trop vite repérables est une besogne abjecte et surfaite. Moi, je n'éviscère pas pour jeter, mais pour faire renaître la vie ! La vie, Hervé ! Voilà mon œuvre ! Vous vous rendez compte à qui vous parlez ! Je redonne la vie ! Ah, si vous compreniez le bonheur et l'émotion de tenir dans ses mains un cœur sanguinolent tout chaud encore. De savoir que quelques heures après, tout au plus quelques jours, il va rebattre dans une autre poitrine, redonnant la vie à quelqu'un de malade. C'est la même émotion qui m'étreint quand je prélève les autres organes, les reins, ces deux petits haricots si lisses, si fermes. Vous en avez déjà touchés, non ? C'est le même émoi avec le foie, la rate, les poumons, le pancréas, les intestins, enfin tout. Oui ! Tout cela est mon œuvre ! Je suis un bienfaiteur ! hurla-t-il en se levant complètement hystérique.

Poitevin n'en revenait pas. Cet individu avait un ego surdimensionné et ne percevait plus la réalité de ses actes. David Aubry faisait le geste de la folie sur sa tempe.

— Cela suffit Barre-Charrière. Et le jeune manouche retrouvé dans le cercueil qui était censé contenir le corps de madame Hagopian ? Vous pouvez m'en dire plus ?

— Quand j'ai reçu madame Hagopian, j'avais déjà ce gamin à sublimer sur ma table d'opération. J'ai profité du cercueil disponible pour lui donner une sépulture d'une dignité qu'il n'aurait jamais pu espérer dans son milieu.

— Comment l'avez-vous tué ? demanda Hervé d'une voix cinglante.

— C'est Hassan qui l'a découvert errant sur le bord de la route. Il l'a pris en stop avec sa moto et me l'a amené. Depuis deux ou trois jours, j'avais annoncé à Hassan qu'on avait besoin d'un cœur d'ado. Voilà, le cœur de ce petit moins que rien de gitan bat désormais dans la poitrine du fils héritier de la plus grande firme de tissus élastiques médicaux de France. Une fulgurante promotion pour ce cœur ! Un bel et riche avenir lui est promis. N'est-ce pas merveilleux ?

— Y a-t-il d'autres cadavres éviscérés quelque part ailleurs ? Notre légiste les appelle les « cadavres creux ».

— Il est poète votre toubib ! Si tu me le permets Hervé, je te laisse trouver toi-même les autres cachettes.

— Nous sommes opiniâtres, nous les trouverons. Répondez-moi : où ont lieu les greffes ?

— Pas loin d'ici, à Suèvres. Dans la clinique que j'ai fondée au château Laloin. Un bien bel établissement. J'ai appris que certains de vos équipiers sont allés le visiter. Leur ruse était un peu grossière. Je l'ai éventé de suite. Il ne faut pas me prendre pour un niais.

— Cette clinique appartient au réseau EliMed dont vous êtes un des fondateurs, reprit le commissaire Poitevin.

— Ah là encore, Hervé, tu me fais plaisir ! C'est encore mon œuvre ! Tu vois combien elle est monumentale ! À quoi servirait le prélèvement d'organe s'il n'y avait pas d'établissement spécialisé dans la transplantation. C'est le docteur qui vous parle, tu me suis ? J'ai eu le bonheur de rencontrer l'éminent professeur et chirurgien russe Constantin Driaguine. Quel magnifique chirurgien, un précurseur. L'humanité lui doit beaucoup. Nous avons été amis très vite et il m'a mis dans les confidences. Quel homme merveilleux !

— Pas autant que son épouse ? lança ironiquement le commissaire.

— Ah, vous voulez me parler de l'adorable Sofia. Il fallait quelqu'un de confiance pour la consoler du décès accidentel de son époux, là je jure que je n'y suis pour rien. Je me suis dévoué. Encore une marque d'humanité et de générosité à mon actif. Que vos équipiers le notent bien, vérifiez !

— Laissez-les tranquilles !

— Nous avons élaboré la charte avec Constantin. Les greffes sont des actes délicats et coûteux. Ils ne peuvent s'adresser qu'à des personnes riches ou appartenant à des familles riches, prêtes à payer cher la possibilité de renaître. Petit à petit des établissements plus anciens ont adhéré à la charte EliMed et nous en avons aussi construit des neufs.

— Dès qu'un besoin de greffe est signalé comment cela se passe-il ? demanda Hervé.

— C'est comme une commande. On réagit le plus vite possible. Dans chaque pays il y a quelqu'un qui a comme mission de rechercher les greffons. Nous allons bien au-delà de la loi bien trop timorée sur le don d'organes. Il n'y a pas assez de dons, vous le savez bien. Des gens meurent faute d'avoir reçu une greffe. Pas dans notre réseau.

— Parce que vous tuez pour prélever les organes ! s'écria Poitevin.

— On ne tue que si on n'a pas de mort à disposition. Tu as tout compris Hervé. Tu comprends pourquoi je suis un bienfaiteur !

— Seulement pour les riches !

— Bien évidemment, seulement eux. Il ne peut en être autrement.

— Aux pauvres vous prélevez les organes après les avoir tués, et vous les greffez dans le corps des riches. Ignoble moralité.

— C'est la dure loi de la nature au contraire. Le monde est comme ça, non ? Et c'est une règle générale du libéralisme. Vous le savez. Alors, pourquoi ne pas créer un marché en médecine de la transplantation ? Je le fais c'est tout. Je devrais en être remercié comme il se doit et ne pas avoir à supporter ces menottes indignes ni ton attitude agressive. Je compte bien que le procès qu'inévitablement vous voulez me faire subir se retourne contre vous. Mon avocat saura trouver les termes qui sublimeront mon œuvre et émouvront le jury. J'en sortirai grandi. Et vous, pauvres flics incompétents, vous serez petits, tout petits ! Ah, ah, laissez-moi rire !

Poitevin regarda David et Murielle. Ils haussèrent les épaules, l'air de dire que la cause était entendue. Il sonna pour appeler les agents.

— Dehors Barre-Chaudière. Retournez en cellule. La justice vous mettra hors d'état de nuire n'en ayez aucun doute. Pour des raisons psychiatriques peut-être. Pour vos crimes sûrement. Pour ma part, après cette dure journée, je me sens un peu fatigué certes, mais surtout sale, sale de votre présence, sale de votre attitude arrogante, sale de votre mépris des choses humaines, sale de votre humeur sans cesse pédante, sale de votre contenance toujours suffisante alors que vous n'êtes qu'un sale assassin et qu'un sale mystificateur. J'ai besoin d'une douche. Vous êtes le pire meurtrier que j'ai rencontré. Adieu Barre-Chaudière. Adieu.

Il était minuit passé de dix minutes. L'horaire prévu avait été tenu. Après le départ de l'accusé, les trois policiers mirent quelques minutes avant de sortir du bocal de la salle d'interrogatoire. Murielle essuyait des yeux larmoyants, David serrait les poings à s'en blanchir les jointures. L'interrogatoire de Barre-Chaudière avait été une épreuve pour eux. Ils constatèrent que tous leurs collègues qui avaient assisté à l'entretien au travers de la glace sans tain, étaient eux aussi fortement secoués par ce qu'ils avaient vu et entendu. « Écœurant ! » « Horrible ! » « Démentiel ! » « Monstrueux ! » étaient les mots qui sortaient de leurs bouches pour qualifier ce à quoi ils avaient assisté. Le juge Antoine Ribes prit la parole :

— Il y a encore des précisions à obtenir, mais le travail qui a été fait par les forces de police et les interrogatoires auxquels je viens d'assister me donnent, en tant que juge d'instruction, toute justification de mettre tous ces gens en examen avec de lourds motifs. Madame la procureure de la République sera elle aussi très satisfaite à n'en pas douter.

— Monsieur le juge, vous allez pouvoir lui en parler directement. Allons dans la salle de réunion, dit le divisionnaire Chardon.

Effectivement Albane de la Grange d'Arquien était déjà dans la pièce. Isabelle Mazet était présente aussi, ainsi que les épouses de David Aubry et Igor Podgorski.

— Vous avez très bien travaillé et nous avons pensé que vous méritiez d'être récompensés, commença la procureure d'un ton qui se voulait solennel. Nous vous proposons ainsi une modeste collation. Nous nous sommes réparti les achats. Et nous vous proposons de sabler le champagne.

— Rien que ça ? Super ! s'exclama Olivier Jousset.

Des rillettes, de Tours forcément, accompagnées de rillons avec quelques biscuits apéritifs étaient à disposition sur la table. Albane reprit sérieusement la parole. C'était la procureure qui s'exprimait encore.

— Il reste en effet, comme l'a dit monsieur le juge d'instruction, des précisions à apporter. Il vous faut également continuer les recherches des corps correspondant aux disparitions non élucidées, de façon à connaître l'ampleur du ravage de ce trafic d'organes. Je sais que la brigade est courageuse, unie. Même si vous avez rencontré des problèmes avec certains de ceux qui ont été vos collègues, je ferai tout ce qui est en mon pouvoir pour que les autorités de police compétentes vous attribuent des moyens humains nouveaux. Pour ce qui est de Samuel Guyot, sachez que le parquet a été saisi. Il ne pouvait en être autrement. Il n'aurait pas dû revenir ici. L'IGS va venir enquêter tant pour lui que pour l'ex-capitaine Vernier. Je témoignerai des exactions verbales de ce dernier. Merci à vous toutes et tous ! Et maintenant bonne santé à la brigade ! Tchin !!!

Romain vint prendre Albane par la main et l'entraîna vers Hervé et Isabelle qui trinquaient en s'adressant un clin d'œil complice et amoureux.

— Euh, voilà, dit Romain en se raclant la gorge, nous avons quelque chose à vous demander, Albane et moi.

— Oui, bien sûr. Vous voulez connaître l'adresse des Charcuteries Gourmandes à Vallières-les-Grandes où j'ai acheté les rillettes et les rillons ? Ils sont fameux n'est-ce pas ? fit Isabelle en riant.

— Euh… Rien à voir ! Est-ce que vous accepteriez d'être nos témoins ?

— Témoins de quoi ? Vous avez eu un accident ? Vous avez été agressés ? demanda Hervé avec une ironie visible.

— Arrête Hervé !

— Non, je sais ! Vous avez triché le fisc et vous voulez qu'on vous couvre, vous voulez nous mouiller dans une sale histoire de paradis fiscal, continua Hervé en se moquant d'eux tout en leur faisant comprendre qu'il avait parfaitement saisi la demande.

— Nous souhaitons qu'Isabelle soit mon témoin, intervint Albane.

— Et que toi, Hervé tu sois le mien ! poursuivit Romain.

— Et témoins de quoi ? demanda Isabelle en riant.

— De notre mariage, s'exclamèrent en chœur Albane et Romain.

— Avec grand plaisir, bien sûr, répondit Hervé.

— Nous sommes très honorés, ajouta Albane.

Une façon charmante de mettre fin à la lourdeur étouffante, abominable et déshumanisée de cette journée. Elle se terminait enfin sur cette perspective de bonheur.

Les personnages

Personnages de la police et des services juridiques

<u>À Tours les policiers</u>

Au Central de la Police Judiciaire de Tours :

Commissaire divisionnaire : **Romain Chardon**

Commissaire de PJ : **Hervé Poitevin, Isabelle Mazet** compagne d'Hervé Poitevin, psychologue, et **Camille** fille d'Hervé Poitevin

Capitaines : **Murielle Daulincourt, Igor Podgorski** (Police Scientifique), **Jacques-Antoine Vernier**

Lieutenants : **David Aubry, Olivier Jousset, Kimbu Amandah, Stéphane Gonthier**

Majors : **Sylvain Delanoue, Zahiya Sassi, Bassembo Dioakhoumpa**,

Brigadiers : **Mélanie Charmoy, Caroline Huet** (Informaticienne)

Procureure de la République : **Albane de La Grange d'arquien**

Juge d'Instruction : **Antoine Ribes**

Médecin Légiste : **Julien Gérard** et sa femme : **Marie Gérard**

Commandant brigade des stups : **Sébastien Martineau**

<u>Autres policiers</u>

Gendarmerie de Blois : **Jérôme Taillandier** gendarme retraité, **Thomas Monnery** gendarme

Gendarmerie de Bléré : **Pierre Le Coz** gendarme

Commissariat de Sallanches : **Rachid Hassen** commandant

À Saint-Gervais : **Gérard Brunaud** adjudant

Commissariat du XIe arrondissement de Paris : **Karim Boushaki** lieutenant

Policiers étrangers :
Commandant suisse : **Norman Hermetz**

Commissaire directeur de l'Office belge de Lutte Antistupéfiants (à Gand) : **Bart Verstraete**

Autres personnages par ordre alphabétique

Nom	Prénom	Habitation	Rôle
Barangeard	**Louise**	Saint-Héand-sur-Cher	Retraitée
Barre-Chaudière	**Franck**	Saint-Héand-sur-Cher	Ancien docteur, ancien maire
Cabral	**Rosa**	Saint-Héand-sur-Cher	Gardienne du camping, amie de Jules
Chavalier	**Carine**	Saint-Héand-sur-Cher	Compagne de Daniel SIAN, professeur de philosophie
Debruyne	**Francis**	Gand (Belgique)	Transporteur
Debruyne	**Otis**	Gand (Belgique)	Fils de Francis Debruyne
Debruyne	**Lars**	Herblay	Frère de Francis Debruyne, transporteur
Debruyne	**Charly**	Herblay	Fils de Lars Debruyne
Debruyne	**Mats**	Herblay	Fils de Lars Debruyne
Duplessis	**Aurélie**	Saint-Héand-sur-Cher	Fille de Franck Barre-Chaudière et Eugénie Duplessis, gérante du Bar du Centre
Duplessis	**Eugénie**	Tours	Ex-épouse de Franck Barre-Chaudière
Fromiau	**Damien**	Saint-Héand-sur-Cher	Capitaine des pompiers

Gonthier	**Paul**	Arras	Gérant de supérette, père de Stéphane
Gonthier	**Chantale**	Arras	Gérante de supérette, mère de Stéphane
Guignard	**Gabriel**	Saint-Héand-sur-Cher	Boulanger
Guignard	**Margot**	Saint-Héand-sur-Cher	Épouse de Gabriel, née **Debruyne**, boulangère
Guignard	**Bertrand**	Saint-Héand-sur-Cher	Fils de Margot et Gabriel
Guyot	**Christophe**	Saint-Benoit-la-Forêt	
Guyot	**Valérie**	Saint-Benoit-la-Forêt	Épouse de Christophe
Guyot	**Samuel**	Décédé	Fils de Christophe et Valérie
Hagopian	**Aliskan**	Décédé	
Hagopian	**Taline**	Décédée	
Hagopian	**Achod**	Disparu	Ancien ouvrier agricole employé chez Perreux
Kerprigent	**Paul**	Saint-Héand-sur-Cher	Docteur
Kerprigent	**Manon**	Saint-Héand-sur-Cher	Fille de Paul Kerprigent, docteur
Launeau	**Laurence**	Saint-Héand-sur-Cher	Coiffeuse
Millet	**Adam**	Saint-Héand-sur-Cher	Pâtissier
Millet	**Nathalie**	Saint-Héand-sur-Cher	Née **Perreux**, épouse d'Adam, pâtissière
Millet	**Nathan**	Saint-Héand-sur-Cher	Fils de Nathalie et Adam
Orlov	**Dimitri**	Tours	Dealer
Ouvrard	**Fabrice**	Saint-Héand-sur-Cher	Ancien pharmacien
Ouvrard	**Laurence**	Saint-Héand-sur-Cher	Née Hartman épouse de Fabrice

Ouvrard	**Ambre**	Saint-Héand-sur-Cher	Fille de Fabrice et Laurence, pharmacienne
Ouvrard	**Émilie**	Disparue	Fille de Fabrice et Laurence
Pérez	**Pablo**	Décédé	Ouvrier agricole
Pérez	**Sabrina**	Décédée	Née **Bras**, épouse de Pablo
Pérez	**Jules**	Saint-Héand-sur-Cher	Ouvrier agricole, fils de Pablo et Sabrina
Perreux	**Gabin**	Villefrault (La Croix-en-Touraine)	Agriculteur à la retraite
Perreux	**Charlotte**	Villefrault (La Croix-en-Touraine)	Épouse de Gabin Perreux
Perreux	**Théo**	Villefrault (La Croix-en-Touraine)	Fils de Gabin et Charlotte Perreux, agriculteur, viticulteur
Perreux	**Martin**	Villefrault (La Croix-en-Touraine)	Fils de Gabin et Charlotte Perreux
Sian	**Daniel**	Saint-Héand-sur-Cher	Écrivain
Sian	**Marc**	Décédé	Ancien vétérinaire de Saint-Héand-sur-Cher
Sian	**Lucile**	Décédée	Épouse de Marc Sian, ancienne vétérinaire de Saint-Héand-sur-Cher
Takessian	**Ethan**	Saint-Héand-sur-Cher	Location et vente de cycles et motos
Takessian	**Paul**	Saint-Héand-sur-Cher	Garagiste
Thirion	**Pascal**	Saint-Héand-sur-Cher	Ami de Laurence Launeau, chauffeur routier
Yahiaoui	**Hassan**	Tours	Dealer

Les lieux

Les cartes pour se repérer

Plan du village imaginaire de Saint-Héand-sur-Cher
avec les principaux acteurs du roman

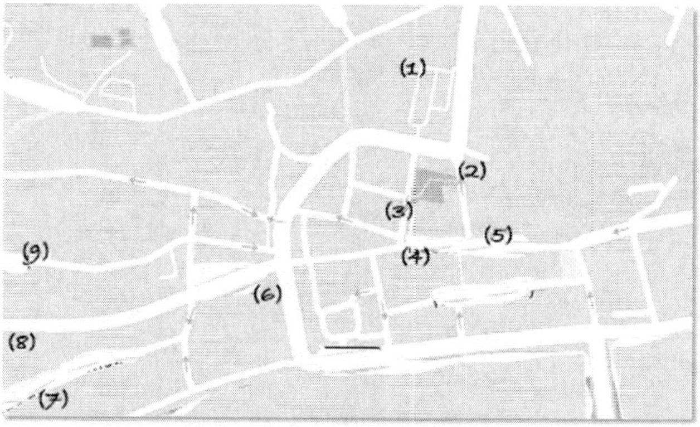

Plan de Saint-Héand-sur-Cher

(1) = logement de Stéphane Gonthier
(2) = salon de coiffure Laurence Launeau
(3) = Boulangerie Guignard
(4) = Pâtisserie Millet
(5) = Café du Centre
(6) = Cycles Ethan Takessian
(7) = Camping Municipal
(8) = Garage Paul Takessian
(9) = Résidence de Daniel Sian

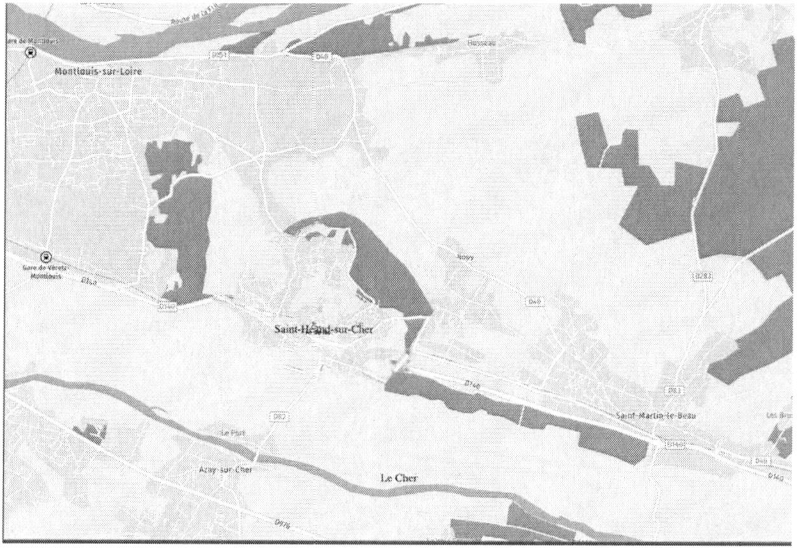

Situation de la ville imaginaire de Saint-Héand-sur-Cher. Les autres villes sont réelles

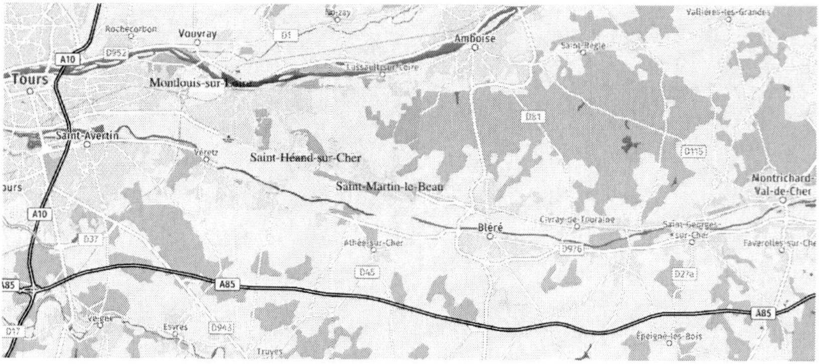

Carte de la vallée du Cher de Tours à Montrichard avec Saint-Héand-sur-Cher

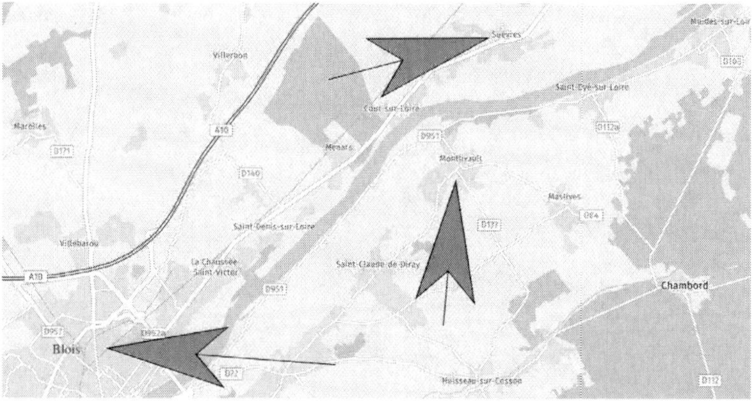

Clinique EliMed à Suèvres, au nord-est de Blois, proche de Montlivault

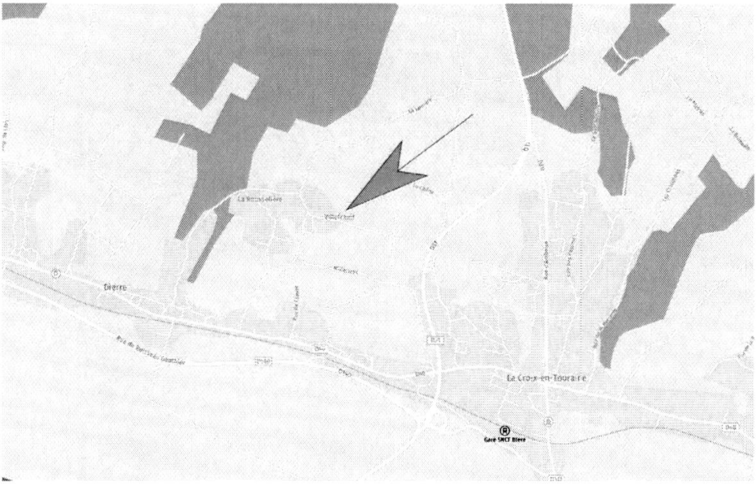

Villefrault, ferme Perreux

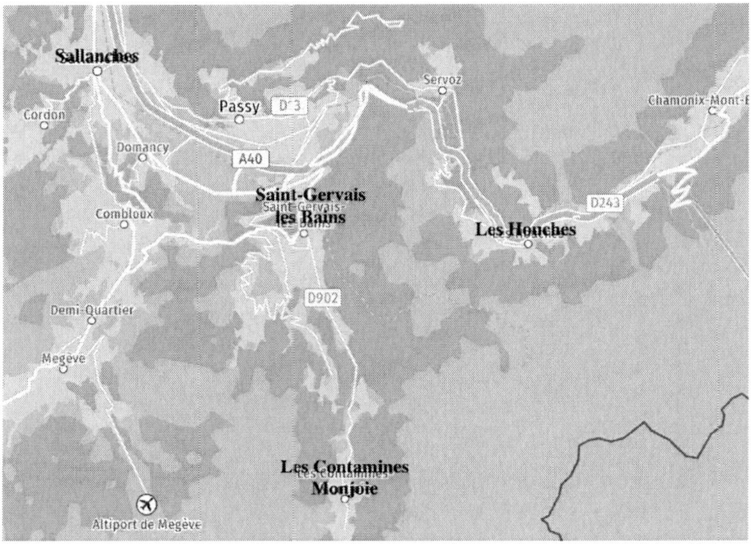

De Sallanches aux Houches, Les Contamines-Montjoie

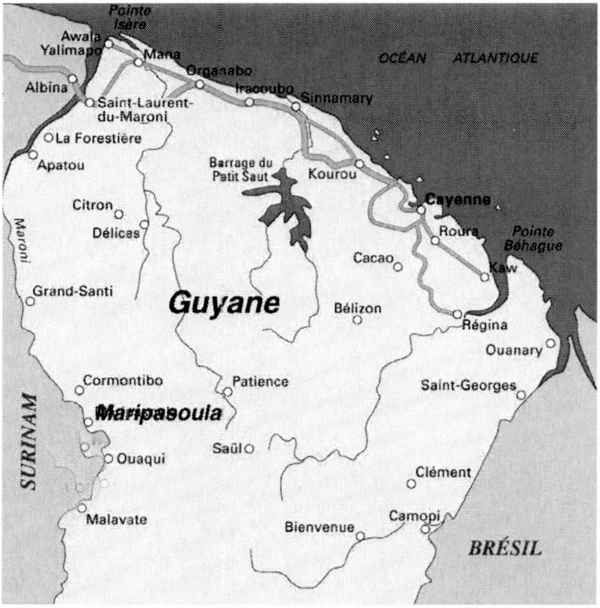

Guyane – Maripasoula

Quelques photos (personnelles) des lieux

Des exemples de « loges » de vigne

La pelleteuse au travail !

Le village de Bourré (de la commune de Montrichard Val de Cher) et ses troglodytes

Les Contamines-Montjoie : l'église devant les Dômes de Miage

Le village de **Saint-Héand** (dans la Loire, proche de **Saint-Étienne**). Sur la gauche, le grand bâtiment blanc appartient à l'entreprise Thalès élaborant des optiques militaires après avoir hébergé les Établissements Angénieux spécialisés dans les optiques spatiales et les zooms.

La ville de **Montrichard** sur les bords du Cher où je réside !

Imprimé en France
Achevé d'imprimer en novembre 2023
Dépôt légal : octobre 2023

Pour

Le Lys Bleu Éditions
40, rue du Louvre
75001 Paris